PLÍNIO, O JOVEM
EPÍSTOLAS COMPLETAS

COLEÇÃO CLÁSSICOS COMENTADOS
Dirigida por João Angelo Oliva Neto
José de Paula Ramos Jr.

Editor
Plinio Martins Filho

Editor
Marcelo Azevedo

PLANO DESTA OBRA
Volume 1: Livros I, II e III
Volume 2: Livros IV, V e VI
Volume 3: Livros VII, VIII e IX
Volume 4: Livro X

CONSELHO EDITORIAL

Beatriz Mugayar Kühl – Gustavo Piqueira
João Angelo Oliva Neto – José de Paula Ramos Jr.
Leopoldo Bernucci – Lincoln Secco – Luís Bueno
Luiz Tatit – Marcelino Freire – Marco Lucchesi
Marcus Vinicius Mazzari – Marisa Midori Deaecto
Miguel Sanches Neto – Paulo Franchetti – Solange Fiúza
Vagner Camilo – Wander Melo Miranda

PLÍNIO, O JOVEM
EPÍSTOLAS COMPLETAS

Volume 1
Livros I, II e III

João Angelo Oliva Neto
Tradução, Introdução e Notas

Paulo Sérgio de Vasconcellos
Leitura Crítica

Edição Bilíngue

Copyright © 2022 João Angelo Oliva Neto

Direitos reservados e protegidos pela Lei 9.610 de 19.02.1998.
É proibida a reprodução total ou parcial sem autorização, por escrito, da editora.

Dados Internacionais de Catalogação na Publicação (CIP)
(Câmara Brasileira do Livro, SP, Brasil)

Plínio, o Jovem: Epístolas Completas: livro I, II, III / João Angelo Oliva Neto,
tradução, introdução e notas; Paulo Sérgio de Vasconcellos, leitura crítica. –
Cotia, SP: Ateliê Editorial; Editora Mnema, 2022. – (Coleção Clássicos Comentados / coordenação João Angelo Oliva Neto e José de Paula Ramos Jr.)

Edição bilíngue: Português/Latim

ISBN 978-65-5580-065-4 (Ateliê Editorial)
ISBN 978-65-991951-7-4 (Editora Mnema)

1. Literatura latina (Latim) 2. Literatura latina 3. Plínio, o Moço, ca. 61-ca.
114 – História e crítica 4. Roma – História – Império, 30 a.C.-284 d.C. I. Oliva
Neto, João Angelo. II. Vasconcellos, Paulo Sérgio de. III. Série.

22-104224	CDD-937.07

Índices para catálogo sistemático:

1. Roma antiga: Alto império: História   937.07

Maria Alice Ferreira – Bibliotecária – CRB-8/7964

Direitos reservados a

ATELIÊ EDITORIAL
Estrada da Aldeia de Carapicuíba, 897
06709-300 – Cotia – SP – Brasil
Tel.: (11) 4702-5915
www.atelie.com.br
contato@atelie.com.br
facebook.com/atelieeditorial
blog.atelie.com.br

EDITORA MNĒMA
Alameda Antares, 45
Condomínio Lagoa Azul
18190-000 – Araçoiaba da Serra – SP
Tel.: (15) 3297-7249 | 99773-0927
www.editoramnema.com.br

Printed in Brazil 2022
Foi feito o depósito legal

Para Silvana.

"O amor é uma companhia…"

FERNANDO PESSOA

Sumário

Abreviaturas 11

Prólogo. 13

Introdução – Plínio, o Jovem: Um Homem Feliz num Tempo de Paz . . .15

1. *Sumário da vida e da Carreira de Plínio, o Jovem* 15

2. *A Insuportável Felicidade* 16

3. *Plínio à Sombra de Cícero.* 19

4. *"Carta e Epístola": Sinônimos? Uma Comparação
   e uma Proposta* 21

5. *Duas Missivas de Vindolanda.* 23

6. *Epístola Proemial de Plínio, o Jovem* 29

7. *Algumas Leis Antigas da Epistolografia em Plínio, o Jovem* 33

8. *Das Espécies de Epístolas* 38

9. *Sobre a Tradução.* 48

10. *A Grande Inscrição de Como (CIL, 5, 5262)* 51

11. *Um Pouco de Teoria Epistolográfica* 52

12. *Bibliografia Sumária sobre as Epístolas de Plínio, o Jovem.* 59

∽ PLÍNIO, O JOVEM ∽

LIVRO I

EPÍSTOLA 1. Epístola não é historiografia 65

EPÍSTOLA 2. Sobre imitar Demóstenes, Calvo e Cícero 67

EPÍSTOLA 3. Elogio da vila de Rufo 71

EPÍSTOLA 4. Propriedades de Pompeia Celerina 75

EPÍSTOLA 5. Régulo, o delator 77

EPÍSTOLA 6. A Tácito a respeito de Plínio, caçador preguiçoso 85

EPÍSTOLA 7. Sobre o processo da Bética 87

EPÍSTOLA 8. Pedido para corrigir um discurso 91

EPÍSTOLA 9. Prazer das letras no retiro 99

EPÍSTOLA 10. Elogio do filósofo Eufrates 103

EPÍSTOLA 11. A angustiante falta de epístolas 109

EPÍSTOLA 12. Morte e elogio de Corélio Rufo 111

EPÍSTOLA 13. Desinteresse por Recitações 117

EPÍSTOLA 14. Escolha de um marido 121

EPÍSTOLA 15. A falta ao jantar 125

EPÍSTOLA 16. Sobre Saturnino, orador, historiógrafo e poeta 129

EPÍSTOLA 17. Uma estátua para Lúcio Silano 135

EPÍSTOLA 18. A Suetônio sobre um sonho que ele teve 139

EPÍSTOLA 19. Doação por um cavaleiro 143

EPÍSTOLA 20. A Tácito sobre brevidade nos discursos 145

EPÍSTOLA 21. Compra de escravos 157

EPÍSTOLA 22. Elogio de Tício Aristão 159

EPÍSTOLA 23. Sobre assumir causas durante o tribunato 165

EPÍSTOLA 24. Um terreno para Suetônio comprar 169

SUMÁRIO

LIVRO II

EPÍSTOLA 1. Exéquias de Vergínio Rufo.........................173

EPÍSTOLA 2. A odiosa falta de epístolas........................ 179

EPÍSTOLA 3. Sobre o rétor Iseu e sobre controvérsias 181

EPÍSTOLA 4. Doação a Calvina. Elogio da parcimônia 187

EPÍSTOLA 5. Pedido para corrigir um discurso.................. 189

EPÍSTOLA 6. Humanidade de Plínio com os escravos 193

EPÍSTOLA 7. Estátua triunfal para Espurina..................... 197

EPÍSTOLA 8. Saudades do lago Lário 201

EPÍSTOLA 9. Em favor da candidatura de Sexto Erúcio........... 203

EPÍSTOLA 10. Sobre o receio de publicar os próprios versos........ 207

EPÍSTOLA 11. Do processo de Mário Prisco, procônsul na África 211

EPÍSTOLA 12. Mais do processo de Mário Prisco,
   procônsul na África..................................... 221

EPÍSTOLA 13. Recomendação de Vocônio Romano 225

EPÍSTOLA 14. Decadência da oratória judiciária.................. 229

EPÍSTOLA 15. Aquisição de terras 235

EPÍSTOLA 16. Sobre os desejos do testador 237

EPÍSTOLA 17. Écfrase da vila de Plínio em Laurento 241

EPÍSTOLA 18. Procura por um preceptor....................... 253

EPÍSTOLA 19. Sobre a recitação de um discurso de Plínio.......... 257

EPÍSTOLA 20. Régulo, o caçador de testamentos 261

LIVRO III

EPÍSTOLA 1. Elogio da vida de Espurina 269

EPÍSTOLA 2. Elogio de Arriano Maturo........................ 273

EPÍSTOLA 3. Recomendação de um excelente preceptor.......... 277

EPÍSTOLA 4. Mais sobre o processo da Bética 281

EPÍSTOLA 5. Sobre os livros de Plínio, o Velho 285

EPÍSTOLA 6. Écfrase da estátua de um ancião. 293

EPÍSTOLA 7. Vida e morte do poeta Sílio Itálico 297

EPÍSTOLA 8. A Suetônio sobre transferência do tribunato 303

EPÍSTOLA 9. Dificuldades no processo da Bética 305

EPÍSTOLA 10. Biografia para o filho morto de Espurina 317

EPÍSTOLA 11. Elogio do filósofo Artemidoro.....................321

EPÍSTOLA 12. A embriaguez de Catão 325

EPÍSTOLA 13. Opinião de Plínio sobre seu *Panegírico de Trajano*. ... 327

EPÍSTOLA 14. Assassinato de um senhor pelos escravos 329

EPÍSTOLA 15. Sobre os Versos de Sílio Próculo.................. 333

EPÍSTOLA 16. Feitos de uma mulher notável, Árria, a mais Velha 335

EPÍSTOLA 17. Outra vez a angustiante falta de epístolas.......... 339

EPÍSTOLA 18. Da recitação do *Panegírico de Trajano*.............. 341

EPÍSTOLA 19. Compra de uma propriedade 347

EPÍSTOLA 20. Sobre votos abertos e votos secretos 351

EPÍSTOLA 21. Morte do poeta Marco Valério Marcial 357

Abreviaturas

CIG   *Corpus Inscriptionum Graecarum*. Auctoritate et impensis Academiae Litterarum Regia Borussicae edidit Augustus Boeckius. Berolini, ex Officina Academica, 1834.

CIL   *Corpus Inscriptionum Latinarum*. Berolini, *apud* Georgium Raimerum, 20 vols.

IGR   *Inscriptiones Graecae ad Res Romanas Pertinentes*. Auctoritate et impensis Academiae Inscriptionum et Litterarum Humaniorum collectae et editae; t. I: curavit R. Cagnat auxiliante J. Toxtain; t. III-IV curavit R. Cagnat auxiliante G. Lafaye. Indices composuerunt G. Lafaye et V. Henry. Paris, E. Leroux, 1901.

FO   *Fasti Ostienses*. Edendos, illustrandos, restituendos curavit Ladislav Vidman. 2 ed. Prague, Československá Akademie, 1982.

Houaiss   *Dicionário Houaiss da Língua Portuguesa*. Antônio Houaiss e Mauro de Salles Villar. 1. ed. Rio de Janeiro, Objetiva, 2001.

ILS   *Inscriptiones Latinae Selectae*. Edidit Hermann Dessau; vol. I, 1892; vol. II, pars 1, 1902; vol. pars 2, 1906; vol. 3, 1914-1916. Berolini, *apud* Weidmannos.

LSD   *Lewis-Short: a Latin Dictionary*. Ed. by Charlton Thomas Lewis and Charles Short. Founded on Ethan Allen

Andrews' edition on Freund's *Latin Dictionary*. Oxford, Claredon Press, 1962 (1879).

LSJ — *Liddel-Scott Jones, A Greek-English Lexicon*. Compiled by Henry George Liddell and Robert Scott. Revised and augmented by Henry Stuart Jones. Oxford, University Press, 1996.

OLD — *Oxford Latin Dictionary*. Ed. by Peter Geoffrey William Glare. Oxford, University Press, 1985.

PIR 1 PIR 2 — *Prosopographia Imperii Romani Saeculi I. Prosopographia Imperii Romani Saeculi II*. Edita consilio at auctoritate Academiae Scientiarum Regia Borussicae. Berolini, *apud* Georgium Raimerum, 1897.

RIC II — *Roman Imperial Coinage*. Volume 2: *Vespasian-Hadrian (69-138)*. Edited by Harold Mattingly and Edward Allen Sydenham. London, Spink, 1926.

SEG — *Supplementum Epigraphicum Graecum*. Leiden, J. C. Gieben, 1923-2006.

Prólogo

Começa aqui a empresa de dar à língua portuguesa em quatro volumes todo o epistolário de Plínio, o Jovem, em edição bilíngue e anotada, o que, ao que tudo indica, ocorrerá pela primeira vez. O empreendimento foi possível graças ao inestimável apoio recebido do CNPq – Conselho Nacional de Desenvolvimento Científico e Tecnológico – por intermédio da Bolsa de Produtividade em Pesquisa, com que tenho sido contemplado desde 2010, e graças à valentia da Editora Mnema, da Ateliê Editorial e de outro Plínio, ainda mais jovem, professor Plinio Martins Filho, editor que acredita que as Letras antigas, ditas "clássicas", podem oferecer esteio ético e cultural em tempos difíceis.

Dirigidas a vários destinatários, as epístolas chegaram-nos em dez livros, o último dos quais apresenta a correspondência com Trajano (imperador entre 98 e 117 d.C.). Estão assim quantificadas e distribuídas:

LIVRO	NÚMERO DE EPÍSTOLAS
I	24
II	20
III	21
IV	30
V	21

VI	34
VII	33
VIII	24
IX	40
X	124
Total	371

Os três primeiros volumes conterão as epístolas de três livros de Plínio em sequência: volume I (Livros I, II e III); volume II (Livros IV, V e VI); volume III (Livros VII, VIII e IX). O volume IV conterá as epístolas do livro X, que, embora numerosas, são quase sempre muito breves. A edição utilizada é de Hubert Zehnacker e Nicole Méthy (Les Belles Lettres, 2009-2017), cotejada com a de Anne-Marie Guillemin, a que veio substituir na Collection Guillaume Budé (1927-1928), assim como as de M. Schuster e R. Hanslik (Teubner, 1958), R. A. B. Mynors (Oxford, 1963), Betty Radice (Harvard, 1969). Consultei as próprias traduções de Guillemin, Radice, Zehnacker e Méthy, e também as de P. G. Walsh (Oxford, 2006), Francesco Trisoglio (Utet, 1973), Luigi Rusca e Enrico Faella (Rizzoli, 2011), e em português as poucas de Maria Helena da Rocha Pereira (Coimbra, 1994).

INTRODUÇÃO

Plínio, o Jovem:
Um Homem Feliz num Tempo de Paz

1. SUMÁRIO DA VIDA E DA CARREIRA DE PLÍNIO, O JOVEM

Caio Cecílio Segundo, conhecido como Plínio, o Jovem (e em Portugal Plínio, o Moço), por diferenciá-lo do tio, Caio Plínio Segundo (*c.* 23-*c.* 79 d.C.), conhecido como Plínio, o Velho – nasceu em 62 d.C., já que tinha dezessete anos no dia em que o Vesúvio entrou em erupção em 24 de outubro de 79 d.C. (episódio narrado na epístola VI, 20). Nasceu na cidade de Como (*Comum,* em latim) no norte da Itália, numa família de proprietários de terra, de cepa senatorial, e fez estudos em Roma sob proteção do tio, que veio depois a adotá-lo. Após frequentar a escola do rétor Quintiliano (33/35 d.C. – antes de 100 d.C., autor das *Instituições Oratórias* e preceptor do imperador Domiciano), Plínio iniciou em âmbito privado a carreira de advogado entre 79 e 81 d.C., no mesmo período em que Domiciano, imperador entre 81 e 96 d.C., começava a governar: com apenas dezoito anos dava início ao *cursus honorum,* isto é, à carreira de cargos públicos, que foram registrados numa importante inscrição epigráfica encontrada em Como (*CIL,* 5, 5262), que, transcrita e traduzida, se encontra no fim da Introdução. Plínio começou como um dos dez juízes da Corte Decenviral (*decemuir litibus iudicandis*) e presidente da Corte Centunviral (V, 8, 8), e logo após serviu como tribuno militar (*tribunus militum*) na Síria no início do governo de Domiciano (III, 11, 5; VII, 16, 2; VII, 31, 2; X, 87,

15

1). Seguem-se o cargo de séviro dos cavaleiros romanos (*seuir equitum Romanorum*, CIL, 5, 5262), questor do Imperador (*quaestor imperatoris*, VII, 16, 2), o que permitia sumária admissão no Senado, e o de tribuno da plebe (*tribunus plebis*, I, 23, 2) em 91 d.C. Tornou-se pretor em 93 d.C (ou 95 d.C.), cargo que manteve até 96 d.C. Com a pretura obtém o cargo trienal de prefeito do erário militar (*praefectus aerarii militaris*, III, 11, 5), que, estabelecido por Augusto, tinha entre outras a finalidade de administrar a pensão de ex-soldados. Em janeiro de 98 d.C. Plínio assumiria o cargo de prefeito do erário de Saturno (*praefectus aerarii Saturni*, I, 10, §§10-11; III, 4, §§2-3; V, 14, 5; X, 3A e X, 8), função semelhante à de um ministro da fazenda, e ali permaneceria até agosto de 100 d.C., quando, já sob Trajano, se tornou cônsul (*consul*, V, 14, 5), logo após o quê, em 1º de outubro de 100 d.C., para agradecer ao imperador pelo cargo, proferiu no Senado o discurso que, segundo tradição estabelecida no Império, veio a ser conhecido como *Panegírico de Trajano*. A partir de 104 ou 105 d.C. por dois anos Plínio foi supervisor do leito e das margens do Tibre e das cloacas de Roma (*curator aluei Tiberis et riparum et cloacarum urbis*, V, 14, 2) e mais tarde, em data incerta, obteve o cargo de áugure (*augur*, IV, 8, 1 e X, 13). Tendo-se tornado próximo de Trajano, foi por ele enviado em 109 ou 111 d.C. (X, 15) à Bitínia como *legatus Augusti*, função semelhante à de governador, para resolver tensões econômicas daquela província e da província do Ponto, como demonstra a correspondência trocada com o Imperador. Morreu durante essa missão ou logo depois, entre 112 e 114 d.C., ao voltar a Roma.

Plínio deixou dois livros de poemas ligeiros, dos quais nos chegaram apenas duas composições, reproduzidas nas epístolas VII, 4, 6 e VII, 9, 11.

2. A INSUPORTÁVEL FELICIDADE

A pacificação política sob a qual Plínio, o Jovem, produz o epistolário e a amizade mesma de Trajano respondem em parte, talvez a maior, por certa depreciação de seus escritos feita sempre à luz das dramáticas e radicais condições sob as quais Cícero produziu os dele. Enquanto Cícero participou do candente e para ele fatal conflito em que se debatiam os partidários, como ele, da velha liberdade republicana e aqueles que em troca da pacificação defendiam o fechamento do regime, como Júlio César e Augusto, Plínio já não apenas vive numa época de pacificação interna e da suposta sensaboria que lhe inere, como integra a máquina administrativa do poder imperial, de modo que seria assim o "homem do regime", "amigo dos poderosos", chegado ao próprio imperador Trajano, condição ou suposta "mácula" que o *Panegírico de Trajano* obviamente só pode piorar. Decisiva para a depreciação de Plínio, o Jovem, no ocaso do século xix até a década de 1960 do século seguinte foi a duríssima crítica de Eduard Norden[1] (1868-1941), de que se seguem breves excertos:

> Plínio, o Jovem, como personalidade e como escritor, é um dos representantes mais característicos da primeira época imperial, mais do que Sêneca e Tácito, porque, não sendo particularmente dotado como eles, encarna melhor o tipo médio de seu tempo, embora estivesse convencido de que muito o superava. A vaidade, que com indulgência julgamos nele ser perfeitamente natural (só porque no-la revela com amável ingenuidade), é o traço fundamental de sua índole. E ser um *homo bellus et pusillus* ("homem bonito e pequenino") revela-se na elocução, com a qual flerta como que com sua própria pessoa: por isso, tudo é lambido e aparado, quer descreva suas deliciosas vilas ou a terrível erupção do Vesúvio. É difícil ter uma imagem pormenorizada das tendências da elocução, por causa de suas manifestações contraditórias, típico exemplo da busca vacilante pela correção naquele tempo. Teve aulas ao mesmo tempo com Quintiliano e com Nicetas Sacerdote de Esmirna[2] (vi, 6, 3), que consideravam, cada qual, correto o que o outro condenava.
>
> [...]
>
> É difícil achar o que de sério e substancial alguns amigos de Plínio elogiavam (iii, 18, 8). Tácito decerto terá sido um deles, mesmo que possamos explicar a

---

1. *Die Antike Kunstprosa: vom vi. Jahrhundert v. Chr. bis in die Zeit der Renaissance*; Leipzig, Teubner, 1898, pp. 318-321, traduzido da edição italiana *La Prosa d'Arte Antica dal vi Secolo a.C. all'Età della Rinascenza*, 1986, vol. i, pp. 329 e 332.

2. Nicetas Sacerdote ou Nicetas de Esmirna foi rétor grego do fim do século i d.C.

amizade entre ele e Plínio, que também se reflete na tradição de um dos nossos manuscritos, apenas como uma "harmonia entre opostos". Como Plínio deve ter parecido a Tácito, homem austero com olhar profundo e mágica faculdade para perscrutar as almas, ele que, mesmo onde podia, nada nos diz sobre si mesmo? Como lhe deve ter parecido esse homem medíocre, fútil, míope, que de nada fala com mais prazer do que de si mesmo e de sua futura imortalidade?

Para o crítico, como era comum no tempo, as epístolas de Plínio parecem revelar imediatamente o caráter do autor, como se fossem imunes a três condições: a) as convenções retóricas do gênero epistolográfico; b) o conceito romano de que amizade, com integrar a relação entre patrono e cliente, pressupunha ajuda recíproca; c) a conhecida tópica da poesia antiga – o desejo de imortalidade por meio das letras –, que também contagiara Horácio (*non omnis moriar*, "não morrerei de todo", conforme previu na ode 3, 30, v. 6). Sendo verídicas as circunstâncias históricas em que viveu Plínio, e por consequência também o risco menor que corria comparado com Cícero, já não procede hoje, todavia, esse tipo de juízo sobre as epístolas. Tão decisiva quanto a crítica de Eduard Norden foi o livro meticuloso de Adrian Nicholas Sherwin-White (1911-1993), *The Letters of Pliny: A Historical and Social Commentary*, que, publicado em 1966, ainda hoje é o mais completo comentário às epístolas de Plínio e imprescindível a todo e qualquer trabalho sobre elas. A despeito do enfoque histórico e social, Sherwin-White é sensível a uma questão propriamente retórica quando reconhece que Plínio se envolve no antigo debate entre as tendências aticista e asianista do discurso[3] para discuti-las (I, 2; I, 20; II, 5; II, III, 18, VII, 12). Percebe que o dissenso incitava Plínio a tomar posição mas, diferentemente de Norden, não se deixa irritar quando Plínio assumia posição favorável a práticas do asianismo, que ao outro parecia lambido e aparado. Federico Gamberini diz bem a propósito:

---

3. No campo da retórica, no século III a.C. ao estilo terso e simétrico de oradores áticos do século V houve certa reação, estruturada por meio da sucessão rápida de frases curtas e do acúmulo de recursos conceptuais e sonoros, praticada na Ásia Menor. Não houve grande polêmica entre os gregos no tempo, mas ao serem introduzidos em Roma, tais estilos foram nomeados respectivamente com os adjetivos *Atticus* e *Asiaticus* (ou *Asianus*), traduzidos por "aticismo" e "asianismo", e tornaram-se matéria de importante debate.

INTRODUÇÃO

A verdade é que Plínio desperta simpatia por sua mediania e amabilidade: é uma personagem com quem os leitores podem facilmente identificar-se e a quem se unem como iguais. Ao que parece isto significou que Plínio com muita frequência atraiu apenas a atenção de filólogos medianos. Isso é verdadeiro sobretudo no campo da análise formal, em que é fácil cair no erro de fornecer aos leitores não informações concretas, mas reações emotivas a certa leitura do texto ou discussões apaixonadas sobre uma passagem que fala ao coração do crítico. Consideremos por exemplo a observação de Giuseppe de Vico sobre a famosa epístola VI, 16, em que narra a morte de Plínio, o Velho:

"Que doçura de sentimento! Que testemunho de afeição pelo velho cientista".

[...]

Ou o comentário de Francesco Trisoglio:

"As qualidades de Plínio como escritor combinam-se numa delicadeza que não é apenas conhecimento estilístico e sensibilidade, mas sobretudo sereno equilíbrio de espírito. É frequente a vivacidade cavalheiresca temperada por um superior senso de medida".

Este tipo de crítica, no máximo, oferece-nos um *insight* da psicologia do autor em questão; quando não é o caso, o que teremos é um *insight* mortificante da psicologia do crítico[4].

Não é de crer enfim que Plínio seja mediano no sentido judicioso do termo. Abordo a questão em partes.

3. PLÍNIO À SOMBRA DE CÍCERO

Quanto ao juízo de Plínio à luz das dramáticas condições de Cícero e do que sob elas fez, só se pode responder de imediato que também diz mais respeito aos interesses e preferências de quem ajuíza do que ao objeto. Se Plínio escreveu sob condições bem diferentes daquelas,

---

4. Federico Gamberini, *Stylistic Theory and Practice in the Younger Pliny*, 1983, p. 4. Gamberini cita os trabalhos de Giuseppe de Vico, "Sincerità Retorica e Manierismo nell' Epistolario di Plinio il Giovane", *Atti della Academia Pontaniana*, Napoli, 10 (1960-1961), p. 155, e de Francesco Trisoglio, "L' Elemento Meditativo nell' Epistolario di Plinio il Giovane", *Fons Perennis: Saggi Critici di Filologia Classica Raccolti in Onore del Professore Vittorio D'Agostino*, Torino, Amministrazione della *Rivista di Studi Classici*, pp. 413-444, 1971.

seus escritos reclamam tratamento que as reconheçam sim, mas que não postulem que ele devia ser quem não foi ou que devia fazer o que a conjuntura sob que escreveu impedia. Com efeito, seus escritos reclamam que se reconheça a presença de Cícero, que, precedendo-o, lhe foi modelo, e é obrigatório assim fazer, mas apenas porque ambos integram o mesmo gênero epistolográfico em que Cícero o antecedeu, não por uma suposta grandeza absoluta, independente dos canais, por assim dizer, por meio de que foi possível que os escritos ciceronianos interferissem nos de Plínio. A relação não é das pessoas, ou dos autores no sentido que damos ao termo hoje, mas da autoridade que os *auctores* no sentido antigo têm segundo um canal que a comunica: este canal é o gênero de textos em que escrevem, que aqui é, primeiro, o epistolográfico. Quanto a isso, aliás, Plínio, cônscio da própria posição no gênero epistolográfico, admite o repto de Cícero, que menciona em dez epístolas[5], contra apenas uma em que menciona Sêneca[6], e o fez ademais só porque Sêneca foi poeta, não porque foi epistológrafo.

Quanto à suposta mediocridade de Plínio, talvez se possa responder com as próprias palavras dele, que revelam a aguda consciência que tinha de quão diferentes das suas eram as circunstâncias em que o grande Marco Túlio Cícero vivera:

Plínio, o Jovem, livro IX, epístola 2, §§1-2

GAIUS PLINIUS

SABINO SUO SALUTEM

1. Facis iucunde quod non solum plurimas epistulas meas uerum etiam longissimas flagitas; in quibus parcior fui partim quia tuas occupationes uerebar, partim quia ipse multum distringebar plerumque frigidis negotiis quae

CAIO PLÍNIO

A SEU QUERIDO SABINO, SAUDAÇÕES

1. És gentil quando cobras que minhas epístolas sejam não só numerosas, mas também extensas; nelas fui parco, em parte porque respeitei tuas ocupações, em parte porque eu mesmo estive muito empenhado em negócios

---

5. I, 2, 4; I, 5, §§11 e 12; I, 20, §§4 e 7; III, 15, 1; IV, 8, 4; V, 3, 5; VII, 4, §§3 e 6; VII, 17, 13; IX, 2, 2 e IX, 26, 8.

6. V, 3, 5.

INTRODUÇÃO

simul et auocant animum et commi-nuunt. Praeterea nec materia plura scri-bendi dabatur. 2. Neque enim eadem nostra condicio *quae* M. Tulli, *ad cuius exemplum nos uocas. Illi enim et* copio-sissimum ingenium, *et par ingenio qua* uarietas rerum *qua* magnitudo *largissi-me suppetebat.*

quase sempre entediantes que, ao tem-po que desviam a atenção, a esgotam. Além disso, não havia assunto sobre o qual pudesse escrever mais coisas. Ora, minha *condição* não é mesma de *Cíce-ro*, com cujo exemplo me incitas, pois o *engenho dele era fartíssimo* e à altura do próprio engenho tinha à total disposi-ção ora a *variedade* dos acontecimen-tos, ora a *grandeza* deles.

Mesmo breve, a passagem é bem clara: Plínio postula exatamente a diferença de condição, *condicio*, que significa "circunstância", "estado de coisas", isto é , "a situação política"[7]. E Plínio dá à asserção duas razões: uma é subjetiva, o menor cabedal em relação a Cícero (*copiosissimum ingenium*, "fartíssimo engenho"), razão que, afetando humildade, não deixa de ser verdadeira. A outra é objetiva, "a variedade dos aconteci-mentos" e "a grandeza deles" (*uarietas, magnitudo rerum*), que discri-mina o que a situação política oferecia vantajosamente ao epistolário de Cícero. Leiamos Plínio como o Plínio que ele foi, não como o Cícero que não poderia ter sido.

4. "CARTA E EPÍSTOLA": SINÔNIMOS?
UMA COMPARAÇÃO E UMA PROPOSTA

Na época de Plínio a epistolografia já era há muito tempo, ao lado da historiografia, filosofia, retórica, oratória, diálogo etc., um gênero tex-tual da prosa bem definido, com determinadas regras, a exemplo do que ocorre em outros os gêneros da própria prosa e da poesia. Mas como é evidente, mensagens escritas, cartas, sempre foram primeiro um meio de comunicação entre duas entidades (pessoas, grupos etc.) separadas no espaço e até mesmo no tempo: não se pode impedir que alguém dei-

---

7. Ver OLD, s.v. *condicio*, 6a, *circunstance*, "circunstâncias"; 6b, *state of affairs*, "estado de coisas".

xe para outro uma mensagem que deverá ser lida no futuro, com o que se conclui que uma carta pressupõe no espaço, que é mais comum, ou no tempo, ou em ambos, necessária *separação*, necessária *distância*, em maior ou menor grau. Não é difícil perceber que a partir de uso prático, ditado por necessidade de comunicação, a missiva, que respondia de imediato ao que era mister comunicar, respeitando os quesitos mínimos de comunicabilidade (externos, como grafia e suporte; e internos, como vocabulário, coerência, coesão etc.), passou a receber agenciamento formal, que impropriamente alguns dizem "estético" e propriamente dizemos "retórico". Ora, por que não comunicar-se com mais beleza ainda que em meio a necessidades práticas? O que se perde? E por causa disto, a missiva passou também, numa instância posterior, a extrapolar aquela finalidade primeira, que era ser lida por um e apenas um destinatário, e ser dirigida, como todos os textos dos demais gêneros da prosa e da poesia, a outros múltiplos destinatários, situação essa que só ocorre quando a carta – bem entendido, a cópia da carta que tinha sido enviada – tendo sido formalmente engendrada levando-se em conta futura publicação, vem a ser de fato publicada. Quando foi engendrada apenas para comunicar o que era preciso comunicar, a missiva era uma carta, ainda que o engendramento tenha sido retórico. Quando, após ser pensada para publicação, foi de fato publicada, a missiva tornou-se epístola, unidade do gênero epistolografia, que passou a existir.

Para entender a mudança, pensemos o seguinte: se é bem verdade que já não podemos contemplar uma carta sem que já exista sobre ela o peso do gênero textual ("literário") em que ela se transformou, que é a epistolografia (e já não temos a experiência primordial daquela condição primeira, apenas pragmática), podemos hoje, porém, contemplar outras missivas, outras mensagens que, já não apoiadas sobre suporte físico, respondem todavia àquela mesma necessidade pragmática sem ter sobre si a convivência de um gênero textual consolidado: isso agora ocorre com as mensagens eletrônicas, os *e-mails*, que são missivas e não deixam de a seu modo ser "cartas", mas não são ainda um gênero textual minimamente definido. Creio que os *e-mails* poderão ser e logo serão um gênero, quando surgir para eles o artesão, o artífice que agencie formalmente a mensagem eletrônica de tal modo, que também ela tenha condições de extrapolar sua finalidade e seu destinatário primeiros, para tornar-se poeticamente, literariamente relevantes a outros múltiplos destinatários: o *e-mail* aguarda seu artífice e um teórico que lhe reconheça o artifício.

Proponho como construção teórica, e algum escopo didático, chamar, de um lado, "cartas" as missivas que possuem destinatário único (ainda que coletivo) e se restringem – enquanto se restringem, se se restringirem – à finalidade informativa e comunicacional, mesmo que já tenham algum agenciamento retórico – e, de outro lado, "epístolas" as missivas que, por causa do agenciamento retórico e das regras que ele erige, extrapolam seu destinatário único. Deixo claro desde já que nem os dois termos latinos – *litterae* e *epistula* – nem os termos vernáculos – "carta" e "epístola" apresentam em si mesmos a distinção que proponho.

Passo então a exemplificar a proposta em âmbito antigo, romano, primeiro com o que considero verdadeiras "cartas" e depois com a reflexão do próprio Plínio sobre a passagem de suas cartas (enviadas a destinatários singulares) à condição de epístolas quando foram publicadas. Para tanto leiamos as extraordinárias Tabuinhas de Vindolanda.

5. DUAS MISSIVAS DE VINDOLANDA

Vindolanda era uma cidade romana fortificada situada na Britânia, ao sul do muro de Adriano, próxima da atual Bardon Mill, ao norte da Inglaterra. As Tabuinhas de Vindolanda, que datam dos séculos I e II d.C., são mensagens escritas sobre tabuinhas de madeira com tinta feita à base de carbono. Descobertas em 1973 pelo arqueólogo inglês Robin Edgar Birley (1935-2018), são extraordinária fonte de informações sobre a vida cotidiana da gente comum na fronteira norte do Império Romano.

Tabulae Vindolandae, II 343[8]:
Carta de Otávio Cândido

I

OCTAVIUS CANDIDO FRATRI SUO
SALUTEM

a Marino nerui pondo centum
explicabo e quo tu de hac
re scripseras ne mentionem   5
mihi fecit aliquotiens tibi
scripseram spicas me emisse
prope m[odios] quinque milia prop-
ter quod [denarii] mihi necessari sunt
nisi mittis mi aliquit [denariorum]   10

I

OTÁVIO A SEU IRMÃO CÂNDIDO,
SAUDAÇÕES.

As cem libras[9] de tendão[10] de Marino
vou explicar: desde o dia que sobre
isto escreveste, ele menção alguma
fez para mim. Várias vezes te
escrevi que havia comprado, de trigo,
uns cinco mil módios[11], por
causa do quê eu precisava de dinheiro.
Se não mandas algum dinheiro,

II

minime quingentos futurum

est ut quod arre dedi perdam
[denarios] circa trecentos et erubes-
cam ita rogo quam primum aliquit
[denariorum] mi mitte coria que scribis   15

II

pelo menos quinhentos denários[12], vou perder
o que dei como depósito,
cerca de trezentos denários e vou passar
vergonha. Assim, peço mandes o quanto
antes algum dinheiro. As peles que mencionas

---

8. "Esta carta consiste de dois dípticos [pares de tabuinhas] completos sobre os quais se escreveu e que foram dobrados da maneira usual. [...] A carta é escrita no formato costumeiro de duas colunas, mas com uma singularidade surpreendente: a carta começa na coluna I no lado direito do primeiro díptico e continua na coluna II no lado esquerdo. A coluna III está à direita do segundo díptico e a coluna IV à esquerda. O padrão normal [da esquerda para a direita] foi assim completamente invertido. A explicação mais óbvia para isto é que o missivista era canhoto e adotou esta maneira para poder ler o que ele havia escrito na primeira e na terceira colunas enquanto continuava a escrever na segunda e na quarta." *In* http://vindolanda.csad.ox.ac.uk/index.shtml.

9. LIBRA: unidade de peso. Uma libra equivalia a 323 gramas. O termo latino *libra* está subentendido na locução *nerui pondo centum*, "cem [libras] de tendão em peso".

10. TENDÃO: *nerui*. São tendões animais usados para diversos fins. Aqui provavelmente para fabricar corda e fio.

11. MÓDIO: é unidade de capacidade. Um módio equivalia a 8,62 litros.

12. DENÁRIO: unidade do sistema monetário romano. A moeda era uma liga de prata e bronze, cunhada na época das cartas ao peso de 1/96 da libra.

INTRODUÇÃO

esse Cataractonio scribe
dentur mi et karrum de quo

estão em Cataractônio[13]: escreve
que me sejam entregues e também o va-
gão do qual

scribis et quit sit cum eo karro
mi scribe iam illec petissem

escreves. E o que é que há com esse carro
escreve contando-me. Eu já os teria apa-
nhado

nissi iumenta non curaui uexsare 20
dum uiae male sunt uide cum Tertio

mas não quis machucar os jumentos
já que as estradas estão ruins. Vê com
Tércio sobre

de [denariis] viii s [emisse] quos a Fatale
accepit
non illos mi [...] accepto tulit

os oito denários e meio que recebeu de
Fatal:
ele não creditou na minha conta.

III

scito mae explesse [[exple]] coria
clxx et bracis excussi habeo 25
m[odios] cxix fac [denarios] mi mittas ut
possi-
m spicam habere in excusso-
rio iam autem si quit habui
perexcussi contuber-
nalis Fronti amici hic fuerat 30
desiderabat coria ei ad-
signarem et ita [denarios] datur-
{ur}us erat dixi ei coria in-
tra K[alendas] Martias daturum Idibus

III

Saibas que completei as 170 peles
e de *brax*[14] já debulhado tenho
190 módios. Vê se me mandas dinheiro
para que eu possa
ter trigo na ei-
ra. É tudo que
já debulhei. Um companheiro de quarto
de nosso amigo Frôntio esteve aqui.
Queria que dividisse com ele
as peles e estava pronto a
pagar em dinheiro. Eu disse a ele que lhe daria
as peles nas Calendas de março. Ele decidiu

IV

Ianuariis constituerat se uentur- 35
um nec interuenit nec curauit
accipere cum haberet coria si
pecuniam daret dabam ei Fronti-
nium Iulium audio magno lice-

IV

que voltaria nos Idos de março
e não ocorreu nem ele fez questão
de levar as peles porque tinha. Se
tivesse o dinheiro ali, eu lhe daria. Ouço
falar que Frontínio Júlio está vendendo

---

13. CATARACTÔNIO: hoje Catterick, situada norte de Yorkshire, Inglaterra. O local era importante centro de tinturaria e curtume.
14. BRAX: sabe-se que é cereal que os celtas usavam para fazer cerveja.

25

re pro coriatione quem hic	40	a preço alto o couro que
comparauit [denarios] quinos		comprou por cinco dinheiros cada.
saluta Spectatum I[anuarium]		Saúda Espectato Januário
rium Firmum		e Firmo.
epistulas a Gleucone accepi		Recebi cartas de Gleucão.
ual[e]	45	Adeus.
Vindol		Para entregar em Vindolanda[15].

Segue respectiva reprodução fotográfica[16]:

---

15. Menciona-se o local onde se deve entregar a carta mas não o destinatário, o que sugere que o mensageiro conhecia Cândido.
16. Imagem disponibilizada em http://vindolanda.csad.ox.ac.uk/index.shtml. Acesso em 2 de janeiro de 2019.

Tabulae Vindolandae, ii, 291
Convite de Cláudia Severa a Sulpícia Lepidina para seu aniversário

I

CL[AUDIA] SEVERA LEPIDINAE [SUAE
[SA]L[U]TEM
iii Idus Septembr[e]s soror ad diem

sollemnem natalem meum rogo
    libenter facias ut uenias   5
ad nos iucundiorem mihi

II

[diem] interuentu tuo factura si
[tu] [aderi]s.
Cerial[em t]uum saluta Aelius meus .[
    et filiolus salutant [10
2ᵃ ᵐᵃᵒ sperabo te soror
uale soror anima
mea ita ualeam
karissima et haue
verso

1ᵃ ᵐᵃᵒ Sulpiciae Lepidinae   15
Cerialis
a S[e]uera

I

CLÁUDIA SEVERA A SUA QUERIDA LEPIDINA,
SAUDAÇÕES
Hoje, 3º dia antes dos Idos de setembro[17], irmã,

te convido carinhosamente a vir aqui
para o meu aniversário
e fazer mais feliz esse

II

dia com tua vinda,
se vieres.
Saúda o teu querido Cerial. Meu Élio
e meu filhinho te [o] saúdam.
2ᵃ ᵐᵃᵒ Estarei esperando, cunhada!
Adeus, cunhada, alma
minha. Que tudo me corra bem,
caríssima, e adeus.
verso

1ᵃ ᵐᵃᵒ De Severa,
para Sulpícia Lepidina,
esposa de Cerial.

Segue respectiva reprodução fotográfica[18]:

---

17. *3º DIA ANTES DAS IDOS DE SETEMBRO: iii Idus Septembr[e]s soror ad diem*, dia 11 de setembro.
18. A imagem está disponibilizada em http://vindolanda.csad.ox.ac.uk/index.shtml. Acesso em 2 de janeiro de 2019.

Essas admiráveis missivas são cartas e não deixariam de ser cartas mesmo que fossem publicadas, como agora são, porque, não tendo sido jamais sido formalmente engendradas para publicação, não teriam condições de extrapolar sua finalidade primeira, que é tratar dos assuntos de que tratam. Ainda que respeitem certas convenções que se observam também nas epístolas (a revelar o alto grau de instrução daquela cidade[19]), carecem do agenciamento formal, que é sempre retórico, como se verá, e da intenção de publicar, que as transfomaria em peças de epistolografia. À sua maneira, com perdão do anacronismo, são análogas às utilitárias cartas que se escrevem todo dia, por maior que seja seu interesse documental, histórico e até literário, como cartas trocadas entre escritores, como as *Cartas a Manuel Bandeira* de Mario de Andrade, cineastas, etc, mesmo depois de publicadas.

---

19. "Do ponto de vista da aculturação e da romanização, o aspecto mais importante e excitante das tabuinhas talvez seja o fato de que ilustram o grau, a qualidade e a natureza do letramento na comunidade de Vindolanda e em menor medida nos locais donde provinham as cartas aos membros daquela comunidade." (Alan K. Bowman, *Life and Letters on the Roman Frontier*, 1994. p. 82).

INTRODUÇÃO

6. A EPÍSTOLA PROEMIAL DE PLÍNIO, O JOVEM

Conforme ocorre em vários gêneros da prosa e da poesia nas letras latinas e gregas, a primeira peça de um livro discute o próprio gênero a que pertence. Aqui a epístola I, 1, primeira do livro e da coleção toda, é, pois, metaepistolar. Embora as epístolas de Plínio tivessem sido enviadas a destinatários reais singulares e por mais que Plínio dissimule e afete naturalidade, foram elas compostas para posterior publicação ou foram depois revistas para esse fim, ou seja, eram cartas, ainda que potencialmente epístolas. Plínio não levou em conta a cronologia, como ele mesmo ali atesta:

Plínio, o Jovem, livro I, epístola 1

GAIUS PLINIUS	CAIO PLÍNIO
SEPTICIO CLARO SUO	A SEU QUERIDO SEPTÍCIO CLARO,
SALUTEM	SAUDAÇÕES

1. Frequenter hortatus es ut epistulas, si quas paulo curatius scripsissem, colligerem publicaremque. Collegi non seruato temporis ordine (neque enim historiam componebam), sed ut quaeque in manus uenerat. 2. Superest ut nec te consilii nec me paeniteat obsequii. Ita enim fiet, ut eas quae adhuc neglectae iacent requiram et si quas addidero non supprimam. Vale.

1. Com frequência exortaste-me a coligir e publicar, das minhas epístolas, aquelas que escrevi com um pouco mais de esmero. Coligi sem conservar a ordem temporal (pois não estava a compor historiografia), mas conforme cada uma me vinha às mãos. 2. Espero que não te arrependas de ter-me aconselhado, nem eu de ter-te ouvido, pois vou procurar aquelas que, postas de lado, estão até agora esquecidas, e as que porventura escrever não hei de omitir. Adeus.

Para não respeitar a cronologia, Plínio argumenta que não está a compor historiografia (§1), o que bem ilustra a mencionada complementaridade do epistolário para com as obras historiográficas de Tácito e Suetônio, que são, aliás, seus correspondentes[20]. Mas a pura casuali-

---

20. A Suetônio endereçam-se as epístolas I, 18; III, 8; V, 10 e IX, 34. A Tácito endereçam-se as epístolas I, 6; I, 20; IV, 13; VI, 9; VI, 16; VI, 20; VII, 20; VII, 33; VIII, 7; IX, 10 e IX, 14.

dade na sequência não é senão artifício retórico jocoso com que Plínio encobre o desejo de que elas apresentem mudança de assunto, e o faz para não enfadar o leitor, o que já é o primeiro agenciamento formal. Em termos retóricos, Plínio busca variação (*uariatio*) na matéria (*materia, res*), tendo em mira deleitar (*placere, delectare*) o leitor. Ora, para que isso ocorra, a maior parte das epístolas de Plínio trata de um único argumento ou, quando não é bem o caso, trata com mais detença de certo argumento[21], de modo que cada epístola acaba por ser como um breve tratado sobre matérias que, incluindo os eventuais interesses do destinatário singular – não há por que questionar isto –, atingem os do público geral da coletânea: em outras palavras, cumprindo os quesitos da carta singular, miram os da epístola plural. A tal ponto é identificável uma matéria dominante, que os editores modernos puderam arrolar o argumento de todas as epístolas, o que não é isento de serventia para quem queira ler epístolas de assunto específico, razão pela qual o mantivemos. Se por jovialidade Plínio omite que a variedade da matéria é um dos critérios seletivos da recolha, patenteia, porém, o esmero com que foram escritas ("Com frequência exortaste-me a coligir e publicar, das minhas epístolas, aquelas que escrevi *com um pouco mais de esmero*", *Frequenter hortatus es ut epistulas, si quas paulo curatius scripsissem, colligerem publicaremque*, §1). "Esmero" (*cura*, presente no advérbio cognato *curatius*, "mais esmeradamente", "com mais esmero"), embora em princípio não seja termo técnico, diz respeito à absoluta correção gramatical do discurso e tecnicamente corresponde ao que os antigos chamavam *puritas* ("pureza") ou *Latinitas* ("latinidade", "consonância com o correto uso do latim"), que é virtude da elocução, como ensina a retórica: as epístolas de Plínio são escritas em puro e bom latim. Assim

---

21. Roy Gibson e Ruth Morello (*Reading the Letters of Pliny the Younger*, 2012, p. 1) concordam para dissentir: "Embora Plínio, conforme se tem apontado com frequência, tenda a restringir-se a um único assunto nas epístolas, a veracidade de tal afirmação pode estar superstimada. Com efeito, Plínio amiúde logra engastar com habilidade um grande número de tópicos aparentemente menores em torno do assunto principal, do que resulta que uma única epístola apresente vínculos talvez importantes com muitas outras epístolas sobre diversas matérias".

INTRODUÇÃO

sendo, *curatius* e seus cognatos em Plinio assumem tecnicidade retórica e particularmente epistolar, e a razão é bastante clara: se em quaisquer outros gêneros textuais é inerente o esmero (isto é o agenciamento poético e retórico da escrita, que anacronicamente chamaríamos "estético", responsável pelo carácter "literário" das obras desses gêneros), na epístola, a *cura*, o "cuidado" maior, é precisamente o que faz que escritos que não teriam finalidade "estética" e, por isso, não se destinariam à publicação, passassem a ser, digamos assim, "obras literárias" destinadas ao público. Se apenas recebessem aquele mínimo cuidado que, por decoro, é sempre obrigatório até mesmo a destinatários privados, a finalidade delas se cumpriria com a mera leitura que eles lhes fizessem. Mas por ser escritas com um pouco mais de esmero, *paulo curatius*, ganham finalidade ulterior e maior, que é chegar ao público. Em outras palavras, a "literariedade", seu caráter "literário", "estético", faz com que, tendo de imediato um destinatário privado, que é o endereçado específico e nomeado à testa de cada uma, tenham mediatamente um destinatário amplo e indeterminado, que é o público leitor. Esta é a razão por que as quisemos discriminar, empregando em português o termo "epístola" para todas as missivas de Plínio, que são "um pouco mais cuidadas", em oposição às meras "cartas", que seriam as epístolas carentes de maior esmero, isto é, aquelas dotadas só do cuidado mínimo, necessário por decoro, que ele na seleção teria deixado de lado e não publicou. Em suma, excluindo epístolas escritas exclusivamente para publicação, para nós epístola é a só carta escrita "com um pouco mais de esmero", destinada ulteriormente ao público: todas as epístolas são cartas, mas nem todas as cartas são epístolas. Parece-nos que desse modo fica mais evidente por que a epístola, assim entendida, é um dos gêneros textuais antigos (ou pior e anacronicamente, dizendo, um dos "gêneros literários"). Repito que a distinção de sentidos não existe nem em latim nos termos *litterae*, *epistula*, nem em português nos termos "carta" e "epístola", de sorte que tomar o termo "epístola" taxonomicamente como nome de cada composição do gênero epistolar não passa de convenção que propomos e seguimos à risca. Mas a bem dizer, é o próprio Plinio que, sem distinguir termos, faz a distinção. Releiamos o parágrafo 1:

31

1. Frequenter hortatus es ut epistulas, si quas paulo curatius scripsissem, colligerem publicaremque.

1. Com frequência exortaste-me a coligir e publicar, das minhas epístolas, aquelas que escrevi com um pouco mais de esmero.

Do conjunto total de epístolas (*epistulas*), Plínio foi exortado a recolher, entenda-se, selecionar (*colligerem*) para publicar (*publicarem*) aquelas que tivesse escrito (*si quas scripsissem*) com um pouco mais de esmero (*paulo curatius*). Se aplicarmos ao texto de Plínio a distinção taxonômica proposta, diríamos que o conjunto total de *epistulas* equivale a "cartas" e o subconjunto *quas paulo curatius scripsissem* equivale a "epístolas".

Em IX, 28, 5 ocorre advérbio comparativo *curiosius* – cognato do substantivo *cura* ("cuidado", "esmero") e derivado do adjetivo *curiosus* ("cuidadoso") – cujo sentido e tradução são os mesmos:

Adicis alias te litteras curiosius *scriptas misisse.*

Acrescentas que me enviaste outras epístolas que escreveste *com mais esmero*.

Em VII, 9, 8, ocorre *diligentius*, sinônimo de *curatius* e *curiosius*, usado à guisa de variação. Apresento o parágrafo anterior para melhor contextualizar (§§7-8):

7. Scio nunc tibi esse praecipuum studium orandi; sed non ideo semper pugnacem hunc et quasi bellatorium stilum suaserim. Ut enim terrae uariis mutatisque seminibus, ita ingenia nostra nunc hac nunc illa meditatione recoluntur. 8. Volo interdum aliquem ex historia locum adprendas, uolo epistulam diligentius *scribas. Nam saepe in oratione quoque non historica modo sed prope poetica descriptionum necessitas incidit, et pressus sermo purusque ex epistulis petitur.*

7. Sei que para ti é prioritário o estudo da oratória, mas não é por isso que te aconselharia um estilo contencioso, quase beligerante, pois tal como se revigora a terra com a troca de variadas sementes, assim também revigoramos nosso engenho ora por uma prática, ora por outra diferente. 8. Quero que tomes excertos de historiografia e ao mesmo tempo escrevas epístolas *com mais cuidado*, pois também os discursos necessitam das descrições da historiografia, bem como as da poesia, ao passo que *elocução concisa e pura se aprende com fazer epístolas*.

INTRODUÇÃO

Em ix, 2, 3, Plínio não emprega nenhuns termos, mas, ao contrário, explica que não está enviando epístola desprovida de cuidado, de esmero, como se proviessem de "um homem de gabinete" (*umbraticas*), que anacronicamente poderíamos dizer "mensagens meramente burocráticas":

3. *Nos quam angustis terminis claudamur etiam tacente me perspicis, nisi forte uolumus scholasticas tibi atque, ut ita dicam, umbraticas litteras mittere.*

3. Quanto a mim, quão apertados são os limites que me encerram podes ver claramente, ainda que me cale, a não ser que te envie exercícios de escola, próprios, como dizem, *de um homem de gabinete*.

7. ALGUMAS LEIS ANTIGAS DA EPISTOLOGRAFIA EM PLÍNIO, O JOVEM

Dois são os principais teorizadores antigos do gênero epistológrafico: um é o rétor grego Demétrio, já identificado a Demétrio de Falero (330-250 a.C.)[22], que em data incerta[23] escreveu o tratado *Sobre a Elocução* (*Perì Hermenéias* = Περὶ Ἑρμηνείας), talvez anterior ou até contemporâneo a Plínio, e então provavelmente dele conhecido. O outro é latino, o já mencionado Caio Júlio Vítor (século iv d.C.), que encerra o tratado *Arte Retórica* com breve capítulo *Sobre Epístolas*. Além deles, há dois tratados gregos de autoria incerta: *Tipos Epistolares* (*Týpoi Epistolikói* = Τύποι Ἐπιστολικοί), já atribuído a Demétrio de Falero, e *Espécies*[24] *Epistolares* (*Epistolimaîoi Kharaktêres* = Ἐπιστολιμαῖοι

22. Demétrio de Falero foi orador, aluno de Teofrasto (372-287 a.C.) e talvez de Aristóteles (384-322 a.C.) e um dos primeiros peripatéticos.

23. Propende por data próxima de 270 a.C. G. M. A. Grube (*A Greek Critic: Demetrius on Style. The Phoenix*, supplementary vol. iv, Toronto, University Press / London, Oxford University Press, 1961). Pelo século ii a.C. propugnam Guido Morpurgo Tagliabue (*Demetrio: Dello Stile*, Roma, Edizioni dell'Ateneo, 1980) e Doreen C. Innes (*Demetrius: On Style*, based on W. Rhys Roberts, Cambridge, Massachussetts / London, England, 1995). O período entre o fim do século ii a.C. e começo do século I defende Pierre Chiron (*Demetrios: Du Style*, Paris, Les Belles Lettres, 1993).

24. O vocábulo χαρακτήρ (*kharaktér*), creio, aqui significa "tipo ou traço (que se considera com-

Χαρακτῆρες), atribuído já ao rétor Libânio (c. 314-394 d.C.)[25]. A íntegra das respectivas passagens está no fim da Introdução. Por fim, como costuma ocorrer nos textos antigos, os próprios praticantes teorizam sobre o gênero que praticam e no caso Cícero e Sêneca refletiram sobre o gênero em suas epístolas e chegaram até indicar preceitos[26], mas de modo incidental, não sistemático.

Se Plínio então de modo deliberado compôs epístolas, bem entendido, peças de epistolografia, vejamos sucintamente as principais leis do gênero a que atende, expostas pelo rétor Demétrio: *1.* demonstração de amizade, *2.* elocução humilde, *3.* brevidade, *4.* unidade temática. Indico para cada lei a respectiva passagem de Demétrio e, quando é o caso, de Júlio Vítor:

1. Demonstração de amizade: Demétrio, *Sobre a Elocução*, §231:

231. Εἰ γάρ τις ἐν ἐπιστολῇ σοφίσματα γράφοι καὶ φυσιολογίας, γράφει μέν, οὐ μὴν ἐπιστολὴν γράφει. φιλοφρόνησις γάρ τις βούλεται εἶναι ἡ ἐπιστολὴ σύντομος.	231. Se alguém escrever sobre recursos de argumentação ou sobre história da natureza numa epístola, é verdade que está a escrever, mas não está escrevendo epístola. Em suma, epístolas desejam ser como que demonstrações de cordialidade.

Quanto a isso não é de pouca importância em Plínio e em todos os epistológrafos e missivistas (como os de Vindolanda) o emprego do pronome do possessivo *seus, sua* (que aparece no caso dativo masculino *suo,* ou feminino *suae*) –, que significa precisamente "para seu querido", "para sua querida", como abona o *OLD,* s.v. *suus:* "com nomes próprios: 'pessoas especialmente queridas, 'amados', principalmente no cabeçalho das cartas".

---

partilhado com outros) de um objeto ou de uma pessoa, raramente aplicado a uma natureza singular" "type or character (regarded as shared with others) of a thing or person, rarely of an individual nature", *LSJ,* II, 4.

25. A datação aproximada é séculos II-III d.C. e IV-VI d.C. respectivamente. Os textos não tratam de preceitos epistolares, mas arrolam tipos de epístola: 21 em pseudo-Demétrio e 41 em pseudo-Libânio.

26. Sêneca, *Cartas a Lucílio,* 38; 40; 52; 58; 59; 75; 100; 108; 114 e 115.

INTRODUÇÃO

2. Elocução chã (ou simples ou humilde): Demétrio, *Sobre a Elocução*, 223-224:

223. Ἐπεὶ δὲ καὶ ὁ ἐπιστολικὸς χαρακτὴρ δεῖται ἰσχνότητος, καὶ περὶ αὐτοῦ λέξομεν. Ἀρτέμων μὲν οὖν ὁ τὰς Ἀριστοτέλους ἀναγράψας ἐπιστολάς φησιν, ὅτι δεῖ ἐν τῷ αὐτῷ τρόπῳ διάλογόν τε γράφειν καὶ ἐπιστολάς· εἶναι γὰρ τὴν ἐπιστολὴν οἷον τὸ ἕτερον μέρος τοῦ διαλόγου. 224. Καὶ λέγει μέν τι ἴσως, οὐ μὴν ἅπαν· δεῖ γὰρ ὑποκατεσκευάσθαι πως μᾶλλον τοῦ διαλόγου τὴν ἐπιστολήν· ὁ μὲν γὰρ μιμεῖται αὐτοσχεδιάζοντα, ἡ δὲ γράφεται καὶ δῶρον πέμπεται τρόπον τινά.

223. Trataremos da *elocução*[27] epistolar, já que também deve ser *chã*. Ártemon, editor das epístolas de Aristóteles, diz que a epístola deve ser escrita da mesma maneira que o diálogo, porque a considera como que a *metade de um diálogo*. 224. Há algo de verdade no que diz, mas não toda a verdade. A epístola deve ser *um pouco mais elaborada* que o diálogo, pois este imita uma fala não premeditada, enquanto aquela é lavrada por escrito e enviada como se fosse um presente.

A elocução, que Plínio também chama "estilo" (que alguns sem precisão retórica chamam "tom") Demétrio diz que deve ser chã, simples (*iskhnótetos*, ἰσχνότητος), tal como acabamos de ver Plínio dizer em VII, 9, 8 que "elocução concisa e pura se aprende com fazer epístolas" (*pressus sermo purusque ex epistulis petitur*). E Demétrio deixa claro que isso se deve à maneira como amigos conversam, já que define a epístola como "metade de um diálogo" (*méros toû dialógou* = μέρος τοῦ διαλόγου), e é de supor que dialoguemos sobretudo com pessoas com quem temos relações amicais. (Aproveito, ainda que de passagem, para reparar no parágrafo 224 a locução "um pouco mais elaborada" (*hypokateskeuásthai pos* = ὑποκατεσκευάσθαι πως), a que correspondem precisamente os termos *curatius*, *curiosius* e *diligentius* de Plínio: não é coincidência). A elocução simples supõe igualmente o emprego de palavras simples:

231. τις βούλεται εἶναι ἡ ἐπιστολὴ [...] ἁπλοῦ πράγματος ἔκθεσις καὶ ἐν ὀνόμασιν ἁπλοῖς.

231. Em suma, epístolas [...] querem ser a exposição de matéria simples *em palavras simples*.

---

27. ELOCUÇÃO: χαρακτήρ (*kharaktér*), cuja acepção aqui é a II, 5 do *LSJ*.

35

"Palavras simples" em contexto latino podem bem propriamente significar que se devem evitar palavras compostas que impedem a clareza, como prescreverá Caio Júlio Vítor:

Neque, dum amputatae breuitati studes, dimidiatae sententiae sit intellegentia requirenda, nec dilatione uerborum et anxio struendi labore lux obruenda.	Nem quando buscares recortada brevidade, hás de exigir que se supra metade do sentido nem hás de impedir a clareza retardando a colocação das palavras e *fatigando-te em extremo ao compô-las.*

3. Brevidade: Demétrio, *Sobre a Elocução*, §228:

228. Τὸ δὲ μέγεθος συνεστάλθω τῆς ἐπιστολῆς, ὥσπερ καὶ ἡ λέξις. αἱ δὲ ἄγαν μακραὶ καὶ προσέτι κατὰ τὴν ἑρμηνείαν ὀγκωδέστεραι οὐ μὰ τὴν ἀλήθειαν ἐπιστολαὶ γένοιντο ἄν, ἀλλὰ συγγράμματα τὸ χαίρειν ἔχοντα προσγεγραμμένον, καθάπερ τῶν Πλάτωνος πολλαὶ καὶ ἡ Θουκυδίδου.	228. A extensão das epístolas, assim como a elocução, deve ser *reduzida*. As muito longas e as de elocução inflada em boa verdade não são epístolas, mas tratados encabeçados por "meu caro fulano de tal", tais como muitas de Platão e a de Tucídides.

O leitor verá que algumas epístolas de Plínio, não muitas, são bem longas, a caracterizar que esta e outras leis às vezes não são seguidas; porém verá que são transgredidas para que se afirmem outros elementos epistolares igualmente importantes, como a amizade, já referida (IX, 2, 5):

Est enim summi amoris negare ueniam breuibus epistulis amicorum, quamuis scias illis constare rationem.	É da grande amizade não perdoar nos amigos a brevidade das epístolas, por mais que saibas haver motivo por que assim sejam. Adeus.

A brevidade, que é virtude epistolar, aqui é defeito ético, porque amigos, porque as pessoas que se amam desejam permanecer longo tempo juntas: uma epístola longa significa mais convivência com o amigo; ou seja, a transgressão de uma lei, que é a brevidade, encarece outra lei, que é a amizade. Mas note-se que Plínio não deixou de ser breve, desculpou-se por parecer desatencioso e por fim sugere que foi breve porque brevidade é norma epistolar.

4. Unidade temática: Demétrio, *Sobre a Elocução*, §231:

231. τις βούλεται εἶναι ἡ ἐπιστολὴ [...] ἁπλοῦ πράγματος ἔκθεσις καὶ ἐν ὀνόμασιν ἁπλοῖς.

231. Em suma, epístolas [...] querem ser a exposição de *matéria simples* em palavras simples.

Quanto a isso já dissemos acima que as epístolas de Plínio permitem apor-lhes título com o argumento principal de que tratam.

Plínio, ao patentear que não escreve meras cartas, mas compõe veras epístolas, ratifica, como dissemos, que estas já são gênero bem cuidado, tão bem ordenado que, mesmo quando não trata de matéria mais ampla e talvez mais interessante (oratória, retórica, poesia, direito, política, historiografia), mas de assuntos privados (libertação de escravos, descrição de uma vila, procura de um professor, morte de um amigo, amor pela esposa, punição aos cristãos, erupção do Vesúvio, morte de Plínio, o Velho), ele o faz como quem conversa, como quem conversa para ser entendido, como quem fala simplesmente como amigo, de modo tal, que, entretendo-nos, nos ensina sem que talvez pecerbamos que também há alguma poesia e muita humanidade nas pequenas coisas. Mas vimos sim que o escritor, o epistológrafo, na epístola esconde o artifício, oculta a mágica e isso é parte do jogo. Então joguemos o jogo: o leitor, que já não é destinatário de cartas, mas sim de epístolas, é convidado a participar do que fora uma conversa agradável entre amigos. Embora não possa falar, agora, porém, é-lhe permitido testemunhar a conversa como quem educadamente ouve o que já não é ilícito ouvir, ilicitude que, segundo creio e proponho, ocorreria se por algum acaso lesse as *cartas* particulares de terceiros sobre assuntos que não lhe dizem respeito: seria então só um intrometido e, no limite extremo, violador de correspondência, um invasor de privacidade! Porém, não há tal perigo, porque agora o leitor de epístolas é alguém que teve a sorte de escutar pessoas inteligentes conversando sobre assuntos interessantes em muito bom latim e não pior português (e há assuntos diferentes para todos os gostos!) sem o pedantismo e a arrogância tantas vezes observados nas pessoas mais cultas. Tal como a *persona muta* no teatro, o leitor está em cena e, ouvindo tudo, é parte da

8. DAS ESPÉCIES DE EPÍSTOLAS

conversa. Podem-se inventar mil plataformas, meios e mídias, mas ainda e sempre só se aprende lendo, ouvindo, conversando.

8. DAS ESPÉCIES DE EPÍSTOLAS

Se a epistolografia é gênero do discurso em prosa, trato como espécies seus tipos. Caio Júlio Vítor de imediato distingue:

Epistolis conueniunt multa eorum, quae de sermone praecepta sunt. Epistolarum species duplex est; sunt enim aut negotiales aut familiares. Negotiales sunt argumento negotioso et graui.	Às epístolas convém muito do que foi preceituado para a conversação. Duas são as espécies de epístolas: as públicas e as privadas. São públicas aquelas cuja matéria é oficial[28] e importante.

Pois bem: o livro décimo das epístolas de Plínio, o Jovem, trocadas com o imperador Trajano, contém apenas epístolas públicas, isto é, epístolas que, trocadas por missivistas investidos de cargo público, tratam da coisa pública (*res publica*), sendo, por isso, oficias. E são privadas todas as epístolas dos outros nove livros, enviadas a cidadãos particulares que com Plínio mantinham relação de amizade ou parentesco, designada em latim pelo adjetivo *familiares*[29].

Bem mais complicado é o que se refere à espécie privada e suas subespécies, porque nem tratadistas nem epistológrafos antigos se ocuparam de modo sistêmico da especificação. No quanto se ocuparam, discriminaram com razoável taxonomia várias espécies e subespécies, mas, atentos cada qual a seus próprios fins, não foram sempre concordes sobre onde inseri-las nem puderam a todo tempo colaborar com o que é, em verdade, *nosso* anseio de sistematicidade. Sherwin-White (pp. 42-45), cujos comentários são históri-

---

28. PÚBLICAS, MATÉRIA OFICIAL, PRIVADA: *negotiales, argumento negotioso, familiares*. Assim traduzo – em vez de "negociais", "familiares" (Thais Morgato Martin, p. 148), "pratiques", "familières" (Jeffery Aubin, p. 145) – acolhendo comentário de Maria Silvana Celentano (1994, p. 430): "Giulio Vittore elenca due generi di lettere: quelle ufficiali (*epistolae negotiales*) e quelle private (*epistolae familiares*). "Familiar" em português não tem a mesma amplitude de sentidos que *familiaris* em latim.

29. É intitulado *Lettere ai Familiari* o volume I, dedicado aos nove primeiros livros, da edição de Luciano Lenaz e Luigi Rusca, para a Biblioteca Universale Rizzoli (BUR).

cos e sociais, como reza o título de seu livro, não se detém no dissenso entre os teóricos antigos, mas, tendo em mira oferecer a qualquer leitor imediata subclassificação das epístolas privadas de Plínio, serve-se da taxonomia antiga, indica-lhes a proveniência e identifica oito subespécies de epístolas privadas chegando em alguns casos a oferecer-lhes ulterior subdivisão. Imbuído do mesmo intento, reduzo para sete as oito subespécies identificadas por Sherwin-White assume designações que Cícero emprega numa missiva das *Epístolas aos Familiares*:

Cícero, Epístolas aos Familiares, 2, 4, 1

Epistularum genera *multa esse non ignoras sed unum illud certissimum, cuius causa inuenta res ipsa est, ut certiores faceremus absentis si quid esset quod eos scire aut nostra aut ipsorum interesset. Huius generis litteras a me profecto non exspectas.* Tuarum enim rerum *domesticos habes et scriptores et nuntios, in meis autem rebus nihil est sane noui. Reliqua sunt epistularum genera duo, quae me magno opere delectant,* unum familiare et iocosum, alterum seuerum et graue. *Utro me minus deceat uti non intellego. Iocerne tecum per litteras? Ciuem mehercule non puto esse, qui temporibus his ridere possit. An grauius aliquid scribam? Quid est quod possit grauiter a Cicerone scribi ad Curionem nisi* de re publica?

Não ignoras que muitas são as *espécies* de epístola, mas a mais precisa, por causa da qual a própria epístola foi inventada, é aquela para informar pessoas ausentes de algo que seja do interesse delas ou do nosso que conheçam. Com certeza não esperas de mim epístolas dessa espécie, pois para *teus assuntos* tens escreventes e mensageiros em casa; quanto aos meus não há absolutamente nada de novo. Sobram duas espécies epistolares, que muito me deleitam, *uma privada e jocosa, outra severa e importante.* Não sei qual me convém menos usar. Poderia ser jocoso contigo em epístolas? Não creio, por deus, que nesses tempos haja cidadão capaz de rir. Será que eu poderia escrever-te sobre matéria muito importante? O quê de importante pode Cícero escrever a Curião, que não seja *sobre a coisa pública*?

Cícero aponta três espécies (*genera*[30]) de epístolas, uma informativa, destinada dar a ausentes alguma notícia importante (*ut certiores faceremus*

---

30. Para *genus, generis*, como "espécie", ver OLD, 6b e 6c.

absentis); uma privada e jocosa (*genus familiare et iocosum*), uma severa e grave (*genus seuerum et graue*). No fim do excerto vincula à espécie severa e grave a epístola sobre assuntos públicos (*de re publica*), como já vinculara a informativa à epístola sobre assuntos domésticos (*de re domestica*). Desconsiderando que, por exemplo, um adjetivo como *graue* pode designar a matéria de uma epístola e não a espécie (como alguns teóricos antigos também fazem, a ilustrar o dissenso entre os antigos e a dificuldade de sistematizá-los), até aqui temos o seguinte esquema das espécies de epístola privada:

ESPÉCIE (*GENUS*) DE EPÍSTOLA	MÁTÉRIA (*RES*)
informativa (*ut certiores faciamus absentes*):	assunto doméstico (*res domestica*);
privada e jocosa (*familiare et iocosum*):	jocosidades
severa e grave (*seuerum et graue*):	coisa pública (*res publica*).

Portanto, a matéria da espécie privada e jocosa evidencia-se a si mesma, que é a ação de *iocari*, isto é, "gracejar", "divertir-se", "dizer jocosidades", como o próprio Cícero afirma:

Cícero, Epístolas a Ático, 7, 5, 4

Iam plane mihi deest quid ad te scribam; nec enim de re publica, quod uterque nostrum scit eadem, et domestica nota sunt ambobus. Reliquum est iocari.	Já me falta sim do que te escrever: nada há sobre a coisa pública, pois que cada um de nós está informado dos mesmos assuntos, e os assuntos doméstios ambos os conhecemos. Sobra apenas escrever para *gracejar*.

E confirma em outras epístolas[31]. Quintiliano, embora esteja a arrolar digressões cabíveis num discurso oratório, oferece, porém, a possibilidade de discriminar subespécies de epístolas privadas ou até mesmo alguma ulterior subdivisão:

---

31. *Epístolas aos Familiares*, 9, 21, 1 e *Epístolas a Ático*, 7, 5, 5 e 10, 11, 5.

Quintiliano, *Instituições Oratórias*, 4, 3, 12

Hanc partem παρέκβασιν uocant Graeci, Latini egressum uel egressionem. Sed hae sunt plures, ut dixi, quae per totam causam uarios habent excursus, ut laus hominum locorumque, ut descriptio regionum, expositio quarundam rerum gestarum uel etiam fabulosarum.

Essa parte os gregos chamam "parécbase", os latinos "digressão" ou "egressão". Há muitas, como já disse, e em qualquer parte da causa contêm excursos sobre variados assuntos, como *louvor de pessoas* ou *de lugares, descrição de regiões, narração de fatos históricos* ou *fabulosos.*

Desconsiderando, como se verá adiante em outros teóricos antigos, que, por exemplo, um adjetivo como *graue* pode designar a *matéria* de uma epístola e não a *espécie* (o que exemplifica o dissenso entre os antigos e a dificuldade de sistematizá-los), essas fontes antigas permitem-me até agora propor as seguintes sete subespécies de epístola privada em Plínio, o Jovem:

1. Epístolas informativas (*ut certiores faciamus absentes*), que tratam a) ou de assuntos domésticos (*res domestica*), isto é, da administração da casa, ou b) de questões pessoais (*intima, intimorum*[32]) dos missivistas.
2. Epístolas jocosas (*iocari*), que têm como matéria gracejos. Com base no conceito aristotélico de ridículo como defeito indolor e não destrutivo na consequente postulação que faço sobre a existência de um riso destrutivo[33], proponho ainda subespecificar a espécie jocosa em a) "amicais" (aquelas cujo gracejo é irrisório, bem entendido, que produzem riso não ofensivo) e b) "invectivas" (aquelas cujo mote é derrisório, bem entendido, que produzem riso ofensivo).

---

32. Trata-se do adjetivo, *intimus,-a, -um*, tomado com substantivo neutro plural, confome se lê no *Digesto*, 8, 4, 3, 1: *Finge enim post causam iam semel atque iterum tractatam, post nudata utriusque* intima *et secreta negotii aperta [...]* ("Vamos supor que, depois que a causa foi examinada uma ou mais vezes e *os segredos* do negócio foram revelados [...]").
33. Respectivamente Aristóteles, *Poética*, 5, 1449a, 32-35 e "Riso Invectivo *x* Riso Anódino e as Espécies de Iambo, Comédia e Sátira", *Letras Clássicas*, 7 (2007), pp. 77-98.

3. Epístolas sobre assuntos públicos[34] (*res publica*), que tratam a) ou de política contemporênea ou b) fatos históricos (*expositio rerum gestarum*) ou c) fabulosos ou anedóticos (*expositio rerum fabulosarum*).

4. Epístolas topográficas, que podem conter a) louvor de lugares (*laus locorum*), ou b) descrição de regiões (*descriptio regionum*) ou c) descrição de fenômenos naturais (*quaestio naturalis*), subdivisão que, em verdade, Sherwin-White (p. 42) busca em Sêneca, o Filósofo, autor das *Questões Naturais* (*Quaestiones Naturales*).

Marcos Martinho dos Santos (1997, pp. 70-72), interpretando também ele a *Epístola aos Familiares*, 2, 4, de Cícero, não crê que a espécie privada e jocosa se evidencie a si mesma e com o brilho de sempre recorre às três matérias (*res*) sobre as quais incide a conversa (*sermo*) segundo o mesmo Cícero:

Cícero, *Sobre os Deveres* (*De Officiis*), 1, 37, 132-135

Sermo in circulis, disputationibus, congressionibus familiarium *uersetur, sequatur etiam conuiuia. [...]. Nec vero, tamquam in possessionem suam uenerit, excludat alios, sed cum reliquis in rebus tum in sermone communi uicissitudinem non iniquam putet. Ac uideat in primis, quibus de rebus loquatur: si seriis, seueritatem adhibeat, si iocosis leporem. In primisque prouideat, ne sermo uitium aliquod indicet inesse in moribus; quod maxime tum solet euenire, cum studiose de absentibus detrahendi causa aut per ridiculum aut seuere, maledice contumelioseque dicitur. Habentur autem pleru-*

A conversação deve ser travada em reuniões, discussões, encontros *de amigos* e deve ocorrer até nos banquetes. [...]. Ninguém deve excluir os outros como se fosse dono de uma propriedade, mas tal como em tudo, também na conversação comum cada um deve ter sua vez e ela não deve ser desigual. Que cada um observe primeiro o assunto de que se trata: se for sério, assumirá gravidade; se for jocoso, assumirá facécia. E principalmente fará que a conversa nunca revele vício algum nos costumes, o que sói acontecer quando de propósito se fala de pessoas ausentes para as ridicularizar,

---

34. Não confundir com as epístolas públicas, que são oficiais. Trata-se aqui de correspondência entre particulares sobre assunto público.

mque sermones aut de domesticis negotiis *aut* de re publica *aut* de artium studiis atque doctrina.

maldizer ou ofender. A maioria das conversas entre amigos incide ou *sobre assuntos domésticos* ou *sobre a República* ou *sobre o estudo e o aprendizado das artes.*

E confirma então que à espécie informativa pertencem os assuntos domésticos, que à severa e grave pertencem os assuntos públicos, mas conclui que à privada e jocosa pertencem o estudo e o aprendizado das artes (*studia et doctrina artium*), em sentido antigo, bem entendido, como arte poética, retórica, epistolar, historiografia etc. Embora "dizer jocosidades" (*iocari*), que Cícero reconhece e Plínio pratica sem menção às artes, não me pareça ter como matéria o estudo e o aprendizado delas, aproveito ainda assim a axial intervenção de Marcos Martinho dos Santos para que, em vez do anacrônico "literárias" ("literary") de Sherwin-White, possa eu designar a quarta subespécie por nome antigo como

5. Epístolas sobre estudo e aprendizado das artes (*studia et doctrina artium*), que, segundo a arte tratada, subdivido em a) epistolares; b) poéticas; c) retóricas; d) oratórias; e) estatuárias e f) pictóricas.

Tornando ao passo de Quintiliano, lembro que ao "louvor de pessoas" (*laus hominum*), entendido como item primeiro, podem-se, por causa da intrínseca valorização do caráter e da boa ação, coordenar sob a rubrica de "epístolas morais" (imitada às *Epístolas Morais a Lucílio*, de Sêneca) as seguintes outras subpartições: b) quando a ação é futura, a subespécie exortativa (ou parenética), que, oriunda dos discursos antigos exortativos gregos (*lógoi protreptikói* = λόγοι προτρεπτικόι e *lógoi parainetikói* = λόγοι παραινετικόι), é reconhecida na prática por Plínio[35], e será enfim reconhecida teoricamente por pseudo-Libânio, conforme se lê no fim da Introdução; quando a ação é passada e exemplar,

---

35. Ver II, 6, 6 *sub exemplo praemonere*, "advertir-te com um exemplo", e VII, 1, 7, *te non sine exemplo monerem*, "advertir-te não sem dar exemplo".

temos c) a epístola sobre o caráter e as boas ações de pessoas ilustres que foram perseguidas, nascida da prática comum no tempo de Plínio (v, 5, 3) de escrever sobre o assassínio ou o exílio de homens notáveis a mando de Nero (*exitus illustrium uirorum*, que é locução do próprio Plínio, viii, 12, 4). A morte recente ou iminente de pessoa querida pode suscitar também o consolo à dor (*consolatio doloris*). Em suma, temos:

6. Epístolas morais (*epistolae morales*), subpartidas em a) laudatórias (*laus hominum*) e seu contrário; b) exortativas; c) obituárias (*exitus illustrium uirorum* e *consolatio doloris*).

Para documentar a *consolatio doloris* da subespécie consolatória, segue excerto da *Epístola aos Familiares*, 4, 13, de Cícero, somado ao qual o excerto da *Epístolas aos Familiares*, 5, 5 apresenta a designação antiga das cartas de recomendação, que é a última subespécie de epístola privada que apresento:

Cícero, Epístolas aos Familiares, 4, 13, 1

Quaerenti mihi iam diu quid ad te potissimum scriberem non modo certa res nulla sed ne genus quidem litterarum usitatum ueniebat in mentem. Unam enim partem et consuetudinem earum epistularum quibus secundis rebus uti solebamus tempus eripuerat, perfeceratque fortuna ne quid tale scribere possem aut omnino cogitare. Relinquebatur triste quoddam et miserum et his temporibus consentaneum genus litterarum. Id quoque deficiebat me, in quo debebat esse aut promissio auxili alicuius *aut* consolatio doloris tui.

Eu há tempo buscava o que me convinha mais que tudo escrever-te mas não me vinha à mente nenhuma precisa matéria nem mesmo alguma espécie usual de epístola. Um tipo costumeiro daquelas epístolas de que nos servimos em circunstâncias favoráveis o tempo atual me tolheu e a fortuna logrou que nada semelhante pudesse eu escrever-te ou mesmo pensar. Restou-me uma espécie de epístolas triste, infeliz e conveniente a estes tempos. E já me falta esta epístola, que deveria conter ou *promessa de alguma ajuda* ou *consolo à tua dor.*

INTRODUÇÃO

Cícero, *Epístolas aos Familiares*, 5, 5, 1

Etsi statueram nullas ad te litteras *mittere nisi* commendaticias *(non quo eas intellegerem satis apud te ualere sed ne iis qui me rogarent aliquid de nostra coniunctione imminutum esse ostenderem), [...].*	Embora eu tivesse decidido a não enviar-te senão *cartas de recomendação* (não porque eu pense que tenham para ti grande valor, mas para não revelar aos que me pedem tais cartas que nossa amizade diminuiu), [...].

7. Cartas de recomendação (*litterae commendaticiae*), a que se articula estreitamente a epístola em que se promete ajudar alguém (*promissio auxilii alicuius*).

Segue-se o esquema básico das espécies predominantes do epistolário privado de Plínio, o Jovem. O asterisco indica que a epístola pertence a mais de uma espécie.

ESQUEMA DAS ESPÉCIES EPISTOLARES DOS LIVROS I-IX DE PLÍNIO, O JOVEM

	LIVRO I	LIVRO II	LIVRO III	LIVRO IV	LIVRO V	LIVRO VI	LIVRO VII	LIVRO VIII	LIVRO IX
I. INFORMATIVAS									
a) assuntos domésticos	21	15 e 16	19	6 e 10	7	3 e 23	11; 14 e 18	1*; 2 e 16	37
b) assuntos pessoais	4; 14 e 24	4 e 18	3 e 10*	1* e 19	11 e 19	4; 7; 12* e 18	5; 7*; 8*; 16; 21 e 32	10 e 11	36* e 40*
II. JOCOSAS									
a) amicais	6; 11 e 15	8	12 e 17*	8*	2 e 18	1; 14; 15; 30* e 32	7*; 13*; 15 e 29*	9 e 13	8*; 15; 16; 20* e 31*
b) invectivas	5*	11*; 20*		2* e 7		2 e 29	2*	6*	
III. ASSUNTOS PÚBLICOS									
a) políticos	5* e 7	11* e 12	4; 9 e 20	8*; 9; 12; 22 e 25	4; 9; 13 e 20	5; 11; 12*; 13; 19*; 22* e 31	6 e 10	14	
b) históricos			14 e 16	2*; 11; 17 e 29	14	25	29*	24*	13 e 19
c) anedóticos		20*			1	15 e 29	27*	18	23*
IV. TOPOGRÁFICAS									
a) propriedades		17			6	10 e 30*			7; 36*; 39 e 40*
b) regiões				1* e 13			32		33*
c) fenômenos naturais				30		16* e 20*	27*	8; 17 e 20	33*

	LIVRO I	LIVRO II	LIVRO III	LIVRO IV	LIVRO V	LIVRO VI	LIVRO VII	LIVRO VIII	LIVRO IX
V. ESTUDOS									
a) epistolares	1	2	17*			8*	2* 9*; 13*		2; 11; 28; 32
b) poéticos		10	15	3; 14; 18; 26* e 27	3; 10; 15 e 17	21	4 e 9*	1*; 4*; 15*; 19* e 21	10; 18*; 20*; 22; 23*; 25; 29* e 38*
c) retóricos	2; 8; 16* e 20	3*; 14 e 19	10* e 18*	5; 16; 20 e 26*	8*	ss	9*; 12* e 30		35
d) oratórios	13 e 16*	3* e 5	6; 13 e 18		12	17 e 33	9*; 12* e 17	3; 15* e 19*	26; 29*; 31* e 38*
e) estatuários	17	7	10*	28				6*	
f) pictóricos			5		8*				
g) historiográficos	1*	5*				16* e 20*	9*; 20 e 33	4*; 7 e 12	1; 4; 18* 23*; 27 e 34
VI. MORAIS									
a) laudatórias	10 e 12		1; 10 e 11	19*		6*; 11* e 19	25 e 31		8*
b) exortativas	3; 9; 18 e 23	6		23 e 24		22*; 26; 27; 28 e 34	1; 3; 23; 26 e 28	22* e 24*	3; 5; 6; 9*; 12; 14; 17; 21; 24 e 30
c) obituárias	22	1	7 e 21	21	5; 16 e 21	10*; 16* e 24	19 e 24	5 e 23	9*
VII DE RECOMENDAÇÃO	19	9 e 13	2 e 8	4 e 15	Não há	6*, 8, 9 e 32	Não há	Não há	Não há

9. SOBRE A TRADUÇÃO

Traduzi as epístolas em português culto e formal, porque assim são em latim, dotadas, como já disse, do que os rétores latinos chamavam *puritas* e *Latinitas*, análoga à correção na língua grega (*Helenismós* = Ἑλληνισμός). Busquei manter todos os tropos e figuras, que não pude apontar na anotação, destinada primeiro a esclarecer conceitos jurídicos, identificar personagens, eventos e lugares históricos. Empenhei-me sobretudo em manter em português a elocução e para tanto servi-me de "tu" e "vós", tendo em vista dois quesitos: a posição social dos interlocutores de Plínio, inclusive o imperador Trajano, e o desejo de evitar o mero emprego e a repetição de pronomes pessoais retos no singular que o uso de "você" implicaria. Ora, os correspondentes de Plínio ou são superiores a ele (situação rara, mas com uma exceção notável, que é Trajano) ou são inferiores ou são semelhantes. Caio Júlio Vítor trata do problema e, embora seja posterior a Plínio, ecoa princípios retóricos já então seculares:

Epistola, si superiori *scribas, ne iocularis sit; si* pari, *ne inhumana; si* inferiori, *ne superba; neque docto incuriose, neque indocto diligenter, nec coniunctissimo translatitie, nec minus familiari non amice. Rem secundam prolixius gratulare, ut illius gaudium extollas: cum offendas dolentem, pauculis consolare, quod ulcus etiam, cum plana manu tangitur, cruentatur. Ita in litteris cum familiaribus ludes, ut tamen cogites posse euenire ut eas litteras legant tempore tristiore. Iurgari numquam oportet, sed epistolae minime.*

A epístola a um *superior* não deve ser jocosa; a um *semelhante* não deve ser descortês; a um *inferior* não deve ser soberba. Não escrevas sem cuidado a um douto, nem com esmero a um indouto, nem às pressas a alguém muito próximo, nem com inimizade a alguém menos íntimo. Congratula-te com o sucesso de alguém com mais detença, para exaltar a alegria dele; quando te deparares com alguém que sofre, consola-o com poucas palavras, porque a ferida, quando tocada com mão aberta, ainda sangra. Nas epístolas brincarás com teus amigos nos limites ditados pela ponderação de que pode ocorrer que as leiam num momento de tristeza. Jamais convém altercar-se, mas à epístola convém ainda menos.

Superior, inferior ou semelhante que seja o correspondente, há sempre que observar o respectivo decoro, que, positivo e reconhecível, jamais pode conviver com informalidade. A proximidade entre Plínio e alguns correspondentes, e até mesmo a intimidade no caso da esposa Calpúrnia, não o dispensa de ser formal em alguma medida. As epístolas de Plínio aos amigos mais próximos e à esposa não são informais, mas apenas demandam grau diferente de necessária formalidade.

Quanto aos pronomes pessoais, lembro que em português é necessário mencioná-los para distinguir as pessoas verbais que no singular são idênticas (*v.g.* "*eu* fazia") / "*você* fazia" / "*ele* fazia") à diferença do que ocorre em latim, que, desobrigado da necessidade pela desinência pessoal (*faciebam* / *faciebas* / *faciebat*), reserva os pronomes no nominativo (*ego* / *tu* / *is* / *hic* / *iste* / *ille*) para situações particulares como ênfase e antítese. Deste modo, a recorrência dos pronomes "você", "eu" e "ele" no texto traduzido, além de enfadonha, atraiçoa a elocução tersa e não-repetitiva do latim. Parece-me, por isso e pelo que acabamos de ler em Júlio Vítor, que não erram pouco quantos explícita ou implicitamente aduzem o argumento do coloquialismo para justificar o emprego de "você" (mais comum na linguagem coloquial do Brasil) mesmo na tradução do gênero epistolar, que, como vimos, é definido por Demétrio como "metade de um diálogo" (§223, ἕτερον μέρος τοῦ διαλόγου). Com pouco ou nenhum cacife, apostam na correlação estreita entre coloquialismo e diálogo, quando o próprio Demétrio afirma em seguida que a justeza de definir (§224, λέγει μέν τι ἴσως) epístola como metade de um diálogo não é cabal (οὐ μὴν ἅπαν) e que "a epístola deve ser um pouco mais elaborada que o diálogo" (δεῖ γὰρ ὑποκατεσκευάσθαι πως μᾶλλον τοῦ διαλόγου τὴν ἐπιστολήν). Creio que o que há de coloquial no pronome "você" no Brasil carrega também certo traço de informalidade inexistente na elocução do gênero epistolar. A informalidade, se não chega a ser desrespeito, é decerto falta de deferência relativa ao que a comunicação epistolar obriga, a saber, o envio de objeto relativamente duradouro que, mercê de ser grafado com as palavras de uma pessoa única, é ele mesmo único. Um objeto grafado, único e duradouro! Creio sim que é bem a isso que Demétrio se refere quando na passagem conclui que a epístola, "lavrada por escrito" (§224, γράφεται), é "enviada como se fosse um presente" (§224, δῶρον πέμπεται τρόπον τινά), que pode e deve ser conservado pelo destinatário. Podendo manter-se a elocução dialogal própria da epístola na sintaxe e na escolha de palavras, meu emprego de "tu" responde à especialidade que é receber um presente, não apenas pessoal, mas, como é comum dizer em nossos dias, "personalizado".

Acresce que a obrigatória condição gráfica da epístola não se resume a ser mero registro escrito de uma fala, embora possa restringir-se a tanto, e assim não é inconsequente, a ponto de Aristóteles identificar na *Retórica* o que chama "elocução escrita" (*léxis graphiké* = λέξις γραφική), entenda-se, "elocução própria de gêneros escritos":

Aristóteles, *Retórica*, 2, 12, 1413b

Δεῖδὲμὴλεληθέναιὅτιἄλληἑκάστῳγένει ἁρμόττει λέξις. οὐ γὰρ ἡ αὐτὴ γραφικὴ καὶ ἀγωνιστική, οὐδὲ δημηγορικὴ καὶ δικανική. ἄμφω δὲ ἀνάγκη εἰδέναι· τὸ μὲν γάρ ἐστιν *ἑλληνίζειν* ἐπίστασθαι, τὸ δὲ μὴ ἀναγκάζεσθαι κατασιωπᾶν ἄν τι βούληται μεταδοῦναι τοῖς ἄλλοις, ὅπερ πάσχουσιν οἱ μὴ ἐπιστάμενοι γράφειν. ἔστι δὲ λέξις γραφικὴ μὲν ἡ ἀκριβεστάτη, ἀγωνιστικὴ δὲ ἡ ὑποκριτικωτάτη.

Mas é preciso não esquecer que a cada gênero é adequada uma elocução diferente. Pois não é a mesma *a elocução de um texto escrito* e a de um debate, nem o são a elocução deliberativa e a judiciária. Ambas é necessário conhecer: uma para saber expressar-se *em bom grego*, outra para não sermos obrigados a ficar em silêncio mesmo querendo comunicarmo-nos com os outros, como ocorre aos que não sabem escrever. A elocução escrita é a mais precisa, e a dos debates é a mais semelhante à do ator.

Aristóteles não apenas identifica uma elocução própria de gêneros escritos, senão também diz que é "a mais precisa" (*akribestáte* = ἀκριβεστάτη), adjetivo que, pela cognação, bem significa "a mais dotada de acribia". Acribia, definida como precisão e rigor no estilo e na

INTRODUÇÃO

escolha de palavras, é justo o que a informalidade põe a perder quando contrabandeada em meio a rasteiro coloquialismo.

10. A GRANDE INSCRIÇÃO DE COMO (*CIL*, 5, 5262)

```
C · PLINIVS · L · I OVF · CAECILIVS secundus        cos
AVGVR · LEGAT · PRC PR · PROVINCIAE · PON ti  et bithyniae
CONSVLARI · POTESTAt·IN·EAM·PROVINCIAM·Ex  s.  c.  missus  ab
IMP · CAESAR · NERVA · RAIANO · AVG · GERMANico  dacico  p. p
CVRATOR · ALVEI · TIbERIS · ET · RIPARVM · Et  cloacar.  urb
PRAEF · AERARI · SATVrNI · PRAEF·AERARI·MILit.  pr.  trib.  pl
QVAESTOR · IMP SEVIR · EQVITVM        romanorum
TRIB · MILIT · LEG iii · GALLICAe        xvir stli
TIB · IVDICAND · THERMas ex iis . . . . . .  ADIECTIS  IN
ORNATVM · HS · CCC . . . . . . et eo amp LIVS · IN · TVTELAm
HS · CC · T · F · I        item in alimenta LIBERTOR·SVORVM·HOMIN·C
HS · XVIII LXVI ÐCLXVI · REI p.  legauit  quorum  incREMENT·POSTEA·AD·EPVLVM
plEB · VRBAN · VOLVIT · PERTIN ere . . . . . item uiuuS·DEDIT·IN·ALIMENT·PVEROR
ET · PVELLAR·PLEB·VRBAN·HS d̄ item bybliothecam et IN TVTELAM · BYBLIOTHE
CAE · HS · C̄
```

CAIO PLÍNIO CECÍLIO SEGUNDO, FILHO DE LÚCIO, DA TRIBO UFENTINA: CÔNSUL;
ÁUGURE; LEGADO COMO PROPRETOR COM PODER PROCONSULAR DA PROVÍNCIA DO PONTO E BITÍNIA,
ENVIADO ÀQUELA PROVÍNCIA POR SENÁTUS-CONSULTO
DO IMPERADOR CÉSAR NERVA TRAJANO AUGUSTO GERMÂNICO DÁCICO, PAI DA PÁTRIA;
5 SUPERVISOR DO LEITO E DAS MARGENS DO TIBRE E DOS ESGOTOS DE ROMA;
PREFEITO DO ERÁRIO DE SATURNO; PREFEITO DO ERÁRIO MILITAR; PRETOR; TRIBUNO DA PLEBE;
QUESTOR DO IMPERADOR; SÉVIRO DOS CAVALEIROS ROMANOS;
TRIBUNO MILITAR DA III LEGIÃO GÁLICA NA PROVÍNCIA DA ÍRIA; DECÊMVIRO PARA RESOLVER LITÍGIOS;
LEGOU POR TESTAMENTO TERMAS AO CUSTO DE ... E MAIS 300 MIL SESTÉRCIOS
10 PARA EQUIPÁ-LAS E JUROS SOBRE 200 MIL PARA MANTÊ-LAS...
E PARA SUA CIDADE O CAPITAL DE 1.866.666 SESTÉRCIOS PARA SUSTENTAR 100 LIBERTOS SEUS
E EM SEGUIDA PARA PROVER O BANQUETE
AO POVO DE SUA CIDADE... E TAMBÉM EM VIDA DEU PARA SUSTENTAR OS MENINOS
E MENINAS DO POVO DA CIDADE 500 MIL SESTÉRCIOS ... E TAMBÉM PARA A MANUTENÇÃO DA BIBLIOTE-
15 CA MAIS 100 MIL.

11. UM POUCO DE TEORIA EPISTOLOGRÁFICA

1. Demétrio, *Sobre a Elocução*, §§223-235

Ὁ Ἐπιστολικὸς Χαρακτήρ

223. Ἐπεὶ δὲ καὶ ὁ ἐπιστολικὸς χαρακτὴρ δεῖται ἰσχνότητος, καὶ περὶ αὐτοῦ λέξομεν. Ἀρτέμων μὲν οὖν ὁ τὰς Ἀριστοτέλους ἀναγράψας ἐπιστολάς φησιν, ὅτι δεῖ ἐν τῷ αὐτῷ τρόπῳ διάλογόν τε γράφειν καὶ ἐπιστολάς· εἶναι γὰρ τὴν ἐπιστολὴν οἷον τὸ ἕτερον μέρος τοῦ διαλόγου. 224. Καὶ λέγει μέν τι ἴσως, οὐ μὴν ἅπαν· δεῖ γὰρ ὑποκατεσκευάσθαι πως μᾶλλον τοῦ διαλόγου τὴν ἐπιστολήν· ὁ μὲν γὰρ μιμεῖται αὐτοσχεδιάζοντα, ἡ δὲ γράφεται καὶ δῶρον πέμπεται τρόπον τινά. 225. Τίς γοῦν οὕτως ἂν διαλεχθείη πρὸς φίλον, ὥσπερ ὁ Ἀριστοτέλης πρὸς Ἀντίπατρον ὑπὲρ τοῦ φυγάδος γράφων τοῦ γέροντός φησιν· εἰ δὲ πρὸς ἁπάσας οἴχεται γᾶς φυγὰς οὗτος, ὥστε μὴ κατάγειν, δῆλον ὡς τοῖσγε εἰς Ἅιδου κατελθεῖν βουλομένοις οὐδεὶς φθόνος· ὁ γὰρ οὕτως διαλεγόμενος ἐπιδεικνυμένῳ ἔοικεν μᾶλλον, οὐ λαλοῦντι. 226. Καὶ λύσεις †ἰσχναὶ ὁποῖαι οὐ πρέπουσιν ἐπιστολαῖς· ἀσαφὲς γὰρ ἐν γραφῇ ἡ λύσις, καὶ τὸ μιμητικὸν οὐ γραφῆς οὕτως οἰκεῖον, ὡς ἀγῶνος, οἷον ὡς ἐν τῷ Εὐθυδήμῳ· τίς ἦν, ὦ Σώκρατες, ᾧ χθὲς ἐν Λυκείῳ διελέγου· ἡ πολὺς ὑμᾶς ὄχλος περιειστήκει· καὶ μικρὸν προελθὼν ἐπιφέρει· ἀλλά μοι ξένος τις φαίνεται εἶναι, ᾧ διελέγου·

A Elocução Epistolar

223. Trataremos da elocução epistolar, já que também deve ser chã. Ártemon, editor das epístolas de Aristóteles, diz que a epístola deve ser escrita da mesma maneira que o diálogo, porque a considera como que a metade de um diálogo. 224. Há algo de verdade no que diz, mas não toda a verdade. A epístola deve ser um pouco mais elaborada que o diálogo, pois este imita uma fala não premeditada, enquanto aquela é lavrada por escrito e enviada como se fosse um presente. 225. Alguém poderia perguntar quem numa conversa com um amigo falaria como Aristóteles quando ele escreve a Antípatro a respeito de um desterrado já idoso: "Se ele é condenado a errar até o fim do mundo, exílio sem esperança de retorno, é evidente que não podemos condenar pessoas que, como ele, desejam descer ao Hades". Alguém que conversa daquela maneira não parece que está a parolar, mas a discursar. 226. Quebras frequentes na frase não convêm às epístolas. Tais quebras produzem obscuridade na escrita e imitar a conversa é menos conveniente à letra do que ao debate oratório. Tome-se, por exemplo, o *Eutidemo*: "Com quem conversavas ontem, Sócrates, no Liceu? Havia uma multidão em torno de teu grupo". E pouco adiante Platão acres-

τίς ἦν; ἡ γὰρ τοιαύτη πᾶσα ἑρμηνεία καὶ μίμησις ὑποκριτῇ πρέπει μᾶλλον, οὐ γραφομέναις ἐπιστολαῖς. 227. Πλεῖστον δὲ ἐχέτω τὸ ἠθικὸν ἡ ἐπιστολή, ὥσπερ καὶ ὁ διάλογος· σχεδὸν γὰρ εἰκόνα ἕκαστος τῆς ἑαυτοῦ ψυχῆς γράφει τὴν ἐπιστολήν. καὶ ἔστι μὲν καὶ ἐξ ἄλλου λόγου παντὸς ἰδεῖν τὸ ἦθος τοῦ γράφοντος, ἐξ οὐδενὸς δὲ οὕτως, ὡς ἐπιστολῆς. 228. Τὸ δὲ μέγεθος συνεστάλθω τῆς ἐπιστολῆς, ὥσπερ καὶ ἡ λέξις. αἱ δὲ ἄγαν μακραὶ καὶ προσέτι κατὰ τὴν ἑρμηνείαν ὀγκωδέστεραι οὐ μὰ τὴν ἀλήθειαν ἐπιστολαὶ γένοιντο ἄν, ἀλλὰ συγγράμματα τὸ χαίρειν ἔχοντα προσγεγραμμένον, καθάπερ τῶν Πλάτωνος πολλαὶ καὶ ἡ Θουκυδίδου. 229. Τάξει μέντοι λελύσθω μᾶλλον· γελοῖον γὰρ περιοδεύειν, ὥσπερ οὐκ ἐπιστολήν, ἀλλὰ δίκην γράφοντα· καὶ οὐδὲ γελοῖον μόνον, ἀλλ᾽ οὐδὲ φιλικόν (τὸ γὰρ δὴ κατὰ τὴν παροιμίαν τὰ σῦκα σῦκα λεγόμενον) ἐπιστολαῖς ταῦτα ἐπιτηδεύειν. 230. Εἰδέναι δὲ χρή, ὅτι οὐχ ἑρμηνεία μόνον, ἀλλὰ καὶ πράγματά τινα ἐπιστολικά ἐστιν. Ἀριστοτέλης γοῦν, ὃς μάλιστα ἐπιτετευχέναι δοκεῖ τοῦ [αὐτοῦ] ἐπιστολικοῦ, τοῦτο δὲ οὐ γράφω σοι· φησίν· οὐ γὰρ ἦν ἐπιστολικόν. 231. Εἰ γάρ τις ἐν ἐπιστολῇ σοφίσματα γράφοι καὶ φυσιολογίας, γράφει μέν, οὐ μὴν ἐπιστολὴν γράφει. φιλοφρόνησις γάρ τις βούλεται εἶναι ἡ ἐπιστολὴ σύντομος, καὶ περὶ ἁπλοῦ πράγματος ἔκθεσις καὶ ἐν ὀνόμασιν ἁπλοῖς. 232. Κάλλος μέντοι αὐτῆς αἵ τε φιλικαὶ

centa: "Ah, acho que é um estrangeiro a pessoa com quem conversavas. Mas diz, quem era?". Toda esta elocução, esta imitação convém mais ao ator, que à escrita de epístolas. 227. A epístola deve conter algo do caráter de quem escreve, tal como o diálogo. Chego a dizer que cada um escreve epístola como imagem da própria alma. Em todo gênero de escritos é possível ver o caráter de quem escreve, mas em nenhum esse fato ocorre como na epístola. 228. A extensão delas, assim como a elocução, deve ser reduzida. As muito longas e as de elocução inflada em boa verdade não são epístolas, mas tratados encabeçados por "meu caro fulano de tal", tais como muitas de Platão e a de Tucídides. 229. Deve haver certa soltura na disposição. É risível o estilo periódico, como se estivéssemos a escrever já não epístola, mas discurso judiciário. Tamanho esmero não apenas é ridículo, mas é impróprio à relação de amizade, em que, como diz o provérbio, tudo é "pão, pão, queijo, queijo". 230. É preciso ainda saber que não só existe elocução epistolar, mas também certas tópicas epistolares. Com efeito, Aristóteles, que é considerado sumamente justo no que concerne à epístola, diz: "não te escrevi sobre isso porque não era matéria epistolar". 231. Se alguém escrever sobre recursos de argumentação ou sobre história da natureza numa epístola, é verdade que está a escrever, mas não está escrevendo epístola. Em suma, epístolas desejam ser como que demons-

φιλοφρονήσεις καὶ πυκναὶ παροιμίαι ἐνοῦσαι· καὶ τοῦτο γὰρ μόνον ἐνέστω αὐτῇ σοφόν, διότι δημοτικόν τί ἐστιν ἡ παροιμία καὶ κοινόν, ὁ δὲ γνωμολογῶν καὶ προτρεπόμενος οὐ δι᾽ ἐπιστολῆς ἔτι λαλοῦντι ἔοικεν, ἀλλὰ μηχανῆς. 233. Ἀριστοτέλης μέντοι καὶ ἀποδείξεσί που χρῆται ἐπιστολικῶς, οἷον διδάξαι βουλόμενος, ὅτι ὁμοίως χρὴ εὐεργετεῖν τὰς μεγάλας πόλεις καὶ τὰς μικράς, φησίν· οἱ γὰρ θεοὶ ἐν ἀμφοτέραις ἴσοι, ὥστ᾽ ἐπεὶ αἱ χάριτες θεαί, ἴσαι ἀποκείσονταί σοι παρ᾽ ἀμφοτέραις. καὶ γὰρ τὸ ἀποδεικνύμενον αὐτῷ ἐπιστολικὸν καὶ ἡ ἀπόδειξις αὐτή. 234. Ἐπεὶ δὲ καὶ πόλεσίν ποτε καὶ βασιλεῦσιν γράφομεν, ἔστωσαν τοιαῦται αἱ ἐπιστολαὶ <οἷαι> μικρὸν ἐξηρμέναι πως. στοχαστέον γὰρ καὶ τοῦ προσώπου ᾧ γράφεται· ἐξηρμένη μέντοι [καὶ] οὐχ ὥστε σύγγραμμα εἶναι ἀντ᾽ ἐπιστολῆς, ὥσπερ αἱ Ἀριστοτέλους πρὸς Ἀλέξανδρον καὶ πρὸς τοὺς Δίωνος οἰκείους ἡ Πλάτωνος. 235. Καθόλου δὲ μεμίχθω ἡ ἐπιστολὴ κατὰ τὴν ἑρμηνείαν ἐκ δυοῖν χαρακτήροιν τούτοιν, τοῦ τε χαρίεντος καὶ τοῦ ἰσχνοῦ. καὶ περὶ ἐπιστολῆς μὲν τοσαῦτα, καὶ ἅμα περὶ τοῦ χαρακτῆρος τοῦ ἰσχνοῦ.

trações de cordialidade. São a exposição de matéria simples em palavras simples 232. A beleza delas são bem as mostras de amical cordialidade misturadas com provérbios agudos. Estes são a única sabedoria admissível, pois que o provérbio é coisa popular e coletiva. Mas quem profere sentenças e aconselhamentos já não parece confabular mediante epístola, mas discursar *ex cathedra*. 233. É bem verdade que Aristóteles utiliza provas, mas o faz de modo conveniente à epístola, por exemplo, como quando deseja mostrar que cidades grandes e cidades pequenas merecem ser igualmente bem tratadas. Diz ele: "Os deuses são iguais em ambas e como as Graças são deusas, estarão disponíveis para ti em ambas". O que ele quer provar e a prova argumentativa que usa são adequados à epístola. 234. Como às vezes escrevemos de cidades e de reis, tais epístolas devem ser escritas de modo um pouco mais elevado. Deve-se levar em conta a pessoa a quem se escreve. A elevação, contudo, não deve chegar a tal ponto, que, em vez de epístola, tenhamos um tratado, como são as de Aristóteles a Alexandre e a de Platão para os amigos de Díon. 235. De modo geral, deve-se ter em mente que a epístola, quanto à elocução, deve ser um misto destes dois tipos: o gracioso e o chão. Baste isso quanto à epístola e à elocução chã.

2. Caio Júlio Vítor, *Arte Retórica*

DE EPISTOLIS

1. *Epistolis conueniunt multa eorum, quae de sermone praecepta sunt. Epistolarum species duplex est; sunt enim aut negotiales aut familiares. Negotiales sunt argumento negotioso et graui. In hoc genere et sententiarum pondera et uerborum lumina et figurarum insignia compendii opera requiruntur atque omnia denique oratoria praecepta, una modo exceptione, ut aliquid de summis copiis detrahamus et orationem proprius sermo explicet. Si quid historicum epistola comprehenderis, declinari oportet a plena formula historiae, ne recedat ab epistolae gratia. Si quid etiam eruditius scribas, sic disputa, ut ne modum epistolae corrumpas. In familiaribus litteris primo breuitas obseruanda: ipsarum quoque sententiarum ne diu circumferatur, quod Cato ait, ambitio, sed ita recidantur, ut numquam uerbi aliquid deesse uideatur: unum "te" scilicet, quod intellegentia suppleatur, in epis-*

SOBRE EPÍSTOLAS

1. Às epístolas convém muito do que foi preceituado para a conversação. Duas são as espécies de epístolas: as públicas e as privadas. São públicas aquelas cuja matéria é uma atividade importante. Nessa espécie, requerem-se, para ser sucinto, peso nas sentenças, brilho nas palavras, o melhor das figuras, enfim, todos os preceitos oratórios, com uma exceção apenas: que nos refreemos de empregar o limite extremo desses recursos e que a elocução própria da conversação[36] se desenvolva no discurso. Se abordares argumento histórico na epístola, é mister que ela se desvie da forma plena da Historiografia, para que não se afaste da graça da epístola. Se escreveres sobre assunto ainda mais erudito, discorre de maneira tal, que não se corrompa o modo epistolar. Nas epístolas familiares, deves primeiro observar a brevidade: que não seja longo nem demorado, como diz Catão, o giro[37] das próprias sentenças, mas sejam recortadas de modo tal, que nunca pareça faltar nenhuma palavra, como, por exemplo, nas

---

36. ELOCUÇÃO PRÓPRIA DA CONVERSÃO: *proprius sermo*; ver OLD, *sermo*, 6: "maneira ou estilo de conversação; (retórica): a elocução da conversação comum".

37. GIRO DEMORADO DAS PRÓPRIAS SENTENÇAS: *ipsarum sententiarum ambitio circumferatur*. *Ambitio*, antes de designar "ambição" no plano moral (OLD, 4), nomeava o ato de pedir votos que, como hoje, pressupunha o longo passeio, o giro, do candidato para conversar com eleitores (OLD, 1). Para a passagem importa também o sentido de "ostentação" (OLD, 6), pois com *ambitio*, realçado pelo verbo *circumfero*, Júlio Vítor refere-se ao estilo periódico, como atesta Quintiliano (*Instituições Oratórias*, 4, 1, 60), *oratio deducta et circumlata*, "discurso elaborado e distendido", como que para ostentação.

tolis Tullianis ad Atticum et Axium frequentissimum est.

2. Lucem uero epistolis praefulgere oportet, nisi cum consulto [consilio] clandestinae litterae fiant, quae tamen ita ceteris occultae esse debent, ut his, ad quos mittuntur, clarae perspicuaeque sint. Solent etiam notas inter se secretiores pacisci, quod et Caesar et Augustus et Cicero et alii plerique fecerunt. Ceterum, cum abscondito nihil opus est, cauenda obscuritas magis quam in oratione aut in sermocinando: potes enim parum plane loquentem rogare, ut id planius dicat, quod in absentium epistolis non datur. Et ideo nec historia occultior addenda nec prouerbium ignotius aut uerbum cariosius aut figura putidior: neque, dum amputatae breuitati studes, dimidiatae sententiae sit intellegentia requirenda, nec dilatione uerborum et anxio struendi labore lux obruenda.

epístolas de Cícero a Ático e a Áxio, onde é muitíssimo frequente haver um mero "tu", que precise ser suplementado pelo entendimento.

2. Convém que epístolas brilhem de clareza, a não ser quando adrede se escrevem mensagens secretas que, embora devam ser obscuras aos outros, hão de ser claras e inteligíveis àqueles a quem são enviadas. É costume combinar sinais secretos, como César, Augusto, Cícero e muitos outros fizeram. De resto, quando não há necessidade alguma de segredo, deves evitar obscuridade, mais até do que no discurso ou na conversação: pois a quem está falando pouco claramente podes sempre pedir que o faça com mais clareza, o que não é possível nas epístolas, trocadas por pessoas distantes. Por isso, não deves inserir passagens obscuras da Historiografia, provérbios desconhecidos, palavras desusadas nem figuras de linguagem afetadas. Nem quando buscares recortada brevidade, hás de exigir que se supra metade do sentido nem hás de impedir a clareza retardando[38] a colocação das palavras e fatigando-te em extremo ao compô-las[39].

---

38. RETARDANDO: *dilatione*. Giomini e Celentano leram *dilatatione* ("dilatação") abonada no OLD apenas para uma passagem de Vitrúvio. Karl Halm (*Iulii Victoris, Ars Rhetorica Hermagorae, Ciceronis, Quintiliani, Aquili, Marcomanni, Tatiani*, p. 448), endossado por Michael Trapp (*Greek and Latin Letters: An Anthology with Translation*, 2003, p. 187), lera *dilatione*, que acolhi. Com *dilatione uerborum*, Júlio Vítor refere-se à obscuridade causada pelo retardamento da colocação de certas palavras em relação àquelas com as quais formam sintagma ou, principalmente, ao retardamento da posição do verbo.

39. COMPÔ-LAS: *struendi*, de *struo*, tendo como objeto direto elíptico a palavra *uerba* mencionada. Júlio Vítor refere-se à obscuridade produzida por palavras compostas, como

INTRODUÇÃO

3. Epistola, si superiori scribas, ne iocularis sit; si pari, ne inhumana; si inferiori, ne superba; neque docto incuriose, neque indocto diligenter, nec coniunctissimo translatitie, nec minus familiari non amice. Rem secundam prolixius gratulare, ut illius gaudium extollas: cum offendas dolentem, pauculis consolare, quod ulcus etiam, cum plana manu tangitur, cruentatur. Ita in litteris cum familiaribus ludes, ut tamen cogites posse euenire ut eas litteras legant tempore tristiore. Iurgari numquam oportet, sed epistolae minime.

3. A epístola a um superior não deve ser jocosa; a um semelhante não deve ser descortês; a um inferior não deve ser soberba. Não escrevas sem cuidado a um douto, nem com esmero a um indouto, nem às pressas a alguém muito próximo, nem com inimizade a alguém menos íntimo. Congratula-te com o sucesso de alguém com mais detença, para exaltar a alegria dele; quando te deparares com alguém que sofre, consola-o com poucas palavras, porque a ferida, quando tocada com mão aberta, ainda sangra. Nas epístolas brincarás com teus amigos nos limites ditados pela ponderação de que pode ocorrer que as leiam num momento de tristeza. Jamais convém altercar-se, mas à epístola convém ainda menos.

4. Praefationes ac subscriptiones litterarum computandae sunt pro discrimine amicitiae aut dignitatis, habita ratione consuetudinis. Rescribere sic oportet, ut litterae, quibus respondes, prae manu sint, ne quid, cui responsio opus sit, de memoria effluat. Obseruabant ueteres carissimis sua manu scribere uel plurimum subscribere. Commendatitias fideliter dato aut ne dato. Id fiet, si amicissime dabis

4. O endereçamento e a subscrição das epístolas devem ser dimensionados segundo o grau da amizade ou da posição, observando-se a praxe. Convém responder tendo em mãos as epístolas a que respondes, para que nada que mereça resposta fuja à lembrança. Aos seus entes mais queridos os antigos tinham o cuidado de escrever de próprio punho ou, em muitos casos, pelo menos a subscrição. Cartas de recomendação deves

---

esclarece um passo de Quintiliano (*Instituições Oratórias*, 1, 5, 67), em que, tratando justo da composição de palavras, emprega o mesmo verbo *struere* no infinitivo perfeito *struxisse*: *Ceterum etiam ex praepositione et duobus uocabulis dure uidetur struxisse Pacuuius: "Nerei repandirostrum incuruiceruicum pecus"*, "Mas creio que foi dura a construção de Pacúvio a partir de uma preposição e duas palavras: 'De Nereu o rebanho de focinho erguido e incurvada cerviz'". *Repandirostrum* é formada da prefixo *-re*, do verbo *pandi* e do substantivo *rostrum*. *Incuruiceruicum* é formada da preposição *in*, do adjetivo *curuus* e do substantivo *ceruix*.

ad amicissimum, et si probabile petes et si impetrabile.

dá-las honestamente ou não as dês em absoluto. Isso ocorrerá se deres do modo mais amigável a alguém que é muitíssimo amigável, e se pedires o que é aceitável e possível.

5. Graece aliquid addere litteris suaue est, si id neque intempestiue neque crebro facias: et prouerbio uti non ignoto percommodum est, et uersiculo aut parte uersus. Lepidum est nonnumquam quasi praesentem alloqui, uti "heus tu" et "quid ais" et "uideo te deridere": quod genus apud M. Tullium multa sunt. Sed haec, ut dixi, in familiaribus litteris; nam illarum aliarum seueritas maior est. In summa id memento et ad epistolas et ad omnem scriptionem bene loqui.

5. É agradável acrescentar algo em grego às epístolas, desde que não seja intempestivo nem frequente, e é bem adequado usar um provérbio que não seja desconhecido, um verso ou parte de um verso. Às vezes, é gracioso interpelar o destinatário como se estivesse diante de ti: "Ei, tu?" ou "Que dizes?" ou "Vejo que estás rindo". Há muito disso em Cícero, como já disse, só nas epístolas privadas, pois a seriedade das outras é maior. Em suma, lembra-te de falar bem nas epístolas e em tudo que escreveres.

3. Pseudo-Libânio, *Espécies Epistolares*

5. Παραινετικὴ: μὲν οὖν ἐστι δι᾽ ἧς παραινοῦμέν τινι προτρέποντες αὐτὸν ἐπί τι ὁρμῆσαι ἢ καὶ ἀφέξεσθαί τινος. ἡ παραίνεσις δὲ εἰς δύο διαιρεῖται, εἴς τε προτροπὴν καὶ ἀποτροπήν. ταύτην δέ τινες καὶ 'συμβουλευτικὴν' εἶπον οὐκ εὖ, παραίνεσις γὰρ συμβουλῆς διαφέρει. παραίνεσις μὲν γάρ ἐστι λόγος παραινετικὸς ἀντίρρησιν οὐκ ἐπιδεχόμενος, οἷον ὡς εἴ τις εἴποι, ὅτι δεῖ τὸ θεῖον τιμᾶν· οὐδεὶς γὰρ ἐναντιοῦται τῇ παραινέσει ταύτῃ μὴ πρότερον μανείς· συμβουλὴ δ᾽ ἐστὶ λόγος συμβουλευτικὸς ἀντίρρησιν ἐπιδεχόμενος, οἷον ὡς εἴ τις εἴποι, ὅτι δεῖ

5. Elocução exortativa: é aquela em que exortamos alguém persuadindo-o a fazer ou não fazer alguma coisa. Distinguem-se dois tipos de exortação: a persuasão e a dissuasão. Alguns chamam-na ainda "elocução de aconselhamento", mas incorretamente, pois exortação difere de conselho: a exortação é um discurso que não admite contradição, como, por exemplo, se alguém disser que devemos honrar o que é divino, pois ninguém, desde logo, a não ser que esteja louco, contradiz esta exortação. O conselho, porém, é discurso que admite contradição, como, por exemplo, se alguém disser que devemos guerrear, pois

πολεμεῖν, πολλὰ γάρ ἐστι τὰ ἐκ πολέμου κέρδη, ἕτερος δέ τις ἂν ἀντείποι,
ὡς οὐ δεῖ πολεμεῖν, πολλὰ γάρ ἐστι τὰ
ἐκ πολέμου συμβαίνοντα, οἷον ἧττα,
αἰχμαλωσία, πληγαί, πολλάκις καὶ πό-
λεως κατασκαφή. [...]
52. Παραινετική: ζηλωτὴς ἀεί, βέλ-
τιστε, γενοῦ τῶν ἐναρέτων ἀνδρῶν.
κρεῖττον γάρ ἐστι τοὺς ἀγαθοὺς ζη-
λοῦντα καλὸν ἀκούειν ἢ φαύλοις ἑπό-
μενον ἐπονείδιστον εἶναι τοῖς πᾶσιν.

grande pode ser o ganho de uma guerra. Mas outra pessoa pode dar o contra-
-argumento de que não devemos guerrear
porque muito pode resultar de uma guerra, como derrota, cativeiro, ferimentos e
amiúde a destruição de uma cidade. [...].
52. Epístola exortativa: sejas sempre
êmulo, meu caro, dos homens virtuosos,
pois é melhor ser bem falado ao emular
os homens bons do que ser por todos
censurado ao imitar os homens maus.

12. BIBLIOGRAFIA SUMÁRIA SOBRE AS EPÍSTOLAS DE PLÍNIO, O JOVEM

Edições

GUILLEMIN. *Pline Le Jeune, Lettres*. Texte établi et traduit par Anne-Marie Guillemin. Paris, Belles Lettres, t. I (livres I-III), 1953; t. II (livres IV-VI), 1955; t. III (livres VII-IX), 1928; t. IV (livre X, *Panégyrique de Trajan*), 1947.

LEMAIRE. *C. Plinii Caecilii Secundi Epistolarum Libri Decem et Panegyricus*. Cum varietate lectionum ac integris adnotationibus editionis Schaeferianae quibus suas addidit N. E. Lemaire. 2 vols. Parisiis, colligebat Nicolaus Eligius Lemaire (Typographie de Firmin Didot), 1822.

MYNORS. *Plini Caecili Secundi Epistularum Libri Decem*. Edidit R. A. B. Mynors. Oxford, Oxford University Press, 1963.

RADICE. *Pliny the Younger, Letters. Panegyricus*. Translated by Betty Radice; vol. I (books 1-7); vol. II (books 8-10, *Panegyricus*). Cambridge, Massachussets / London, Harvard University Press, 1969 (Loeb Classical Library).

SCHUSTER & HANSLIK. *Plinius Secundus, Epistularum Libri Novem. Epistularum ad Traianum Liber*. Ediderunt M. Schuster et R. Hanslik. Leipzig, Teubner, 1958. (Bibliotheca Scriptorum Graecorum et Romanorum Teubneriana).

ZEHNACKER & MÉTHY. *Pline Le Jeune, Lettres*. Nouvelle édition; t. I (livres I-III): tex-te établi, traduit e comenté par Hubert Zehnacker, 2009; tome II (livres IV-VI), 2011, et tome III (livres VII-IX), 2012: texte établi e comenté par M. Hubert Zehnacker, traduit par Nicole Méthy; t. IV (livre X, *Panégyrique de Trajan*): texte établi, traduit e comenté par Hubert Zehnacker e Nicole Méthy, 2017.

Comentários

García. *Plinio el Joven: Cartas, Libro II.* Texto y comentario por Vicente Blanco García. 2. ed. rev. Madrid, Instituto "Antonio de Nebrija", 1963 (1941).

Guillemin. *Les Lettres de Pline le Jeune.* Présentées par A.-M. Guillemin. Paris, Hachette, 1938.

Lehmann-Hartleben. *Plinio il Giovane: Lettere Scelte con Commento Archeologico.* A cura di Karl Lehmann-Hartleben. Firenze, G. C. Sansoni, 1936.

Merrill. *Selected Letters of the Younger Pliny.* Ed. by Elmer Truesdell Merrill. London, Macmillan and Co. Limited, 1935.

Rochette. *Pline le Jeune: Lettres Choisies.* 6. éd. Introduction et commentaire par A. Rochette. Paris, J. De Gigord, Éditeur, 1928.

Sherwin-White. *The Letters of Pliny. A Historical and Social Commentary.* By A. N. Sherwin-White. Oxford, Oxford University Press, 1985 (1966).

Waltz. *Pline le Jeune: Choix de Lettres.* Texte latin publié avec une notice sur la vie et les oeuvres de Pline le Jeune, des analyses et des notes, des remarques sur la langue et le style, un index des noms propres et des antiquités et des illustrations d'après les monuments par A. Waltz. Paris, Librairie Hachette, 19?.

Whitton. *Pliny the Younger: Epistles, Book II.* Edited by Christopher Whitton. Cambridge, Cambridge University Press, 2013.

Zenoni. *C. Plinio Cecilio Secondo: Epistole Scelte.* Introduzione e commento di Luigi Zenoni. Venezia, Tipografia Sorteni e Vidotti, 1905.

Outras Traduções Consultadas

Lenaz, Rusca, Faella. *Plínio il Giovane: Vol. primo: Lettere ai Familiari.* Introduzione e commento di Luciano Lenaz; traduzione di Luigi Rusca. *Vol. secondo: Carteggio con Traiano.* Traduzione di Luigi Rusca e Enrico Faella; commento di Luciano Lenaz. 5. ed. Milano, BUR Rizzoli, 2011 (1994).

Rocha Pereira. "Plínio o Moço, *Cartas,* I, 8, §§2-6 e 14 (Doação de uma Biblioteca); *Cartas,* I, 13, §§1-6 (As Leituras Públicas); *Cartas,* III, 18, §§1-11 (Leitura em Público do *Panegírico de Trajano*); *Cartas* IV, 13, §§1-11 (Criação de uma Escola Local); *Cartas,* VI, 17, §§1-6 (A Dignidade das Letras); *Cartas,* VII, 17, §§1-15 (Leitura em Público de Discursos); *Cartas,* VIII, 21, 4 (O Desejo de Perfeição); *Cartas,* VIII, 24, §§1-4 (A Grécia, Mestra de Roma)". *Romana: Antologia da Cultura Latina.* Organizada e traduzida do original por Maria Helena da Rocha Pereira. 3. ed. Coimbra, Universidade de Coimbra, 1994, pp. 241-249.

INTRODUÇÃO

TRISOGLIO. *Opere di Plinio Cecilio Secondo. vol primo: libri 1-7. vol. secondo: libri 8-10. Panegirico di C. Plinio Cecilio Secondo all' Imperatore Traiano.* 1. ed. A cura di Francesco Trisoglio. Torino, Unione Tipografico Editrice Torinese (Utet), 1973.

WALSH. *Pliny the Younger: Complete Letters.* Translated with an introduction and notes by P. G. Walsh. Oxford, Oxford University Press, 2006.

Tabuinhas de Vindolanda

BOWMAN, Alan K. *Life and Letters on the Roman Frontier: Vindolanda and Its People.* New York, Routledge, 1994.

LIVRO I

EPISTULA I

Epistula historia non est

GAIUS PLINIUS
SEPTICIO CLARO SUO SALUTEM

1. Frequenter hortatus es ut epistulas, si quas paulo curatius scripsissem, colligerem publicaremque. Collegi non seruato temporis ordine (neque enim historiam componebam), sed ut quaeque in manus uenerat. 2. Superest ut nec te consilii nec me paeniteat obsequii. Ita enim fiet ut eas quae adhuc neglectae iacent requiram et si quas addidero non supprimam. Vale.

1, 1. Data: a epístola, primeira do livro I e de toda a recolha, é a última escrita por Plínio, como prefácio de todas as demais, que já estavam prontas para publicação. Sherwin-White (p. 85) e Luciano Lenaz (Rusca & Lenaz, I, p. 34, doravante a ser referido por um ou por outro, segundo se trate respectivamente de tradução ou comentário) lembram que a maior parte das epístolas do livro I foi composta em 96-97 d.C. durante o governo de Nerva (96-98 d.C.). Lenaz cogita que o livro tenha sido publicado quando Plínio foi prefeito do erário de Saturno (*praefectus aerarii Saturni*) entre janeiro de 98 e agosto de 100 d.C., ou até mais tarde. A função é semelhante a de um ministro da fazenda.

EPÍSTOLA 1

Epístola não é historiografia

CAIO PLÍNIO
A SEU QUERIDO SEPTÍCIO CLARO[1], SAUDAÇÕES

1. Com frequência exortaste-me a coligir e publicar, das minhas epístolas, aquelas que escrevi com um pouco mais de esmero[2]. Coligi sem conservar a ordem temporal (pois não estava a compor historiografia), mas conforme cada uma me vinha às mãos. 2. Espero que não te arrependas de ter-me aconselhado, nem eu de ter-te ouvido, pois vou procurar aquelas que, postas de lado, estão até agora esquecidas, e as que porventura escrever não hei de omitir. Adeus.

---

1. SEPTÍCIO CLARO: Caio Septício Claro, prefeito das coortes pretorianas sob Adriano em 119 d.C. e cunhado de Sexto Erúcio Claro (ver I, 16). Junto com Suetônio, que lhe dedica a *Vida dos Césares*, caiu em desgraça pela indecorosa proximidade com Sabina, a imperatriz (*História Augusta, Vida de Adriano*, 11, 3-7). É destinatário das epístolas I, 15; VII, 28 e VIII, 1. É mencionado em II, 9, 4. 2. ESCREVI COM UM POUCO MAIS DE ESMERO: *paulo curatius scripsissem*. Não é acidente: escrever com mais esmero distingue epístolas de meras cartas e visa à publicação; ver IX, 28, 5 e Introdução, IV, V, VI e VII.

EPISTULA II

De imitatione Demosthenis, Calui et Ciceronis

GAIUS PLINIUS

MATURO ARRIANO SUO SALUTEM

1. Quia tardiorem aduentum tuum prospicio, librum quem priori-bus epistulis promiseram exhibeo. Hunc rogo ex consuetudine tua et le-gas et emendes, eo magis quod nihil ante peraeque eodem ζήλῳ scripsisse uideor. 2. Temptaui enim imitari Demosthenen semper tuum, Caluum nuper meum, dumtaxat figuris orationis; nam uim tantorum uirorum, "pauci quos aequus" adsequi possunt. 3. Nec materia ipsa huic (uereor

1, 2. Data: 97 d.C., entre a prefeitura do erário militar (94-96 d.C.) e a prefeitura do erário de Saturno (98-100 d.C.); ver 1, 1. O *aerarium militare* era o tesouro militar da Roma imperial, insti-tuído por Augusto, como fonte de renda permanente para as pensões (*praemia*) de veteranos do exército romano imperial. O Tesouro obteve fundos de novos impostos, como o imposto sobre herança e o imposto sobre vendas.

1. ARRIANO MATURO: era de Altino, integrava a ordem equestre e desempenhou magistratura no Egito. É destinatário das epístolas II, 11; II, 12; IV, 8; IV, 12; VI, 2 e VIII, 21. É mencionado em III, 2, 2. 2. DISCURSO: *librum*. É o discurso que Plínio teve de proferir, que ocupa todo o volume; ver IV, 26, 1 e OLD, 4. 3. EMULAÇÃO: Plínio emprega o termo grego *zêlos* (ζῆλος). Logo abaixo emprega o próprio termo latino *aemulatio*. Whitton (p. 85) informa que Plínio, cuja fluência não questiona, assim como Cícero, ao citar palavras gregas, inclui termos contemporâneos em vez de termos áticos do século V a.C., considerado o período clássico grego. 4. DEMÓSTENES: orador grego (384-322 a.C.), que aqui é modelo de discurso empolado. Nascido em Peânia, foi considerado o maior orador ateniense da Antiguidade. De início era logógrafo, mas entre 355 e 354 a.C. começou a pronunciar os próprios discursos e a partir de 352 a presença crescente de Filipe II da Macedônia na Calcídica, na Trácia e no Quersoneso levou Demóstenes a uma posi-ção antimacedônica, quando proferiu discursos contra Filipe, as *Filípicas* (modelo de Cícero) e as

EPÍSTOLA 2

Sobre imitar Demóstenes,
Calvo e Cícero

CAIO PLÍNIO

A SEU QUERIDO ARRIANO MATURO[1], SAUDAÇÕES

1. Porque prevejo que tua chegada será retardada, mostro-te o discurso[2] que em epístolas anteriores eu prometera. Peço, conforme é teu costume, que o leias e o corrijas, e ainda mais porque não creio que em momento algum eu tenha escrito algo com aquela mesma e precisa emulação[3]. **2.** Tentei, com efeito, imitar o sempre teu Demóstenes[4] e este meu recente Calvo[5], ao menos nas figuras do discurso, pois a força de tamanhos homens só "poucos, a quem o justo Júpiter amou"[6], podem imitar[7]. **3.** E a própria matéria não impedia (temo falar imodes-

---

Olínticas, em que defendia intervenção militar em Olinto. A divergência política com Ésquines, que buscava aliança com os macedônicos, tornou-se ódio pessoal e várias vezes Demóstenes e Ésquines seriam adversários, diretamente ou por meio de partidários (ver nota seguinte). O poderio macedônico, entretanto, continuou a crescer e depois da derrota grega em Crânon, Demóstenes, condenado à morte, envenenou-se. Demóstenes é mencionado em I, 20, 4; II, 3, 10; IV, 5, 1; IV, 7, 6; VII, 30, 4; IX, 23, 5 e IX, 26, §§8 e 11. **5.** CALVO: Caio Lícinio Calvo (82-47 a.C.), poeta e orador romano, que aqui é modelo do discurso enxuto. Também poeta, foi amigo e "correligionário" de Catulo, ambos "poetas novos", que em meados do século I a.C. praticavam em latim a poética helenística, mais particularmente a de Calímaco de Cirene (ver I, 16, 5). Calvo é mencionado em I, 16, 5; IV, 27, 4 e V, 3, 5. **6.** POUCOS A QUEM JÚPITER AMOU: o sentido é "só os bafejados por Júpiter". É o verso 129 do canto 6 da *Eneida*, de Virgílio, bem conhecido e talvez já proverbial, cujo sentido completo é: *Pauci, quos aequus amauit / Iuppiter aut ardens euexit ad aethera uirtus*, "São poucos, os [homens] que Júpiter amou ou cuja ardente virtude os levou ao céu"; ver III, 7, 8. **7.** IMITAR: o verbo é *sequor*, "seguir", que tem o sentido de "seguir o exemplo", "imitar" (ver OLD, 9) e participa do campo semântico da imitação e da emulação.

ne improbe dicam) aemulationi repugnauit; erat enim prope tota in con-
tentione dicendi, quod me longae desidiae indormientem excitauit, si
modo is sum ego qui excitari possim. 4. Non tamen omnino Marci nostri
ληκύθους fugimus, quotiens paulum itinere decedere non intempestiuis
amoenitatibus admonebamur: acres enim esse non tristes uolebamus. 5.
Nec est quod putes me sub hac exceptione ueniam postulare. Nam quo
magis intendam limam tuam, confitebor et ipsum me et contubernales ab
editione non abhorrere, si modo tu fortasse errori nostro album calculum
adieceris. 6. Est enim plane aliquid edendum, atque utinam hoc potis-
simum quod paratum est (audis desidiae uotum)! Edendum autem ex
pluribus causis, maxime quod libelli quos emisimus dicuntur in manibus
esse, quamuis iam gratiam nouitatis exuerint; nisi tamen auribus nostris
bibliopolae blandiuntur. Sed sane blandiantur, dum per hoc mendacium
nobis studia nostra commendent. Vale.

---

8. DESEJO DE COMPETIR: *huic emulationi*. A emulação de que Plínio fala, que incide em Demóstenes e Calvo, notórios oradores, é exatamente o discurso público, a oração, que teve de proferir,
da qual nada mais se sabe. **9.** EMPOLAMENTOS: Plínio usa o termo grego *lekýthous* (ληκύθους),
que significa primeira e propriamente "frascos de perfume e cosméticos" (ver *LSJ*, I). Em sentido
figurado significa o estilo retórico estrondoso, conforme o próprio Cícero atesta nas *Epístolas a*
Ático, 1, 14, 3. Da acepção de "recepiente de cosméticos" e "de perfumes" derivou a de "sonorida-
de de voz" por comparação com o som do frasco vazio. Horácio emprega *ampullas* com o mesmo
sentido na *Arte Poética* (*Epístola aos Pisões*), v. 97, e nas *Epístolas* (1, 3, 14) emprega o verbo cognato *ampullor*, "empolar", "usar palavras empoladas". A própria palavra vernácula "empolação"
deriva de "empola", variante de "ampola", "recipiente de vidro", e traduz, assim, perfeitamente o
termo grego. Anne-Marie Guillemin (I, p. 4, n. 2) desabona o sentido de "empolação" aplicado a
Cícero, sem nenhum outro argumento senão a desnecessária intenção de preservar o orador do
que ela considera pecha. Sobre prática aticista de Plínio, ver II, 5; II, 19, 6 e III, 18, 8. **10.** CÍCERO:
Marco Túlio Cícero (106-43 a.C.). Nascido em Arpino de família pertencente à ordem equestre,
foi advogado e homem público: depois de ser questor em 75 a.C., aos 31 anos, foi edil em 69 a.C.
aos 37 anos, pretor em 66 a.C. aos 40 anos e enfim aos 43 anos chegou ao consulado em 63 a.C.,
ano em que eclodiu a conjuração de Catilina. No cargo exagerou o perigo da revolta e tirou proveito político por tê-la debelado. Foi exilado em 58 a.C. por ter feito executar cidadãos romanos
sem julgamento na conjuração, mas voltou em 57 por iniciativa de Pompeu, de quem era antigo
admirador, que lhe intermedeia a nomeação como procônsul na Cilícia em 52 d.C. Seu prestígio
político começa a declinar com o 1º Triunvirato, declina mais ainda com a vitória de César em
Farsala em 48 d.C. e até mesmo com a morte dele em 44 d.C., para enfim acabar de vez quando
se forma o 2º Triunvirato em 43 d.C., visto que atacara Marco Antônio violentamente com seus
discursos, as *Filípicas*, após o quê foi banido e morto. Foi a figura mais influente das letras latinas,

LIVRO I

tamente) meu desejo de competir[8], que residia quase todo no esforço de discursar com vigor, o que me despertou da longa inércia em que eu dormia, se é que sou do tipo que pode ser despertado. **4.** Não evitei, porém, os empolamentos[9] do nosso Cícero[10], de modo que me afastei, sim, um pouco do caminho todas as vezes que me deixei atrair por amenidades não inoportunas, pois eu queria ser veemente, não austero[11]. **5.** E não deves crer que peço vênia para essa exceção[12], já que, a fim de aguçar ainda mais tua lima[13], confessarei que eu mesmo e também meus amigos não rejeitamos publicá-lo, se à minha incerteza deres tua aprovação[14]. **6.** De fato, é claro que é preciso publicar um livro e oxalá antes de todos seja este, que já está pronto (ouves aqui os votos de preguiça). Mas é preciso publicar por muitas razões, principalmente porque dizem que os livrinhos que lancei estão nas mãos de todos, embora já tenham perdido a graça da novidade (a não ser que os livreiros queiram acariciar minhas orelhas!). Mas podem acariciar, contanto que com esta mentira me recomendem meus próprios trabalhos. Adeus.

em que atuou como orador, rétor, epistológrafo, filósofo, poeta e tradutor de filosofia (traduziu o *Timeu*, de Platão) e poesia (traduziu *Fenômenos*, de Arato de Solos). A julgar pelo testemunho de São Jerônimo, foi até editor, tendo corrigido e publicado *A Natureza das Coisas*, de Lucrécio. Propugnava por uma formação filosófica do orador, ao mesmo tempo em que forjou vocabulário filosófico e retórico em latim. Ao lado de César é a maior figura da época republicana, mas singulariza-se porque atravessou um período de grave crise política sobre a qual logrou que seus escritos em prosa constituíssem aguda reflexão jurídica, política, retórica, moral. Cícero é mencionado em I, 5, §§11 e 12; I, 20, 7; III, 15, 1; IV, 8, 4; V, 3, 5; VII, 4, §§3, 4 e 6; VII, 17, 13; IX, 2, 2, IX, 26, 8 e Introdução, III. Os antigos romanos, a exemplo de Plínio aqui, assim como os autores medievais, *em geral* referiam-se a Cícero como "Marco Túlio", usando respectivamente o prenome e o nome gentílico), evitando utilizar o cognome "Cícero", que, cognato de *cicer*, "grão de bico", é algo risível. **11. VEEMENTE, AUSTERO**: *acer, tristis*. São gêneros de elocução do discurso. Para *acer*, ver IV, 20, 2. **12. VÊNIA PARA ESSA EXCEÇÃO**: *sub hac exceptione ueniam*. É expressão jurídica usada de modo figurado, equivalente a "permissão para essa atitude". **13. LIMA**: *lima*. Aqui, em metáfora da carpintaria, significa o rigor na revisão de um texto. Olavo Bilac, em "Profissão de Fé", empresta do ourives o verbo "limar": "Torce, aprimora, alteia, lima / a frase". **14. SE À MINHA INCERTEZA DERES TUA APROVAÇÃO**: *si modo tu fortasse errori nostro album calculum adieceris*, literalmente, se ao nosso erro, lançares uma pedra branca". Segundo Plínio, o Velho (*História Natural*, 7, 40, 131), o costume teria origem com os trácios, que usavam pedras brancas para marcar dias favoráveis, e negras para desfavoráveis.

EPISTULA III

Laus Rufi uillae

GAIUS PLINIUS

CANINIO RUFO SUO SALUTEM

1. Quid agit Comum, tuae meaeque deliciae? Quid suburbanum amoenissimum, quid illa porticus uerna semper, quid platanon opacissimus, quid euripus uiridis et gemmeus, quid subiectus et seruiens lacus, quid illa mollis et tamen solida gestatio, quid balineum illud quod plurimus sol implet et circumit, quid triclinia illa popularia illa paucorum, quid cubicula diurna, nocturna? Possident te et per uices partiuntur? 2. An, ut solebas, intentione rei familiaris obeundae crebris excursionibus uocaris? Si possident, felix beatusque es; si minus, unus ex multis. 3. Quin tu (tempus enim) humiles et sordidas curas aliis mandas, et ipse te in

---

1, 3. Data: incerta, mas provavelmente é a mais antiga epístola destinada a Canínio Rufo.
1. CANÍNIO RUFO: rico proprietário de terras em Como, a quem são endereçadas sete epístolas, quase todas sobre as letras. Em quatro delas, Plínio insta o amigo a compor seriamente, o que ocorrerá só no livro IX, talvez um poema intitulado *A Guerra da Dácia* (*Bellum Dacicum*; ver VIII, 4, 1). As outras epístolas a ele endereçadas são II, 8; III, 7; VI, 21; VII, 18; VIII, 4 e IX, 33. 2. COMO: Plínio é da cidade de Novo Como (*Nouum Comum* na região transpadana, ao norte do rio Pado, atual Pó, às margens do lago Lário (*Larium*), próximos ambos dos Alpes. Hoje a cidade ainda é chamada "Como", como também passou a chamar-se o lago, na atual região da Lombardia; ver II, 8, 1 e VII, 23, 1. 3. SUBÚRBIO: *suburbanum*; em sentido positivo (ver Houaiss, 2). Eram os arredores da cidade, onde ficavam as suntuosas vilas da gente rica; ver introdução, VIII, 4a 4. TRICLÍNIOS: *triclinia*. Na Roma antiga, refeitório com *três* leitos ou mais, inclinados e dispostos em redor de uma mesa. 5. TAREFAS MESQUINHAS E SUJAS: *humiles et sordidas curas*. O termo

EPÍSTOLA 3

Elogio da vila de Rufo

CAIO PLÍNIO

A SEU QUERIDO CANÍNIO RUFO[1], SAUDAÇÕES

1. O que se passa em Como[2], delicias tuas e minhas? O que se passa naquele sítio tão ameno, no subúrbio[3]? Naquele alpendre em que é sempre primavera? No recinto a que plátanos dão tanta sombra? No canal, verde e cristalino? No lago que a ele se sujeita e que o serve? Naquele passeio suave e ao mesmo tempo firme? Naqueles banhos que o sol inunda e envolve? Nos triclínios[4] abertos a todos e nos reservados? Nos quartos, durante o dia, durante a noite? Desfrutam de ti e alternadamente te partilham? **2.** Ou será que, como é teu costume, o empenho de visitar propriedades da família te chama e leva longe em frequentes viagens? Se te desfrutam, és feliz e afortunado, se não, és um só, mais um entre muitos. **3.** Por que não transferes a outros (já era tempo) as tarefas mesquinhas e sujas[5] e neste imenso e fecundo isolamento reivindicas para ti mesmo os estudos? Que eles sejam teu negócio e teu ócio[6],

---

sordidas não tem sentido moral e é aqui empregado ativamente, "[tarefas] que nos sujam", "que fazem que nos sujemos", e refere-se às preocupações com as tarefas do campo e da terra. **6.** QUE ELES SEJAM TEU NEGÓCIO E TEU ÓCIO: *hoc sit negotium tuum, hoc otium.* Plínio explora os termos antônimos *otium* e *negotium* e, além do conhecer a cognação antinômica *otium / negotium* (< **necotium*, de *nec*, "não" + *otium*), dá exemplo do *otium cum dignitate*, "ócio com dignidade", ao sugerir ao interlocutor ocupá-lo com "trabalho", *labor*, e "vigílias", *uigilia*, isto é, noites passadas em claro. A contradição *labor* x *otium* justapostos e identificados é aparente, pois, segundo o

alto isto pinguique secessu studiis adseris? Hoc sit negotium tuum, hoc otium, hic labor haec quies; in his uigilia, in his etiam somnus reponatur. 4. Effinge aliquid et excude, quod sit perpetuo tuum. Nam reliqua rerum tuarum post te alium atque alium dominum sortientur; hoc numquam tuum desinet esse si semel coeperit. 5. Scio quem animum, quod horter ingenium; tu modo enitere ut tibi ipse sis tanti, quanti uideberis aliis si tibi fueris. Vale.

texto, o ócio que se opõe às tarefas do campo, "que sujam", identifica-se com o trabalho nas letras. Lembro que *otium* é conceito fundamental em Roma: opõe-se a *negotium* ("ocupação", "negócio") e corresponde ao termo grego *skholé* (σχολή). Refere-se ao tempo de que todo cidadão,

LIVRO I

teu trabalho e teu repouso; que a eles confies tuas vigílias e teu sono até. 4. Concebe algo e forja-o de modo que seja perpetuamente teu (pois o restante de teus bens, depois de ti, ganhará outro dono e, após, outro ainda) e isso, uma vez que seja teu, nunca deixará de ser. 5. Conheço que ânimo, que engenho estou a exortar: quanto a ti, empenha-te para teres tanto valor na tua própria opinião quanto terás na dos outros, desde que antes creias que o tens. Adeus.

livre dos deveres, deve dispor para dedicar-se quase sempre às letras e à filosofia; ver belíssima definição do ócio em Roma em I, 9, 6 e I, 13, 4.

EPISTULA IV

Pompeiae Celerinae possessiones

GAIUS PLINIUS

POMPEIAE CELERINAE SOCRUI SALUTEM

1. Quantum copiarum in Ocriculano, in Narniensi, in Carsulano, in Perusino tuo, in Narniensi uero etiam balineum! Ex epistulis meis (nam iam tuis opus non est) una illa breuis et uetus sufficit. 2. Non mehercule tam mea sunt quae mea sunt, quam quae tua; hoc tamen differunt, quod sollicitius et intentius tui me quam mei excipiunt. 3. Idem fortasse eueniet tibi, si quando in nostra deuerteris. Quod uelim facias, primum ut perinde nostris rebus ac nos tuis perfruaris, deinde ut mei expergiscantur aliquando, qui me secure ac prope neglegenter exspectant. 4. Nam mitium dominorum apud seruos ipsa consuetudine metus exolescit; nouitatibus excitantur, probarique dominis per alios magis quam per ipsos laborant. Vale.

1, 4. Data: antes de 98 d.C.

1. POMPEIA CELERINA: mãe da primeira ou mais provavelmente mãe da segunda esposa de Plínio, morta entre 96-97 d.C. É mencionada em VI, 10, 1. **2.** QUANTA RIQUEZA NAS TUAS PROPRIEDA-DES: *quantum copiarum*; ver VI, 28, 1. **3.** OCRÍCULO, NÁRNIA, CÁRSULA, PERÚSIA: atuais Otrícoli (Úmbria), Nárnia (Úmbria), Carsócoli (Abruzos) e Perúgia (Úmbria). A viagem a estas cidades

EPÍSTOLA 4

Propriedades de Pompeia Celerina

CAIO PLÍNIO

A SUA SOGRA POMPEIA CELERINA[1], SAUDAÇÕES

1. Quanta riqueza nas tuas propriedades[2] de Ocrículo, Nárnia, Cársula, Perúsia[3]: em Nárnia há até um balneário! Das epístolas que enviei (pois não foi preciso que escrevesses) bastou aquela antiga e curta. **2.** É incrível como as minhas coisas não são tão minhas como são as tuas, mas num ponto diferem: os teus fâmulos demonstram mais solicitude e atenção para comigo do que os meus. Talvez o mesmo ocorra contigo se um dia vieres às minhas propriedades, **3.** visita aliás que eu gostaria que fizesses primeiro para que desfrutes de meus bens, assim como eu dos teus, e também para que meus fâmulos[4] finalmente despertem, que para comigo se mostram pouco zelosos, quase negligentes. **4.** Com efeito, o medo que escravos[5] têm dos senhores muito brandos acaba, pelo próprio hábito, por diminuir; mas são estimulados por novidades e esforçam-se para agradar a seu senhor, mais por como tratam os outros do que pelo modo como tratam os próprios senhores. Adeus.

---

pode ser o motivo por que Plínio se ausentou de Roma, conforme se lê em I, 7, 4. **4.** MEUS FÂMU-LOS: apenas *mei*, de *meus*, no latim; ver OLD, 2d. Plínio no §4 esclarece que fala dos escravos. **5.** ESCRAVOS: *seruos*. São notáveis as epístolas III, 14; V, 19; VII, 32 e VIII, 16 pela boa opinião de Plínio sobre escravos e a dignidade que merecem, segundo ele; ver Introdução, VIII, 1a.

EPISTULA V

Regulus delator

GAIUS PLINIUS

VOCONIO ROMANO SUO SALUTEM

1. *Vidistine quemquam M. Regulo timidiorem, humiliorem post Domitiani mortem? Sub quo non minora flagitia commiserat quam sub Nerone sed tectiora. Coepit uereri ne sibi irascerer, nec fallebatur: irasce-*

I, 5. Data: primeiros meses de 97 d.C.

1. Vocônio Romano: Caio Licínio Vocônio Romano, nascido em Sagunto, na Hispânia, pertencia à ordem equestre. Plínio pleiteia-lhe um cargo na epístola, II, 13, em que descreve o caráter de Vocônio e sua família. É endereçado em II, 1; III, 13; VI, 15; VIII, 8 e IX, 7, e é mencionado em X, 4. 2. VISTE ALGUÉM: *uidistine quemquam.* Sherwin-White (p. 93), é muito preciso: "Depois da morte de Domiciano em 16 de setembro de 96 d.C., houve no Senado um ataque generalizado aos partidários menores da 'tirania' do Imperador, os *delatores* integrantes de ordens inferiores ao Senado" (ver IX, 13, 4, nota). No fim desse ano Plínio já se encorajava a juntar-se à caça às bruxas, mirando, porém, uma vítima mais substancial, e agora escolhe Régulo (ver adiante §§15 e 16). Enfim, em meados de 97 d.C. desfere ataque contra o senador pretoriano Publício Certo, conforme narra na epístola IX, 13. 3. DOMICIANO: Tito Flávio César Domiciano Augusto (51-96 d.C.), imperador de 81 a 96 d.C. Era filho de Vespasiano e irmão mais jovem de Tito, seus antecessores no trono (69-79 d.C. e 79-81 d.C. respectivamente). Foi tirânico, atitude que lhe trouxe conflitos com o Senado e lhe custou a *damnatio memoriae* ("condenação ao esquecimento") após a morte. É o 12º e último César cuja vida Suetônio narra na *Vida dos Césares.* 4. MARCO RÉGULO: Marco Aquílio Régulo, orador que chegou a advogar para a mesma parte que Plínio; era delator (ver I, 20, 14). É mencionado por Plínio ainda em II, 11, 22; II, 20, §§2, 5, 6, 7, 8, 10 e 13; IV, 2, §§1, 2, 3, 4 e 8; IV, 4, 7; IV, 7, §§1, 5 e 6; VI, 2, §§1, 4 e 6. Tácito (*Histórias*, 4, 42) dá informações sobre o início de sua carreira, e Marcial menciona-o de passagem nos *Epigramas*, 1, 12, 8; 1, 82, 4; 2, 74, 2; 4, 16, 6 e 6, 38, 2. 5. Adotei pontuação de Merrill (p. 4) Mynors (p. 8) e Schuster & Hanslik (p. 7) melhor do que a de Guillemin (I, p. 7) e Zehnacker (I, p. 5) que põem vírgula

EPÍSTOLA 5

Régulo, o delator

CAIO PLÍNIO
A SEU QUERIDO VOCÔNIO ROMANO[1], SAUDAÇÕES

1. Viste[2] desde a morte de Domiciano[3] alguém mais medroso, mais baixo do que Marco Régulo[4]? No[5] governo de Domiciano, cometia crimes não menores do que no governo de Nero[6], porém eram mais enco-

---

depois de *mortem* e ponto de interrogação depois de *tectiora*. **6.** NERO: Nero Cláudio César Augusto Gêrmanico (37-68 d.C.), imperador de 54 a 68 d.C., último da dinastia Júlio-Cláudia. Foi adotado por seu tio-avô Cláudio para suceder-lhe no trono. Começou bem o governo, guiado pela mãe, Agripina, e pelo filósofo estoico Lúcio Aneu Sêneca, dito por isso, "o Filósofo", autor das *Epístolas Morais a Lucílio* (*Cartas a Lucílio* na edição de Segurado e Campos, como citarei doravante). Com o tempo, assumiu independência numa gestão que privilegiava a diplomacia, comércio e a cultura. Fez construir teatros e promovia os jogos que custeou com aumento de impostos, desagradando a elite e as "classes médias". Seu desprestígio aumentava com algumas extravagâncias, como apresentar-se como poeta e músico. Com a revolta de Víndice na Gália e de Galba na Hispânia, Nero, percebendo ou acreditando que seria deposto, cometeu suicídio ou teria pedido a seu secretário Epafródito que o matasse. Embora lembrado pelas fontes antigas por assassinar a mãe, incitar o incêndio que devastou Roma em 64 d.C. (para construir nos terrenos a *Domus Aurea*, "O Palácio Dourado"), perseguir os cristãos, há 100 anos já se questiona a figura de Nero construída pela narrativa dos antigos historiógrafos como Suetônio, Tácito e Díon Cássio (B. W. Henderson, *Life and Principate of the Emperor Nero*, London, Methuen, 1905, p. 437; F. W. Clayton, "Tacitus and Christian Persecution", *The Classical Quarterly*, 41, 3-4, 1947, pp. 81-85; e bem recentemente Edward Champlin, "Nero Reconsidered", *New England Review*, 19, 2, Spring, 1998, pp. 97-108). Fazem-no reconhecendo a popularidade de que desfrutava no Oriente e as benfeitorias urbanísticas que realizou em Roma. É mencionado em III, 5, 5; III, 7, 9; V, 5, 3 (em que se descreve sua atividade poética, pictórica e escultória) e VI, 31, 9.

bar. 2. Rustici Aruleni periculum fouerat, exsultauerat morte, adeo ut librum recitaret publicaretque, in quo Rusticum insectatur atque etiam "Stoicorum simiam" appellat; adicit "Vitelliana cicatrice stigmosum". 3. Agnoscis eloquentiam Reguli. Lacerat Herennium Senecionem tam intemperanter quidem, ut dixerit ei Mettius Carus "Quid tibi cum meis mortuis? Numquid ego Crasso aut Camerino molestus sum?" Quos ille sub Nerone accusauerat. 4. Haec me Regulus dolenter tulisse credebat, ideoque etiam cum recitaret librum non adhibuerat.

Praeterea reminiscebatur quam capitaliter ipsum me apud centumuiros lacessisset. 5. Aderam Arrionillae, Timonis uxori, rogatu Aruleni Rustici; Regulus contra. Nitebamur nos in parte causae sententia Metti Modesti optimi uiri: is tunc in exsilio erat, a Domitiano relegatus. Ecce tibi Regulus "Quaero", inquit, "Secunde, quid de Modesto sentias". Vides quod periculum, si respondissem "bene"; quod flagitium si "male". Non possum dicere aliud tunc mihi quam deos adfuisse. "Respondebo", inquam, "si de hoc centumuiri iudicaturi sunt". Rursus ille: "Quaero, quid de Modesto sentias". 6. Iterum ego: "Solebant testes in reos, non in dam-

---

7. QUINTO JÚNIO ARULENO RÚSTICO (*c.* 35-93 d.C.), também chamado Júnio Rústico. Na condição de amigo e partidário de Trásea Peto (ver III, 16, 10), era seguidor da filosofia estoica. Era tribuno da plebe em 66 d.C., ano em que Trásea foi condenado à morte pelo Senado. Foi pretor em 69 d.C. nas guerras que se seguiram à morte de Nero (ver notas seguintes). Em 92 d.C. chega ao consulado, mas no ano seguinte foi condenado à morte por compor o *Panegírico de Trásea*. É mencionado por Plínio em I, 14, 2; II, 18, 1 ("teu irmão"); III, 11, 3 e V, 1, 8. **8.** MACACO DOS ESTÓICOS, CICATRIZ DE VITÉLIO: *Stoicorum simiam, Vitelliana cicatrice.* A filosofia estoica penetra a política sob os Flávios: Trásea Peto frequentava os filósofos, e Aruleno, que ouvia Plutarco (*Sobre a Curiosidade*, 15), tinha o estoico Musônio Rufo (ver III, 11, 5) por professor quando da guerra civil de 69 d.C. (guerras do "Ano dos Quatro Imperadores"). Ocorreu que Quinto Petílio Cerial, parente de Vespasiano, fora capturado por Aulo Germânico Augusto Vitélio (imperador entre abril e dezembro de 69 d.C.), mas escapou e tomou Roma. Quando Vitélio defendia a cidade, Aruleno foi na condição de embaixador tratar com Cerial, mas foi ferido pelos soldados dele, conforme indica Tácito (*Histórias*, 3, 80): esta é "a cicatriz de Vitélio". **9.** HERÊNIO SENECIÃO: nascido na Bética, Hispânia, integrou a conspiração estoica contra Domiciano e por escrever o *Panegírico de Helvídio Prisco*, espécie de mártir estoico, foi executado em 93 d.C. Helvídio Prisco era genro de Trásea Peto, pois casado com Fânia, filha deste. Foi filósofo e político, fervoroso republicano, que também acabou executado por Domiciano; ver epístolas VII, 19, 4-6; IX, 13, 5, e Tácito, *Vida de Agrícola*, 45, 1-3. Herênio Senecião é mencionado nas epístolas III, 11, 3; IV, 7, 5; IV, 11, 12; VII, 19, 5 e VII, 33, §§4 e 7. **10.** MÉTIO CARO: processou Senecião (VII, 19, 5) e

bertos. Começou a temer que eu me irasse com ele e não estava enganado: fiquei irado. **2.** Ele tinha colaborado com a condenação de Rústico Aruleno[7] e exultou quando o executaram, a tal ponto, que recitou e depois publicou um discurso em que invectiva Rústico, chamando-o até de "macaco dos estoicos", acrescentando que "carregava a cicatriz de Vitélio[8]" **3.** (conheces a eloquência de Régulo). Agride Herênio Senecião[9] e o faz tão desmedidamente, que Métio Caro[10] lhe disse: "Que tens a ver com meus mortos? Por acaso persegui Crasso ou Camerino[11]?"; estes foram pessoas que Régulo acusara no governo de Nero. **4.** Ele acreditava que isso tudo me incomodava e por isso nem sequer me convidou à recitação do discurso.

Ademais, lembrava-se da sanha com que me havia acusado perante a Corte Centunviral. **5.** A pedido de Aruleno Rústico assisti Arrionila[12], esposa de Timão; Régulo estava no lado contrário. Parte da minha defesa apoiava-se na opinião de Métio Modesto, homem excelente, que estava no exílio, em local designado por Domiciano. Imagina Régulo dizendo-me: "Quero saber, Plínio, o que pensas de Modesto[13]?" Vês que perigo eu corria se dissesse "um homem de bem"? E que traição cometeria, se dissesse que era pessoa má. Só posso dizer que naquela hora os deuses olharam por mim. "Responderei", disse-lhe, "se os centúnviros julgarem essa matéria". Ele voltou à carga: "quero saber o que pensas de Modesto?" **6.** E eu por meu turno falei: "A praxe era interrogar testemu-

---

delatou Plínio (VII, 27, 14). Tácito (*Vida de Agrícola*, 45, 1-2) e o escoliasta a Juvenal, *Sátiras*, 1, v. 36 consideram Métio Caro, Bébio Massa (III, 9, 12; VI, 29, 8; VII, 33, 4) e Catulo Messalino (IV, 22, 5) agentes do terror daqueles tempos. É mencionado nas epístolas VII, 19, 5 e VII, 27, 14. Marcial (*Epigramas*, 12, 25, v. 4) mostra-o como delator e em 10, 77 celebra sua morte. Talvez seja o poeta mencionado nos *Epigramas* 9, 23 e 9, 24. **11.** Crasso ou Camerino: Régulo era inimigo dos Licínios Crassos (II, 20, 1). Delatou e levou à morte Marco Licínio Crasso Frúgi, que fora cônsul em 64 d.C, executado por Nero entre 68 e 69 d.C. Marco Licínio Escriboniano Camerino era filho de Crasso. Em 70 d.C. Escribônia, mãe de Camerino, no começo do governo de Vespasiano, com os filhos buscou vingança contra Régulo pelo Senado, que acabou processando Régulo e seu grupo. **12.** Arrionila: mencionada apenas aqui. **13.** Trebônio Próculo Métio Modesto: filho do Métio Rufo, prefeito do Egito, no tempo de Domiciano. Governou a Lícia. O cônsul homônimo de 103 d.C., mencionado nos arcos de Pátaros, na Lícia, segundo Sherwin-White, p. 97, é o filho dele.

natos interrogari". Tertio ille: "Non iam quid de Modesto, sed quid de pietate Modesti sentias quaero". 7. "Quaeris", inquam, "quid sentiam; at ego ne interrogare quidem fas puto, de quo pronuntiatum est". Conticuit; me laus et gratulatio secuta est, quod nec famam meam aliquo responso utili fortasse, inhonesto tamen laeseram, nec me laqueis tam insidiosae interrogationis inuolueram.

8. *Nunc ergo conscientia exterritus apprehendit Caecilium Celerem, mox Fabium Iustum; rogat ut me sibi reconcilient. Nec contentus peruenit ad Spurinnam; huic suppliciter, ut est, cum timet, abiectissimus: "Rogo mane uideas Plinium domi, sed plane mane (neque enim ferre diutius sollicitudinem possum), et quoquo modo efficias, ne mihi irascatur". 9. Euigilaueram; nuntius a Spurinna: "Venio ad te". "Immo ego ad te." Coimus in porticum Liuiae, cum alter ad alterum tenderemus. Exponit Reguli mandata, addit preces suas, ut decebat optimum uirum pro dissimillimo, parce. 10. Cui ego: "Dispicies ipse quid renuntiandum Regulo putes. Te decipi a me non oportet. Exspecto Mauricum" (nondum ab exsilio uenerat): "ideo nihil alterutram in partem respondere tibi possum, facturus quidquid ille decreuerit; illum enim esse huius consilii ducem, me comitem decet".*

---

14. Cecílio Célere: talvez seja o destinatário da epístola VII, 17, sobre recitações. **15.** Fábio Justo: advogado e orador, a quem Tácito dedica o *Diálogo dos Oradores*. É o destinatário das epístolas I, 11 e VII, 2. Entre 96 e 98 d.C. já tinha sido pretor; foi cônsul sufecto em 102 d.C. e governador da Síria por volta de 109 d.C. O nome dele e de Célere aparecem em inscrições de Olisipo, atual Lisboa (*CIL*, 2, 214), o que indica ser prováveis a origem ibérica e relações com Plínio, o Velho. É destinatário das epístolas I, 11 e VII, 2. O termo "sufecto" em português só vi abonado na estupenda *Encyclopedia e Diccionario Internacional* (Lisboa / Rio de Janeiro / São Paulo / Londres / Paris / Nova York, W. M. Jackson, 1920, 20 vols., vol. 18, *s.v.* "suffecto", p. 11007), donde transcrevo a definição de "sufecto", tendo atualizado a ortografia: "No tempo da república, cônsul eleito em substituição de um cônsul falecido antes de terem acabado os seus poderes. No tempo do império houve regularmente, além dos cônsules ordinários, cônsules sufectos". **16.** Espurina: Tito Vestrício Espurina, cônsul em 72, 98 e 100 d.C. Tendo sido governador da Germânia Inferior em 97 d.C., ano em que morreu, aos 73 anos, foi homenageado com uma estátua triunfal pelos serviços militares (ver II, 7). É mencionado ainda em III, 1, 3; III, 10, 1; IV, 27, 5 e V, 17. As qualidades de sua esposa são mencionadas em III, 1, 5. **17.** Pórtico de Lívia: situado no Monte Ópio, não distante do Esquilino, onde residia Plínio (III, 21, 5). **18** . Júnio Maurico: irmão de Aruleno Rústico, que, porém, não foi executado. Senador entre 68-70 d.C. postulava o fim da violência contra delatores e partidários de Nero. Plutarco (*Vida de Galba*, 8, 7) registra: Σπῖκλον

nhas sobre réus, não sobre sentenciados". E ele pela terceira vez: "Já não te interrogo sobre o que pensas de Modesto, mas sobre a lealdade dele ao Príncipe". 7. "Perguntas", disse-lhe eu, "o que penso; mas eu não creio que seja lícito nem mesmo questionar sobre o que já está decidido". Calou--se. Seguiram-se elogios e congratulações a mim, porque nem maculei minha reputação dando uma resposta oportuna, mas desonesta, nem me deixei envolver nos laços de um interrogatório tão insidioso.

8. Agora, aterrorizado pela consciência do que fez, Régulo liga-se a Cecílio Célere[14] e Fábio Justo[15]; pede-lhes que intercerdam para nossa reconciliação. Não contente, foi ter com Espurina[16] e, abjetíssimo que é, falou-lhe suplicando, como costuma fazer quando está apavorado: "Peço-te, vai de manhã à casa de Plínio, mas tem de ser logo cedo – que não aguento mais essa angústia – e dá um jeito para que ele deixe de nutrir ódio contra mim". 9. Eu já me levantara. Chega a mensagem de Espurina: "Estou indo a tua casa". "Antes, eu é que irei até ti", respondi. Encontramo-nos no Pórtico de Lívia[17], já que íamos um à casa do outro. Contou-me o pedido de Régulo, acrescentou as próprias súplicas, superficialmente, como convinha a um homem excelente falando em favor de alguém muito abaixo dele. 10. Então falei-lhe: "Tu mesmo saberás o que deves responder a Régulo. Não devo enganar-te: aguardo Maurico[18]:" (ele ainda não voltara do exílio) "por isso, não posso dar-te nem uma resposta nem outra; farei o que ele decidir; a ele cabe tomar a dianteira, a mim, acompanhá-lo".

μὲν οὖν τὸν μονομάχον ἀνδριάσι Νέρωνος ἑλκομένοις ὑποβαλόντες ἐν ἀγορᾷ διέφθειραν, Ἀπόνιον δέ τινα τῶν κατηγορικῶν ἀνατρέψαντες ἁμάξας λιθοφόρους ἐπήγαγον, ἄλλους δὲ διέσπασαν πολλούς, ἐνίους μηδὲν ἀδικοῦντας, ὥστε καὶ Μαύρικον, ἄνδρα τῶν ἀρίστων καὶ ὄντα καὶ δοκοῦντα, πρὸς τὴν σύγκλητον εἰπεῖν ὅτι φοβεῖται μὴ ταχὺ Νέρωνα ζητήσωσιν, "Então, não só despedaçaram o gladiador Espículo, depois o lançarem sob as estátuas de Nero, arrastadas pelo Foro, como ainda abateram Apônio, um dos delatores, passando-lhe por cima com carros carregados de pedras; e muitos outros foram despedaçados, alguns sem terem culpa de nada, de tal sorte, que Maurico, que era um dos melhores varões e, como tal, estimado, disse ao Senado que temia que em breve viessem a desejar Nero". Tradução de José Luís Lopes Brandão (Plutarco, *Vidas de Galba e Otão*, 2. ed., Coimbra, Imprensa da Universidade de Coimbra, 2012, p. 55).

19. SÁTRIO RUFO: apoia Publício Certo no debate de 97 d.C. (ver IX, 13, 17, e nota 1 acima), mas pouco se sabe dele. 20. CÍCERO: *Cicerone*. É Marco Túlio Cícero (106-43 a.C.); ver I, 2, 4 e In-

11. Paucos post dies ipse me Regulus conuenit in praetoris officio; illuc persecutus secretum petit; ait timere se ne animo meo penitus haereret, quod in centumuirali iudicio aliquando dixisset, cum responderet mihi et Satrio Rufo: "Satrius Rufus, cui non est cum Cicerone aemulatio et qui contentus est eloquentia saeculi nostri". 12. Respondi nunc me intellegere maligne dictum quia ipse confiteretur, ceterum potuisse honorificum existimari. "Est enim", inquam, "mihi cum Cicerone aemulatio nec sum contentus eloquentia saeculi nostri; 13. nam stultissimum credo ad imitandum non optima quaeque proponere. Sed tu qui huius iudicii meministi, cur illius oblitus es, in quo me interrogasti, quid de Metti Modesti pietate sentirem?" Expalluit notabiliter, quamuis palleat semper, et haesitabundus: "Interrogaui non ut tibi nocerem, sed ut Modesto". Vide hominis crudelitatem, qui se non dissimulet exsuli nocere uoluisse. 14. Subiunxit egregiam causam: "Scripsit", inquit, "in epistula quadam, quae apud Domitianum recitata est: 'Regulus, omnium bipedum nequissimus'". Quod quidem Modestus uerissime scripserat.

15. Hic fere nobis sermonis terminus; neque enim uolui progredi longius, ut mihi omnia libera seruarem dum Mauricus uenit. Nec me praeterit esse Regulum δυσκαθαίρετον; est enim locuples, factiosus, curatur a multis, timetur a pluribus, quod plerumque fortius amore est. Potest tamen fieri ut haec concussa labantur; 16. nam gratia malorum tam infida est quam ipsi. Verum, ut idem saepius dicam, exspecto Mauricum. Vir est grauis, prudens, multis experimentis eruditus et qui futura possit ex praeteritis prouidere. Mihi et temptandi aliquid et quiescendi illo auctore ratio constabit. 17. Haec tibi scripsi quia aequum erat te pro amore mutuo non solum omnia mea facta dictaque, uerum etiam consilia cognoscere. Vale.

---

trodução, III. **21.** ELOQUÊNCIA DE NOSSO TEMPO: *eloquentia saeculi nostri*. Régulo era expoente do novo estilo do tempo dos delatores; ver I, 2, 2. RÉGULO: além de significar "reizinho", *regulus* era nome de um passarinho (*Antologia Latina*, 762, *Philomela*, vv. 43-44), equivalente à nossa garricha ou garrincha, entre outros nomes. O excerto está num poema intitulado "Filomela":

LIVRO I

11. Poucos dias depois, Régulo em pessoa encontrou-me na cerimônia de posse do pretor. Tendo-me seguido até lá, pediu para falar-me a sós. Disse temer que calasse fundo em meu coração aquilo que outrora ele dissera na Corte Centunviral, respondendo a mim e a Sátrio Rufo[19]:"que Sátrio Rufo não quer rivalizar com Cícero[20], satisfeito que está com a eloquência de nosso tempo[21]". 12. Respondi que só então percebia a maledicência porque ele mesmo a confessava e, de resto, poderia tomá-la como elogio. "Com efeito", disse-lhe, "tento emular com Cícero e não estou satisfeito com a eloquência de nosso tempo, 13. pois creio que é a mais rematada estupidez não estabelecer os melhores modelos para imitar. Mas tu, que te lembraste deste julgamento, por que te esqueces daquele em que me questionaste sobre o que eu pensava da lealdade de Modesto para com o Imperador?" Ficou visivelmente pálido, embora possua habitual palidez, e hesitante falou: "Não te questionei para arruinar-te a ti, mas a Modesto". Vê a crueldade desse homem, que não esconde que desejara arruinar um exilado! 14. Acrescentou uma boa desculpa: "Modesto numa epístola que foi lida a Domiciano escreveu: 'Régulo[22], o mais celerado de todos os bípedes[23]'", o que de fato Modesto em boa verdade tinha escrito.

15. Nossa conversa terminou aqui ou pouco depois e eu não queria prolongá-la para manter-me inteiramente livre até a chegada de Maurico. Nem me escapou que Régulo é duro de vencer[24]; é rico, faccioso, adulado por muitos e temido por muitos mais, o que quase sempre tem mais poder do que a afeição. Pode ocorrer, porém, que este apoio seja abalado 16. pois que a popularidade dos homens maus é tão pouco confiável quanto eles mesmos são. Mas enfim, digo outra vez: aguardo Maurico. É homem sério, sábio, instruído por larga experiência, capaz de prever o futuro a partir do passado. Decidirei agir ou aquietar-me, segundo a vontade dele. 17. Escrevo-te tudo isso porque é justo que tu, pelo nosso mútuo afeto, saibas não só o que faço e digo, mas também o que planejo. Adeus.

Regulus atque merops et rubro pectore progne / consimili modulo zinzulare sciunt, "A garrincha, o abelheiro e a progne, rubro peito, / piam de modo muito parecido". Progne é o nome erudito da andorinha. 23. O MAIS CELERADO DE TODOS OS BÍPEDES: *omnium bipedum nequissimus*. A frase era proverbial. 24. DURO DE VENCER: δυσκαθαίρετον. Para uso do grego, ver I, 2, 1.

EPISTULA VI

Ad Tacitum de Plinio pigro uenatore

GAIUS PLINIUS
CORNELIO TACITO SUO SALUTEM

1. *Ridebis, et licet rideas. Ego, ille quem nosti, apros tres et quidem pulcherrimos cepi. "Ipse?" inquis. Ipse, non tamen ut omnino ab inertia mea et quiete discederem. Ad retia sedebam; erat in proximo non uenabulum aut lancea, sed stilus et pugillares; meditabar aliquid enotabamque, ut si manus uacuas, plenas tamen ceras reportarem. 2. Non est quod contemnas hoc studendi genus; mirum est ut animus agitatione motuque corporis excitetur; iam undique siluae et solitudo ipsumque illud silentium quod uenationi datur, magna cogitationis incitamenta sunt. 3. Proinde cum uenabere, licebit auctore me ut panarium et lagunculam sic etiam pugillares feras: experieris non Dianam magis montibus quam Mineruam inerrare. Vale.*

I, **6**. Data: incerta.

1. Cornélio Tácito: Públio Cornélio Tácito, nascido provavelmente na Gália Narbonense em 56 ou 57 d.C. e morreu por volta de 120 d.C. Praticou várias espécies da historiografia, como a monografia em *Germânia*, a biografia, na *Vida de Agrícola*, a analística nos *Anais*, e história pragmática nas *Histórias*; como rétor, escreveu o *Diálogo dos Oradores*. Os textos de Tácito, em particular os *Anais* e as *Histórias*, caracterizam-se pela elocução breve, concisa e assimétrica, o que confirma a posição que ocupa nesta epístola como defensor da brevidade. É destinatário das

EPÍSTOLA 6

A Tácito a respeito Plínio, caçador preguiçoso

CAIO PLÍNIO

A SEU QUERIDO CORNÉLIO TÁCITO[1], SAUDAÇÕES

1. Vais rir e é justo que rias. Eu, aquele mesmo que conheces, apanhei três javalis[2], e belíssimos. "Tu mesmo?", perguntas. Eu mesmo. Não, porém, a ponto de abandonar minha preguiça e meu sossego. Fiquei sentado ao lado das redes; não me muni de lança ou dardo, mas de estilete[3] e tabuinhas de cera. Anotava tudo que pensava, para que, se voltasse de mãos vazias, a cera estaria cheia. 2. Não há motivo para desprezares esta maneira de estudar. É incrível como, com a agitação e o movimentos do corpo, a mente é estimulada. Ademais, a selva, a solidão, a mata e aquele mesmo silêncio que a caçada exige incitam a reflexão. 3. Por isso, quando fores caçar, poderás levar – graças a mim – uma cestinha de pão e uma garrafinha sem esquecer as tabuinhas de cera[4]: perceberás que pelas montanhas Diana não vagueia com mais frequência do que Minerva. Adeus.

---

epístolas I, 20; IV, 13; VI, 9; VI, 16; VI, 20; VII, 20; VII, 33; VIII, 7; IX, 10 e IX, 14. É mencionado em II, 1, 6; II, 11, §§2, 17 e 19; IV, 15, 1 e IX, 23, 2. **2.** APANHEI TRÊS JAVALIS: *apros tres cepi*. A menção à caça pode referir-se à propriedade em Túsculo; ver V, 18, 2. **3.** ESTILETE: *stilus*. É assim empregado em III, 1, 7; IV, 25, 4; VII, 27, 8 e VIII, 9, 1. Para *stilus* como "elocução" (*elocutio*), ver I, 8, 5. **4.** TABUINHAS DE CERA: *pugillares*. O termo em Plínio designa *pugillares membranei*, as conhecidas tabuinhas enceradas; ver Marcial, *Epigramas*, 14, 3; 14, 5; 14, 7 e 14, 184.

EPISTULA VII

De Baeticae causa

GAIUS PLINIUS
OCTAVIO RUFO SUO SALUTEM

1. Vide in quo me fastigio collocaris, cum mihi idem potestatis idemque regni dederis quod Homerus Ioui Optimo Maximo:

τῷ δ᾽ ἕτερον μὲν ἔδωκε πατήρ, ἕτερον δ᾽ ἀνένευσεν.

2. Nam ego quoque simili nutu ac renutu respondere uoto tuo possum. Etenim, sicut fas est mihi, praesertim te exigente, excusare Baeticis contra unum hominem aduocationem, ita nec fidei nostrae nec constantiae quam diligis conuenit adesse contra prouinciam quam tot officiis, tot laboribus, tot etiam periculis meis aliquando deuinxerim. 3. Tenebo ergo hoc temperamentum, ut ex duobus, quorum alterutrum petis, eligam id potius in quo non solum studio tuo, uerum etiam iudicio satisfaciam. Neque enim tantopere mihi considerandum est quid uir optimus in praesentia uelis, quam quid semper sis probaturus.

I, 7. Data: setembro de 97 d.C.

1. OTÁVIO RUFO: trata-se talvez de Caio Marcelo Otávio Públio Clúvio Rufo, cônsul sufecto em 80 d.C., possível parente do historiógrafo Clúvio Rufo, que Theodor Mommsen ("Cornelius Tacitus und Cluvius Rufus", *Hermes*, 4, pp. 295-325, 1870) considerava a principal fonte das

EPÍSTOLA 7

Sobre o processo da Bética

CAIO PLÍNIO
A SEU QUERIDO OTÁVIO RUFO[1], SAUDAÇÕES

1. Vê em que altura me colocas quando me dás o mesmo poder e a mesma soberania que Homero deu a Júpiter Ótimo Máximo:

parte o pai concedeu, parte negou[2].

2. Pois também eu com um nuto e um renuído semelhantes posso responder ao teu desejo. Ora, assim como me é lícito, mormente quando o exiges, não assumir a ação do povo da Bética contra um único homem, assim também não convém nem ao meu senso de fidelidade nem àquela minha constância que tanto aprecias, advogar contra uma província a que já estive ligado por tantos cargos, tantos trabalhos e até mesmo tantos perigos. **3.** Assumirei, portanto, a via do meio, de modo que das duas alternativas, uma das quais preferes, escolherei aquela mediante a qual não apenas satisfarei ao teu desejo, senão também a teu julgamento. Pois devo considerar, homem excelente que és, menos o que no presente queres, do que aquilo que hás de aprovar sempre.

Histórias de Tácito (ver I, 6). É destinatário da epístola, II, 10, que trata também do medo de publicar. **2.** *Ilíada*, 16, v. 250. Para uso do grego, ver I, 2, 1.

4. *Me circa idus Octobris spero Romae futurum, eademque haec praesentem quoque tua meaque fide Gallo confirmaturum; cui tamen iam nunc licet spondeas de animo meo*

ἦ καὶ κυανέῃσιν ἐπ' ὀφρύσι νεῦσε.

5. *Cur enim non usquequaque Homericis uersibus agam tecum, quatenus tu me tuis agere non pateris? Quorum tanta cupiditate ardeo, ut uidear mihi hac sola mercede posse corrumpi, ut uel contra Baeticos adsim.* **6.** *Paene praeterii, quod minime praetereundum fuit, accepisse me careotas optimas, quae nunc cum ficis et boletis certandum habent. Vale.*

---

3. ESPERO ESTAR EM ROMA: *spero Romae futurum*; ver I, 4 1. **4.** GALO: Sherwin-White (p. 102) afirma que este Galo não deve ser o réu, que é um dos procônsules que aproveitaram a morte de Domiciano para saquear as províncias que governavam. Talvez seja o Galo endereçado em II, 17 e VIII, 20. **5.** *Ilíada*, 1, v. 258. **6.** COM OS TEUS PRÓPRIOS NÃO ME PERMITES?: *tu me tuis non pa-*

LIVRO I

4. Quanto mim, espero estar em Roma[3] nos Idos de Outubro para confirmar pessoalmente a Galo[4] esta decisão em teu nome e no meu. Poderás, entrementes, sobre minha intenção dizer-lhe

Franzindo as sobrancelhas concordou[5].

5. Por que eu não deveria continuar conversando contigo com versos de Homero, já que com os teus próprios não me permites[6]? Por eles ardo com tal desejo, que creio que só este suborno poderia corromper-me para que eu advogasse contra os béticos. **6.** Ia quase me esquecendo do que não devia esquecer-me de modo algum: recebi as tâmaras, que, excelentes, agora disputam com os figos e os cogumelos. Adeus.

---

teris?; ver II, 10. Assim coloquei o ponto de interrogação, diferentemente de Schuster & Hanslik (p. 12), Mynors (p. 12) e Radice (I, p. 18), que o colocam após *tecum*, e de Guillemin (I, p. 15) e Zehnacker (I, p. 10), que o colocam após *adsim*.

EPISTULA VIII

Postulatio orationis emendandae

GAIUS PLINIUS
POMPEIO SATURNINO SUO SALUTEM

1. Peropportune mihi redditae sunt litterae tuae, quibus flagitabas ut tibi aliquid ex scriptis meis mitterem, cum ego id ipsum destinassem. Addidisti ergo calcaria sponte currenti, pariterque et tibi ueniam recusandi laboris et mihi exigendi uerecundiam sustulisti. 2. Nam nec me timide uti decet eo quod oblatum est nec te grauari quod depoposcisti. Non est tamen quod ab homine desidioso aliquid noui operis exspectes. Petiturus sum enim ut rursus uaces sermoni quem apud municipes meos habui bibliothecam dedicaturus. 3. Memini quidem te iam quaedam adnotasse, sed generaliter; ideo nunc rogo ut non tantum uniuersitati eius attendas, uerum etiam particulas qua soles lima persequaris. Erit enim et post emendationem liberum nobis uel publicare uel continere. 4. Quin immo fortasse hanc ipsam cunctationem nostram in alterutram sententiam emendationis ratio deducet, quae aut indignum editione dum saepius retractat inueniet aut dignum dum id ipsum experitur efficiet.

I, 8. Data: incerta, mas talvez uma das primeiras do livro I, entre 96 e 97 d.C. , segundo Sherwin--White (p. 102) e Lenaz (p. 59); ver I, 1.
1. Pompeu Saturnino: advogado pertencente à ordem equestre, versado nas letras. É destinatário das epístolas V, 21; VII, 7; VII, 15 e IX, 38. É mencionado em I, 16, 1 e VII, 8, 1. 2. lima: *lima.*

EPÍSTOLA 8

Pedido para corrigir um discurso

CAIO PLÍNIO

A SEU QUERIDO POMPEU SATURNINO[1], SAUDAÇÕES

1. Muito oportuno foi receber tua epístola, em que insistias que te mandasse algum escrito meu, justo quando já me punha a fazê-lo. Esporaste, portanto, um cavalo já desabalado e a um só tempo tolheste, de ti, a desculpa de recusar o trabalho e, de mim, a vergonha de exigi-lo, **2.** pois nem me fica bem, a mim, temer abusar do que me foi oferecido, nem a ti incomodares-te com o que exigiste. Não é o caso, todavia, de esperares de um sujeito preguiçoso algum trabalho novo, já que vou pedir que te disponhas a examinar outra vez o discurso que proferi a meus conterrâneos quando lhes dediquei uma biblioteca. **3.** Lembro bem que fizeste algumas anotações, porém genéricas; por isso, peço-te agora que dirijas a atenção não só para o todo, mas também para as pequenas passagens com a lima[2] com que costumas corrigir porque após a correção ficarei à vontade para publicá-lo ou retê-lo. **4.** Na verdade, a vantagem de corrigir talvez seja pôr fim à minha hesitação e fazer-me decidir por uma ou outra atitude: de tanto reexaminar, posso perceber que o discurso é indigno de publicação[3], ou posso então torná-lo digno de publicar durante o exame.

O termo revela tendência oratória aticista; ver I, 2, 5 e I, 20, 22; ver ainda Quintiliano, *Instituições Oratórias*, 12, 10, 17. **3.** PUBLICAÇÃO: *editione*. Para meios de publicação, ver II, 5.

5. Quamquam huius cunctationis meae causae non tam in scriptis quam in ipso materiae genere consistunt: est enim paulo quasi gloriosius et elatius. Onerabit hoc modestiam nostram, etiamsi stilus ipse pressus demissusque fuerit, propterea quod cogimur cum de munificentia parentum nostrorum tum de nostra disputare. **6.** Anceps hic et lubricus locus est, etiam cum illi necessitas lenocinatur. Etenim, si alienae quoque laudes parum aequis auribus accipi solent, quam difficile est obtinere ne molesta uideatur oratio de se aut de suis disserentis! Nam cum ipsi honestati tum aliquanto magis gloriae eius praedicationique inuidemus, atque ea demum recte facta minus detorquemus et carpimus quae in obscuritate et silentio reponuntur. **7.** Qua ex causa saepe ipse mecum, nobisne tantum, quidquid est istud, composuisse an et aliis debeamus. Ut nobis, admonet illud quod pleraque quae sunt agendae rei necessaria, eadem peracta nec utilitatem parem nec gratiam retinent.

8. Ac, ne longius exempla repetamus, quid utilius fuit quam munificentiae rationem etiam stilo prosequi? Per hoc enim adsequebamur, primum ut honestis cogitationibus immoraremur, deinde ut pulchritudinem illarum longiore tractatu peruideremus, postremo ut subitae largitionis comitem paenitentiam caueremus. Nascebatur ex his exercitatio quaedam contemnendae pecuniae. **9.** Nam cum omnes homines ad custodiam eius natura restrinxerit, nos contra multum ac diu pensitatus amor liberalitatis communibus auaritiae uinculis eximebat, tantoque laudabilior munificentia nostra fore uidebatur quod ad illam non impetu quodam, sed consilio trahebamur.

10. Accedebat his causis quod non ludos aut gladiatores sed annuos sumptus in alimenta ingenuorum pollicebamur. Oculorum porro et au-

---

4. ESTILO TERSO E HUMILDE: *stilus ipse pressus demissusque*. O discurso, segundo Sherwin-White (p. 104), o discurso, segundo Shewin-white (p. 104), foi composto conforme o modo aticista que Plínio adotou entre 96 e 100 d.C.; ver I, 2, §§1 e 2. *Stilus* aqui está no sentido derivado de "elocução" (*elocutio*), tal como em III, 18, 10 e VII, 9, 7. Para *stilus* como "estilete" ver I, 6, 1. *Elocutio* só ocorre em III, 13, 2. 5. LIBERALIDADE DE MEUS PAIS: *munificentia parentum nostrorum*. Pode referir-se ao Templo da Eternidade de Roma e de Augusto (*Templum Aeternitati Romae et Augusti*), erguido às expensas de Lúcio Cecílio Segundo e inaugurado por seu filho Segundo, que talvez seja nosso Plínio, o Jovem. A inscrição do tempo foi conservada (CIL, 5, 745); ver gesto semelhante de Calpúrnio Fabato em V, 11, 1. 6. PROMETI...PENSÃO ANUAL DE PROVISÕES

LIVRO I

5. Como quer que seja, minhas razões de hesitar residem menos no texto do que na própria natureza da matéria: pode-se dizer que está um tanto jactante e grandiloquente, fato que, não obstante o próprio estilo terso e humilde[4], vai prejudicar minha modéstia, já que fui obrigado a falar da não só da liberalidade de meus pais[5] como também da minha. **6.** Esse tópico é perigoso e incerto mesmo quando a necessidade o impõe, porque, se até louvores vindos de outrem costumam ser recebidos com ouvidos pouco favoráveis, imagina como é difícil conseguir que não pareça insuportável o discurso de quem fala de si ou dos próprios familiares! Invejamos a virtude despida, mais ainda se receber glória e louvor público, ao passo que depreciamos e desdenhamos menos aquelas boas ações que repousam no silêncio e na obscuridade. **7.** Por isso, pergunto-me com frequência se devia escrever este discurso, qualquer que seja, para mim ou se para os outros também. Mostra que é para mim o fato de que a maior parte do que é necessário para realizar um empreendimento, uma vez concluída, já não parece ter utilidade nem graça.

8. Não é preciso ir muito longe para achar exemplo: o que me poderia ter sido mais útil do que ornar aquela munificência com um discurso? Por causa dele, primeiro, logrei permanecer envolto de honrosos pensamentos; depois, percebi a beleza deles em demorada meditação e por fim evitei o arrependimento que advém de uma súbita prodigalidade. Daqueles pensamentos surgiu certa prática de desprezar o dinheiro, **9.** pois, enquanto a natureza constrange todos os homens a protegê-lo, a mim, ao contrário, um amor longa e profundamente ponderado da liberalidade me livrava dos grilhões comezinhos da ganância e minha munificência parecia ser ainda mais louvável porque não era impulso o que me arrastava até ela mas reflexão.

10. A essas razões somava-se que lhes prometi não jogos ou gladiadores, mas pensão anual de provisões para nascidos livres[6]. Os prazeres

PARA NASCIDOS LIVRES: *annuos sumptus in alimenta ingenuorum pollicebamur*. Plínio menciona a doação em VII, 18, 2, que é mencionada como efetiva na inscrição de Milão (*CIL*, 5, 5262, linhas 13-15): VIVUS DEDIT IN ALIMENTA PUERORUM ET PUELLARUM PLEBIS URBANAE HS D ET IN TUTELAM BYBLIOTHECAE HS C., "E TAMBÉM EM VIDA DEU PARA SUSTENTAR OS MENINOS E MENINAS DO

93

rium uoluptates adeo non egent commendatione, ut non tam incitari debeant oratione quam reprimi; 11. ut uero aliquis libenter educationis taedium laboremque suscipiat, non praemiis modo, uerum etiam exquisitis adhortationibus impetrandum est. 12. Nam si medici salubres sed uoluptate carentes cibos blandioribus alloquiis prosequuntur, quanto magis decuit publice consulentem utilissimum munus, sed non perinde populare, comitate orationis inducere! Praesertim cum enitendum haberemus ut quod parentibus dabatur et orbis probaretur, honoremque paucorum ceteri patienter et exspectarent et mererentur. 13. Sed ut tunc communibus magis commodis quam priuatae iactantiae studebamus, cum intentionem effectumque muneris nostri uellemus intellegi, ita nunc in ratione edendi ueremur, ne forte non aliorum utilitatibus sed propriae laudi seruisse uideamur.

14. Praeterea meminimus quanto maiore animo honestatis fructus in conscientia quam in fama reponatur. Sequi enim gloria, non adpeti debet, nec, si casu aliquo non sequatur, idcirco quod gloriam meruit minus pulchrum est. 15. Ii uero qui benefacta sua uerbis adornant, non ideo praedicare quia fecerint, sed ut praedicarent fecisse creduntur. Sic, quod magnificum referente alio fuisset, ipso qui gesserat recensente uanescit; homines enim, cum rem destruere non possunt, iactationem eius incessunt. Ita si silenda feceris, factum ipsum; si laudanda non sileas, ipse culparis. 16. Me uero peculiaris quaedam impedit ratio. Etenim hunc ipsum sermonem non apud populum, sed apud decuriones habui, nec in propatulo sed in curia. 17. Vereor ergo ut sit satis congruens, cum in dicendo assentationem uulgi acclamationemque defugerim, nunc eadem illa editione sectari, cumque plebem ipsam, cui consulebatur, limine curiae parietibusque discreuerim, ne quam in speciem ambitionis inciderem, nunc eos etiam ad quos ex munere nostro nihil pertinet praeter exem-

---

POVO DA CIDADE 500 MIL SESTÉRCIOS ... E TAMBÉM PARA A MANUTENÇÃO DA BIBLIOTECA MAIS 100 MIL". Era comum prometer segundo benefício depois de cumprir o primeiro, cuja razão é dada em II, 13, 9; III, 4, 6 e X, 26; ver também V, 11, 1. 7. Adotei, mas com exclamação, pontuação de Schuster & Hanslik (p. 15), Mynors (p. 14) e Radice (I, p. 24) e não a de Zehnacker, I, p. 12.

dos olhos e dos ouvidos a tal ponto dispensam encarecimento, que antes devem reprimidos pelo discurso do que incitados. 11. Com efeito, para que alguém assuma de bom grado o trabalho e o estorvo de educar crianças, é mister recorrer não só a recompensas, senão também a exortações muito especiais. 12. Ora, se os alimentos saudáveis, mas desagradáveis ao paladar, os médicos prescrevem com palavras mais brandas, quão mais adequado não seria a quem considera fazer benfeitoria muitíssimo útil, mas não igualmente popular, induzi-la acompanhada de um discurso![7] Sobretudo quando me cabia um grande esforço para que aquilo que era dado a quem tinha filhos fosse também aprovado para quem não tinha, e que o privilégio de uns poucos os outros tivessem paciência para aguardar e merecer. 13. Entretanto, tal como na ocasião, quando eu queria que compreendessem a intenção e os efeitos da minha munificência, eu almejava mais o bem público do que uma vaidade privada, assim também agora, quanto à publicação, temo parecer estar a serviço não do benefício dos outros, mas de minha própria glória.

14. Ademais, sei que entregar à consciência a recompensa de uma ação honrosa revela maior grandeza do que entregá-la à fama. A glória é que deve nos seguir, e não ser perseguida por nós, e se por acaso ela não nos seguir, não será por isso menos belo o que é digno de glória. 15. Mas quem adorna com discursos suas benfeitorias não parece enaltecê-las porque as realizou, mas tê-las feito para enaltecê-las. Assim, aquilo que teria sido magnífico se outrem o dissesse torna-se vão quando incensado por aquele mesmo que o realizou, pois os homens, quando não podem desqualificar um ato, atacam a jactância. Portanto, se realizares o que é de silenciar, será censurada tua realização; se não silenciares o que deve ser louvado, tu mesmo é que serás censurado. 16. Na verdade um motivo peculiar é que me impede. É que proferi este discurso não para o povo mas para os decuriões, e não a céu aberto, mas na Cúria. 17. Receio, pois, que não seja coerente que eu, depois de evitar o assentimento e aclamação do povo ao proferir o discurso, queira agora obtê-los publicando-o, e depois de deixar fora dos umbrais e dos muros da Cúria a própria plebe a que eu socorria para não parecer que granjeava

plum, uelut obuia ostentatione conquirere. 18. Habes cunctationis meae causas; obsequar tamen consilio tuo, cuius mihi auctoritas pro ratione sufficiet. Vale.

popularidade, queira agora, jogando-me diante deles, por assim dizer, atrair até aqueles a quem minha munificência nada concedeu, a não ser o exemplo. 18. Sabes os motivos de minha hesitação; seguirei, todavia teu conselho, cuja autoridade para mim prescinde de razões. Adeus.

EPISTULA IX

Litterarum deliciae in secessu

GAIUS PLINIUS

MINICIO FUNDANO SUO SALUTEM

1. *Mirum est quam singulis diebus in urbe ratio aut constet aut constare uideatur, pluribus iunctisque non constet.* **2.** *Nam si quem interroges "Hodie quid egisti?", respondeat: "Officio togae uirilis interfui, sponsalia aut nuptias frequentaui, ille me ad signandum testamentum, ille in aduocationem, ille in consilium rogauit".* **3.** *Haec quo die feceris, necessaria, eadem, si cotidie fecisse te reputes, inania uidentur, multo magis cum secesseris. Tunc enim subit recordatio: "Quot dies quam frigidis rebus absumpsi!"*

4. *Quod euenit mihi, postquam in Laurentino meo aut lego aliquid aut scribo aut etiam corpori uaco, cuius fulturis animus sustinetur.* **5.** *Ni-*

I, **9.** Data: anterior a janeiro de 98 d.C.

1. MINÍCIO FUNDANO: Caio Minício Fundano, amigo de Plínio, que lhe endereça também as epístolas IV, 15 e VI, 6, onde se constata seu interesse em filosofia, como revela o fato de que é o principal protagonista do tratado *Como Coibir a Ira*, de Plutarco. Era então provavelmente senador pretoriano, mas veio a ser cônsul sufecto em 107 d.C. e procônsul na Ásia em 122-123 d.C., condição em que recebeu a transcrição do decreto de Adriano sobre os cristãos conservada no texto grego de Justino (*I Apologia*, 68) e de Eusébio de Cesareia (*História Eclesiástica*, 4, 9). Segundo o decreto, os cristãos deviam ser submetidos a julgamento regular, em vez de julgados com base em delação e calúnia; ver X, 96 (97) e X, 97 (98). **2.** VILA EM LAURENTO: *Laurentino meo*. Por esta e pelas epístolas IV, 6, V, 2, 1 e VI, 6 sabe-se que Plínio tinha propriedades em três

EPÍSTOLA 9

Prazer das letras no retiro

CAIO PLÍNIO

A SEU QUERIDO MINÍCIO FUNDANO[1], SAUDAÇÕES

1. É admirável como, quando estamos em Roma conseguimos ou parecemos conseguir fazer o rol de tudo que fizemos em cada dia isolado, mas quando são muitos dias ou quando os tomanos em conjunto, já não conseguimos arrolar. 2. Pois se perguntares a alguém "O que fizeste hoje?", ele reponderá: "Participei de uma cerimônia da toga viril, assisti a um noivado, a um casamento, fulano me pediu que selasse um testamento, cicrano me quis para acompanhá-lo diante do juiz, beltrano me convocou para uma reunião. 3. As mesmas atividades que parecem necessárias no dia em que as realizamos parecem inúteis se lembrarmos que as realizamos todos os dias e muito mais se nos lembrarmos delas quando estamos em retiro. Então de repente vejo-me a pensar: "Quantos dias gastei em atividades inúteis".

4. É o que sinto quando estou na minha vila em Laurento[2] a ler ou a escrever alguma coisa, ou mesmo quando me entrego ao cuidado

---

lugares: *a*. na Túscia, em Tiferno Tiberino (ou Tiferno sobre o Tibre, nos confins da Úmbria com a Toscana, atual Città del Castello (ver VI, 6, 1, "vila Tusca"); *b*. na região transpadana; ver IV, 6, 1) e *c*. possuía esta em Laurento, no Lácio; ver, porém, na mesma epístola VI, 6, 45, que Plínio possuía "propriedades tusculanas, tiburtinas e prenestinas".

hil audio quod audisse, nihil dico quod dixisse paeniteat; nemo apud me quemquam sinistris sermonibus carpit, neminem ipse reprehendo, nisi tamen me cum parum commode scribo; nulla spe, nullo timore sollicitor, nullis rumoribus inquietor: mecum tantum et cum libellis loquor. 6. O rectam sinceramque uitam! O dulce otium honestumque ac paene omni negotio pulchrius! O mare, o litus, uerum secretumque μουσεῖον, quam multa inuenitis, quam multa dictatis!

7. Proinde tu quoque strepitum istum inanemque discursum et multum ineptos labores, ut primum fuerit occasio, relinque teque studiis uel otio trade. 8. Satius est enim, ut Atilius noster eruditissime simul et facetissime dixit, otiosum esse quam nihil agere. Vale.

---

3. Ó ÓCIO DOCE E HONRADO E QUASE MAIS BELO DO QUE QUALQUER ATIVIDADE: *o dulce otium honestumque ac paene omni negotio pulchrius!* Esta é uma das mais belas definições, por assim dizer, do importante conceito romano de *otium*; ver I, 3, 3. Sobre o deleite das letras no campo,

LIVRO I

do corpo, cujo vigor sustenta o espírito. **5.** Não ouço nada do que me arrependa ouvir, não digo nada do que me arrependa dizer. Na minha presença ninguém desfaz de outra pessoa com palavras maldosas. Não repreendo ninguém, a não ser a mim mesmo quando o que estou escrevendo não me agrada; nenhuma expectativa, nenhum temor me afeta; nenhum rumor me inquieta: converso só comigo mesmo e com os livros. **6.** Ó vida reta e pura! Ó ócio doce e honrado e quase mais belo do que qualquer atividade[3]. Ó mar, ó praia, ó verdadeiro e secreto lar das musas, que tantas coisas descobris, que tantas me ditais!

7. Por isso, tu também, assim que tiveres oportunidade, deixa esse burburinho, esse discurso vazio e esses trabalhos tão inúteis, e entrega-te aos estudos ou ao ócio, **8.** pois é bem melhor – como já disse uma vez nosso querido Atílio[4], com a maior erudição e ao mesmo tempo com a maior graça – nada fazer a fazer o que não vale nada. Adeus.

---

ver I, 24; II, 8 e Introdução, II. **4.** ATÍLIO: Atílio Crescente, amigo de Plínio, homem dedicado às letras, que não era advogado profissional. É endereçado em VI, 8 e mencionado em II, 14, 2; ver III, 14, 1.

EPISTULA X

Laus Euphratis philosophi

GAIUS PLINIUS

ATTIO CLEMENTI SUO SALUTEM

1. Si quando urbs nostra liberalibus studiis floruit, nunc maxime floret. 2. Multa claraque exempla sunt; sufficeret unum, Euphrates philosophus. Hunc ego in Syria, cum adulescentulus militarem, penitus et domi inspexi, amarique ab eo laboraui, etsi non erat laborandum. Est enim obuius et expositus, plenusque humanitate quam praecipit. 3. Atque utinam sic ipse quam spem tunc ille de me concepit impleuerim, ut ille multum uirtutibus suis addidit! Aut ego nunc illas magis miror quia magis intellego. 4. Quamquam ne nunc quidem satis intellego; ut enim de pictore, scalptore, fictore nisi artifex iudicare, ita nisi sapiens non potest perspicere sapientem.

I, 10. Data: depois de janeiro de 98 d.C.

1. Átio Clemente: desconhecido, destinatário da epístola IV, 2 e talvez da IX, 35. Pode ter ligação com todos os Átios e Ácios mencionados por Plínio: o Átio Suburano Emiliano de VI, 33, 6; VII, 6, §§10 e 11; Átio Clemente de IV, 2; o Públio Ácio Áquila de X, 106 e X, 107, e o Ácio Sura de X, 12, 2. Talvez seja oriundo da Gália Narbonense, onde o nome *Attius* é comum. 2. ESTUDOS LIBERAIS: *liberalibus studiis*. Os estudos próprios do homem livre, o cidadão. No *Digesto* (50, 13, 1) lemos: *Liberalia autem studia accipimus, quae Graeci ἐλευθέρια appellant: rhetores continebuntur, grammatici, geometrae*, "Nós, romanos, acolhemos os estudos liberais, que os gregos chamam *eleuthéria*, próprios do homem livre: compreendem a retórica, a gramática e a geometria". Ver ainda Cícero, *Da Invenção*, 1, 25, 35; *Sobre o Orador (De Oratore)*, 3, 32, 127; *Acadêmicas*, 2, 1, 1; *Dos Deveres*, 1, 42, 150; *Discurso em Defesa do Poeta Árquias*, 3,

102

EPÍSTOLA 10

Elogio do filósofo Eufrates

CAIO PLÍNIO

A SEU QUERIDO ÁTIO CLEMENTE[1], SAUDAÇÕES

1. Se nossa cidade alguma vez floresceu nos estudos liberais[2], agora atinge o ponto máximo. **2.** Há muitos exemplos notáveis, mas bastaria um, o filósofo Eufrates[3]. Quando ainda jovem eu fazia o serviço militar na Síria, fui conhecê-lo de perto, em sua casa, e penei para ganhar o afeto dele, embora não fosse necessário porque era disponível, aberto e cheio daquela mesma humanidade que ensina. **3.** Tomara que, tal como eu tenha correspondido às esperanças que nutriu quanto a mim, assim também tenha ele muito somado às próprias virtudes! Pode ser que agora eu as admire mais porque as compreenda mais. **4.** No entanto, nem mesmo agora eu compreendo o bastante, pois, tal como o artífice é que é capaz de julgar o pintor, o entalhador, o escultor, assim também só um filósofo é capaz de entender outro filósofo.

4; *Sobre a República*, 1, 5, 9. **3.** EUFRATES: filósofo estoico, discípulo de Musônio Rufo (ver III, 11, 5 e I, 5, 2), e excelente orador, que atuou na Síria depois em Roma, de onde foi expulso com outros filósofos em 93-94 d.C., mas retornou no governo de Nerva (96-98 d.C.). Em 119 d.C. já idoso suicidou-se com a permissão de Adriano, segundo informa Díon Cássio (*História Romana*, 68, 9, 3): ὁ Εὐφράτης ὁ φιλόσοφος ἀπέθανεν ἐθελοντής, ἐπιτρέψαντος αὐτῷ καὶ τοῦ Ἀδριανοῦ κώνειον καὶ διὰ τὸ γῆρας καὶ διὰ τὴν νόσον πιεῖν, "Eufrates, o filósofo, morreu por escolha própria, já que Adriano lhe permitiu beber cicuta levando em conta sua idade avançada e a doença".

5. Quantum tamen mihi cernere datur, multa in Euphrate sic eminent et elucent, ut mediocriter quoque doctos aduertant et adficiant. Disputat subtiliter, grauiter, ornate, frequenter etiam Platonicam illam sublimitatem et latitudinem effingit. Sermo est copiosus et uarius, dulcis in primis, et qui repugnantes quoque ducat, impellat. 6. Ad hoc proceritas corporis, decora facies, demissus capillus, ingens et cana barba; quae licet fortuita et inania putentur, illi tamen plurimum uenerationis adquirunt. 7. Nullus horror in cultu, nulla tristitia, multum seueritatis; reuerearis occursum, non reformides. Vitae sanctitas summa; comitas par; insectatur uitia non homines, nec castigat errantes sed emendat. Sequaris monentem attentus et pendens, et persuaderi tibi etiam cum persuaserit, cupias. 8. Iam uero liberi tres, duo mares, quos diligentissime instituit. Socer Pompeius Iulianus, cum cetera uita tum uel hoc uno magnus et clarus, quod ipse prouinciae princeps inter altissimas condiciones generum non honoribus principem, sed sapientia elegit. 9. Quamquam quid ego plura de uiro quo mihi frui non licet? An ut magis angar quod non licet? Nam distringor officio, ut maximo sic molestissimo: sedeo pro tribunali, subnoto libellos, conficio tabulas, scribo plurimas sed illitteratissimas litteras. 10. Soleo non numquam (nam id ipsum quando contingit!) de his occupationibus

---

4. ABUNDÂNCIA DE PLATÃO: *Platonicam latitudinem.* É termo retórico: trata-se da elocução do discurso de Platão. Cícero, *O Orador* (*Orator*, que não se confunde com o *De Oratore*), 1, 4-5, usa o sinônimo *amplitudo*: *Quodsi quem aut natura sua aut illa praestantis ingenii uis forte deficiet aut minus instructus erit magnarum artium disciplinis, teneat tamen eum cursum quem poterit. Prima enim sequentem honestum est in secundis tertiisque consistere. An in poetis non Homero soli locus est, ut de Graecis loquar, aut Archilocho aut Sophocli aut Pindaro sed horum uel secundis uel etiam infra secundos. Nec uero Aristotelen in philosophia deterruit a scribendo* amplitudo *Platonis nec ipse Aristoteles admirabili quadam scientia et copia ceterorum studia restinxit*, "Se a alguém faltar condição física ou aquela força de um intelecto superior, ou, se for pouco instruído nas lições das grandes artes, dispute, porém, a corrida o melhor que puder. Quando se está em busca da primeira posição, é honroso ocupar a segunda e a terceira. Entre os poetas, por exemplo, não há espaço só para Homero, para falar dos gregos, ou só para Arquíloco ou Píndaro, mas também para aqueles que vêm em segundo lugar depois deles e até mesmo em terceiro. Ora, em filosofia, a *abundância* de Platão não desencorajou Aristóteles de escrever, nem o próprio Aristóteles, com toda sua admirável sabedoria e profusão, impediu o estudo dos outros". Diógenes Laércio (*Vida dos Filósofos*, 3, 4) lembra a elocução ampla como uma das causas do nome de Platão: ἔνιοι δὲ διὰ τὴν πλατύτητα τῆς ἑρμηνείας οὕτως ὀνομασθῆναι· ἢ ὅτι πλατὺς ἦν τὸ μέτωπον, ὥς φησι

LIVRO I

5. Do quanto, porém, me é dado perceber, Eufrates possui tantos recursos excepcionais e brilhantes, que ensina e atinge até pessoas só medianamente instruídas. Discute com sutileza, gravidade, ornamento, e amiúde chega até a ter aquela sublimidade e abundância de Platão[4]. A fala é rica, variada e mais que tudo, suave, tal, que é capaz de cativar e persuadir até quem resiste. 6. A isso, somam-se a estatura do corpo, o belo rosto, o cabelo comprido, a barba longa e encanecida, características que, embora fortuitas e acessórias, nele produzem o máximo de respeito. 7. Nenhum desmazelo há no traje, nenhuma austeridade, porém muita seriedade: respeito é o que sentirias assim que o visses, não temor. É máxima a pureza da sua vida, e igual, a afabilidade. Censura os vícios, não as pessoas, nem pune quem erra, mas corrige. Atento e arrebatado ouvirias enquanto ensina e desejarias que, depois que te convenceu, continuasses a convencer-te. 8. Já tem três filhos, dois meninos, que educa com o maior desvelo. Pompeu Juliano[5] é sogro dele, homem grandioso e preclaro já não por sua própria vida, mas sobretudo porque, sendo ele mesmo o maioral da província, entre as mais nobres alianças[6] não escolheu um genro pelo cargo honorífico que ocupa, mas pela sabedoria que tem. 9. Mas enfim, por que falar mais de um homem de quem não me cabe desfrutar? Será para mais angustiar-me de não poder desfrutá-lo? Tenho cargo altíssimo, mas igualmente incômodo: integro um tribunal, subscrevo petições, elaboro contas, escrevo inúmeras cartas, que nada têm de epístola[7]. 10. Às vezes (e isso quando calha!) costumo reclamar de tais ocupações a Eufrates. Ele me consola,

---

Νεάνθης, "Alguns crêem que por causa da *amplitude* [*platúteta*] da elocução ele foi chamado "Platão"; ou porque tinha a testa *larga* [*platús*], como afirma Neantes". Esta é a única menção que Plínio, o Jovem faz de Platão em todos os seus escritos. 5. POMPEU JULIANO: mencionado apenas aqui. 6. AS MAIS NOBRES ALIANÇAS: *altissimas condiciones*. 7. INÚMERAS CARTAS, QUE NADA TÊM DE EPÍSTOLA: *plurimas sed illitteratissimas litteras*. Aproveito para traduzir segundo a distinção que proponho entre "carta" e "epístola" (Introdução, IV e V) o jogo que Plínio faz entre *litterae*, "meras cartas", e *litteratae*, "as cartas letradas", isto é, as cartas dotadas de qualidade "literária". As cartas que Plínio escreve *ex-officio* quase nada têm de "literário". O inglês e o francês conseguem manter o jogo de palavras do latim: "une foule de *lettres* oú la *litterature* n'a que faire" (Guillemin, I, p. 23), "innumerable – but *inlitterary* – letters" (Radice, I, p. 33); itálicos meus.

*apud Euphraten queri. Ille me consolatur, adfirmat etiam esse hanc philosophiae et quidem pulcherrimam partem, agere negotium publicum, cognoscere, iudicare, promere et exercere iustitiam, quaeque ipsi doceant in usu habere. **11.** Mihi tamen hoc unum non persuadet, satius esse ista facere quam cum illo dies totos audiendo discendoque consumere.*

*Quo magis te cui uacat hortor, cum in urbem proxime ueneris (uenias autem ob hoc maturius), illi te expoliendum limandumque permittas. **12.** Neque enim ego ut multi inuideo aliis bono quo ipse careo, sed contra: sensum quendam uoluptatemque percipio si ea quae mihi denegatur amicis uideo superesse. Vale.*

dizendo-me que é parte da filosofia – e, na verdade, a mais bela – administrar a coisa pública, acolher os processos, julgá-los, promover o direito e fazer justiça, isto é, pôr em prática tudo aquilo que os filósofos ensinam. **11.** A mim, porém, de uma coisa só não consegue convencer-me: que é melhor fazer tudo aquilo do que passar com ele dias inteiros, ouvindo-o e aprendendo.

Por isso, a ti, que tens tempo livre, te exorto ainda mais a que, na próxima vez que vieres a Roma (e para tanto venhas o quanto antes) te deixes por ele polir e refinar. **12.** Pois eu, diferente de muitos, não invejo nos outros um bem que eu mesmo não possuo, mas, ao contrário, sinto certo prazer se o que me é negado vejo haver de sobra em meus amigos. Adeus.

EPISTULA XI

Epistularum anxia inopia

GAIUS PLINIUS

FABIO IUSTO SUO SALUTEM

1. *Olim mihi nullas epistulas mittis. "Nihil est", inquis, "quod scribam". At hoc ipsum scribe, nihil esse quod scribas, uel solum illud unde incipere priores solebant: "Si uales, bene est; ego ualeo".* **2.** *Hoc mihi sufficit; est enim maximum. Ludere me putas? Serio peto. Fac sciam quid agas, quod sine sollicitudine summa nescire non possum. Vale.*

I, 11. Data: incerta.

1. FÁBIO JUSTO: ver I, 5, 8. 2. NENHUMA EPÍSTOLA: *nullas epistulas.* Quinto Túlio, irmão de Cícero, censura gentilmente Tirão, secretário do orador (*Epístolas aos Familiares*, 16, 26, 1) por demorar a escrever: QUINTUS TIRONI SUO PRIMAM SALUTEM DICIT. 1. *Verberaui te cogitationis tacito dumtaxat conuicio, quod fasciculus alter ad me iam sine tuis litteris perlatus est. Non potes effugere huius culpae poenam te patrono; Marcus est adhibendus, isque diu et multis lucubrationibus commentata oratione uide ut probare possit te non peccasse. 2. Plane te rogo, sic ut olim matrem nostram facere memini, quae lagonas etiam inanis obsignabat, ne dicerentur inanes aliquae fuisse quae furtim essent exsiccatae, sic tu etiam si quod scribas non habebis, scribito tamen, ne furtum cessationis quaesiuisse uidearis. Valde enim mi semper et uera et dulcia tuis epistulis nuntiantur. Ama nos et uale,* "QUINTO CÍCERO DESEJA SAÚDE A SEU QUERIDO TIRÃO. 1. Eu te cobri de insultos, ainda que só em pensamento, porque de novo recebi um fardo de cartas sem que nenhuma fosse tua. Não vais escapar de ser condenado por este crime assumindo a própria defesa: terás de contratar Marco Túlio por advogado e obter que ele, num discurso muito meditado por dias e noites, consiga provar que não és culpado. 2. Peço-te que, assim como outrora, bem me lembro,

EPÍSTOLA 11

A angustiante falta de epístolas

CAIO PLÍNIO

A SEU QUERIDO FÁBIO JUSTO[1], SAUDAÇÕES

1. Já faz tempo que não me mandas nenhuma epístola[2]. "Não tenho nada", dizes, "para escrever-te". Mas então escreve exatamente isso, que não tens nada para escrever-me[3], ou então só aquilo com que os antigos costumavam iniciar[4]: "se estás bem, ótimo; quanto a mim, estou bem". **2.** Isto me basta, pois já é muitíssimo. Achas que estou brincando? Meu pedido é sério. Dá um jeito de me informar o que andas fazendo, pois só com grande inquietude é que consigo ficar sem saber. Adeus.

---

fazia minha mãe, que marcava até mesmo as garrafas vazias para que não se alegasse que já estavam vazias as garrafas esvaziadas furtivamente, assim também tu, ainda quando não tenhas nada para escrever, escreve sempre, para não parecer que buscas desculpa para teu silêncio. É que tuas mensagens sempre me trazem o que há verdadeiro e doce. Queiras-me bem e adeus". O silêncio epistolar é matéria das epístolas, II, 2 e IX, 2. **3.** ESCREVE QUE NÃO TENS NADA PARA ESCREVER-ME: *scribe nihil esse quod scribas*. Cícero já o dissera (*Epístolas a Ático*, 4, 8A, 4): *de omnibus cottidie scribas. Ubi nihil erit quod scribas, id ipsum scribito*, "Escreve-me todo dia sobre tudo. Quando nada tiveres para escrever-me, escreve-me exatamente isso". **4.** COM QUE OS ANTIGOS COSTUMAVAM INICIAR: *illud unde incipere priores solebant*. A fórmula *si uales, bene est; ego ualeo* era abreviada com as iniciais *s. u. b. e. e. q. u.* (mais exatamente *Si uales, bene est; egoque ualeo*) nas epístolas dos amigos a Cícero, *Epístolas aos Familiares*, 5, 9, 10A.

EPISTULA XII

Mors et laus Coreli Rufi

GAIUS PLINIUS

CALESTRIO TIRONI SUO SALUTEM

1. Iacturam grauissimam feci, si iactura dicenda est tanti uiri amissio. Decessit Corellius Rufus et quidem sponte, quod dolorem meum exulcerat. Est enim luctuosissimum genus mortis, quae non ex natura nec fatalis uidetur. 2. Nam utcumque in illis qui morbo finiuntur, magnum ex ipsa necessitate solacium est; in iis uero quos accersita mors aufert, hic insanabilis dolor est, quod creduntur potuisse diu uiuere. 3. Corellium quidem summa ratio, quae sapientibus pro necessitate est, ad hoc consilium

I, 12. Data: 97-98 d.C.

1. CALÉSTRIO TIRÃO: senador pretoriano, rico proprietário de terras em Pavia e no Piceno. Foi companheiro de Plínio no exército e na questura e mais tarde procônsul na Bética. É destinatário das epístolas VI, 22 e IX, 5, e é mencionado em VII, 16, 1; VII, 23, 1; VII, 32, 1. 2. CORÉLIO RUFO: nascido em torno de 30 d.C., foi cônsul sufecto em 78 d.C. e legado na Germânia Superior. Teve influência na corte de Nerva. É mencionado em IV, 17, §§2 e 4; V, 1, 5; VII, 11, 3; VII, 31, 4 e IX, 13, 6. 3. CONDIÇÃO NECESSÁRIA DOS SÁBIOS: *sapientibus pro necessitate est.* Os estoicos aprovavam a liberdade de tirar a própria vida por motivos racionais. Corélio acolhe o que diz Sêneca, o Filósofo, *Cartas a Lucílio,* 58, 32-36: 32. *Potest frugalitas producere senectutem, quam ut non puto concupiscendam, ita ne recusandam quidem; iucundum est secum esse quam diutissime, cum quis se dignum quo frueretur effecit. Itaque de isto feremus sententiam, an oporteat fastidire senectutis extrema et finem non opperiri sed manu facere. Prope est a timente qui fatum segnis expectat, sicut ille ultra modum deditus uino est qui amphoram exsiccat et faecem quoque exsorbet. 33. De hoc tamen quaeremus, pars summa uitae utrum faex sit an liquidissimum ac purissimum quiddam, si modo mens sine iniuria est et integri sensus animum iuuant nec defectum et praemortuum corpus*

110

EPÍSTOLA 12

Morte e elogio de Corélio Rufo

CAIO PLÍNIO

A SEU QUERIDO CALÉSTRIO TIRÃO[1], SAUDAÇÕES

1. Um golpe gravíssimo sofri, se é que cabe na palavra "golpe" a perda de um homem tão grandioso: morreu Corélio Rufo[2] e morreu na verdade por vontade própria, o que exacerba minha dor, porque é a mais deplorável forma de morrer aquela que não se dá por natureza ou pelo destino. 2. Ora, quando morre alguém por doença, tiramos consolo da própria inevitabilidade, mas quando alguém procura a morte, nossa dor é incurável, porque pensamos que podia viver mais. 3. Uma razão enorme, que é condição necessária dos sábios[3], compeliu Coré-

est; plurimum enim refert, uitam aliquis extendat an mortem. 34. At si inutile ministeriis corpus est, quidni oporteat educere animum laborantem? Et fortasse paulo ante quam debet faciendum est, ne cum fieri debebit facere non possis; et cum maius periculum sit male uiuendi quam cito moriendi, stultus est qui non exigua temporis mercede magnae rei aleam redimit. Paucos longissima senectus ad mortem sine iniuria pertulit, multis iners uita sine usu sui iacuit: quanto deinde crudelius iudicas aliquid ex uita perdidisse quam ius finiendae? 35. Noli me inuitus audire, tamquam ad te iam pertineat ista sententia, et quid dicam aestima: non relinquam senectutem, si me totum mihi reseruabit, totum autem ab illa parte meliore; at si coeperit concutere mentem, si partes eius conuellere, si mihi non uitam reliquerit sed animam, prosiliam ex aedificio putri ac ruenti. 36. Morbum morte non fugiam, dumtaxat sanabilem nec officientem animo. Non adferam mihi manus propter dolorem: sic mori uinci est. Hunc tamen si sciero perpetuo mihi esse patiendum, exibo, non propter ipsum, sed quia impedimento mihi futurus est ad omne propter quod uiuitur; inbecillus est et ignauus qui propter dolorem moritur, stultus qui doloris causa uiuit, "32. A sobriedade pode prolongar a vida até a velhice, o que, se por mim não considero desejável, de modo algum acho

compulit, quamquam plurimas uiuendi causas habentem, optimam con-
scientiam, optimam famam, maximam auctoritatem, praeterea filiam,
uxorem, nepotem, sorores, interque tot pignora ueros amicos. 4. Sed tam
longa, tam iniqua ualetudine conflictabatur, ut haec tanta pretia uiuendi
mortis rationibus uincerentur.

Tertio et tricensimo anno, ut ipsum audiebam, pedum dolore correp-
tus est. Patrius hic illi; nam plerumque morbi quoque per successiones
quasdam ut alia traduntur. 5. Hunc abstinentia, sanctitate, quoad uiri-
dis aetas, uicit et fregit; nouissime cum senectute ingrauescentem uiribus
animi sustinebat, cum quidem incredibiles cruciatus et indignissima tor-
menta pateretur. 6. Iam enim dolor non pedibus solis ut prius insidebat,
sed omnia membra peruagabatur. Veni ad eum Domitiani temporibus in
suburbano iacentem. 7. Serui e cubiculo recesserunt (habebat hoc moris,
quotiens intrasset fidelior amicus); quin etiam uxor quamquam omnis
secreti capacissima digrediebatur. 8. Circumtulit oculos et "Cur", inquit
"me putas hos tantos dolores tam diu sustinere? Ut scilicet isti latroni uel
uno die supersim". Dedisses huic animo par corpus, fecisset quod optabat.

de rejeitar. De facto será agradável convivermos conosco o mais possível, desde que nos tenhamos tornado dignos de proporcionar uma companhia aprazível. Pronunciemo-nos, enfim, sobre
esta questão: devemos nós minimizar a última fase da velhice e, em vez de aguardar o nosso fim,
apressá-lo com as próprias mãos? Esperar passivamente pela morte é atitude quase cobarde, tal
como é amigo em excesso do vinho quem quer que, depois de esvaziar a ânfora, vai ainda sorver
as borras. 33. Resta agora é saber se são borras os últimos anos de vida ou se, pelo contrário, são
a fase mais transparente e mais pura. Entenda-se: desde que a inteligência não sofra diminuição,
que os sentidos sirvam o espírito intactos e que o corpo não esteja diminuído e já meio morto,
porquanto é da maior importância saber se o que se prolonga é a vida ou é a morte. 34. Se o corpo
já não está à altura das suas tarefas, porque não havemos de libertar a alma dos seus entraves?
Possivelmente até o deveríamos fazer antes de ser necessário, não fosse dar-se o caso de o não po-
dermos fazer quando necessário for. E porque é maior o perigo de viver mal do que o de morrer
antes do tempo, estúpido seria aquele que, com um exíguo sacrifício de tempo, se não libertasse
de tantas contingências aleatórias. Poucos têm sido os homens que, após longa velhice, atingiram
a morte sem diminuição de capacidades, mas muitos aqueles que uma vida prolongada deixou
inutilizados: como não julgar então que mais duro do que perder uns dias de vida é perder o direito a pôr-lhe termo? 35. Não me escutes contrariado, como se estas reflexões se aplicassem desde já à tua pessoa, e pensa bem no que eu pretendo dizer: eu não porei termo à velhice se ela me
deixar o uso das minhas faculdades, daquelas que formam a melhor parte de mim mesmo. Se,

lio a tal decisão, embora tivesse muitos motivos para viver, excelente discernimento, excelente reputação, a maior autoridade, além de filha, esposa, netos, irmãs e também, em meio a tantos parentes, verdadeiros amigos. **4.** Mas era atormentado pela doença, tão antiga e penosa, que tantas recompensas para viver foram superadas por razões para morrer.

Aos 32 anos, segundo ouvi dele mesmo, começou a ter dor nos pés, assim como o pai dele, pois também a maioria das doenças, bem como outras características, são transmitidas hereditariamente. **5.** Nos verdes anos conseguiu, com vida abstinente e saudável, vencer e dominar a doença; recentemente, na velhice, suportava o contínuo agravamento com as forças do espírito, embora suportasse torturas indizíveis e os sofrimentos mais indignos, **6.** porque a dor já não afetava apenas os pés, como antes, mas se espalhava por todos os membros. No tempo de Domiciano[4], visitei-o entregue ao leito na sua propriedade perto de Roma. **7.** Os escravos retiraram-se do quarto (costumava assim fazer toda vez que entrava um amigo mais íntimo); até mesmo a esposa se afastou, embora fosse muitíssimo capaz de guardar qualquer segredo[5]. **8.** Lançando à volta o olhar, "Por que", perguntou, "achas que aguento por tanto tempo essas dores? É claro que é para sobreviver pelo menos

todavia, começar a afectar-me a inteligência, a destruir alguma das suas capacidades, se, tirando-me a vida, me deixar só a existência, então eu escapar-me-ei desse edifício podre e arruinado. 36. Não evitarei pela morte uma doença desde que tratável e não gravosa para o espírito. Nunca erguerei a mão contra mim para evitar o sofrimento: morrer assim é confessar-se derrotado. Mas se souber que tal doença nunca mais me deixará, então sairei eu desta vida, não devido à doença em si, mas porque ela me será um entrave em relação a tudo por que merece a pena vivermos. Morrer para evitar a dor é uma atitude de fraqueza e cobardia; viver só para suportar a dor, é pura estupidez". Tradução de J. A. Segurado e Campos (Lisboa, Gulbenkian, 1991, pp. 207-209). Tício Aristão (ver I, 22, 1) suicida-se pelo mesmo motivo de Corélio. **4.** DOMICIANO: Tito Flávio César Domiciano Augusto (51-96 d.C.), imperador de 81 a 96 d.C.; ver I, 5, 1. **5.** ESPOSA MUITÍSSIMO CAPAZ DE GUARDAR QUALQUER SEGREDO: *uxor omnis secreti capacissima*; ver virtudes na esposa de Espurina (III, 1, 5), na de Macrino (VIII, 5, 1) e em Serrana Prócula (I, 14, 6), as quais virtudes para Plínio, segundo Sherwin-White (p. 113), eram traço da Gália Cisalpina, ao contrário do que proclamam Marcial e Juvenal na Antiguidade, e Carcopino (*A Vida Cotidiana em Roma no Apogeu do Império*, Lisboa, Edição Livros do Brasil, s.d., pp. 119 e 122), que toma literalmente o epigramatista e o satirista.

*Adfuit tamen deus uoto, cuius ille compos ut iam securus liberque moriturus, multa illa uitae sed minora retinacula abrupit. **9.** Increuerat ualetudo, quam temperantia mitigare temptauit; perseuerantem constantia fugit. Iam dies, alter, tertius, quartus: abstinebat cibo. Misit ad me uxor eius Hispulla communem amicum C. Geminium cum tristissimo nuntio: destinasse Corellium mori nec aut suis aut filiae precibus inflecti; solum superesse me, a quo reuocari posset ad uitam. **10.** Cucurri. Perueneram in proximum, cum mihi ab eadem Hispulla Iulius Atticus nuntiat nihil iam ne me quidem impetraturum, tam obstinate magis ac magis induruisse. Dixerat sane medico admouenti cibum: "Κέκρικα", quae uox quantum admirationis in animo meo tantum desiderii reliquit.*

***11.** Cogito quo amico, quo uiro caream. Impleuit quidem annum septimum et sexagensimum, quae aetas etiam robustissimis satis longa est; scio. Euasit perpetuam ualetudinem; scio. Decessit superstitibus suis, florente re publica, quae illi omnibus carior erat; et hoc scio. **12.** Ego tamen tamquam et iuuenis et firmissimi mortem doleo, doleo autem (licet me imbecillum putes) meo nomine. Amisi enim, amisi uitae meae testem, rectorem, magistrum. In summa dicam, quod recenti dolore contubernali meo Caluisio dixi: "Vereor ne neglegentius uiuam". **13.** Proinde adhibe solacia mihi, non haec: "Senex erat, infirmus erat" (haec enim noui), sed noua aliqua, sed magna, quae audierim numquam, legerim numquam. Nam quae audiui, quae legi sponte succurrunt, sed tanto dolore superantur. Vale.*

---

6. ESSE LADRÃO: *isti latroni*. É Domiciano, assim chamado porque confiscou terras dos que perseguiu politicamente e reivindicou, sem razão legal, parte da herança de muita gente rica, conforme se vê em Suetônio (*Vida dos Césares*, 12, "Domiciano", 12, 1, 1-2). 7. JÚLIO ÁTICO: desconhecido, homônimo ou o mesmo mencionado por Tácito (*Histórias*, 1, 35). Não é mencionado em nenhuma outra epístola, mas outras quatro menções dele ou homônimos (um dos quais é autor de livro sobre vinhos) estão na *PIR*, J 116-19. 8. TOMEI MINHA DECISÃO: *κέκρικα*. Para uso do grego, ver I, 2, 1. 9. TESTEMUNHA DE MINHA VIDA, O CONDUTOR, O MESTRE: *uitae meae testem, rectorem, magistrum*. Corélio Rufo fora patrono de Plínio; ver IV, 17, §§4-7 e IX, 16, 6. 10.

por um dia a esse ladrão[6]". Se lhe fosse dado um corpo igual a tal espírito, Corélio teria feito o que desejava.

Porém, deus foi propício ao desejo, e Corélio, tendo-o realizado, sabendo que morreria já seguro e livre, rompeu aqueles laços para com a vida, numerosos, mas enfraquecidos. **9.** Piorou a doença, que ele tentou com perserverança a mitigar; a constância abandonou quem havia perseverado. Passava um dia inteiro sem comer, depois dois, três e até quatro. Hispula, a esposa, enviou Caio Germínio, um amigo comum, para dar-me a tristíssima notícia: Corélio decidira morrer e nem os pedidos dela nem os da filha logravam dissuadi-lo; só eu restava, que pudesse chamá-lo de volta à vida. **10.** Corri. Havia chegado perto da casa, quando, enviado pela própria Hispula, Júlio Ático[7] me avisa que nada mais eu poderia fazer, tão preso Corélio tinha ficado à sua obstinação. A um médico que lhe aconselhava alimentar-se disse em grego "tomei minha decisão"[8], palavras que deixaram no meu espírito uma admiração tão grande quanto a saudade.

11. Penso no amigo, no homem que perdi. Sim, completou 64 anos, idade muito longa até mesmo para os mais fortes. Sim, livrou-se de uma doença interminável. Sim, morreu antes dos descendentes, estando próspera a república, que para ele era mais grata do que tudo. **12.** Ainda assim, lamento sua morte como a de um jovem em plena saúde e lamento por mim (ainda que me consideres fraco), porque perdi, sim perdi a testemunha de minha vida, o condutor dela, o mestre[9]. Em suma, direi o que, ainda recente a dor, eu disse a Calvísio[10], um querido companheiro: "Doravante temo ser negligente com a vida". **13.** Por isso, manda-me consolo, não do tipo: "Era idoso, estava doente" (esses eu já conheço), mas alguns novos, grandiosos, que jamais eu tenha ouvido, que jamais eu tenha lido. Ora, os que ouvi, os que li ajudam, mas são vencidos por dor tão grande. Adeus.

Calvísio: Caio Calvísio Rufo. Cavaleiro e decurião de Como, era conterrâneo, amigo e consultor dos negócios de Plínio, ligado também a Sósio Senecião (ver I, 13 e IV, 1, 1). É destinatário das epístolas II, 20; III, 1; III, 19; V, 7; VIII, 2 e IX, 6. É mencionado em IV, 4, §§1 e 2.

EPISTULA XIII

Contemptus recitationum

GAIUS PLINIUS

SOSIO SENECIONI SUO SALUTEM

1. Magnum prouentum poetarum annus hic attulit; toto mense Aprili nullus fere dies, quo non recitaret aliquis. Iuuat me quod uigent studia, proferunt se ingenia hominum et ostentant, tametsi ad audiendum pigre coitur. 2. Plerique in stationibus sedent tempusque audiendi fabulis conterunt, ac subinde sibi nuntiari iubent an iam recitator intrauerit, an dixerit praefationem, an ex magna parte euoluerit librum; tum demum ac tunc quoque lente cunctanterque ueniunt, nec tamen permanent, sed ante finem recedunt, alii dissimulanter et furtim, alii simpliciter et libere.

I, 13. Data: abril de 97 d.C.

1. Sósio Senecião: Quinto Sósio Senecião, foi cônsul duas vezes em 99 e 107 d.C. Era amigo de Trajano e Plutarco, que lhe dedicou alguns escritos. Era genro de Júlio Frontino, o autor de *Estratagemas* (*Stratagemata*) e de *Dos Aquedutos da Cidade de Roma* (*De Aquis Urbis Romae*), três vezes cônsul no fim do século I d.C. (No período imperial o terceiro consulado era grande honra; ver II, 1, 1, "Vergínio Rufo"). Tal como Minício Fundano (ver I, 9), liderava uma tendência helenizante em Roma. Embora tivesse estreitas relações com Pínio por meio de Frontino, de seu próprio genro Pompeu Falcão (ver I, 23) e de Calvísio Rufo (ver IV, 4, 1 e I, 12, 12), Plínio endereça-lhe só mais a epístola IV, 4 e não o menciona em nenhuma outra. 2. AS LETRAS: *studia* (ver OLD, 17a). 3. SE O RECITANTE JÁ ENTROU, SE JÁ LEU O PREFÁCIO: *an iam recitator intrauerit, an dixerit praefationem.* A recitação nos autores ditos pós-clássicos é uma inovação iniciada no principado, a partir de Augusto, segundo Sêneca, o Rétor, (*Controvérsias*, 4, "Prefácio", 2) e Isidoro de Sevilha (*Origens*, 6, 52) por Asínio Polião

EPÍSTOLA 13

Desinteresse por recitações

CAIO PLÍNIO
A SEU QUERIDO SÓSIO SENECIÃO[1], SAUDAÇÕES

1. Este ano foi grande a safra de poetas. Em todo mês de abril, quase não houve dia em que alguém não recitasse. Agrada-me que vigorem as letras[2], que se apresente e se exiba o engenho dos homens, embora parco seja o público reunido para ouvi-los. 2. A maioria fica sentada nas ante-salas, gastando em conversas o tempo da audição, e a todo instante ordenam que lhes avisem se o recitante já entrou, se já leu o prefácio[3], se leu a maior parte do livro[4]. Só então, e ainda assim lenta e indecisamente, entram, sem, porém, permanecer, retirando-se antes do fim, uns dissimuladamente e à socapa, outros abertamente, sem pejo.

(aquele a quem Virgílio dedicou a quarta *Bucólica*), que também foi o fundador da primeira biblioteca pública em Roma. Tornou-se o meio de divulgar composições antes da confecção dos custosos livros e principalmente, como é o caso de Plínio, a instância, muito importante, de corrigir os erros antes da publicação escrita; ver III, 7, 8; III, 15; V, 3, 8 e VIII, 21, §§4-6. 4. SE LEU A MAIOR PARTE DO LIVRO: *an ex magna parte euoluerit librum*, literalmente, "se desenrolou a maior parte do rolo". Os livros não eram feitos de folhas encadernadas, mas de folhas de papiro ou pergaminho, unidas numa só tira, que, enrolada, formava o *uolumen*, propriamente o rolo. Havia dois eixos, um em cada extremidade da tira, de modo que, o leitor tinha que *desenrolar* o volume com a mão esquerda e, ao mesmo tempo, enrolar com a direita. Por isso em latim se diz *euoluerit*, de *euoluo*, "desenvolver", "desenrolar" para o ato de ler um livro. A própria palavra *uolumen*, "volume", prende-se aos verbos *uoluere*, "enrolar", e o antônimo *euolvere*.

117

3. At hercule memoria parentum Claudium Caesarem ferunt, cum in Palatio spatiaretur audissetque clamorem, causam requisisse; cumque dictum esset recitare Nonianum, subitum recitanti inopinatumque uenisse. 4. Nunc otiosissimus quisque multo ante rogatus et identidem admonitus aut non uenit aut, si uenit, queritur se diem, quia non perdidit, perdidisse. 5. Sed tanto magis laudandi probandique sunt quos a scribendi recitandique studio haec auditorum uel desidia uel superbia non retardat.

Equidem prope nemini defui. Erant sane plerique amici; neque enim est fere quisquam qui studia ut non simul et nos amet. 6. His ex causis longius quam destinaueram tempus in urbe consumpsi. Possum iam repetere secessum et scribere aliquid, quod non recitem, ne uidear, quorum recitationibus adfui, non auditor fuisse sed creditor. Nam ut in ceteris rebus ita in audiendi officio perit gratia si reposcatur. Vale.

---

5. CLÁUDIO CÉSAR: Cláudio (Tibério Cláudio César Augusto Germânico, 10 a.C-54 d.C.), imperador de 41 a 54 d.C. Cláudio e seu irmão Germânico eram filhos de Druso, enteado de Augusto, que desposara em segundas núpcias Lívia, já mãe de Tibério e Druso do primeiro casamento. Aos 51 anos sucedeu Calígula, morto num complô, e foi envenenado pela esposa Agripina, sua sobrinha, irmã de Calígula. É o 5º dos 12 Césares de quem Suetônio escreve a vida (*Vida dos Césares*) e é o objeto da sátira *Apocoloquintose*, de Sêneca, o Filósofo. É mencionado em III, 16, §§7 e 9; X, 70, 2 e X, 71, 2. **6.** MUITÍSSIMO DISPONÍVEL: *otiosissimus*; ver I, 3, 3. **7.** AME AS LETRAS E DEIXE DE ME AMAR: *qui studia, ut non simul et nos amet*; ver a mesma *amicitia* literária em VII, 21, 5. **8.** NÃO VIREI A RECITAR: *quod non recitem*. Sobre a frequência com que Plínio discursa, ver II, 1, 1. **9.** DESAPARECE A GRATIDÃO, SE RECLAMADA: *perit gratia si reposcatur*. O código que

3. Entretanto, pelos deuses, conta-se que no tempo de nossos pais, Cláudio César[5], tendo ouvido aplausos enquanto passeava no palácio, perguntou o motivo; quando lhe disseram que Noniano recitava, de imediato foi até o recitante, sem que fosse esperado. **4.** Hoje qualquer pessoa, muitíssimo disponível[6], convidada com grande antecedência e a todo tempo lembrada, ou não comparece, ou, se comparece, reclama que perdeu o dia, justo porque não o perdeu. **5.** São, ao contrário, muito mais dignos de louvor e aprovação aqueles a quem nem inércia nem soberba inibem o empenho de escrever e recitar.

Quanto a mim, a praticamente nenhuma recitação deixei de assistir. Eram, de fato, amigos na maioria, e entre eles quase não há quem ame as letras e deixe de me amar[7]. **6.** Por essa razão, consumi em Roma mais tempo do que havia determinado. Já posso voltar a meu retiro e escrever algo que não virei a recitar[8], para não parecer àqueles cujos recitais presenciei que fui credor, e não ouvinte. Pois assim como nos demais assuntos, também no dever de ouvir desaparece a gratidão, se reclamada[9]. Adeus.

---

regia o favor na Roma antiga prescrevia que o beneficiado pagasse a dívida ou ao menos a reconhecesse, mas proibia o benfeitor de cobrá-la. Sêneca, o Filósofo (*Sobre os Benefícios*, 3, 16, 1), afirma: *"Plures", inquit, "ingrati erunt, si nulla aduersus ingratum datur actio". Immo pauciores, quia maiore dilectu dabuntur beneficia. Deinde non expedit notum omnibus fieri, quam multi ingrati sint; pudorem enim rei tollet multitudo peccantium, et desinet esse probri loco commune maledictum,* "'Mais pessoas', dizes, 'se tornarão ingratas se não se puder mover ação contra o ingrato'. Na verdade, menos pessoas, porque se prestarão favores com maior discernimento. Além disso, não convém que todos saibam quantos são os ingratos, porque a multidão dos culpados suprimirá a vergonha do delito e o que é censurado por muitos deixará de ser vergonhoso".

EPISTULA XIV

Conquisitio mariti

GAIUS PLINIUS

IUNIO MAURICO SUO SALUTEM

1. Petis ut fratris tui filiae prospiciam maritum; quod merito mihi potissimum iniungis. Scis enim quanto opere summum illum uirum suspexerim dilexerimque, quibus ille adulescentiam meam exhortationibus fouerit, quibus etiam laudibus ut laudandus uiderer effecerit. 2. Nihil est quod a te mandari mihi aut maius aut gratius, nihil quod honestius a me suscipi possit quam ut eligam iuuenem, ex quo nasci nepotes Aruleno Rustico deceat.

3. Qui quidem diu quaerendus fuisset, nisi paratus et quasi prouisus esset Minicius Acilianus, qui me ut iuuenis iuuenem (est enim minor pauculis annis) familiarissime diligit, reueretur ut senem. 4. Nam ita formari a me et institui cupit, ut ego a uobis solebam. Patria est ei Brixia, ex illa nostra Italia quae multum adhuc uerecundiae frugalitatis, atque etiam rusticitatis antiquae, retinet ac seruat. 5. Pater Minicius Macrinus, equestris ordinis princeps, quia nihil altius uoluit; adlectus enim a diuo Vespasiano inter praetorios honestam quietem huic nostrae ambitioni

---

I, 14. Data: começo de 97 d.C.

1. Júnio Maurico: ver I, 5, 10. 2. Aruleno Rústico: Quinto Júnio Aruleno Rústico; ver I, 5, 2. 3. Minício Aciliano: se não for o Aciliano, mencionado em II, 16, 1, é desconhecido. 4. Minício Macrino: se for o Macrino da epístola VIII, 5, é velho amigo da família de Plínio. Mas

EPÍSTOLA 14

Escolha de um marido

CAIO PLÍNIO

A SEU QUERIDO JÚNIO MAURICO[1], SAUDAÇÕES

1. Pedes que procure um marido para a filha de teu irmão, o que com razão me incumbes a mim, primeiro que todos, pois sabes quanto admirei e estimei aquele grande homem e com que exortações ele me incentivou na juventude e até mesmo com que elogios conseguiu que eu parecesse digno de elogiar. 2. Nada que me possas ordenar é maior ou mais grato, nada que eu possa assumir é mais honroso do que escolher um jovem do qual convém que nasçam os descendentes de Aruleno Rústico[2].

3. Teria sido necessário busca mais longa se Minício Aciliano[3] não estivesse disponível, como se avisado, ele que me tem o mais profundo afeto tal como um jovem tem por outro jovem (de fato é poucos anos mais novo) e me tem respeito como um jovem tem por um ancião. É que ele deseja ser formado e educado por mim, assim como eu queria ser por tua família. Bríxia é sua terra natal, região que de nossa Itália inteira é aquela que até hoje mantém e conserva muito de pudor, frugalidade e também da antiga rusticidade. 5. O pai dele, Minício Macrino[4], é um dos primeiros da ordem equestre apenas porque não desejou nada

a esposa de Minício parece ter já morrido, visto que Plínio menciona apenas a avó. É mais provável que seja Cecílio Macrino, endereçado em II, 7; III, 4; VII, 6; VII, 10; VIII, 17 e IX, 4.

dicam an dignitati, constantissime praetulit. 6. Habet auiam maternam Serranam Proculam e municipio Patauio. Nosti loci mores: Serrana tamen Patauinis quoque seueritatis exemplum est. Contigit et auunculus ei P. Acilius grauitate, prudentia, fide, prope singulari. In summa nihil erit in domo tota quod non tibi tamquam in tua placeat.

7. Aciliano uero ipsi plurimum uigoris industriae, quamquam in maxima uerecundia. Quaesturam, tribunatum, praeturam honestissime percucurrit, ac iam pro se tibi necessitatem ambiendi remisit. 8. Est illi facies liberalis, multo sanguine, multo rubore suffusa, est ingenua totius corporis pulchritudo et quidam senatorius decor. Quae ego nequaquam arbitror neglegenda; debet enim hoc castitati puellarum quasi praemium dari. 9. Nescio an adiciam esse patri eius amplas facultates. Nam cum imaginor uos quibus quaerimus generum, silendum de facultatibus puto; cum publicos mores atque etiam leges ciuitatis intueor, quae uel in primis census hominum spectandos arbitrantur, ne id quidem praetereundum uidetur. Et sane de posteris et his pluribus cogitanti, hic quoque in condicionibus deligendis ponendus est calculus. 10. Tu fortasse me putes indulsisse amori meo, supraque ista quam res patitur sustulisse. At ego fide mea spondeo futurum ut omnia longe ampliora quam a me praedicantur inuenias. Diligo quidem adulescentem ardentissime sicut meretur; sed hoc ipsum amantis est, non onerare eum laudibus. Vale.

---

5. APENAS PORQUE NÃO DESEJOU NADA MAIS ELEVADO: *quia nihil altius uoluit*; ver III, 2, 4. 6. ADMITIDO PELO DIVINO VESPASIANO ENTRE OS SENADORES PRETORIANOS: *adlectus enim a diuo Vespasiano inter praetorios*. Quando era censor, em 73-74 d.C., Vespasiano preencheu no Senado as vagas devidas às perseguições de Nero e à guerra civil, conforme também atesta Suetônio (*Vida dos Césares*, 10 "Vespasiano", 9, 2): *Amplissimos ordines et exhaustos caede uaria et contaminatos ueteri neglegentia, purgauit suppleuitque recenso senatu et equite, summotis indignissimis et honestissimo quoque Italicorum ac prouincialium allecto*, "Depurou as duas primeiras ordens da república, esgotadas por matanças sem conta e maculadas por uma negligência inveterada; e completou-as, procedendo ao recenseamento dos senadores e dos cavaleiros: expulsou delas os membros mais indignos e a elas chamou os mais ilustres cidadãos da Itália e das províncias". Tradução de João Gaspar Simões (que intitula *Os Doze Césares*, 1973, pp. 288-289), exceto pela palavra "república", que substituiu o anacrônico "Estado". 7. SERRANA PRÓCULA: mencionada apenas aqui. 8. PATÁVIO... CONHECES OS COSTUMES DO LUGAR: *Patauio...nosti loci mores*. Era proverbial a pudicícia das mulheres de Patávio (atual Pádua), mencionada por Marcial (*Epigra-*

mais elevado[5]. Admitido pelo divino Vespasiano entre os senadores pretorianos[6], preferiu com a maior firmeza uma honrosa quietude a isto que não sei se chamo nossa ambição ou nossa dignidade. **6.** Tem por avó materna Serrana Prócula[7], do município de Patávio. Conheces os costumes do lugar[8]: Serrana, porém, para os próprios patavinos é exemplo de severidade. Além disso, calhou que Miního Acílio[9] tem por avô Públio Acílio, homem de seriedade, sabedoria e lealdade quase únicas. Em suma, não haverá nada em toda família dele que não te agrade como na tua.

7. Na verdade, o próprio Aciliano demonstra muito vigor e atividade, mesmo em meio ao maior pudor. Desempenhou sucessivamente a questura, o tribunato e pretura com a maior honradez e te poupou o trabalho de interceder por ele. **8.** Tem rosto nobre, tingido por sangue intenso e muita saúde; a beleza do corpo inteiro é de um homem livre, e certa dignidade senatorial, virtudes que julgo nada desprezíveis, pois devem ser dadas, como por prêmio, à castidade das jovens. **9.** Não sei se é o caso de acrescentar que o pai é muito rico, pois, quando faço mentalmente a imagem de ti e de teu irmão, a quem procuro um genro, creio que devo calar sobre riqueza[10]; mas, conhecendo os costumes atuais e até as leis da Cidade, que julgam a riqueza a primeira qualidade a considerar nos homens, acho que nem mesmo este item devo deixar de lado. E de fato quem reflete sobre descendência, e descendência numerosa, dinheiro também deve pesar na balança na hora de escolher cônjuge. **10.** Tu, talvez penses que fui indulgente ao meu afeto e que valorizei aqueles atributos mais do que merecem. Mas eu te dou minha palavra que verás que se revelarão muito maiores do que eu os declarei. Estimo, sim, aquele jovem ardorosamente, como ele merece, mas também isto é próprio de quem ama: não sobrecarregar de louvores aquele a quem ama. Adeus.

---

mas, 11, 16, vv. 7-8): *Tu quoque nequitias nostri lususque libelli / uda, puella, leges, sis Patauina licet*, "Tu, menina, a malícia e os jogos de meu livro / molhada lês, se bem que és de Patávio". **9.** Miního Acílio: desconhecido, talvez o endereçado em III, 14. **10.** creio que devo calar sobre riqueza: *silendum de facultatibus puto*; ou porque os Júnios eram ricos, ou porque, sendo filósofos, desprezavam a riqueza.

EPISTULA XV

Conuiuae absentia

GAIUS PLINIUS

SEPTICIO CLARO SUO SALUTEM

1. *Heus tu! Promittis ad cenam, nec uenis? Dicitur ius: ad assem impendium reddes, nec id modicum.* 2. *Paratae erant lactucae singulae, cochleae ternae, oua bina, halica cum mulso et niue (nam hanc quoque computabis, immo hanc in primis quae perit in ferculo), oliuae, betacei, cucurbitae, bulbi, alia mille non minus lauta. Audisses comoedos uel lectorem uel lyristen uel (quae mea liberalitas) omnes.* 3. *At tu apud nescio quem ostrea, uuluas, echinos, Gaditanas maluisti.*

Dabis poenas, non dico quas. Dure fecisti: inuidisti, nescio an tibi, certe mihi, sed tamen et tibi. Quantum nos lusissemus, risissemus,

---

1, 15. Data: entre 21 de junho e 20 de setembro (verão no hemisfério norte) de algum ano após a morte de Domiciano, 96 d.C.

1. Septício Claro: Caio Septício Claro, destinatário da coleção de epístolas; ver I, 1. 2. jantar: *cenam*, matéria das epístolas II, 6 e III, 12. 3. foram preparadas...: *paratae erant*. Trata-se do antepasto (*gustatorium*), não do prato principal (*grauior cena*; ver V, 6, 37). Comparar jantares é matéria de gêneros baixos de poesia, como a epigramática de Marcial (principalmente *Epigramas* 5, 78) e o iambo de Horácio (*Epodos*, 3) mas também da lírica ligeira de Catulo (poema 13) e das *Epístolas* de Horácio (1, 5, vv. 1-8). Em prosa, Cícero trata da matéria nas *Epístolas aos Familiares* 9, 16, 7 e 9, 20, 1; ver detalhamento em A.-M. Guillemin, *Pline et la Vie Littéraire de Son Temps* (Paris, Les Belles Lettres, 1929, pp. 136 e ss.). Sherwin-White (p. 121) crê que o jantar se deu no começo ou no meio do verão, pela presença de vegetais e ausência de frutas frescas; ver I, 7, 6.

EPÍSTOLA 15

A falta ao jantar

CAIO PLÍNIO

A SEU QUERIDO SEPTÍCIO CLARO[1], SAUDAÇÕES

1. Que bonito, heim? Prometes vir ao jantar[2] e não apareces? Eis a pena: pagarás tostão por tostão a depesa, que não é pequena. 2. Foram preparadas[3] para cada um folhas de alface, três *escargots*, dois ovos, torta de cevada e vinho melado resfriado com neve (pois também a neve podes computar, principalmente ela, que foi a primeira a derreter na travessa), azeitonas, beterrabas, abóbora, cebolas e mil outras iguarias não menos lautas. Terias ouvido uma comédia ou um recitante ou um lirista[4], ou então – vês minha magnanimidade – todos eles. 3. Mas tu, sabe-se lá na casa de quem, preferiste ostras, ventre de porca, ouriços e dançarinas de Gades[5].

Receberás tua punição, não digo qual. Foste cruel: frustraste não sei se a ti mesmo, com certeza a mim, e enfim também a ti. Que brinca-

---

4. COMÉDIA OU RECITANTE OU LIRISTA: *comoedos uel lectorem uel lyristen*. Para jantares ao som de música ou com recitação, ver III, 1, 9; IX, 17, 3; IX, 36, 4; IX, 36, 4 e IX, 40, 2. 5. DANÇARINAS DE GADES: *Gaditanas*. Gades (atual Cádis, na Andaluzia) era cidade litorânea no sudoeste da Hispânia. As dançarinas de lá eram notórias, conforme se lê em Marcial, *Epigramas*, 5, 78, vv. 26-28: *Nec de Gadibus improbis puellae / uibrabunt sine fine prurientes / lasciuos docili tremore lumbos*, "Nem meninas de Gades impudente / excitantes, vão requebrar sem fim / quadril lascivo em suave tremeliques". Gades é mencionada em II, 3, 8.

studuissemus! 4. Potes apparatius cenare apud multos, nusquam hilarius, simplicius, incautius. In summa experire et, nisi postea te aliis potius excusaueris, mihi semper excusa. Vale.

---

6. JANTAR COM MAIS REQUINTE: *apparatius cenare*. Aulo Gélio (*Noites Áticas*, 13, 11, 1-7) dá as regras dos jantares requintados. **7.** DESPREOCUPAÇÃO: *incautius*. Pode, em viés político, referir-

deiras, que risadas, que aprendizado teria havido! 4. Podes jantar com mais requinte[6] na casa de muitas pessoas, mas em nenhum lugar será com mais alegria, mais franqueza, mais despreocupação[7]. Experimenta: se depois disso não preferires dar desculpas aos convites dos outros, sempre poderás dar aos meus. Adeus.

-se à ausência de espiões, conforme se lê em IV, 9, 6 e IX, 13, 10, ou só à informalidade entre camaradas, como em VIII, 4, 8.

EPISTULA XVI

De Saturnino, oratore, historico, poeta

GAIUS PLINIUS

ERUCIO SUO SALUTEM

1. *Amabam Pompeium Saturninum (hunc dico nostrum) lauda-bamque eius ingenium, etiam antequam scirem, quam uarium quam flexibile, quam multiplex esset; nunc uero totum me tenet habet, possidet.* **2.** *Audiui causas agentem acriter et ardenter nec minus polite et ornate, siue meditata siue subita proferret. Adsunt aptae crebraeque sententiae, grauis et decora constructio, sonantia uerba et antiqua. Omnia haec mire placent cum impetu quodam et flumine peruehuntur, placent si retrac-tentur.* **3.** *Senties quod ego, cum orationes eius in manus sumpseris, quas*

I, 16. Data: 97 d.C.

1. ERÚCIO: segundo Sherwin-White (p. 122) trata-se de Marco Erúcio Claro, orador habilidoso, mencionado em II, 9, 4, e não de Sexto Erúcio Claro, seu filho; ver II, 9, 1. **2.** POMPEU SATURNI-NO: ver I, 8. **3.** ME TEM, ME DOMINA, ME POSSUI: *me tenet, habet, possidet.* Plínio emprega a gra-dação (*gradatio*, κλίμαξ, "clímax"). **4.** POLIDO E ORNADO: *polite et ornate.* Os modos da ação ex-pressa pelos advérbios são afinal qualidades do discurso de Saturnino. **5.** SENTENÇAS: *sententiae.* Não se trata de adágios, mas de gnomas, isto é, pensamentos lavrados de forma concisa, lapidar e breve: máximas. Na *Retórica a Herênio* (4, 24), define-se: *Sententia est oratio sumpta de uita, quae aut quid sit aut quid esse oporteat in uita, breuiter ostendit,* "Sentença é o discurso que, tomado da experiência da vida, mostra brevemente o que na vida existe ou o que convém que exista". **6.** SONOROSAS: *sonantia.* Em VII, 12, 4, *sonans* é censurado como "túmido": *Tibi tumidius uideretur, quoniam est sonantius et elatius,* "[...] Tu o considerarias muito sonoroso, porque é túmido e extenso". Em II, 19, 6, *sonans* é oposto a *pressa,* "comprimido", "enxuto": *Et sane quotus quisque*

EPÍSTOLA 16

Sobre Saturnino, orador, historiógrafo e poeta

CAIO PLÍNIO
A SEU QUERIDO ERÚCIO[1], SAUDAÇÕES

1. Eu já era muito ligado a Pompeu Saturnino[2] (falo de nosso amigo) e admirava-lhe o engenho, antes mesmo de saber quão vário, versátil e múltiplo é; mas agora me tem, me domina, me possui por inteiro[3]. **2.** Eu ouvi Saturnino no tribunal argumentando com argúcia e ardor, sem por isso deixar de ser polido e ornado[4], quer proferisse o que preparara, quer falasse de improviso. As sentenças[5] são oportunas e frequentes, os períodos, graves e decorosos, as palavras sonoras e antigas[6]. Tudo isso agrada muito quando veiculado com certo ímpeto numa torrente[7], e agrada também quando examinado pela segunda vez[8]. **3.** Concordarás comigo, quando tiveres em mãos os discursos, que poderás comparar com qualquer um dos antigos oradores com os quais Saturnino

---

tam rectus auditor quem non potius dulcia haec et sonantia quam austera et pressa delectent?, "E quantos e quem são os ouvintes tão dotados a ponto de comprazer-se não só com o estilo doce e sonoro, mas também com o que é seco e enxuto"? O estilo de Saturnino é semelhante ao de Plínio, asiano, mas moderado por traços aticistas, conforme se lê nos §§1-4 e principamente no §4. **7.** QUANDO VEICULADO COM CERTO ÍMPETO NUMA TORRENTE: *cum impetu quodam et flumine peruehuntur.* Refere-se à audição do discurso, o que diz respeito à pronunciação (ou ação: *pronuntiatio* ou *actio*), que é atributo do orador. **8.** QUANDO EXAMINADO PELA SEGUNDA VEZ: *placent si retractentur.* Refere-se à leitura da oração antes proferida, o que diz respeito às qualidades intrínsecas do discurso como texto (à disposição, *dispositio*).

facile cuilibet ueterum, quorum est aemulus, comparabis. 4. Idem tamen in historia magis satisfaciet uel breuitate uel luce uel suauitate uel splendore etiam et sublimitate narrandi. Nam in contionibus eadem quae in orationibus uis est, pressior tantum et circumscriptior et adductior.

5. Praeterea facit uersus, qualis Catullus meus aut Caluus, re uera qualis Catullus aut Caluus. Quantum illis leporis, dulcedinis, amaritudinis, amoris! Inserit sane, sed data opera, mollibus leuibusque duriusculos quosdam; et hoc quasi Catullus aut Caluus.

6. Legit mihi nuper epistulas; uxoris esse dicebat. Plautum uel Terentium metro solutum legi credidi. Quae siue uxoris sunt ut adfirmat, siue ipsius ut negat, pari gloria dignus, qui aut illa componat, aut uxorem quam uirginem accepit, tam doctam politamque reddiderit.

7. Est ergo mecum per diem totum; eundem antequam scribam, eundem cum scripsi, eundem etiam cum remittor, non tamquam eundem lego. Quod te quoque ut facias et hortor et moneo. 8. Neque enim debet

---

9. CUMPRE O QUE DEVE: *satisfaciet*. Guillemin (I, p. 33) traduz por "plaira", e Radice (I, p. 49) por "will please", "agradará", pensando tratar-se imediatamente do *placere* ou *delectare* ("agradar", "deleitar") retórico, com que o orador procura excitar afetos suaves no árbitro da causa. Creio antes que Plínio elogia Erúcio por cumprir as leis ou quesitos do gênero historiográfico. Se agrada, agrada por isso. **10.** BREVIDADE (*breuitate*), CLAREZA (*luce*), GRAÇA (*suauitate*) são características aticistas; RESPLENDOR (*splendore*), ELEVAÇÃO (*sublimitate*) são características asianistas, típicas de Demóstenes. Sherwin-White (p. 123) afirma que o §4 bem serviria para descrever o estilo intermediário de Tácito; ver VII, 12, 4. **11.** DISCURSOS QUE INSERE: *contionibus*. O termo *contio* significa "reunião de pessoas", "assembleia" e "discursos públicos". Aqui opõe-se a *oratio*; designa os discursos verossímeis que, desde Tucídides, os historiógrafos antigos fazem as personagens proferir, mesmo que não os tivessem presenciado. No texto latino não há a rigor o que corresponda às palavras em itálico na tradução, que incluímos à guisa de clareza, diferenciando os discursos que Saturnino inseriu em suas histórias (*contionibus*) dos discursos que proferiu e escreveu como orador (*orationibus*): assim fez Zehnacker, I, p. 23. Cícero (*O Orador*, 19, 66) afirma: *Huic generi historia finitima est. In qua et narratur ornate et regio saepe aut pugna describitur; interponuntur etiam contiones et hortationes*, "A historiografia é vizinha deste estilo [dos sofistas]; nela a narração é ornada, e há amiúde descrição de lugares e batalhas; inserem-se também discursos e exortações". **12.** CATULO, CALVO: os poetas latinos Caio Valério Catulo (84-54 a.C.) e Caio Licínio Calvo (82-47 a.C.), que também era orador. Do primeiro, que compôs líricas, elegias, iambos, epigramas e épica não-guerreira, nos chegaram 117 poemas, que traduzi em versos e publiquei em 1996 (*O Livro de Catulo*, São Paulo, Edusp, 2ª edição revista e aumentada, a sair proximamente). De Calvo só restaram fragmentos. Associar Catulo e Calvo, que ademais eram amigos, para

LIVRO I

emula. **4.** É, porém, nos textos de historiografia, que ele cumpre mais plenamente o que deve[9], seja pela brevidade, seja pela clareza, seja pela graça, seja pelo resplendor ou até mesmo pela elevação da narração[10], porque *os* discursos *que insere*[11] têm o mesmo poder que seus próprios discursos, só que são mais sucintos, delimitados e contraídos.

5. Ademais, Saturnino faz versos semelhantes aos de Catulo, meu favorito, e Calvo[12]; melhor dizendo, faz versos iguais aos de Catulo e Calvo. Neles, quanta graça, doçura, amargura e paixão! E assim como seus modelos[13], em meio a versos maliciosos e ligeiros insere outros mais duros, e o faz como se fosse Catulo ou Calvo.

6. Recentemente leu-me algumas espístolas: disse que eram da esposa. Parecia-me estar ouvindo Plauto e Terêncio sem o metro. Quer sejam da esposa, como afirma, quer sejam dele, como nega, Saturnino é igualmente digno de louvor, ou porque as compôs ou então porque, tendo recebido uma noiva muito jovem[14], a tornou uma esposa tão instruída quanto versada.

7. Por isso, ele[15] está comigo o tempo todo. Leio-o antes de escrever, e leio-o de novo depois que escrevi e leio-o, a ele mesmo, até quando repouso, mas *ele* não parece o mesmo. Exorto e aconselho[16] que tu também faças o mesmo: **8.** não deve ser danoso à sua obra o fato de estar

designar a poesia breve, concisa (ao modo do poeta grego Calímaco de Cirene, 300-240 a.c.) é tópica desde o tempo de Augusto, conforme se lê em Horácio (*Sátiras*, 1, 10, v. 19), Propércio (*Elegias*, 2, 25, 4; 2, 34; 2, 87-89), Ovídio (*Amores*, 3, 9, 62; *Tristezas*, 2, 1, 427-430), Aulo Gélio (*Noites Áticas*, 19, 9, 7) e Porfirião (*Comentário às Sátiras de Horácio = Commentum in Horati Sermones*, 1, 10, v. 18). Catulo é mencionado em IV, 14, 5 e IV, 27, 4. Calvo, em I 2, 2 (sobre oratória); IV, 27, 4 (sobre poética) e V, 3, 5 (sobre poética). **13.** ASSIM COMO SEUS MODELOS: *data opera*, à letra, "aprendida a lição". A locução *alicui operam dare* pode significar "ouvir o ensinamento de alguém" e dizer respeito à emulação. **14.** NOIVA MUITO JOVEM: *uirginem*. A juventude implica que a jovem ainda não era culta. **15.** ELE: Saturnino Pompeu, mas não em pessoa, senão por meio do livro de epístolas; o pronome *eundem*, "a ele", refere-se ao livro e à pessoa. **16.** EXORTO E ACONSELHO: *et hortor et moneo*. A fórmula *hortor et moneo* carrega o traço de antiguidade na inversão da ordem lógica (primeiro advertir, depois exortar) comum nas justaposições. A ordem é restabelecida quando se desenvolve a fórmula, como em Quintiliano (*Instituições Oratórias*, 6, 1, 50, [...] *cum amice aliquid commonemus et ad concordiam*, "[...] quando amigavelmente advertimos sobre algo e exortamos à concórdia", e também em Cícero (*Discurso em Defesa de Murena*, 40, 86). Para exortação e advertência como deveres de amizade, ver I, 19, 3.

operibus eius obesse quod uiuit. An si inter eos quos numquam uidimus floruisset, non solum libros eius, uerum etiam imagines conquireremus, eiusdem nunc honor praesentis et gratia quasi satietate languescit? **9.** *At hoc prauum malignumque est, non admirari hominem admiratione dignissimum, quia uidere, adloqui, audire, complecti, nec laudare tantum, uerum etiam amare contingit. Vale.*

17. IMAGENS: *imagines*, entendendo-se pelo termo imagem de uma pessoa, real ou imaginária, reproduzida por pintura, desenho, escultura e decalque. Lembra Merril (p. 208), consultado por Zenoni (p. 32), que o apreço de gregos e romanos pode medir-se pela quantidade de estátuas e bustos que chegaram a nossos dias. Era famosa a coleção de 700 retratos que Varrão de Reate (ver I, 22, 1 e V, 3, 5) reuniu de gregos e romanos ilustres, com inscrições e notas biográficas, as *Hebdômadas ou 15 Livros de Imagens* (= *Hebdomades uel De Imaginibus Libri XV*), mencionadas por Aulo Gélio (*Noites Áticas*, 3, 10, 1 e 3, 10, 17) e Plínio, o Velho (*História Natural*, 35, 2, 11), que no passo também atribui a Ático, correspondente de Cícero, o mesmo apreço por imagens. A seção do capítulo 35, referente à pintura, traduzida por Antônio da Silveira Mendonça, está na *Revista de História da Arte e Arqueologia*, 2 (1995-1996; Campinas, IFCH / Unicamp, pp. 317-330. No espaço privado os romanos tinham imagens dos antepassados e dessoutras pessoas que admiravam, e no espaço público, faziam erguer esculturas maiores dos homens de bem. A importância ética dessas imagens foi bem explicada por Salústio (*A Guerra de Jugurta*, 4, 6-7): *Q. Maxumum, P. Scipionem, praeterea ciuitatis nostrae praeclaros uiros solitos ita dicere, quom maiorum imagines intuerentur, uehementissume sibi animum ad uirtutem adcendi. scilicet non ceram illam neque figuram tantam uim in sese habere, sed memoria rerum gestarum eam flammam*

LIVRO I

vivo. Ora, se ele tivesse florescido entre os autores que nunca vimos, nós buscaríamos não apenas seus livros, mas também imagens[17] dele; e então agora, porque está vivo, sua reputação e seu prestígio se enfraquecem como que por uma espécie de saturação? **9.** Mas é depravação e maldade[18] não admirar um homem tão digno de admiração, só porque calhou que pudéssemos vê-lo, falar com ele, ouvi-lo, abraçá-lo e não apenas louvá-lo, mas também amá-lo. Adeus.

egregiis uiris in pectore crescere neque prius sedari, quam uirtus eorum famam atque gloriam adae-quauerit, "Muitas vezes eu ouvi que Quinto Máximo e Públio Cipião e outros preclaros varões de nossa república diziam que, ao ver as imagens de seus maiores, vivamente se lhes acendia o ânimo para a virtude. Certo que nem a cera nem a figura tinham em si tal poder; mas com a memória dos grandes feitos se ateava aquela chama no peito destes egrégios varões, e se não aplacava enquanto a sua virtude lhes não adquirisse igual fama e glória". Tradução de José Vitorino Barreto Feio (1782-1850; "Guerra Jugurtina", *Sallustio em Portuguez*; Paris, Na Livraria Nacional e Estrangeira, 1825, p. 139). Cícero trata da matéria em "Sobre as Imagens" (*De Signis*), capítulo IV da *Segunda Ação contra Verres*, e Plínio o faz ou menciona algum tipo de imagem em I, 17, *passim*; I, 20, 5; II, 1, 12; II, 7 *passim*; III, 3, 6; III, 6, *passim*; III, 7, 8; III, 10, 6; III, 13, 4; IV, 2, 5; IV, 7, 1; IV, 28, *passim*; V, 17, 6; VII, 5, 1;VIII, 6, 13; VIII, 18, 11; IX, 39, 4; X, 8, 4; X, 9, 1; X, 60, 1; X, 74, *passim* e X, 81, §§2 e 7. **18.** MALDADE: *malignum.* Ver Christopher S. van den Berg, "Malignitas as Term of Aesthetic Evaluation", *in* Ineke Sluiter & Ralph M. Rosen (ed.), *Kakos: Badness and Anti-Virtue in Classical Antiquity.* Leiden / Boston, Brill, 2008, pp. 399-431. *Mnemosyne Supplements: Monographs on Greek and Roman Language and Literature,* vol. 307.

EPISTULA XVII

Statua Luci Silani

GAIUS PLINIUS

CORNELIO TITIANO SUO SALUTEM

1. *Est adhuc curae hominibus fides et officium, sunt qui defunctorum quoque amicos agant. Titinius Capito ab imperatore nostro impetrauit, ut sibi liceret statuam L. Silani in foro ponere.* **2.** *Pulchrum et magna laude dignum amicitia principis in hoc uti, quantumque gratia ualeas, aliorum honoribus experiri. Est omnino Capitoni in usu claros uiros colere;* **3.** *mirum est qua religione, quo studio imagines Brutorum, Cassiorum, Catonum domi ubi potest habeat. Idem clarissimi cuiusque uitam egregiis carminibus exornat.*

I, 17. Data: governo de Nerva (96-98 d.C.).

1. CORNÉLIO TICIANO: desconhecido, destinatário também da epístola IX, 32. Pode ser o Cornélio Ticiano de III, 9. **2.** TICÍNIO CAPITÃO: cavaleiro, oficial sob Domiciano, secretário *ab epistulis* e *a patrimonio*, que são seções da chancelaria imperial sob Nerva e Trajano, que o nomeou *praefectus uigilium*, chefe dos 7000 bombeiros de Roma, organizados por Augusto. Versado em letras, compunha na historiografia uma espécie denominada *exitus illustrium uirorum*, "a morte de homens ilustres", que é como uma biografia de homens que, perseguidos por tiranias de regimes imperiais, eram obrigados a suicidar-se (ver VIII, 12, 4; na Introdução, VIII, 6C, ver como esta espécie se tornou subespécie de epístola privada). O historiador da literatura latina Ettore Paratore (*Tacito*; Milano, Varese – Istituto Editoriale Cisalpino, 1951, pp. 233-238), conjecturou que Ticínio Capitão, e não Tácito, é o autor do *Diálogo dos Oradores*. A conjectura foi rejeitada por R. Hanslik (*Lustrum*, 16, 1971-1972, p. 153). Ticínio Capitão é destinatário de V, 8, e é mencionado em VIII, 12, 1. **3.** NOSSO IMPERADOR: *ab imperatore nostro*: Nerva; ver I, 1. **4.** LÚCIO

EPÍSTOLA 17

Uma estátua para Lúcio Silano

CAIO PLÍNIO
A SEU QUERIDO CORNÉLIO TICIANO[1], SAUDAÇÕES

1. Existem ainda hoje pessoas que se preocupam em ter lealdade e devoção, há quem mostre zelo pela amizade até dos que já morreram. Ticínio Capitão[2] obteve de nosso Imperador[3] permissão para erguer uma estátua de Lúcio Silano[4] no Fórum. **2.** É belo e digno de grande louvor servir-se da amizade do Príncipe para tal gesto e testar quanto tens de favor quando prestas honraria a outros. É costume particularmente próprio de Capitão cultuar homens preclaros: **3.** é incrível a devoção, o empenho com que possui imagens[5] dos Brutos[6], dos Cássios[7],

---

LÚCIO SILANO: provavelmente o Lúcio Júnio Silano Torquato mais jovem, que, tal como o Silano mais velho, foi executado por Nero em 65 d.C. Envolveu-se assim como seu mestre, o jurista Lúcio Cássio Longino, nos fatos que se seguiram à conspiração de Pisão. Cometeu suicídio para poupar seu carrasco; ver Tácito, *Anais*, 15, 52 e 16, 7-9. É mencionado apenas aqui; ver IV, 1, 1, FABATO. **5.** IMAGENS: *imagines*. Sherwin-White (p. 126) crê tratar-se de pinturas parietais, e não máscaras mortuárias. Para importância das imagens, ver I, 16, 8 e remissões. **6.** BRUTOS: junto com Cássios, Catões representam homens públicos romanos, aqui considerados de virtude exemplar. Lúcio Júnio Bruto (século VI a.C.) depôs a monarquia etrusca e instaurou a república, tendo sido o primeiro cônsul. Seu suposto descendente Décimo Júnio Bruto Albino (85/81-43 a.C.), defendendo a república, apoiou o assassínio de Júlio César, perpetrado entre outros por outro descendente, Marco Júnio Bruto (85-42 a.C.), que é mencionado em V, 3, 5. **7.** CÁSSIOS: Caio Cássio Longino (c. 85-42 a.C.) era senador, cunhado de Marco Júnio Bruto e líder da conspiração para assassinar Júlio César. Cássio é mencionado em VII, 24, 8.

4. *Scias ipsum plurimis uirtutibus abundare, qui alienas sic amat. Reddi-tus est Silano debitus honor, cuius immortalitati Capito prospexit pariter et suae. Neque enim magis decorum et insigne est statuam in foro populi Romani habere quam ponere. Vale.*

8.CATÕES: há dois Catões com o mesmo nome "Marco Pórcio Catão": o mais velho é Catão, o Censor (ou Catão, o Velho; Catão Prisco; Catão Sapiente, 234-149 a.C.). Foi homem público (tribuno em 214, questor em 204, pretor em 198, cônsul em 195 e enfim censor em 184 a.C.) e também chefe militar (esteve na Hispânia em 195 e em Rodes em 167 a.C.), além de orador emi-nente. Por considerar fundamental o papel do censor na preservação das tradições romanas e da moral pública contra a influência grega, afamou-se como "Censor". A partir de 153 a.C., obceca-do pela ameaça cartaginesa, terminava seus discursos com o famoso *delenda Carthago*, "Cartago deve ser destruída". Escreveu as *Origens* (*Origines*), tratado sobre as lendas acerca da fundação de Roma e outras cidades italianas – provavelmente influenciado pelas *Origens* (*Áitia*) do poeta grego Calímaco de Cirene – e *Sobre a Agricultura* (*De Re Rustica*). Compôs trabalhos sobre retó-rica, medicina, leis, guerras, e deixou mais de 150 discursos. Seu anti-helenismo de fachada era o modo de simular a figura de um soldado camponês, pois Catão mal escondia a erudição e o conhecimento das letras gregas. Cícero (*Discussões Tusculanas* 4, 3, 15) considera-o *grauissimus orator* e Cornélio Nepos (*Vidas*, 3, "Catão", 1, 2), *probabilis*, "louvável". Em III, 12, 2, lemos que era achegado à bebida; ver I, 17, 3. O outro Catão era seu descendente, Catão de Útica (também chamado Catão, o Jovem, e ainda Catão, o Moço, 95-46 a.C.), orador, praticante da filosofia estoica, pretor, defensor do regime republicano e por isso tenaz adversário político de César. Na epístola III, 12, 2, as notas remetem a fontes segundo as quais os dois Catões eram contumazes bebedores. São mencionados em I, 20, 4; III, 12, §§2 e 3; III, 21, 5 e IV, 7, 5. **9.** EM CASA...ONDE PODE FAZÊ-LO: *domi ubi potest*: sob Augusto e Tibério era vetado exibir imagens dos assassinos de César, como Bruto e Cássio, e mais tarde possuí-las era entendido como oposição, mesmo que os donos fossem descendentes deles e as exibissem como imagens de antepassados. Suetônio re-lata o seguinte sobre Nero (*Vida dos Césares*, 6, "Nero", 37, 1-8): *Nullus posthac adhibitus dilectus aut modus interimendi quoscumque libuisset quacumque de causa [...]. Cassio Longino iuris con-*

136

dos Catões[8] em casa, que é o lugar onde pode fazê-lo[9]. De modo semelhante adorna com poemas[10] notáveis a vida de cada um desses precla-
ríssimos varões. 4. Podemos saber que ele mesmo é dotado de inúmeras
virtudes, já que ama a tal ponto as alheias. Prestou-se a Silano a devida
honraria, de cuja imortalidade Capitão foi provedor, assim como da
própria. Possuir estátua no Fórum do Povo Romano não é mais decoroso e insigne do que erguê-la. Adeus.

sulto ac luminibus orbato, quod in uetere gentilis stemmate C. Cassi percussoris Caesaris imagines
retinuisset, "A partir de então matou a torto e a direito todos quantos quis e sob qualquer pretexto
[…]. O mesmo aconteceu a Cássio Longino jurisconsulto, cego, por ter conservado numa velha
árvore genealógica da sua família o retrato de Caio Cássio, assasino de César". Tradução de João
Gaspar Simões, que intitula *Os Doze Césares*, 1973, p. 237. A imagem privada tinha repercussão
pública. Compare-se com descrição de Tácito, *Anais*, 3, 76: *Et Iunia sexagesimo quarto post Phi-*
lippensem aciem anno supremum diem expleuit, Catone auunculo genita, C. Cassii uxor, M. Bruti
soror. Testamentum eius multo apud uulgum rumore fuit, quia in magnis opibus cum ferme cunc-
tos proceres cum honore nominauisset Caesarem omisit. Quod ciuiliter acceptum neque prohibuit
quo minus laudatione pro rostris ceterisque sollemnibus funus cohonestaretur. Viginti clarissima-
rum familiarum imagines antelatae sunt, Manlii, Quinctii aliaque eiusdem nobilitatis nomina. sed
praefulgebant Cassius atque Brutus eo ipso quod effigies eorum non uisebantur, "Nesta mesma
época, sessenta e quatro anos depois da batalha de Filipos, faleceu também Júnia, sobrinha de
Catão, viúva de Caio Cássio, irmã de Marco Bruto. O testamento deu que falar, porque, sendo
muito rica e deixando herança a quase todos os grandes de Roma, esqueceu-se de César, mas ele
não levou a mal; antes consentiu que o elogio fúnebre se fizesse na tribuna pública, assim como
todas as demais cerimônias solenes que se costumavam praticar em casos semelhantes. Adiante
do seu funeral foram as imagens de vinte preclaríssimas famílias, como os Mânlios, os Quíntios
e outros nomes de igual nobreza. Porém Bruto e Cássio foram os que mais brilharam em todo
o cortejo *justamente porque não se viam suas imagens*". Para importância das imagens, ver I, 16,
8 e remissões. **10. POEMAS:** *carminibus.* Henri Bardon, *La Littérature Latine Inconnue* II, p. 221
(*apud* Sherwin-White, p. 126) crê que *carmina* sejam panegíricos elegíacos sotopostos às imagens; ver V, 8, em que Capitão encoraja Plínio a escrever historiografia.

EPISTULA XVIII

Ad Suetonium de somnio eius

GAIUS PLINIUS

SUETONIO TRANQUILLO SUO SALUTEM

1. Scribis te perterritum somnio uereri ne quid aduersi in actione pa-
tiaris; rogas ut dilationem petam et pauculos dies, certe proximum, ex-
cusem. Difficile est, sed experiar, καὶ γάρ τ᾽ ὄναρ ἐκ Διός ἐστιν.
2. Refert tamen, euentura soleas an contraria somniare. Mihi repu-
tanti somnium meum istud quod times tu egregiam actionem portendere
uidetur. 3. Susceperam causam Iuni Pastoris, cum mihi quiescenti uisa est
socrus mea aduoluta genibus ne agerem obsecrare; et eram acturus adu-
lescentulus adhuc, eram in quadruplici iudicio, eram contra potentissi-
mos ciuitatis atque etiam Caesaris amicos, quae singula excutere mentem
mihi post tam triste somnium poterant. 4. Egi tamen λογισάμενος illud

---

I, **18**. Data: fim de 97, antes de 98 d.C.

1. SUETÔNIO TRANQUILO: o historiógrafo (*historicus* em latim) Caio Suetônio Tranquilo (c.
70/75-depois de 122 d.C.), de origem equestre, cujo local de nascimento é ignorado. Suetônio é
destinatário das epístolas III, 8; V, 10 e IX, 34, e é mencionado em I, 24; X, 94 e X, 95. Do gênero
historiografia, que os gregos chamavam *historía* (ἱστορία) e os latinos *historia*, praticava principalmente a espécie "vida" (*uita*), que os gregos chamam *bíos* (βίος), e hoje chamamos "biografia":
Vida dos Césares (*De Vita Caesarum*) e *De Viris Illustribus* (*Sobre Homens Ilustres*), a que pertencem *De Illustribus Grammaticis* (*Sobre Gramáticos Ilustres*), *De Claris Rhetoribus* (*Sobre Rétores
Ilustres*); *De Poetis* (*Sobre os Poetas*); *De Historicis* (*Sobre os Historiógrafos*). Atribui-se-lhe uma
Vida de Plínio, o Velho (*Vita Plini*), tio do nosso jovem Plínio. Há fragmentos de uma *Ludicra
Historia* (*História dos Jogos*) e de um *Liber de Lusibus Puerorum* (*Livro sobre as Brincadeiras das*

EPÍSTOLA 18

A Suetônio sobre um sonho que ele teve

CAIO PLÍNIO

A SEU QUERIDO SUETÔNIO TRANQUILO[1], SAUDAÇÕES

1. Escreves que, aterrorizado por um sonho, temes sofrer algum revés em teu processo. Pedes-me que eu obtenha adiamento e justifique tua ausência por uns poucos dias, ou pelo menos por um dia. É difícil, mas vou tentar, pois "os sonhos vêm de Zeus[2]".

2. Importa saber, porém, se costumas ter sonhos favoráveis ou contrários. Refletindo sobre um sonho que tive, creio que isto que temes prenuncia um feito notável. 3. Eu tinha assumido a causa de Júnio Pastor[3], quando minha sogra, prostrada de joelhos, parecia implorar para que eu, enquanto repousava, não assumisse a ação. Até então eu era um jovenzinho prestes a mover uma ação, trabalhava no tribunal quádruplo, estava contra os cidadãos mais poderosos e até os amigos do Imperador[4], situações estas que podiam, cada uma delas, me fazer perder a cabeça após um sonho tão ruim. 4. Movi, porém, a ação, "ponderando que salvar a pátria é o melhor presságio[5]", pois a minha lealdade era

---

Crianças). 2. *Ilíada*, 1, v. 63. Para uso do grego, ver I, 2, 1. 3. JÚNIO PASTOR: pode tratar-se do amigo de Marcial, mencionado nos *Epigramas*, 9, 22. 4. IMPERADOR: *Caesaris*. Já que Plínio, por causa da *damnatio memoriae*, nunca nomeia os títulos do imperador Domiciano, deve aqui tratar-se de Tito (Tito Flávio César Vespasiano Augusto, 39-81 d.C.), imperador entre 79 e 81 d.C. É o 11º dos 12 Césares biografados pelo próprio Suetônio na *Vida dos Césares*. Tito é mencionado em IV, 9, 2 e X, 65, 3. 5. *Ilíada*, 12, v. 243.

εἷς οἰωνὸς ἄριστος ἀμύνεσθαι περὶ πάτρης. Nam mihi patria et si quid carius patria fides uidebatur. Prospere cessit atque adeo illa actio mihi aures hominum, illa ianuam famae patefecit.

5. Proinde dispice an tu quoque sub hoc exemplo somnium istud in bonum uertas; aut, si tutius putas illud cautissimi cuiusque praeceptum "Quod dubites, ne feceris", id ipsum rescribe. 6. Ego aliquam stropham inueniam agamque causam tuam ut istam agere tu cum uoles possis. Est enim sane alia ratio tua, alia mea fuit. Nam iudicium centumuirale differri nullo modo, istuc aegre quidem sed tamen potest. Vale.

LIVRO I

para mim a pátria, ou mais o que houver mais caro que pátria. Saí-me bem e aquela ação me tornou conhecido e abriu-me as portas da fama.

5. Por isso, por este exemplo vê se[6] transformas este sonho em algo bom; ou, se consideras mais seguro aquele conselho de extrema cautela "Se estás em dúvida, não ajas", volta a escrever-me. 6. De minha parte acharei um expediente e assumirei a tua causa até que possas defendê-la quando quiseres. De fato, tua situação é uma, a minha foi outra, já que não é possível de modo algum adiar o julgamento centunviral, mas este, ainda que com alguma dificuldade, é sim possível. Adeus.

---

6. VÊ SE: *dispice an*. Trata-se de fórmula tópica que Plínio utiliza para dar alguma sugestão; ver II, 10, 5; VII, 33, 5; X, 17B; X, 33, 3; X, 49, 2; X, 54, 2 e X, 77, 2. Sherwin-White (p. 620) sem razão, considera-a fórmula para pedir conselho.

EPISTULA XIX

Munus equitis efficiendi

GAIUS PLINIUS

ROMATIO FIRMO SUO SALUTEM

1. *Municeps tu meus et condiscipulus et ab ineunte aetate contubernalis, pater tuus et matri et auunculo meo, mihi etiam quantum aetatis diuersitas passa est, familiaris: magnae et graues causae, cur suscipere augere dignitatem tuam debeam.* **2.** *Esse autem tibi centum milium censum, satis indicat quod apud nos decurio es. Igitur, ut te non decurione solum, uerum etiam equite Romano perfruamur, offero tibi ad implendas equestres facultates trecenta milia nummum.* **3.** *Te memorem huius muneris amicitiae nostrae diuturnitas spondet; ego ne illud quidem admoneo, quod admonere deberem, nisi scirem sponte facturum, ut dignitate a me data quam modestissime ut a me data utare. Nam sollicitius custodiendus est honor, in quo etiam beneficium amici tuendum est. Vale.*

I, **19.** Data: 96-97 d.C.

1. Romácio Firmo: mencionado como *iudex selectus*, "juiz escolhido", em IV, 29, onde se explica a designação. **2.** colega de estudos: *condiscipulus*. Frequentaram as aulas do mesmo *grammaticus* na cidade de Como. **3.** condição: *dignitas*; é aqui a posição social, mas no §3 é traduzido por "dignidade"; ver II, 4, 3. **4.** renda: *censum. Census* é antes o registro dos cidadãos segundo o patrimônio. **5.** soma exigida: *facultates*; ver x, 4, 5. Para Marcial (*Epigramas*, 5, 25), Juvenal (*Sátiras*, 1, v. 106; 2, v. 117 e 5, v. 132) 400.000 sestércios (*quadringenta*) é quantia adequada. **6.** a duração de nossa amizade obriga: *amicitiae nostrae diuturnitas spondet*. É parte dos deveres da amizade, tal como entendida pelos romanos, lembrar o amigo das obrigações que tem de cumprir. Cícero no tratado *Da Amizade* (24, 88) afirma: *Una illa sublevanda offensio est,*

EPÍSTOLA 19

Doação por um cavaleiro

CAIO PLÍNIO
A SEU QUERIDO ROMÁCIO FIRMO[1], SAUDAÇÕES

1. Tu és meu conterrâneo, colega de estudos[2] e desde a juventude meu companheiro; teu pai era amigo de minha mãe, de meu tio materno e, quanto permitia a diferença de idade, amigo meu também: são grandes e graves os motivos por que devo tratar de que tua condição[3] melhore. **2.** Que tua renda[4] é de cem mil sestércios é evidente por seres decurião de Roma. Por isso, para que nos sirvamos de ti não só como decurião, mas também como Cavaleiro Romano, ofereço-te trezentos mil para que atinjas a soma exigida[5] pela cavalaria. **3.** A ti a duração de nossa amizade obriga[6] que te lembres desta dádiva; quanto a mim, se eu não soubesse que o farás espontaneamente, não advirto nem mesmo o que deveria advertir, que te sirvas da dignidade que te dei muitíssimo modestamente, tal como te dei, pois é mister cuidar com mais zelo daquela honraria na qual também o favor prestado por um amigo merece atenção. Adeus.

---

ut et utilitas in amicitia et fides retineatur: nam et monendi amici saepe sunt et obiurgandi, et haec accipienda amice, cum benivole fiunt, "Mas há uma única ofensa que se deve relevar: é quando na amizade se trata de preservar o benefício e a confiança, pois amigos devem com frequência não apenas ser advertidos mas também censurados, e ambas as ações devem ser aceitas amigavelmente quando realizadas com benevolência". Sêneca, o Filósofo (*Sobre os Benefícios*, 5, 23, 2), diz: *Admonebo ergo, non amare, non palam, sine convicio, sic, ut se redisse in memoriam, non reduci putet,* "Vou adverti-lo não com azedume, não em público, nem com reprimenda, mas de tal modo, que, em vez de pensar que foi lembrado, pensará que ele mesmo lembrou".

EPISTULA XX

Tacito de breuitate orationum

GAIUS PLINIUS
CORNELIO TACITO SUO SALUTEM

1. *Frequens mihi disputatio est cum quodam docto homine et perito, cui nihil aeque in causis agendis ut breuitas placet,* **2.** *quam ego custodiendam esse confiteor, si causa permittat: alioqui praeuaricatio est transire dicenda, praeuaricatio etiam cursim et breuiter attingere quae sint inculcanda, infigenda, repetenda.* **3.** *Nam plerisque longiore tractatu uis quaedam et pondus accedit, utque corpori ferrum, sic oratio animo non ictu magis quam mora imprimitur.*

4. *Hic ille mecum auctoritatibus agit ac mihi ex Graecis orationes Lysiae ostentat, ex nostris Gracchorum Catonisque, quorum sane plu-*

I, 20. Data: incerta, mas talvez uma das primeiras, logo após a morte de Domiciano em 96 d.C. **1.** Cornélio Tácito: o historiógrafo Públio Cornélio Tácito; ver I, 6. **2.** a maior parte da matéria: *plerisque*, que entendi como neutro plural, literalmente "a maior parte das coisas"; ver Luigi Zenoni, *Epistole Scelte*, p. 37. **3.** Lísias: (c. 450-380 a.C.), orador ateniense e logógrafo (escritor de discursos para outros oradores), citado aqui como autoridade acerca de discursos breves. Dele Quintiliano faz comentário nas *Instituições Oratórias*, 10, 1, 78. **4.** Gracos: Tibério Graco (169 ou 163-133 a.C., tribuno da plebe em 133 a.C.) e Caio Graco (153-121 a.C., tribuno da plebe em 123 e 122 a.C.) defendiam leis agrárias e a concessão de cidadania a povos não--romanos da Itália. Foram assassinados, Tibério por Cipião Nasica, e Caio por Lúcio Opima. De Caio Graco Aulo Gélio faz comentário nas *Noites Áticas*, 11, 10. **5.** Catão: Márcio Pórcio Catão (234-149 a.C.), Catão o Velho ou Catão, o Censor; ver I, 17, III. **6.** Demóstenes: orador ateniense (384-322 a.C.), considerado o maior orador grego; ver I, 2, 2. **7.** Ésquines (c. 390-314 a.C.), orador ateniense, rival e inimigo de Demóstenes, porque propunha que os atenienses deveriam resignar-se e aliar-se aos macedônios. A inimizade foi razão de várias causas e outros tantos dis-

EPÍSTOLA 20

A Tácito sobre brevidade nos discursos

CAIO PLÍNIO

A SEU QUERIDO CORNÉLIO TÁCITO[1], SAUDAÇÕES

1. Para mim é frequente discutir com certo homem sábio e experimentado, a quem nada nas causas a defender agrada tanto como a brevidade, 2. que, confesso, se deve guardar, se a causa permitir: de outro modo, é prevaricação saltar o que se deve dizer, é prevaricação também às pressas e brevemente tocar o que se deve inculcar, penetrar, repetir, 3. pois, um tratamento mais longo confere força e peso à maior parte da matérias[2], e, tal como o ferro no corpo, assim também o discurso se imprime no espírito mais pela perduração do que pelo golpe.

4. Nesse ponto, meu adversário refere-me autoridades, e mostra-me, dos gregos, os discursos de Lísias[3], e dos latinos, os discursos dos Gracos[4] e de Catão[5], cuja maior parte é concisa e breve; por meu turno a Lísias oponho Demóstenes[6], Ésquines[7], Hiperides[8] e muitos outros, e

cursos, como *Contra Timarco* (Timarco, partidário de Demóstenes, acusara Ésquines de receber suborno) e *Contra Ctesifonte* (Ctesifonte havia proposto que Demóstenes, inconstitucionalmente, segundo Ésquines, fosse coroado por serviços prestados a Atenas). A ação *Contra Ctesifonte* e a resposta de Démostenes, *Sobre a Trierarquia da Coroa*, integram a célebre Questão da Coroa. Démostenes saiu vencedor e Ésquines, derrotado, exilou-se em Rodes, onde ensinou retórica até morrer aos 75 anos. Ésquines é mencionado em II, 3, 10; IV, 5, 1; IX, 26, §§9 e 11. **8. HIPERIDES:** (390-322 a.C.), político, orador e logógrafo ateniense, foi acusador de Demóstenes, com quem se reconciliou depois. Antimacedônico ferrenho, foi executado quando Antípatro derrotou os gregos em Crânon. Restaram-nos fragmentos papiráceos de seis discursos seus.

rimae sunt circumcisae et breues; ego Lysiae, Demosthenen, Aeschinen,
Hyperiden multosque praeterea, Gracchis et Catoni Pollionem, Caesarem,
Caelium, in primis M. Tullium oppono, cuius oratio optima fertur esse quae
maxima. Et hercule ut aliae bonae res ita bonus liber melior est quisque quo
maior. **5.** *Vides ut statuas, signa, picturas, hominum denique multorumque*
animalium formas, arborum etiam, si modo sint decorae, nihil magis quam
amplitudo commendet. Idem orationibus euenit; quin etiam uoluminibus
ipsis auctoritatem quandam et pulchritudinem adicit magnitudo.

6. *Haec ille multaque alia, quae a me in eandem sententiam solent dici,*
ut est in disputando incomprehensibilis et lubricus, ita eludit ut contendat
hos ipsos, quorum orationibus nitar, pauciora dixisse quam ediderint. **7.**
Ego contra puto. Testes sunt multae multorum orationes et Ciceronis Pro
Murena, Pro Vareno, in quibus breuis et nuda quasi subscriptio quorun-

---

9. Polião: Caio Asínio Polião, (76-5 a.C.) cônsul em 40 a. C. Homem público, chefe militar, era partidário de César. Homem de letras, fundou a primeira biblioteca pública em Roma e deu início ao costume das recitações públicas. Foi contemporâneo da geração de César, Catulo e Cícero, e da geração de Horácio e Virgílio (ver III, 7, 8). Foi renomado orador aticista, declamador e autor de comentários sobre gramática. Foi ainda tragediógrafo, historiógrafo, segundo Horácio (*Odes*, 2, 1), e também poeta. De seus trabalhos restaram pouquíssimos fragmentos. Virgílio lhe dedicou a quarta *Bucólica*. Asínio Polião é mencionado em V, 3, 5 e VI, 29, 5. **10.** César: Caio Júlio César (100-44 a.C.), cônsul em 59, 48, entre 46 e 44, ditador entre 49 e 44. César percebeu a necessidade de integrar a plebe, excluída do regime censitário que era a república, e terminar com o endividamento privado. Na qualidade de homem de letras, praticou historiogafia, mais precisamente *commentarii*: *Comentários da Guerra Gálica* e os *Comentários da Guerra Civil*, elogiados por Cícero no *Bruto* (54, 261-262); ver III, 5, 17. César também foi orador (cuja eloquência foi tambem elogiada por Cícero no mesmo passo do *Bruto*), poeta, gramático, epistológrafo – atividades de que nos restam escassos fragmentos – e até astrônomo: sua reforma do calendário durou até o século XVI. Júlio César é mencionado em III, 12, 2; V, 3, 5 e VIII, 6, 13. **11.** Célio: Marco Célio Rufo (82-48 a.C.), de família rica, era amigo de Cícero, que o defendeu no *Discurso em Defesa de Célio*, em 56. Entre 51 e 50, manteve Cícero informado do que ocorria na cidade por meio de afamadas epístolas. Partidário de César, Célio abandonou-o quando não aprovou uma legislação reformadora e então iniciou, com apoio de Milão, uma revolta no sul da Itália, logo reprimida pelo próprio César: ali Célio e Milão foram mortos. Cícero no *Bruto* (59, 273) elogia seu discurso (*oratio splendida et grandis*) e Tácito discute César, Célio e Polião no *Diálogo dos Oradores*, 21. **12.** Cícero: *M. Tullium*. É Marco Túlio Cícero (106-43 a.C.), o maior orador romano; ver I, 2, 4. **13.** Estátuas, imagens dos deuses: respectivamente *statuas*, *signa*; ver Guillemin (I, p. 39), Zenoni (pp. 38-39), Merrill (p. 214) e OLD, 12a. Para leitura e interpretação de imagens como texto visual, ver Paulo Martins, *Imagem e Poder: Considerações sobre a*

LIVRO I

aos Gracos e Catão oponho Polião[9], César[10], Célio[11] e, antes de todos, Cícero[12], de quem se considera que o melhor discurso é o maior. E, por deus!, tal como em todas as coisas boas, assim também qualquer livro bom é tanto melhor quanto maior for. **5.** Estátuas, imagens de deuses[13], pinturas, figuras de homens[14], de muitos animais e até de árvores, nada as valoriza tanto como a grandeza, desde que sejam belas. Assim também ocorre com os discursos: até mesmo aos próprios livros a grandeza acrescenta certa autoridade e beleza.

6. Destes argumentos e muitos outros que costumo usar para a mesma finalidade, meu adversário, escorregadiço e impossível de agarrar na disputa[15], se esquiva e, contra-atacando, insiste que os próprios autores em cujos discursos me apoio foram mais breves quando discursaram do que quando publicaram. **7.** Eu penso que foi o contrário[16]. São

---

Representação de Otávio Augusto (São Paulo, Edusp, 2011). Para importância das imagens, ver I, 16, 8 e remissões. **14.** PINTURAS, FIGURAS: respectivamente *picturas, formas.* **15.** ESCORREGADI-ÇO E IMPOSSÍVEL DE AGARRAR NA DISPUTA: *in disputando incomprehensibilis et lubricus.* Plínio utiliza adjetivos que se aplicam a atletas que, suados e escorregadios, se agarram com dificuldade; o verbo *eludere*, "eludir", "desviar o golpe" aplica-se aos gladiadores. **16.** O próprio Cícero deixa implícito no *Bruto* (24, 91-92) que publicou seus discursos tais quais foram pronuciados: *Nec enim est eadem inquam, Brute, causa non scribendi et non tam bene scribendi quam dixerint. Nam uidemus alios oratores inertia nihil scripsisse, ne domesticus etiam labor accederet ad forensem – pleraeque enim scribuntur orationes habitae iam, non ut habeantur –; alios non laborare ut meliores fiant – nulla enim res tantum ad dicendum proficit quantum scriptio: memoriam autem in posterum ingeni sui non desiderant, cum se putant satis magnam adeptos esse dicendi gloriam eamque etiam maiorem uisum iri, si in existimantium arbitrium sua scripta non uenerint; 92. alios, quod melius putent dicere se posse quam scribere, quod peringeniosis hominibus neque satis doctis plerumque contingit,* "Não é a mesma, Bruto, a razão de não escrever e a de não escrever tão bem quanto se falou, pois vemos que uns oradores por inércia nada escreveram, evitando que ao esforço do fórum se somasse também o de casa, já que a maioria dos discursos são escritos depois de pronunciados, não para que venham a ser pronunciados. Outros vemos que não se esforçam por tornar-se melhores, pois nada aproveita tanto à eloquência quanto escrever: não desejam eles deixar à posteridade a memória de seu engenho por crer que já adquiriram glória grande o bastante, que parecerá ainda maior se seus escritos não se submeterem ao juízo dos críticos. 92. Outros, porque crêem que sabem falar melhor do que escrever, o que costuma afetar homens muito engenhosos, mas não suficientemente instruídos". Cícero toca o problema nas *Discussões Tusculanas*, 4, 55, e Salústio n' *A Conjuração de Catilina* (31, 6, 1), informando que o orador, depois de proferir uma de suas *Catilinárias*, veio a publicá-la, nada diz quanto a tê-la alterado.

147

dam criminum solis titulis indicatur. Ex his apparet illum permulta dixisse, cum ederet omisisse. 8. Idem Pro Cluentio ait se totam causam uetere instituto solum perorasse, et Pro C. Cornelio quadriduo egisse, ne dubitare possimus, quae per plures dies, ut necesse erat, latius dixerit, postea recisa ac repurgata in unum librum grandem quidem unum tamen coartasse.

9. At aliud est actio bona, aliud oratio. Scio nonnullis ita uideri, sed ego (forsitan fallar) persuasum habeo posse fieri ut sit actio bona quae non sit bona oratio, non posse non bonam actionem esse quae sit bona oratio. Est enim oratio actionis exemplar et quasi ἀρχέτυπον. 10. Ideo in optima quaque mille figuras extemporales inuenimus, in iis etiam quas tantum editas scimus, ut In Verrem: "Artificem quem? Quemnam? Recte admones: Polyclitum esse dicebant". Sequitur ergo ut actio sit absolutissima, quae maxime orationis similitudinem expresserit, si modo iustum et debitum tempus accipiat; quod si negetur, nulla oratoris, maxima iudicis culpa est.

---

17. CÍCERO: *Ciceronis*. É Marco Túlio Cícero (106-43 a.C.), ver I, 2, 4. **18.** DISCURSO EM DEFESA DE VARENO: *Pro Vareno*; é discurso perdido, também mencionado por Quintiliano (*Instituições Oratórias*, 7, 1, 12). **19.** ELE SEGUNDO O COSTUME ANTIGO PROFERIU SOZINHO A CAUSA INTEIRA: *se totam causam uetere instituto solum perorasse*. Plínio retoma as palavras do próprio Cícero no mesmo *Discurso em Defesa de Cluêncio*, 199, [*sc. ego*] *qui totam hanc causam uetere instituto solus peroraui*. Esse era "o costume antigo" e no *Bruto*, 57, 207, Cícero faz crítica contrária ao novo costume de dividir a causa entre vários defensores: *Ita ab his sex patronis causae inlustres agebantur; neque tam multa quam nostra aetate iudicia fiebant, neque hoc quod nunc fit, ut causae singulae defenderentur a pluribus, quo nihil est uitiosius*, "Assim causas notáveis eram assumidas por estes seis defensores e não havia tantos julgamentos quantos atualmente, nem se fazia o que se faz agora, causas individuais serem defendidas por mais pessoas ainda, coisa de que nada há de mais vicioso". **20.** MAS UMA COISA... OUTRA ...ESCRITO: esta fala entre aspas é exemplo da figura retórica da *antecipação* ou *prolepse* (*anticipatio, prolepsis*), que consiste em refutar ou destruir antecipadamente as objeções do adversário. Normalmente a antecipação é introduzida por um verbo *dicendi* ou expressão semelhante do tipo "alguém poderia dizer", "talvez digas", que aqui, no parágrafo 20 e no 23 não ocorrem. **21.** DISCURSO FALADO: *actio*; DISCURSO ESCRITO: *oratio*. A *actio* (ou *pronuntiatio*) é das cinco partes do discurso aquela que concerne ao desempenho, à atuação (ou ainda *performance*) do orador em público, e guarda, conforme se vê pela cognação, semelhança com o ofício do *ator*, tal como ocorre em grego com o termo *hypókrisis* (ὑπόκρισις), de que deriva "hipócrita", pessoa fingida; ver V, 20, 3. **22.** ARQUÉTIPO: ἀρχέτυπον (*arkhétypon*). Plínio, mediante a antecipação, pretende refutar a total dissociação entre discurso falado e discurso escrito. Há entre eles certa relação: o texto escrito é modelo (*archétypon, exemplar*) da pronunciação. Quintiliano (*Instituições Oratórias*, 12, 10, 51), reconhece também

LIVRO I

testemunhas vários discursos de vários oradores, e de Cícero[17] o *Discurso em Defesa de Murena* e o *Discurso em Defesa de Vareno*[18], em que sob os meros títulos se indica, subscrito, breve e conciso rol de algumas acusações: disso fica claro que ele disse muita coisa que omitiu quando publicou. **8.** Ele mesmo afirma no *Discurso em Favor de Cluêncio* que, segundo o costume antigo, proferiu sozinho a causa inteira[19], e no *Discurso em Favor de Caio Cornélio* afirma que falou por quatro dias, e não há dúvida de que tudo que falou mais amplamente por muitos dias, como era necessário, depois de cortar e corrigir, articulou num único livro – grande, é verdade – porém único.

9. "Mas uma coisa[20] é um bom discurso falado, outra um bom discurso escrito[21]". Sei que alguns assim pensam, mas eu estou convencido (talvez me engane) de que pode ocorrer que um bom discurso falado não seja bom escrito, mas não pode ocorrer que não seja um bom discurso falado um discurso que, escrito, é bom, pois o discurso escrito é modelo do falado e por assim dizer seu arquétipo[22]. **10.** Por isso, em qualquer discurso escrito que seja excelente encontramos mil figuras improvisadas, mesmo naqueles que sabemos ter sido apenas escritos, como nas *Verrinas*: "E quem era o escultor, quem era mesmo? Ah, sim, tens razão: diziam que era Policlito"[23]. Segue-se, portanto, que seja perfeito o discurso falado que expresse a máxima semelhança com o discurso escrito, desde que possua o tempo justo e devido[24], o que, se for negado, nenhuma culpa é do orador, mas inteira é a do juiz.

---

a relação entre discurso falado e discurso escrito, mas afirma: *Mihi unum atque idem uidetur bene dicere ac bene scribere, neque aliud esse oratio scripta quam* monumentum *actionis habitae*, "Creio que discursar bem e escrever bem são a mesma coisa e que o discurso escrito não é senão o *registro* do discurso proferido". Em Plínio, o termo *arkhétypon*, "arquétipo", assim como *exemplar*, "modelo", aplicado ao texto escrito, diz respeito a uma dimensão ideal do discurso, superior à instância da pronunciação, ao passo que em Quintiliano *monumentum*, "registro", a nosso ver flagra o texto escrito como mera transcrição do que foi pronuciado. **23.** As últimas *Verrinas* não foram pronunciadas. A passagem aqui citada está na *Segunda Ação contra Verres*, 2, 4, 5: Cícero, num texto escrito, finge, como se estivesse a falar, ter-se esquecido do nome do escultor Policlito, que teria sido então soprado por alguém durante o julgamento. **24.** O TEMPO JUSTO E DEVIDO: *iustum et debitum tempus accipiat*. O tempo concedido a cada parte era marcado pela clepsidra.

11. Adsunt huic opinioni meae leges, quae longissima tempora largiuntur nec breuitatem dicentibus sed copiam, hoc est diligentiam, suadent; quam praestare nisi in angustissimis causis non potest breuitas. Adiciam quod me docuit usus, magister egregius. 12. Frequenter egi, frequenter iudicaui, frequenter in consilio fui: aliud alios mouet, ac plerumque paruae res maximas trahunt. Varia sunt hominum iudicia, uariae uoluntates. Inde qui eandem causam simul audierunt, saepe diuersum, interdum idem sed ex diuersis animi motibus sentiunt. 13. Praeterea suae quisque inuentioni fauet, et quasi fortissimum amplectitur, cum ab alio dictum est quod ipse praeuidit. Omnibus ergo dandum est aliquid quod teneant, quod agnoscant.

14. Dixit aliquando mihi Regulus, cum simul adessemus: "Tu omnia quae sunt in causa putas exsequenda; ego iugulum statim uideo, hunc premo". Premit sane quod elegit, sed in eligendo frequenter errat. 15. Respondi posse fieri, ut genu esset aut talus, ubi ille iugulum putaret. "At ego", inquam, "qui iugulum perspicere non possum, omnia pertempto, omnia experior, πάντα denique λίθον κινῶ". 16. Utque in cultura agri non uineas tantum, uerum etiam arbusta, nec arbusta tantum uerum etiam campos curo et exerceo, utque in ipsis campis non far aut siliginem solam, sed hordeum, fabam ceteraque legumina sero, sic in actione plura quasi semina latius spargo, ut quae prouenerint colligam. 17. Neque enim minus imperspicua, incerta, fallacia sunt iudicum ingenia quam tempestatum terrarumque. Nec me praeterit summum oratorem Periclen sic a comico Eupolide laudari:

---

25. Guillemin (I, p. 41) lembra que o conceito é tratado por Quintiliano (*Instituições Oratórias*, 3, 7, 2; 4, 5, 14 e 8, 3, 71). Na última ele afirma: *Omnis eloquentia circa opera uitae est, ad se refert quisque quae audit, et id facillime accipiunt animi quod agnoscunt*, "Toda eloquência diz respeito às atividades da vida: cada um relaciona a si próprio o que ouve, e a mente aceita com a maior facilidade aquilo que reconhece". 26. RÉGULO: Marco Aquílio Régulo (século I d.C.); delator, que segundo o próprio Plínio (I, 2, 1) enriqueceu e se notabilizou processando políticos no tempo de Nero (37-68 d.C, imperador entre 54-68) e no de Domiciano (imperador entre 81-96 d.C.). Embora inimigo de Plínio, que o detrata também nas epístolas I, 5; IV, 2 e IV, 7, a passagem mostra que advogaram pela mesma parte; ver I, 5, 2 e remissões. 27. REMOVO CÉU E TERRA: o original, πάντα λίθον κινῶ "removo toda pedra", é provérbio grego que ocorre primeiro em Eurípides, *Heráclidas*, v. 1002, πάντα κινῆσαι πέτρον. Para uso do grego, ver I, 2, 1. 28. PÉRICLES: governante e orador ateniense (c. 495-429 a.C.), que, responsável pela construção de templos como o

11. Sustentam esta minha opinião leis que, esbanjando tempos longuíssimos, não aconselham brevidade a quem discursa, mas opulência, isto é, precisão, que a brevidade não pode garantir, a não ser em causas pequeníssimas. Acrescentarei o que me ensinou a experiência, egrégio mestre. **12.** Muitas vezes discursei, muitas vezes julguei, muitas vezes tomei parte na assembleia: difere o que move uns e o que move outros, e muito amiúde pequenos fatos acarretam as maiores consequências. Diversas são as opiniões dos homens, diversas as vontades. Por isso, os que assistiram juntos ao mesmo pleito com frequência têm opinião diversa, às vezes têm a mesma, mas motivados por afetos diversos. **13.** Ademais, cada qual favorece a própria descoberta e, sempre que outra pessoa diz o que ele próprio previra, acolhe isso como o argumento mais forte. Portanto, deve-se dar a todos algo que possam abraçar, algo que possam reconhecer[25].

14. Certa vez, quando advogávamos pela mesma parte, Régulo[26] me disse: "tu crês que se deve tratar de tudo que está em causa; eu logo vejo o pescoço do adversário e o aperto". Ele ataca, sim, aquilo que considera como tal e nessa consideração amiúde erra. **15.** Respondi que pode ocorrer que seja joelho ou calcanhar o que ele pensa ser pescoço. "Mas eu", repliquei, "que não posso identificar o pescoço, tento tudo, experimento tudo, e enfim 'removo céu e terra'"[27]. **16.** Assim como na lavoura não só as vinhas, mas também árvores, e não só árvores, mas também campos eu crio e cultivo, e assim como nos próprios campos não apenas trigo ou candial, mas cevada, fava e outros legumes planto, assim também no discurso falado espalho largamente mais sementes, por assim dizer, para colher as que brotarem, **17.** pois a disposição dos juízes não é menos obscura, incerta, enganosa do que a das condições do tempo e dos terrenos. E não me escapa que Péricles[28], sumo orador, é assim louvado pelo comediógrafo Êupolis[29]:

Pártenon, pela democracia, esplendor e império de Atenas entre as décadas de 440 e 430 a.C, deu seu nome ao século V ateniense. **29.** ÊUPOLIS: comediógrafo ateniense do século V a.C., amigo, depois rival de Aristófanes. O trecho pertence à comédia *Os Povos* (Δῆμοι = *Dêmoi*), representada em 412 a.C. (fragmento 94, Koch, *Comicorum Atticorum Fragmenta*, I, p. 281). Esse comediógrafo é citado por Horácio (*Sátiras*, 1, 4, vv. 1-2): *Eupolis atque Cratinus Aristophanesque poetae*

πρὸς δέ γ᾽ αὐτοῦ τῷ τάχει
πειθώ τις ἐπεκάθητο τοῖσι χείλεσιν.
οὕτως ἐκήλει, καὶ μόνος τῶν ῥητόρων
τὸ κέντρον ἐγκατέλειπε τοῖς ἀκροωμένοις.

18. *Verum huic ipsi Pericli nec illa* πειθώ *nec illud* ἐκήλει *breuitate uel uelocitate uel utraque (differunt enim) sine facultate summa contigisset. Nam delectare, persuadere copiam dicendi spatiumque desiderat, relinquere uero aculeum in audientium animis is demum potest qui non pungit sed infigit.* **19.** *Adde quae de eodem Pericle comicus alter:*

ἤστραπτ᾽, ἐβρόντα, συνεκύκα τὴν Ἑλλάδα.

Non enim amputata oratio et abscisa, sed lata et magnifica et excelsa tonat fulgurat, omnia denique perturbat ac miscet. **20.** *"Optimus tamen modus est". Quis negat? Sed non minus non seruat modum qui infra rem quam qui supra, qui adstrictius quam qui effusius dicit.* **21.** *Itaque audis frequenter ut illud: "immodice et redundanter", ita hoc: "ieiune et infirme". Alius excessisse materiam, alius dicitur non implesse. Aeque uterque, sed ille imbecillitate hic uiribus peccat; quod certe, etsi non limatioris, maioris tamen ingeni uitium est.* **22.** *Nec uero cum haec dico illum Homericum* ἀμετροεπῆ *probo, sed hunc:*

/ *atque alii, quorum comoedia prisca uirorum est*, "Os poetas Êupolis, Aristófanes e Cratino, e outros homens de quem provém a comédia antiga". **30.** Aristófanes, *Os Acarnenses*, v. 531. **31.** AMPLO: *lata*; ver IV, 20, 2. **32.** O MELHOR, PORÉM, É O COMEDIMENTO: *optimus tamen modus est*. É figura da antecipação sem verbo declarativo; ver §§10 e 23. **33.** DESMEDIDO E REDUNDANTE: *immodice et redundanter*, advérbios no original. *Redundanter* é neologismo de Plínio. Os termos designam negativamente o gênero elevado de elocução. Outros termos são *graue, grande, uehemens, amplum, grandiloquum, ualidum*. **34.** MAGRO E SEM VIGOR: *ieiune et infirme*, advérbios no original, literalmente "jejuno", "em jejum", e "sem firmeza", que designam negativamente a elocução simples. O emprego de *ieiunus* tem origem estoica, conforme se vê pelo uso de Cícero no *Bruto* (30, 114). Outros termos são *tenue, humile, summissum, subtile, gracile*. **35.** PALAVRA SEM MEDIDA: ἀμετροεπή (*ametroepé*), adjetivo formado de -α privativo, "sem", + μέτρος (*métros*), "medida", + ἔπος (*épos*) "palavra", que significa algo como "desmesuradamente palavroso"; ocorre na *Ilíada*, 2, v. 212, Θερσίτης δ᾽ ἔτι μοῦνος ἀμετροεπής ἐκολῴα, "Só Térsites, sem medida, continuava a falar". **36.** AQUELE QUE DIZ: *hunc*, literalmente "aquele"; é Ulisses quem fala (*Ilíada*, 3, v. 222). Notar que, nesta citação e na seguinte, Plínio mantém a diferenciação entre a fala do poeta,

além da rapidez,
certa persuasão repousava sobre seus lábios.
Assim encantava e era o único entre os oradores
que deixava o aguilhão no espírito dos ouvintes.

18. Porém, este mesmo Péricles, quer pela brevidade, quer pela rapidez, quer com ambas (pois são diferentes), não teria conseguido nem aquela "persuasão", nem aquele "encantamento" sem uma enorme capacidade de discursar, pois deleitar, persuadir necessitam de abundância e dilatação, e deixar o aguilhão no espírito dos ouvintes só consegue quem crava, não quem apenas pica. **19.** Soma a isso o que do mesmo Péricles afirma outro comediógrafo:

Fulminava, atroava, agitava a Hélade[30].

Não é, pois, o discurso tronco e mutilado, mas o amplo[31], grandioso e elevado que atroa, fulgura e tudo agita e mistura. **20.** "O melhor, porém, é o comedimento"[32]. Quem pode negar? Mas não deixa de observar menos o comedimento quem fala aquém da matéria do aquele que vai além, quem fala de modo muito conciso do que aquele que o faz de modo muito efusivo. **21.** Assim, amiúde ouves tanto aquele "desmedido e redundante[33]", como este "magro" e "sem vigor[34]". De um se diz que excedeu a matéria, de outro que não a completou. Ambos erram, mas um por fraqueza, outro por veemência, o que decerto é vício de um engenho maior, ainda que não mais limado. **22.** Mas quando o digo, não estou a aprovar aquela "palavra sem medida[35]" de Homero, mas sim aquele que diz[36]:

que é Homero, e a fala das personagens, conferindo certa autonomia a elas e, segundo o próprio caráter, a seus respectivos discursos (ver nota seguinte), o que explica o emprego discriminante do adjetivo *Homericum* e dos pronomes *hunc* e *ille*. O sujeito da fala é o critério pelo qual Platão na *República* (3, 394 b-d) estabelece três gêneros de poesia e de prosa: a mimética (ou imitativa), a narrativa e a mista: ὅτι τῆς ποιήσεώς τε καὶ μυθολογίας ἡ μὲν διὰ μιμήσεως ὅλη ἐστίν, ὥσπερ σὺ λέγεις, τραγῳδία τε καὶ κωμῳδία, ἡ δὲ δι᾿ ἀπαγγελίας αὐτοῦ τοῦ ποιητοῦ – εὕροις δ᾿ ἂν αὐτὴν μάλιστά που ἐν διθυράμβοις – ἡ δ᾿ αὖ δι᾿ ἀμφοτέρων ἔν τε τῇ τῶν ἐπῶν ποιήσει, πολλαχοῦ δὲ καὶ ἄλλοθι, "Da poesia e da prosa há uma toda por imitação, como dizes que é a tragédia e a comé-

καὶ ἔπεα νιφάδεσσιν ἐοικότα χειμερίῃσιν,

non quia non et ille mihi ualdissime *placeat:*

παῦρα μέν, ἀλλὰ μάλα λιγέως·

Si tamen detur electio, illam orationem similem niuibus hibernis, id est crebram et adsiduam sed et largam, postremo diuinam et caelestem uolo.

23. *"At est gratior multis actio breuis." Est, sed inertibus quorum delicias desidiamque quasi iudicium respicere ridiculum est. Nam, si hos in consilio habeas, non solum satius breuiter dicere, sed omnino non dicere.*

24. *Haec est adhuc sententia mea, quam mutabo si dissenseris tu; sed plane cur dissentias explices rogo. Quamuis enim cedere auctoritati tuae debeam, rectius tamen arbitror in tanta re ratione quam auctoritate superari.* **25.** *Proinde, si non errare uideor, id ipsum quam uoles breui epistula, sed tamen scribe (confirmabis enim iudicium meum); si errare, longissimam para. Num corrupi te, qui tibi, si mihi accederes, breuis epistulae necessitatem, si dissentires, longissimae imposui? Vale.*

---

dia, uma por meio de narração do próprio poeta – tu a encontras sobretudo nos ditirambos – e uma por meio de ambas, na poesia épica e em muitos outros lugares". **37.** A imagem homérica da neve a cair sem cessar indicando torrencialidade em Plínio é virtude, mas em Sêneca, o Filósofo (*Cartas a Lucílio*, 40, 2), é vício: *Itaque oratio illa apud Homerum concitata et sine intermissione in morem niuis superueniens oratori data est, lenis et melle dulcior seni profluit,* "Assim, em Homero aquele discurso incitado e sem interrupção, que desaba como a neve é dado ao orador, mas, no ancião [isto é no sábio, no filósofo], o discurso flui suave e mais doce que o mel". Quintiliano (*Instituições Oratórias*, 12, 10, 64) também refere-se aos símiles homéricos dos discursos de Ulisses e de Menelau (ver nota seguinte). **38.** OUTRO: *ille*; Menelau (*Ilíada*, 3, vv. 213-215). No contexto, indica-se que Menelau é mais jovem: ἤτοι μὲν Μενέλαος ἐπιτροχάδην ἀγόρευε, / παῦρα μὲν ἀλλὰ μάλα λιγέως, ἐπεὶ οὐ πολύμυθος / οὐδ᾿ ἀφαμαρτοεπής· ἦ καὶ γένει ὕστερος ἦεν, "Menelau falava fluentemente: pouco, mas com muita clareza, por não ser de muitas palavras

e suas palavras eram semelhantes a flocos de neve invernais[37]

não porque também este outro[38] não me agrade muitíssimo:

[falava] pouco mas muito claramente.

Contudo, se me derem escolha, aquele discurso semelhante à neve invernal, isto é, cerrado e contínuo, mas também amplo e, enfim, divino e celeste, é o que prefiro.

23. "Mas muitos gostam mais da fala breve."[39] São, porém, preguiçosos, cuja volúpia e inércia é ridículo considerar como juízo, pois, se acolheres seu conselho, não apenas será melhor discursar com brevidade, mas não fazer discurso algum.

24. Esta é até agora minha opinião[40], que mudarei se discordares. Mas peço que expliques claramente por que discordas, pois, embora deva ceder à tua autoridade, em matéria tão importante considero mais correto ser vencido com argumentos do que pela autoridade. **25.** Por isso, se achares que não estou errado, escreve só e exatamente isso numa epístola, a mais breve que quiseres[41], mas escreve-me, pois confirmarás minha opinião; se creres que estou errado, prepara uma epístola longuíssima[42]. Acaso te corrompi[43] por ter-te imposto a obrigação de uma epístola breve se concordares comigo, e uma longuíssima, se discordares? Adeus.

---

nem evasivo; era também mais jovem". **39.** MAS MUITOS...BREVE: *at est gratior multis actio breuis*. É outra ocorrência da antecipação sem verbo declarativo; ver §§10 e 20. **40.** Plínio deixa clara sua preferência pelo gênero elevado de elocução; ver VII, 12 e IX, 26. Sherwin-White (p. 135) afirma: "No fundo, ele é asianista". **41.** EPÍSTOLA, A MAIS BREVE QUE QUISERES: *quam uoles breui epistula*, conforme o costume de Tácito. **42.** PREPARA UMA EPÍSTOLA LONGUÍSSIMA: *longissimam para*, contra o costume de Tácito. **43.** ACASO TE CORROMPI?: *num corrupi te*. O advérbio *num* pressupõe resposta negativa: na sua própria opinião Plínio *não* corrompeu Tácito, isto é, não o levou a agir contra seu caráter e costume. Mas examinando bem, Plínio, parecendo gentil, enreda o interlocutor, pois, para que Tácito escreva pouco, como julga correto e é seu costume, deverá concordar com a opinião de Plínio. Se discordar dessa opinião, deverá escrever muito, agindo conforme a opinião de Plínio e contra a sua própria.

EPISTULA XXI

Seruorum emptio

GAIUS PLINIUS
PLINIO PATERNO SUO SALUTEM

1. *Ut animi tui iudicio sic oculorum plurimum tribuo, non quia multum (ne tibi placeas), sed quia tantum quantum ego sapis; quamquam hoc quoque multum est.* **2.** *Omissis iocis credo decentes esse seruos qui sunt empti mihi ex consilio tuo. Superest ut frugi sint, quod de uenalibus melius auribus quam oculis iudicatur. Vale.*

I, 21. Data: incerta.

1. Plínio Paterno: um amigo de Como, provavelmente o Plínio Décimo Paterno, destinatário das epístolas IV, 14; VIII, 16 e IX, 27. 2. escravos que comprei: *seruos qui sunt empti mihi*. Em três epístolas notáveis (III, 14; VII, 32 e VIII, 16), Plínio externa opinião sobre escravos, quando

EPÍSTOLA 21

Compra de escravos

CAIO PLÍNIO
A SEU QUERIDO PLÍNIO PATERNO[1], SAUDAÇÕES

1. Tenho na mais alta conta a avaliação que fazes com teu discernimento e com teu olho, não porque saibas muito (não te envaideças) mas porque sabes tanto quanto eu, embora também isto seja muito. 2. Brincadeiras à parte, acho bons os escravos que comprei[2] a teu conselho. Falta verificar como se saem, pois quando os compramos, é melhor avaliar por aquilo que a respeito deles ouvimos do que por aquilo que sobre eles lemos[3]. Adeus.

já não os compra, mas os liberta. 3. MELHOR PELO QUE OUVIMOS DO QUE PELO QUE LEMOS: *melius auribus quam oculis*. No mercado os escravos portavam uma tabuleta indicando suas qualidades, que o comprador lia, mas os vendedores deviam dizer também os defeitos, que o comprador ouvia.

EPISTULA XXII

Laus Titi Aristonis

GAIUS PLINIUS

CATILIO SEVERO SUO SALUTEM

1. Diu iam in urbe haereo et quidem attonitus. Perturbat me longa et pertinax ualetudo Titi Aristonis, quem singulariter et miror et diligo. Nihil est enim illo grauius, sanctius, doctius, ut mihi non unus homo sed litterae ipsae omnesque bonae artes in uno homine summum periculum adire uideantur. 2. Quam peritus ille et priuati iuris et publici! Quantum rerum, quantum exemplorum, quantum antiquitatis tenet! Nihil est quod discere uelis quod ille docere non possit; mihi certe quotiens aliquid abditum quaero, ille thesaurus est. 3. Iam quanta sermonibus eius fides, quanta auctoritas, quam pressa et decora cunctatio! Quid est quod non statim sciat? Et tamen plerumque haesita, dubitat, diuersitate rationum,

---

I, 22. Data: junho-setembro de 97 d.C.

1. Catílio Severo: Lúcio Catílio Severo, comandante de legião, prefeito do erário militar, prefeito do erário de Saturno (ver I, 1). Após a Guerra da Pártia (113-117 d.C.), conduzida por Trajano, foi governador dos territórios da Armênia e da Síria anexados entre 116 d.C. e seu segundo consulado em 120 d.C. Foi *praefectus urbi* entre 137 e 138 d.C. É destinatário da epístola III, 12. O *praefectus urbanus* ou *praefectus urbi* era o prefeito de Roma e mais tarde também de Constantinopla. O cargo começou sob os reis romanos e continuou durante a república e o império, e sempre teve grande importância em toda a Antiguidade. 2. Tício Aristão: conselheiro jurídico de Trajano, mencionado amiúde no *Digesto* como autoridade em Direito. É mencionado em V, 3 e VIII, 14. 3. as letras: *litterae*, isto é, a poesia, e os gêneros da prosa, como filosofia, historiografia, oratória, epistolografia, retórica. 4. boas artes: *bonae artes*. São as artes liberais (*artes*

EPÍSTOLA 22

Elogio de Tício Aristão

CAIO PLÍNIO
A SEU QUERIDO CATÍLIO SEVERO[1], SAUDAÇÕES

1. Há tempos já, estou preso em Roma e, em verdade, aflito. Angustia-me a doença longa, crônica, de Tício Aristão[2], a quem estimo e admiro de modo especial, pois ninguém é mais sério, puro e douto do que ele, de sorte que penso que não é apenas um só homem que corre o maior perigo, mas num único homem as próprias letras[3] e todas as boas artes[4]. 2. Que domínio do direito privado e do direito público! Quantos casos, quantos exemplos, quanto do passado ele conhece! Não há nada que queiras aprender que ele não possa ensinar; para mim, de fato, toda vez que me vejo às voltas com algum assunto árduo, ele se revela um tesouro. 3. Sim, quanta credibilidade há em sua conversa, quanta autoridade, que pausas circunspectas e elegantes! O que há que não saiba na ponta da língua? E, no entanto, amiúde hesita, tem dúvidas em meio a

---

liberales ou *ingenuae*), próprias dos homens livres (*liberi* e *ingenui*). Marco Terêncio Varrão, o Varrão de Reate (ver v, 3, 5), num livro hoje perdido (*Libri Novem Disciplinarum* = *Livro das Nove Disciplinas*) enumerou nove artes: 1) gramática; 2) dialética; 3) retórica; 4) geometria; 5) aritmética; 6) astrologia (entendida também como astronomia); 7) música; 8) medicina e 9) arquitetura; ver Cícero (*Sobre o Orador*, 3, 32, 127). *Ex quibus [ueteres doctores] Elius Hippias, cum Olympiam uenisset maxima illa quinquennali celebrate ludorum, gloriatus est cuncta paene audiente Graecia nihil esse ulla in arte rerum omnium quod ipse nesciret; nec solum has artes, quibus liberales doctrinae atque ingenuae continerentur, geometriam, musicam, litterarum cognitionem*

quas acri magnoque iudicio ab origine causisque primis repetit, discernit, expendit.

4. Ad hoc quam parcus in uictu, quam modicus in cultu! Soleo ipsum cubiculum illius ipsumque lectum ut imaginem quandam priscae frugalitatis aspicere. 5. Ornat haec magnitudo animi, quae nihil ad ostentationem, omnia ad conscientiam refert recteque facti non ex populi sermone mercedem, sed ex facto petit. 6. In summa non facile quemquam ex istis qui sapientiae studium habitu corporis praeferunt, huic uiro comparabis. Non quidem gymnasia sectatur aut porticus, nec disputationibus longis aliorum otium suumque delectat, sed in toga negotiisque uersatur, multos aduocatione, plures consilio iuuat. 7. Nemini tamen istorum castitate, pietate, iustitia, fortitudine etiam primo loco cesserit.

Mirareris, si interesses, qua patientia hanc ipsam ualetudinem toleret, ut dolori resistat, ut sitim differat, ut incredibilem febrium ardorem immotus opertusque transmittat. 8. Nuper me paucosque mecum, quos maxime diligit, aduocauit rogauitque, ut medicos consuleremus de summa ualetudinis, ut, si esset insuperabilis, sponte exiret e uita; si tantum difficilis et longa, resisteret maneretque: 9. dandum enim precibus uxoris, dandum filiae lacrimis, dandum etiam nobis amicis, ne spes nostras, si modo non essent inanes, uoluntaria morte desereret. 10. Id ego arduum in primis et praecipua laude dignum puto. Nam impetu quodam et instinctu procurrere ad mortem commune cum multis, deliberare uero et causas eius expendere, utque suaserit ratio, uitae mortisque consilium uel suscipere uel ponere ingentis est animi.

---

et poetarum atque illa, quae de naturis rerum, quae de hominum moribus, quae de rebus publicis dicerentur se tenere, sed anulum, quem haberet, pallium, quo amictus, soccos, quibus indutus esset, se sua manu confecisse,"Dentre os antigos sábios, Hípias de Élis, tendo ido a Olímpia para grande e famosa celebração quinquenal dos jogos, jactou-se perante um público que era quase a Grécia inteira que não havia, em nenhuma arte, matéria que não soubesse, e que não dominava apenas artes que contêm as doutrinas nobres e liberais, como geometria, música, aprendizado das letras e dos poetas, ou aquelas que tratam da natureza, do caráter dos homens, dos assuntos públicos,

LIVRO I

razões contrárias que rebusca, distingue e pondera com reflexão aguda e profunda desde a origem e desde as causas primeiras[5].

4. Ademais, como é frugal na mesa, que vida modesta! Costumo considerar que o próprio quarto e o próprio leito de Tício Aristão são a imagem de nossa antiga simplicidade. 5. Orna-os a grandeza de espírito, que nada tem a ver com ostentação, mas só com sabedoria: o reconhecimento do que fez de correto ele não busca no que o povo diz mas no que faz. 6. Em suma, não te será fácil comparar a este homem qualquer um desses que exibem no adorno do corpo a preocupação com filosofia. Em verdade, não vive indo aos ginásios ou aos pórticos, nem deleita o ócio alheio nem o próprio em longas discussões, mas de toga vive em meio aos afazeres, a muitos ajudando como advogado, e a muitos mais como conselheiro. 7. Contudo, nenhum daqueles, mesmo os de primeira linha, poderia superá-lo em retidão, lealdade, justiça, coragem.

Ficarias admirado, se aqui estivesses, da paciência com que suporta a própria doença, resistindo à dor, aguentando a sede, superando a incrível ardência das febres, imóvel, sob as cobertas. 8. Recentemente apelou a mim e a uns poucos a quem muito estima para que consultássemos os médicos sobre a gravidade da doença e, se fosse incurável, ele de livre vontade poria fim à própria vida; se fosse apenas dolorosa, ainda que longa, resistiria e permaneceria vivo, 9. pois devia conceder às súplicas da esposa, às lágrimas da filha e até mesmo a nós, os amigos, e não frustrar nossas esperanças morrendo voluntariamente, desde que não se revelassem vazias. 10. Um gesto assim eu considero difícil e antes de tudo digno de especial louvor. Ora, precipitar-se à morte por impulso instintivo é atitude comum, de muitos, mas deliberar e ponderar sobre as causas da morte e, conforme o que a razão persuada, assumir ou abandonar a decisão de viver ou morrer é próprio de uma alma grandiosa.

---

mas disse que fez com as próprias mãos o anel que usava, o manto que vestia, os tamancos que calçava". 5. HESITA, TEM DÚVIDAS, DISTINGUE E PONDERA DESDE AS CAUSAS PRIMEIRAS: *haesita, dubitat, causisque primis repetit, discernit, expendit*. É notável exemplo de enargia; ver VI, 6, 44.

11. *Et medici quidem secunda nobis pollicentur: superest ut promissis deus adnuat tandemque me hac sollicitudine exsoluat; qua liberatus Laurentinum meum, hoc est libellos et pugillares, studiosumque otium repetam. Nunc enim nihil legere, nihil scribere aut adsidenti uacat aut anxio libet.*

12. *Habes quid timeam, quid optem, quid etiam in posterum destinem: tu quid egeris, quid agas, quid uelis agere inuicem nobis, sed laetioribus epistulis scribe. Erit confusioni meae non mediocre solacium, si tu nihil quereris. Vale.*

11. E os médicos prometeram-nos que haveria melhora: agora só falta que deus anua às promessas e me liberte desta apreensão. Tão logo me veja livre dela, voltarei à minha vila em Laurento, isto é, tornarei a meus livros, a minhas tabuinhas, a meu ócio produtivo, pois por ora, não tem disposição de ler ou escrever coisa alguma quem assiste um enfermo, nem tem vontade disso quem vive angustiado.

12. Já sabes o que temo, o que desejo e até mesmo o que planejo para o futuro: tu conta também o que fizeste, o que estás fazendo, o que queres fazer, escrevendo, porém, uma epístola mais alegre. Para minha atribulação será um consolo nada pequeno se não te queixares de nada. Adeus.

EPISTULA XXIII

De causis agendis in tribunatu

GAIUS PLINIUS
POMPEIO FALCONI SUO SALUTEM

1. *Consulis an existimem te in tribunatu causas agere debere. Plurimum refert quid esse tribunatum putes, inanem umbram et sine honore nomen an potestatem sacrosanctam et quam in ordinem cogi ut a nullo ita ne a se quidem deceat.* **2.** *Ipse cum tribunus essem, errauerim fortasse qui me esse aliquid putaui, sed tamquam essem abstinui causis agendis, primum quod deforme arbitrabar, cui assurgere, cui loco cedere omnes oporteret, hunc omnibus sedentibus stare, et qui iubere posset tacere quemcumque, huic silentium clepsydra indici, et quem interfari nefas esset, hunc etiam conuicia audire et, si inulta pateretur, inertem, si ulcisceretur, insolentem uideri.* **3.** *Erat hic quoque aestus ante oculos: si forte me appellasset uel ille cui adessem uel ille quem contra, intercederem et*

1, 23. Data: últimos meses de 96 d.C. ou começo de 97 d.C., quando Plínio assumiu o tribunato da plebe.

1. POMPEU FALCÃO: Quinto Pompeu Falcão. Era casado com a filha de Sósio Senecião (ver I, 13), que era sobrinha de Sexto Júlio Frontino (ver IV, 8, 3). As inscrições lhe dão 13 nomes (Quinto Róscio Célio Murena Sílio Deciano Víbulo Pio Júlio Êuricles Herclano Pompeu Falcão) o que indica importante descendência. Foi tribuno da plebe em 97 d.C., senador, comandante da 10ª Legião do Estreito (x *Legio Fretensis*) na Primeira Guerra da Dácia (101-102 d.C.), conduzida por Trajano. Quinto Pompeu governou a Lícia-Panfília e a Judeia; foi cônsul sufecto em 108 d.C. e ainda governador da Mésia Inferior, da Britânia e da "Ásia". Em 141 d.C. ainda vivia. É destina-

164

EPÍSTOLA 23

Sobre assumir causas
durante o tribunato

CAIO PLÍNIO

A SEU QUERIDO POMPEU FALCÃO[1], SAUDAÇÕES

1. Consultas-me se deves assumir causas durante tua gestão como tribuno. Importa muitíssimo saber o que pensas ser o tribunato[2], se é uma sombra vã e um título sem honraria ou um poder sacrossanto, tal, que não merece que ninguém o avilte, nem mesmo quem o exerce. **2.** Eu mesmo, quando era tibuno, talvez tenha errado por crer que eu tinha algum nome, mas, embora pensasse ter, abstive-me de assumir causas, primeiro porque julgava vergonhoso que aquele perante quem todos deviam erguer-se, a quem todos deviam ceder lugar era quem ficava em pé enquanto todos estavam sentados; à pessoa que poderia mandar calar quem quer que fosse era quem a clepsidra obrigava ao silêncio, e aquele que era sacrilégio interromper era o mesmo que chegava a ouvir vozerio de reprovação e que parecia frouxo, se não reagisse aos insultos, e insolente, se insultasse. **3.** E também porque havia diante de mim o seguinte constrangimento: se acaso me convocasse alguém que

tário das epístolas IV, 27 e IX, 15. A 10ª Legião do Estreito foi uma famosa legião criada por Otaviano, que recrutava soldados no estreito de Messina, na Sicília, e durou até os anos 410 d.C. **2.** O QUE PENSAS SER O TRIBUNATO: *quid esse tribunatum putes.* Sherwin-White (p. 139) lembra que durante o período júlio-claudiano os tribunos exerciam certos poderes civis e criminais que eram da alçada das cortes pretorianas, o que causava conflito.

165

auxilium ferrem an quiescerem sileremque, et quasi eiurato magistratu priuatum ipse me facerem. 4. His rationibus motus malui me tribunum omnibus exhibere quam paucis aduocatum. 5. Sed tu (iterum dicam) plurimum interest quid esse tribunatum putes, quam personam tibi imponas; quae sapienti uiro ita aptanda est ut perferatur. Vale.

LIVRO I

eu defendera ou alguém que acusara, deveria eu, em cada caso, interceder e prestar auxílio ou sossegar e manter-me calado, fazendo de mim mesmo um cidadão privado como se tivesse renunciado por juramento à magistratura? 4. Levado por essas razões, quis antes mostrar-me um tribuno de todos do que um advogado de poucos. 5. Porém tu – direi outra vez – o que mais importa é saberes o que pensas do tribunato, que papel assumirás, que deve estar de tal modo adequado ao homem sábio, que ele o desempenhe até o fim. Adeus.

EPISTULA XXIV

Agellus emendus Suetonio

GAIUS PLINIUS

BAEBIO HISPANO SUO SALUTEM

1. Tranquillus, contubernalis meus, uult emere agellum quem uenditare amicus tuus dicitur. 2. Rogo cures quanti aequum est emat; ita enim delectabit emisse. Nam mala emptio semper ingrata, eo maxime quod exprobrare stultitiam domino uidetur. 3. In hoc autem agello, si modo arriserit pretium, Tranquilli mei stomachum multa sollicitant, uicinitas urbis, opportunitas uiae, mediocritas uillae, modus ruris, qui auocet magis quam distringat. 4. Scholasticis porro dominis, ut hic est, sufficit abunde tantum soli, ut releuare caput, reficere oculos, reptare per limitem unamque semitam terere omnesque uiteculas suas nosse et numerare arbusculas possint. Haec tibi exposui quo magis scires, quantum esset ille mihi ego tibi debiturus, si praediolum istud, quod commendatur his dotibus, tam salubriter emerit ut paenitentiae locum non relinquat. Vale.

I, 24. Data: incerta.

1. Bébio Hispano: desconhecido. Talvez seja o Hispano, destinatário da epístola VI, 25. 2. Suetônio Tranquilo: apenas *Tranquillus* no latim. Trata-se do historiógrafo Caio Suetônio Tran-

EPÍSTOLA 24

Um terreno para Suetônio comprar

CAIO PLÍNIO
A SEU QUERIDO BÉBIO HISPANO[1], SAUDAÇÕES

1. Suetônio Tranquilo[2], meu camarada, quer comprar um terreninho que dizem um amigo teu quer vender. 2. Peço que cuides que ele compre pelo preço justo, que assim ficará feliz pelo negócio. Uma compra ruim é sempre algo ingrato, principalmente porque parece acusar de burrice o comprador. 3. Nesse terreninho, se o preço lhe for bom, muitas são as vantagens que excitam o gosto de meu amigo Suetônio: a proximidade de Roma, a condição da estrada, o tamanho moderado da casa, a pequena extensão do terreno, que mais diverte do que onera. 4. Para proprietários letrados[3], como é este, é mais do que suficiente um pouco de terra onde possam esfriar a cabeça, descansar os olhos, perambular pelo terreno, percorrer a mesma trilha, conhecer todas as suas pequenas vinhas e contar as árvores. Contei-te isto porque saibas melhor quanto me deverá ele e quanto eu deverei a ti, se ele adquirir esta quinta, recomendada pelos próprios atributos e tão salutar, que não dá lugar para arrependimento. Adeus.

quilo; ver I, 18. **3.** PROPRIETÁRIOS LETRADOS: *scholasticis dominis*. Sobre o encanto das letras no campo, ver I, 9 e II, 8.

169

LIVRO II

EPISTULA I

Exequiae Vergini Rufi

GAIUS PLINIUS

ROMANO SUO SALUTEM

1. *Post aliquot annos insigne atque etiam memorabile populi Romani oculis spectaculum exhibuit publicum funus Vergini Rufi, maximi et clarissimi ciuis, perinde felicis.* **2.** *Triginta annis gloriae suae superuixit; legit scripta de se carmina, legit historias et posteritati suae interfuit. Perfunctus est tertio consulatu, ut summum fastigium priuati hominis impleret, cum principis noluisset.* **3.** *Caesares quibus suspectus atque etiam inuisus uirtutibus fuerat euasit, reliquit incolumem, optimum atque amicissimum, tamquam ad hunc ipsum honorem publici funeris reseruatus.* **4.** *Annum tertium et octogensimum excessit in altissima tranquillitate, pari ueneratione. Usus est a firma ualetudine, nisi quod solebant ei manus tremere, citra dolorem tamen. Aditus tantum mortis durior longiorque, sed hic ipse laudabilis.* **5.** *Nam cum uocem praepararet acturus in consulatu*

II, 1. Data: 97 d.C.

1. ROMANO: Caio Licínio Vocônio Romano; ver I, 5. 2. VERGÍNIO RUFO: nasceu em torno do ano 14 d.C., chegou ao consulado em 49 d.C., foi governador da Germânia Superior e na condição de legado reprimiu a revolta contra Nero promovida por Júlio Víndice, governador da Gália Lugdunense. Recusou o trono imperial que seus soldados lhe ofereceram após a morte de Nero e uniu-se a Galba, depois a Otão, que o nomeou cônsul pela segunda vez. Após o suicídio de Otão, os soldados lhe ofereceram de novo o trono e de novo Vergínio Rufo recusou. Sob Nerva foi cônsul pela terceira vez, que é honra raríssima (ver I, 13). Vergínio Rufo é mencionado em

172

EPÍSTOLA 1

Exéquias de Vergínio Rufo

CAIO PLÍNIO

A SEU QUERIDO ROMANO[1], SAUDAÇÕES

1. Há alguns anos não era dado aos olhos do povo romano um espetáculo tão magnífico e memorável como os funerais públicos de Vergínio Rufo[2], cidadão dos maiores e mais preclaros, igualmente feliz. **2.** Viveu ainda 30 anos depois de obter a glória, chegou a ler poemas escritos a seu respeito, sobre sua própria história e tomou parte na própria posteridade. Concluiu o terceiro consulado, de sorte que atingiu o mais alto posto[3] de um cidadão privado, tendo recusado o de Príncipe. **3.** Conseguiu escapar dos Césares[4], de quem sofria suspeita e até inveja por causa das qualidades que tinha; deixou incólume no trono[5] a melhor pessoa, amicíssima sua, como se tivesse reservado para depois a própria honraria dos funerais públicos. **4.** Faleceu aos 83 anos desfrutando a mais profunda tranquilidade e similar veneração. Gozava de sólida saúde, exceto pelas mãos, que costumavam tremer, sem causar dor, porém. Apenas o avizinhar-se da morte foi um tanto penoso e longo, mas mesmo aqui ele foi digno de louvor, **5.** Pois, preparando-se para tomar a palavra quando estava prestes a fazer o discurso de agra-

---

v, 5, 3, 3; vi, 10, §§1, 4 e 6 em ix, 19, §§1, 4 e 5. **3.** O MAIS ALTO POSTO: *summum fastigium.* É o terceiro consulado. **4.** CÉSARES: Nero e Domiciano; ver Sherwin-White, p. 143. **5.** DEIXOU INCÓLUME NO TRONO: *reliquit incolumem.* Para Sherwin-White (p. 143) deve tratar-se de Nerva,

173

principi gratias, liber quem forte acceperat grandiorem et seni et stanti, ipso pondere elapsus est. Hunc dum sequitur colligitque, per leue et lubricum pauimentum fallente uestigio cecidit coxamque fregit, quae parum apte collocata reluctante aetate male coiit.

6. *Huius uiri exsequiae magnum ornamentum principi, magnum saeculo, magnum etiam foro et rostris attulerunt. Laudatus est a consule Cornelio Tacito; nam hic supremus felicitati eius cumulus accessit, laudator eloquentissimus.* **7.** *Et ille quidem plenus annis abit, plenus honoribus, illis etiam quos recusauit: nobis tamen quaerendus ac desiderandus est ut exemplar aeui prioris, mihi uero praecipue, qui illum non solum publice quantum admirabar tantum diligebam;* **8.** *primum quod utrique eadem regio, municipia finitima, agri etiam possessionesque coniunctae, praeterea quod ille mihi tutor relictus, adfectum parentis exhibuit. Sic candidatum me suffragio ornauit; sic ad omnes honores meos ex secessibus accucurrit, cum iam pridem eiusmodi officiis renuntiasset; sic illo die quo sacerdotes solent nominare quos dignissimos sacerdotio iudicant, me semper nominabat.* **9.** *Quin, etiam in hac nouissima ualetudine, ueritus ne forte inter quinqueuiros crearetur qui minuendis publicis sumptibus iudicio senatus constituebantur, cum illi tot amici senes consularesque superessent, me huius aetatis per quem excusaretur elegit, his quidem uerbis: "Etiam si filium haberem, tibi mandarem".*

10. *Quibus ex causis necesse est tamquam immaturam mortem eius in sinu tuo defleam, si tamen fas est aut flere aut omnino mortem uocare, qua tanti uiri mortalitas magis finita quam uita est.* **11.** *Viuit enim uiuetque semper atque etiam latius in memoria hominum et sermone uersabitur postquam ab oculis recessit.*

---

não de Trajano. **6.** TÁCITO: o historiógrafo Públio Cornélio Tácito; ver I, 6. **7.** MESMA REGIÃO: *eadem regio*; é a região transpadana.

decimento pelo consulado, o manuscrito que segurava, particularmente grande para um ancião em pé, pelo próprio peso escapou-lhe das mãos. Enquanto o perseguia para apanhá-lo, errando o passo no piso polido e escorregadio, caiu e quebrou a perna na altura da coxa, que, ineptamente imobilizada, com a desvantagem da idade provecta, se consolidou mal.

6. As exéquias de um homem como ele trouxeram grande distinção ao Imperador, grande ornamento à nossa era, e até mesmo ao fórum e à tribuna. O elogio fúnebre foi feito por Cornélio Tácito[6], que na ocasião era cônsul: este píncaro de glória somou-se à felicidade dele, ser louvado pelo mais eloquente panegirista. **7.** E ele partiu cumulado de anos, de honrarias e em verdade até mesmo daquelas que recusou, mas nós, nós devemos nos mirar nele, perceber a falta que faz como modelo que é dos costumes antigos, principalmente eu, que na vida pública o admirava tanto quanto o amava, **8.** primeiro porque pertencíamos à mesma região[7], nossos municípios eram limítrofes, os campos e até nossas posses eram contíguas; além disso, porque, cabendo-lhe ser meu tutor, mostrou por mim afeto de pai. Assim, ornou-me sufragando minha candidatura; assim, largando o retiro, acorria a todas as minhas investiduras de cargo, embora já tivesse anteriormente desistido de cumprir tais deveres; assim, naquele dia em que os sacerdotes costumam nomear aqueles que julgam ser os mais dignos para o sacerdócio, ele sempre me nomeava. **9.** Não bastasse isso, até mesmo durante aquela recentíssima enfermidade, não querendo ser arrolado entre os quinquéviros, que eram designados por decisão do Senado para reduzir os gastos públicos, embora tantos anciães e varões consulares houvesse à sua disposição, apesar de minha idade, me escolheu a mim para substituí-lo e me disse as seguintes palavras: "Ainda que tivesse um filho, serias tu a pessoa que eu recomendaria".

10. Por tais motivos, é que eu preciso chorar no teu regaço a morte dele como se fosse prematura, se é que é justo, porém, chorá-la ou chamá-la "morte", pois o que chegou ao fim foi a condição mortal, não a vida dele. **11.** Sim, ele vive e sempre viverá e com mais intensidade ainda estará presente na memória e nas palavras dos homens depois de deixar nossa vista.

12. *Volui tibi multa alia scribere, sed totus animus in hac una contemplatione defixus est. Verginium cogito, Verginium uideo, Verginium iam uanis imaginibus, recentibus tamen, audio, adloquor, teneo; cui fortasse ciues aliquos uirtutibus pares et habemus et habebimus, gloria neminem. Vale.*

12. Queria contar-lhe muitas outras coisas, mas minha alma inteira está presa nesta contemplação: penso em Vergínio, vejo Vergínio e em imagens já inanes[8], porém, recentes, a Vergínio eu ouço, eu lhe falo, eu o abraço. Temos, talvez, e teremos alguns cidadãos iguais a ele em virtude, mas em glória, nenhum sequer. Adeus.

---

8. IMAGENS JÁ INANES: *iam uanis imaginibus*. Notável perífrase para "sonho", tropo que permite a Plínio trazer à baila o importante tema das imagens; ver I, 16, 8 e remissões.

EPISTULA II

Epistularum odiosa inopia

GAIUS PLINIUS

PAULINO SUO SALUTEM

1. Irascor, nec liquet mihi an debeam, sed irascor. Scis quam sit amor iniquus interdum, impotens saepe, μικραίτιος semper. Haec tamen causa magna est, nescio an iusta; sed ego, tamquam non minus iusta quam magna sit, grauiter irascor, quod a te tam diu litterae nullae.

2. Exorare me potes uno modo, si nunc saltem plurimas et longissimas miseris. Haec mihi sola excusatio uera, ceterae falsae uidebuntur. Non sum auditurus "Non eram Romae" uel "Occupatior eram"; illud enim nec di sinant, ut "Infirmior". Ipse ad uillam partim studiis partim desidia fruor, quorum utrumque ex otio nascitur. Vale.

II, 2. Data: incerta.

1. PAULINO: Valério Paulino, filho do procurador da Gália Narbonense, nascido em *Forum Iulii* ("Mercado de Júlio") da Gália Narbonense (atual Fréjus na França). O pai anexou a região para Vespasiano em 69 d.C. (Tácito, *Histórias*, 3, 43), facilitando a carreira de Paulino, que se tornou cônsul sufecto em 106 d.C. É destinatário das epístolas IV, 16; V, 19; IX, 3 e IX, 37 e é mecionado

EPÍSTOLA 2

A odiosa falta de epístolas

CAIO PLÍNIO

A SEU QUERIDO PAULINO[1], SAUDAÇÕES

1. Estou furioso, nem sei ao certo se deveria, mas estou furioso. Sabes quão injusto é o amor às vezes, quão sem autocontrole é amiúde, quão melindroso[2] é sempre. Mas este motivo, porém, é grande, não sei se justo; mas eu, como se não fosse motivo menos justo do que grande, estou profundamente furioso, porque de ti há muito tempo já não chega nenhuma epístola[3].

2. Só há um modo de me aplacares: mandar-me agora, enfim, muitas epístolas, e longuíssimas! Este para mim é o único modo verdadeiro de te desculpares, os demais soarão falsos. Não darei ouvidos a "Não estava em Roma" ou "Estive muito ocupado"; e quanto a "Não passei muito bem", que sejam os deuses a não permitir. Eu mesmo na minha vila parte do tempo me diverti nos estudos, parte na preguiça, que nascem, ambos, do ócio. Adeus.

---

em IV, 9, 20 e X, 104, 1. **2.** MELINDROSO: μικραίτιος (*mikráitios*). O termo, composto de *mikrós* (μικρός, "pequeno") e *áition* (αἴτιον, "causa"), significa "dar importância excessiva a um motivo insignificante". Para uso do grego, ver I, 2, 1. **3.** NENHUMA EPÍSTOLA: o silêncio epistolar é matéria de I, 11, 2 e outras epístolas lá indicadas.

EPISTULA III

De Isaeo rhetore et de controuersiis

GAIUS PLINIUS

NEPOTI SUO SALUTEM

1. *Magna Isaeum fama praecesserat, maior inuentus est. Summa est faculitas, copia, ubertas; dicit semper ex tempore, sed tamquam diu scripserit. Sermo Graecus, immo Atticus; praefationes tersae, graciles, dulces, graues interdum et erectae.* **2.** *Poscit controuersias plures; electionem auditoribus permittit, saepe etiam partis. Surgit, amicitur, incipit. Statim omnia ac paene pariter ad manum, sensus reconditi occursant, uerba (sed qualia!) quaesita et exculta. Multa lectio in subitis, multa scriptio elucet.* **3.** *Prohoemiatur apte, narrat aperte, pugnat acriter, colligit fortiter, ornat excelse. Postremo docet, delectat, adficit; quid maxime, dubites. Crebra*

II, 3. Data: incerta.

1. NEPOS: Mecílio Nepos, personagem não perfeitamente identificável, endereçado em III, 16; IV, 26 e VI, 19. As duas últimas mostram que é senador e governador de uma grande província. Theodor Mommsen (*apud* Sherwin-White, p. 121, e Lanza, pp. 128-129) crê tratar-se do cônsul Públio Mecílio Nepos, de Novara. Talvez seja Públio Mécilio Sabino Nepos, destinatário de IX, 2, e IX, 18. 2. ISEU: rétor e sofista, homônimo do orador Iseu de Atenas, que floresceu no século IV a.C. Nascido na Assíria, veio a Roma por volta do ano 97 d.C. É um dos dez sofistas canônicos do período imperial elencados por Filóstrato, *Vidas dos Sofistas* (*Vitae Sophistarum*, 1, 512, 30-514, 24), mas é mencionado negativamente por Juvenal, *Sátiras*, 3, vv. 73-80. 3. FACÚNDIA, OPULÊNCIA, EXUBERÂNCIA: *faculitas, copia, ubertas* parecem mostrar que Iseu é torrencial, como indigita Juvenal. Entretanto, Filóstrato (514, 1-5) diz: ἐπήσκησε λόγων οὔτ᾽ ἐπιβεβλημένην, οὔτ᾽ αὖον, ἀλλ᾽ ἀπέριττον καὶ κατὰ φύσιν καὶ ἀποχρῶσαν τοῖς πράγμασιν, "Que se servia de estilo que

EPÍSTOLA 3

Sobre o rétor Iseu
e sobre controvérsias

CAIO PLÍNIO

A SEU QUERIDO NEPOS[1], SAUDAÇÕES

1. Grande foi a fama que precedera Iseu[2]: quando o ouvi, considerei-o ainda maior. Tem imensa facúndia, opulência, exuberância[3]. Sempre fala de improviso[4], mas como se tivesse preparado muito antes o discurso por escrito. Exprime-se em grego; na verdade, em ático. Os prefácios são tersos, delicados, graciosos, graves e às vezes, também elevados. **2.** Propõe muitas controvérsias[5], permite que os ouvintes escolham muitas vezes até mesmo o partido a tomar. Ergue-se, ajeita a toga[6] e começa. De pronto, tudo, e praticamente de uma só vez, está à mão: ocorrem-lhe argumentos sutis, palavras – e que palavras! – escolhidas e requintadas. No improviso, reluz muita leitura, muita escrita. **3.** Proemia com adequação, narra com clareza, rebate com vigor, argumenta com argúcia, adorna com elevação. Numa palavra: ensina,

---

não era ornado nem seco, mas enxuto e natural", o que caracteriza o estilo médio; ver I, 20, 11 e V, 20, 5. **4. DE IMPROVISO:** *ex tempore*, assim como "improvisado", no §3. **5. CONTROVÉRSIAS:** *controuersiae*. As controvérsias propriamente escolares consistiam em simular na aula o debate judiciário, com os discursos da acusação e da defesa, mais os interrogatórios de testemunhas. A epístola revela que a *controuersia*, de tão apreciada, já se tornara entretenimento. Iseu, além de ensinar (ver §6, "escola"), apresentava-se em público (ver §6, "auditório"). Além de *controuersia*, havia *suasoria*, na qual se forjava um discurso deliberativo. **6. AJEITA A TOGA:** movimento ritual e teatral do orador antes de iniciar.

181

ἐνθυμήματα, crebri syllogismi, circumscripti et effecti, quod stilo quoque adsequi magnum est. Incredibilis memoria: repetit altius quae dixit ex tempore, ne uerbo quidem labitur. 4. Ad tantam ἕξιν studio et exercitatione peruenit; nam diebus et noctibus nihil aliud agit, nihil audit, nihil loquitur. 5. Annum sexagensimum excessit et adhuc scholasticus tantum est; quo genere hominum nihil aut sincerius aut simplicius aut melius. Nos enim, qui in foro uerisque litibus terimur, multum malitiae quamuis nolimus addiscimus: 6. schola et auditorium et ficta causa res inermis, innoxia est nec minus felix, senibus praesertim. Nam quid in senectute felicius quam quod dulcissimum est in iuuenta? 7. Quare ego Isaeum non disertissimum tantum, uerum etiam beatissimum iudico. Quem tu nisi cognoscere concupiscis, saxeus ferreusque es.

8. Proinde si non ob alia nosque ipsos, at certe ut hunc audias ueni. Numquamne legisti Gaditanum quendam Titi Liui nomine gloriaque commotum ad uisendum eum ab ultimo terrarum orbe uenisse statimque ut uiderat abisse? Ἀφιλόκαλον, inlitteratum, iners ac paene etiam turpe est, non putare tanti cognitionem qua nulla est iucundior, nulla pulchrior, nulla denique humanior. 9. Dices: "Habeo hic quos legam non minus disertos". Etiam; sed legendi semper occasio est, audiendi non semper. Praeterea multo magis, ut uulgo dicitur, uiua uox adficit. Nam licet acri-

---

7. ENSINA, DELEITA, PERSUADE: *docet, delectat, adficit.* Para a terceira função do discurso com mais frequência do que *adficere*, ocorre *mouere.* 8. ENTIMEMAS: ἐνθυμήματα. Para uso do grego, ver I, 2, 1. 9. CONCISOS: *circumscripti.* Iseu suprimia etapas no silogismo. Filóstrato diz: βραχέως ἑρμηνεύειν, τοῦτό τε καὶ πᾶσαν ὑπόθεσιν συνελεῖν ἐς βραχὺ, "Articulava com brevidade toda a hipótese sintetizando-a numa frase concisa". 10. FACILIDADE: ἕξιν (*héxin*). Correspondente à *facilitas* em latim, *héxis* é termo técnico retórico grego bem definido por Quintiliano, *Instituições Oratórias*, 10, 1, 1: *Sed haec eloquendi praecepta, sicut cogitationi sunt necessaria, ita non satis ad uim dicendi ualent nisi illis firma / quaedam* facilitas, *quae apud Graecos* ἕξις *nominatur, accesserit: ad quam scribendo plus an legendo an dicendo conferatur, solere quaeri scio,* "Mas estes preceitos da elocução, embora sejam necessários à teoria, não são suficientes para garantir poder de discursar, a não ser que se acrescente certa inabalável *facilidade* [oratória], que os gregos chamam *héxis*: sei que se costuma indagar se é obtida mais pela escrita ou se é pela leitura ou pelo discursar". 11. RÉTOR: *scholasticus*, o professor de retórica e eloquência, sofista. 12. ESCOLA, AUDITÓRIO, PROCESSO FICTÍCIO: *schola et auditorium et ficta causa.* Ainda que simulados e inofensivos, não deixam de revelar a espetacularidade do discurso. 13. GADES: *Gaditanum.* É

182

LIVRO II

deleita, persuade[7]. Não saberias dizer qual deles mais. São frequentes os entimemas[8], frequentes os silogismos, concisos[9] e perfeitos, a ponto de ser, mesmo por escrito, difícil acompanhá-los. Tem memória incrível: repete mais tarde um discurso improvisado sem mudar uma única palavra. **4.** Só chegou a tamanha facilidade[10] com empenho e exercitação, pois dia e noite os estudos que faz, as leituras que escuta e as que profere não tratam de outra coisa. **5.** Passou dos sessenta anos e ainda hoje é apenas rétor[11], e do que esse tipo de homem não há nenhum mais sincero, puro e superior, pois nós, que nos desgastamos no fórum em litígios reais, muita maldade aprendemos por mais que não queiramos: **6.** a escola, o auditório e um processo fictício[12] são atividades pacíficas e sem dano, mas não menos aprazível, mormente aos idosos. Ora, o que há de mais aprazível na velhice do que aquilo que foi agradabilíssimo na juventude? **7.** Por isso, a Iseu eu não considero apenas homem eloquentíssimo, mas também felicíssimo. Se tu não desejares conhecê-lo, então és feito de pedra e de ferro.

8. Por isso, se não for por outra razão e por minha causa, vem ouvi-lo. Nunca leste que um cidadão de Gades[13], arrebatado pelo renome e pela glória de Tito Lívio[14], partiu dos confins do mundo para vê-lo e, tão logo o viu, retornou? É de alguém avesso ao belo[15], às letras, de alguém obtuso e até mesmo, se posso assim dizer, infame não considerar que vale a pena conhecer alguém assim, pois que nada existe de mais agradável, mais belo e mais próprio de um ser humano do que isso. **9.** Dirás: "Posso ler aqui outros não menos eloquentes". Que seja. Mas para ler há sempre ocasião, ao passo que para ouvir, não. Ademais, como diz o povo, a viva voz é que nos afeta. Por mais penetrante

---

cidade litorânea no sudoeste da Hispânia, atual Cádis; ver I, 15, 3. **14.** Tito Lívio: historiógrafo (64/59 a.C.-17 d.C.), autor da *História de Roma desde Sua Fundação* (*Ab Urbe Condita*) em que, servindo-se também de lendas, narra a história de Roma até o tempo de Augusto, seu contemporâneo, pelo que se vê que Lívio, na historiografia, pratica a espécie "história universal". É mencionado em VI, 20, 5. **15.** avesso ao belo: ἀφιλόκαλον (*aphilókalon*). Lembra Whitton (p. 99) que o termo positivo φιλόκαλος (*philókalos*, "que ama o belo") se lê em Platão (*Fedro*, 248d), Cícero (*Epístolas aos Familiares*, 15, 19, 3) e na epístola III, 7, 7. O antônimo parece ter ocorrido primeiro aqui e Plutarco, *Questões Conviviais*, 672e. Para uso do grego, ver I, 2, 1.

ora sint quae legas, altius tamen in animo sedent quae pronuntiatio, uul-
tus, habitus, gestus etiam dicentis adfigit; **10.** *nisi uero falsum putamus*
illud Aeschinis, qui cum legisset Rhodiis orationem Demosthenis admi-
rantibus cunctis, adiecisse fertur: τί δέ, εἰ αὐτοῦ τοῦ θηρίου ἠκούσατε; et
erat Aeschines si Demostheni credimus λαμπροφωνότατος. Fatebatur ta-
men longe melius eadem illa pronuntiasse ipsum qui pepererat. **11.** *Quae*
omnia huc tendunt ut audias Isaeum uel ideo tantum ut audieris. Vale.

16. ÉSQUINES (c. 390-314 a.C.): orador ateniense, rival de Demóstenes; ver I, 20, 4. **17.** DEMÓS-
TENES: orador ateniense (384-322 a.C.), considerado o maior orador grego; ver I, 2, 2. **18.** Cícero
(*Sobre o Orador*, 3, 213) narra a mesma anedota e Plínio repete-a em IV, 5, 1 e, além deles, Plínio,

LIVRO II

que seja o que leias, permanece muito mais profundamente no espírito aquilo que a pronúncia, o rosto, a postura e até os gestos do orador nos inculcam. **10.** A não ser que consideremos falsa aquela história de Ésquines[16], que em Rodes, depois de ler um discurso de Demóstenes[17] e despertar a admiração de toda a platéia, teria dito: "O que aconteceria então se ouvísseis a própria fera!"[18] E Ésquines, se cremos em Demóstenes, tinha voz claríssima, mas mesmo assim disse que o discurso fora muito mais bem pronunciado por quem o tinha composto. **11.** Tudo leva a uma só conclusão: deves escutar Iseu, nem que seja só para tê-lo ouvido. Adeus.

o Velho (*História Natural*, 7, 110), Quintiliano (*Instituições Oratórias*, 11, 3, 7) e São Jerônimo (*Epístolas*, 53, 2, 2). Para uso do grego, ver I, 2, 1. A palavra λαμπροφωνότατος (*lamprophonótatos*) está no discurso de Demóstenes, *Sobre a Trierarquia da Coroa*, 313 (ver I, 20, 4).

EPISTULA IV

Donatio Caluinae.
Laus temperantiae

GAIUS PLINIUS

CALVINAE SUAE SALUTEM

1. *Si pluribus pater tuus uel uni cuilibet alii quam mihi debuisset, fuisset fortasse dubitandum an adires hereditatem etiam uiro grauem.* **2.** *Cum uero ego ductus adfinitatis officio, dimissis omnibus qui, non dico molestiores, sed diligentiores erant, creditor solus exstiterim, cumque uiuente eo nubenti tibi in dotem centum milia contulerim, praeter eam summam quam pater tuus quasi de meo dixit (erat enim soluenda de meo), magnum habes facilitatis meae pignus, cuius fiducia debes famam defuncti pudoremque suscipere. Ad quod te ne uerbis magis quam rebus horter, quidquid mihi pater tuus debuit acceptum tibi fieri iubebo.* **3.** *Nec est quod uerearis ne sit mihi onerosa ista donatio. Sunt quidem omnino nobis modicae facultates, dignitas sumptuosa, reditus propter condicionem agellorum nescio minor an incertior; sed quod cessat ex reditu, frugalitate suppletur, ex qua uelut fonte liberalitas nostra decurrit.* **4.** *Quae tamen ita temperanda est, ne nimia profusione inarescat; sed temperanda in aliis, in te uero facile ei ratio constabit, etiamsi modum excesserit. Vale.*

II, 4. Data: incerta.
1. CALVINA: desconhecida e endereçada apenas aqui. 2. TEMERES...ONEROSA TAL DOAÇÃO: *uerearis...onerosa ista donatio*; ver V, 1, 2. No atual direito brasileiro corresponde justamente à Doação Onerosa ou Doação Modal (*sub modo*) ou Doação com Encargo. São hipóteses de que tratam, entre outros, os artigos 539 e 562 do *Código Civil*. 3. CONDIÇÃO: *dignitas*; ver I, 19, 1.

EPÍSTOLA 4

Doação a Calvina.
Elogio da parcimônia

CAIO PLÍNIO

A SUA QUERIDA CALVINA[1], SAUDAÇÕES

1. Se teu pai devesse a muitas pessoas ou a qualquer outra que não eu, seria talvez o caso de duvidar se deverias receber uma herança vultosa até para um homem. 2. Porém, como eu, levado pelo dever de parentesco, paguei todos os que eram, não digo muito importunos, mas muito apressados e sou o único credor que sobrou; como eu, quando era vivo teu pai, contribuí com cem mil sestércios para o dote de teu casamento, além daquela soma que foi como que tirada de meu patrimônio, – pois teu pai prometeu-a com o lastro de meu patrimônio – tens a prova de minha grande boa vontade, e por causa desta garantia deves assumir a reputação e o pudor do falecido. Para não te exortar a isso mais com palavras do que com ações, tudo que teu pai me devia mandarei que se transforme em crédito a teu favor. 3. E não há por que temeres que me seja onerosa tal doação[2]. De modo geral tenho sim módicos recursos, condição[3] custosa, renda que pela condição de meus terreninhos é muito pequena ou muito incerta, nem sei; mas a renda que deixa de haver é compensada pela vida frugal, da qual emana, como de uma fonte, minha liberalidade. 4. Devo, contudo, moderar-me para que não venha a se exaurir de tanto escorrer. Mas vou moderar-me em relação aos outros, que quanto a ti, na verdade, as contas vão bater, ainda que minha generosidade tenha passado da medida. Adeus.

187

EPISTULA V

Postulatio orationis emendandae

GAIUS PLINIUS

LUPERCO SUO SALUTEM

1. Actionem et a te frequenter efflagitatam et a me saepe promissam exhibui tibi, nondum tamen totam; adhuc enim pars eius perpolitur. 2. Interim quae absolutiora mihi uidebantur, non fuit alienum iudicio tuo tradi. His tu rogo intentionem scribentis accommodes. Nihil enim adhuc inter manus habui cui maiorem sollicitudinem praestare deberem. 3. Nam in ceteris actionibus existimationi hominum diligentia tantum et fides nostra, in hac etiam pietas subicietur. Inde et liber creuit, dum ornare patriam et amplificare gaudemus, pariterque et defensioni eius seruimus et gloriae. 4. Tu tamen haec ipsa, quantum ratio exegerit, reseca. Quotiens enim ad fastidium legentium deliciasque respicio, intellego nobis commendationem et ex ipsa mediocritate libri petendam. 5. Idem tamen qui a te hanc austeritatem exigo, cogor id quod diuersum est postulare, ut in plerisque frontem remittas. Sunt enim quaedam adu-

---

II, 5. Data: provavelmente anterior ao cargo de prefeito do erário de Saturno (98-100 d.C.; ver I, 1), quando largou a advocacia (ver X, 3A) e antes da metade de 100 d.C., quando preparava o *Discurso contra Prisco* (*In Priscum*) e o *Panegírico de Trajano*.

1. LUPERCO: endereçado na epístola IX, 26, cuja matéria é também eloquência, é personagem desconhecida a menos que seja o Luperco a quem Marcial se dirige (*Epigramas*, 1, 117). Luperco é aticista, já que aqui Plínio se desculpa pela grande extensão da mensagem e em IX, 26, ataca o orador "pouco grandioso e ornado". Pode tratar-se de Quinto Valério Luperco Júlio Frontino

EPÍSTOLA 5

Pedido para corrigir um discurso

CAIO PLÍNIO

A SEU QUERIDO LUPERCO[1], SAUDAÇÕES

1. Mando-te enfim a peça de acusação que muito me pediste e eu muito prometi, mas não mando inteira, porque uma parte dela ainda está sendo retocada. 2. Entrementes, as partes que achei mais acabadas não achei impróprio submeter a teu julgamento. A elas peço-te que dedique a mesma atenção de quem as escreve, pois que até agora não tive em mãos nada com que tivesse tido maior cuidado. 3. Com efeito, nas outras ações apenas meu zelo e lealdade eram avaliados pelas pessoas; nesta também será o meu amor[2] pela terra natal. Bem por isso o discurso ficou maior, porque me compraz ornar e enaltecer minha terra, e ao mesmo tempo sirvo à sua defesa e sua glória. 4. Tu, porém, corta estas coisas o quanto te parecer razoável, porque toda vez que levo em conta o tédio e o encantamento dos leitores, percebo que devo recomendar meu discurso exatamente por sua moderada extensão. 5. Mas eu mesmo, que de ti exijo tal austeridade, sou obrigado a pedir o contrário, isto é, que muitas vezes faça vistas grossas porque há partes que se destinam aos ouvidos dos jovens[3], sobretudo se a matéria não for aborrecida, pois

---

(CIL, 12, 1859) da Gália Narbonense. 2. AMOR PELA TERÁ NATAL: *pietas*. 3. OUVIDOS DOS JOVENS: *adulescentium auribus*. Não os jurados, que são mais idosos, mas os futuros leitores. Quintiliano (*Instituições Oratórias*, 2, 4, 5-9 e 3, 1, 125-130) afirma que os jovens têm pendor pela elocução abundante. Sobre preferência dos jovens e debate quanto aos estilos aticista e asianista, ver 1, 2, 4.

189

lescentium auribus danda, praesertim si materia non refragetur; nam descriptiones locorum, quae in hoc libro frequentiores erunt, non historice tantum sed prope poetice prosequi fas est. 6. Quod tamen si quis exstiterit qui putet nos laetius fecisse quam orationis seueritas exigat, huius, ut ita dixerim, tristitiam reliquae partes actionis exorare debebunt. Adnisi certe sumus ut quamlibet diuersa genera lectorum per plures dicendi species teneremus, 7. ac sicut ueremur ne quibusdam pars aliqua secundum suam cuiusque naturam non probetur, ita uidemur posse confidere ut uniuersitatem omnibus uarietas ipsa commendet. 8. Nam et in ratione conuiuiorum, quamuis a plerisque cibis singuli temperemus, totam tamen cenam laudare omnes solemus, nec ea quae stomachus noster recusat, adimunt gratiam illis quibus capitur.

9. Atque haec ego sic accipi uolo, non tamquam adsecutum esse me credam, sed tamquam adsequi laborauerim, fortasse non frustra, si modo tu curam tuam admoueris interim istis, mox iis quae sequuntur. 10. Dices te non posse satis diligenter id facere, nisi prius totam actionem cognoueris: fateor. In praesentia tamen et ista tibi familiariora fient et quaedam ex his talia erunt ut per partes emendari possint. 11. Etenim, si auolsum statuae caput aut membrum aliquod inspiceres, non tu quidem ex illo posses congruentiam aequalitatemque deprendere, posses tamen iudicare an id ipsum satis elegans esset. 12. Nec alia ex causa principiorum libri circumferuntur quam quia existimatur pars aliqua etiam sine ceteris esse perfecta. 13. Longius me prouexit dulcedo quaedam tecum loquendi; sed iam finem faciam ne modum, quem etiam orationi adhibendum puto, in epistula excedam. Vale.

---

4. HISTORIOGRAFIA: *historice.* Plínio, levando em conta a ornamentação, insere a elocução da historiografia entre a oratória e a poesia: ver V, 8, §§9 e 10, e VII, 33, 3. 5. FUI MAIS FLORIDO: *nos laetius fecisse.* Refere-se ao gênero de elocução, não à matéria; ver mesmo adjetivo em II, 18, 10. 6. RETER OS MAIS DIFERENTES TIPOS DE LEITOR SERVINDO-ME DE MUITAS ESPÉCIES DE DISCURSO: *quamlibet diuersa genera lectorum per plures dicendi species teneremus.* Quintiliano (*Instituições Oratórias*, 12, 10, 69-72) dá a mesma prescrição com mais detença. É estratégia de agradar ao ouvinte semelhante a que emprega nos seus poemas; ver IV, 14, 3. 7. PARTES QUE

LIVRO II

é pertinente inserir descrições de lugares, que serão frequentes neste discurso, não só como se faz na historiografia[4], mas também como faz na poesia. **6.** Se alguém considerar que fui mais florido[5] do que a severidade do discurso exige, as demais partes do texto deverão aplacar este mau humor, por assim dizer. É verdade que me esforcei para reter os mais diferentes tipos de leitor[6] servindo-me de muitas espécies de discurso, **7.** e tal como temo que algumas pessoas, segundo sua própria natureza, não aprovem uma parte qualquer, assim também creio que posso assegurar-me que a própria variedade recomende a todos o discurso como um todo. **8.** Ora, nos banquetes, embora nos abstenhamos de alguns pratos isolados, todos costumamos louvar o banquete por inteiro, e as iguarias que nosso estômago recusa não tornam menos apetitosas aquelas que o conquistam.

9. Não quero fazer crer que consegui essas virtudes, mas que muito pelejei para consegui-las, talvez não à toa, desde que por ora dediques tua atenção ao que te mandei e ao que logo se seguirá. **10.** Dirás que não tens como fazê-lo a contento, se eu não te enviar antes toda a peça: admito. Mas por enquanto vais te familiarizando com estas partes, das quais algumas há de haver que possam ser corrigidas[7]. **11.** Ora: se observasses de uma estátua só a cabeça ou algum membro, em verdade não poderias deduzir disso a articulação e a proporção, mas poderias julgar se essas partes, em si mesmas, estão bem feitas. **12.** E não é por outro motivo que se divulgam passagens escolhidas[8], senão para que se avalie se uma parte está perfeita mesmo sem as restantes. **13.** O prazer de conversar contigo fez que me estendesse demais, mas já terminarei para que a epístola não ultrapasse o limite que julgo que até mesmo o discurso deve ter. Adeus.

POSSAM SER CORRIGIDAS: *per partes emendari.* Sobre análise por partes, ver VIII, 4, §§6 e 7. Para composição por partes e de memória, ver VII, 9, §§5-6; IX, 4; IX, 28, 3 e IX, 36, 2. **8.** PASSAGENS ESCOLHIDAS: *principiorum libri.* O termo *principium* aqui não parece designar "exórdio", mas qualquer parte já iniciada do discurso. O *LSD*, E1, abona "selections, selected passages" exemplificando justamente com esse passo de Plínio.

EPISTULA VI

Plini humanitas erga seruos

GAIUS PLINIUS

AVITO SUO SALUTEM

1. *Longum est altius repetere nec refert quemadmodum acciderit ut homo minime familiaris cenarem apud quemdam, ut sibi uidebatur, lautum et diligentem, ut mihi, sordidum simul et sumptuosum.* **2.** *Nam sibi et paucis opima quaedam, ceteris uilia et minuta ponebat. Vinum etiam paruolis lagunculis in tria genera discripserat, non ut potestas eligendi, sed ne ius esset recusandi, aliud sibi et nobis, aliud minoribus amicis (nam gradatim amicos habet), aliud suis nostrisque libertis.* **3.** *Animaduertit qui mihi proximus recumbebat, et an probarem interrogauit. Negaui. "Tu ergo", inquit, "quam consuetudinem sequeris?" "Eadem omnibus pono; ad cenam enim, non ad notam inuito cunctisque rebus exaequo quos mensa et toro aequaui." "Etiamne libertos?" "Etiam;* **4.** *conuictores enim tunc, non libertos puto." Et ille: "Magno tibi constat". "Minime". "Qui fieri potest?" "Quia scilicet liberti mei non idem quod ego bibunt, sed idem*

II, 6. Data: 96-97 d.C. a depender de tratar-se de Júnio Avito.

1. Avito: mais provavelmente o Júnio Avito, mencionado em VIII, 23, 3 como jovem de que Plínio foi tutor, do que o Júlio Avito com quem tinha relação menos próxima, mencionado na epístola V, 21, 2. PARA OS OUTROS, ORDINÁRIAS E DIMINUTAS: *ceteris uilia et minuta*. Em Marcial (*Epigramas*, 3, 60) também se lê que não é servida a mesma ceia a todos os comensais. Suetônio relata que César (*Vida dos Césares*, 1, "Divino Júlio", 48) mandou prender um padeiro que aos

EPÍSTOLA 6

Humanidade de Plínio com os escravos

CAIO PLÍNIO

A SEU QUERIDO AVITO[1], SAUDAÇÕES

1. Seria muito longo contar a história desde o começo e não importa como calhou que eu, pessoa pouco íntima, fosse jantar na casa de um sujeito generoso e delicado, na opinião dele, e na minha, sórdido e esbanjador: 2. ora, para si mesmo e para uns poucos costuma oferecer ceias lautas; para os outros, ordinárias e diminutas[2]. O vinho ele pôs em garrafinhas repartindo-o em três tipos, não para que houvesse a possibilidade de escolher, mas para que não houvesse a de recusar: uma parte era para si e para nós; a segunda era para amigos menores – pois estabelece gradação para os amigos –; a terceira era para os libertos dele e para os nossos. 3. Uma pessoa que estava acomodada a meu lado perguntou-me se eu aprovava aquilo. Repondi que não. "Mas então", perguntou, "como fazes?" "Sirvo a mesma coisas para todos, pois convido-os para jantar, não para diferenciar e em tudo igualo aqueles que igualei à mesa e nos leitos". "Inclusive os libertos?" "Inclusive, 4. pois considero-os que aqui são convivas, não libertos[3]". E ele então: "Deve

convivas serviu pão de qualidade inferior ao que servira a César. Em Juvenal (*Sátiras*, 5, vv. 24--45) lê-se que vinho de boa safra é servido a alguns convidados, e vinho ruim a outros, em taças igualmente diferentes. 3. CONVIVAS, NÃO LIBERTOS: *conuictores, non libertos*; ver I, 4, 4, sobre manumissão de escravos por parte de Plínio.

193

ego quod liberti." **5.** *Et hercule si gulae temperes, non est onerosum quo utaris ipse communicare cum pluribus. Illa ergo reprimenda, illa quasi in ordinem redigenda est, si sumptibus parcas, quibus aliquanto rectius tua continentia quam aliena contumelia consulas.*

6. *Quorsus haec? Ne tibi, optimae indolis iuueni, quorundam in mensa luxuria specie frugalitatis imponat. Conuenit autem amori in te meo, quotiens tale aliquid inciderit, sub exemplo praemonere quid debeas fugere.* **7.** *Igitur memento nihil magis esse uitandum quam istam luxuriae et sordium nouam societatem; quae cum sint turpissima, discreta ac separata, turpius iunguntur. Vale.*

custar-te caro". "Não custa nada". "Como é possível?" "Pela simples razão de que meus libertos não bebem o que eu bebo, mas eu bebo o que os libertos bebem". **5.** E por deus, se se moderar a gula, não é nada custoso compartilhar com os outros aquilo que se desfruta sozinho. Deve ser reprimida, deve, por assim dizer, ser posta em seu lugar, se quisermos poupar os gastos que controlamos bem mais honrosamente com nosso comedimento do que com a humilhação alheia.

6. Por que tudo isso? Para que a ti, jovem de índole excelente, à mesa de certas pessoas o luxo não te engane sob a aparência de frugalidade. Convém ao meu amor por ti, toda vez que ocorrer fato semelhante, advertir-te com um exemplo para que o evites. **7.** Lembra, portanto, que nada há que se deva mais evitar do que essa nova aliança de luxo com sordidez. Ainda que, separados e isolados, sejam vícios muitíssimo torpes, a junção deles é ainda mais torpe. Adeus.

EPISTULA VII

Statua triumphalis Spurinnae

GAIUS PLINIUS

MACRINO SUO SALUTEM

1. *Here a senatu Vestricio Spurinnae principe auctore triumphalis statua decreta est, non ita ut multis qui numquam in acie steterunt,
numquam castra uiderunt, numquam denique tubarum sonum nisi in
spectaculis audierunt, uerum ut illis qui decus istud sudore et sanguine
et factis adsequebantur.* **2.** *Nam Spurinna Bructerum regem ui et armis
induxit in regnum, ostentatoque bello ferocissimam gentem, quod est pul-
cherrimum uictoriae genus, terrore perdomuit.* **3.** *Et hoc quidem uirtutis
praemium, illud solacium doloris accepit, quod filio eius Cottio, quem
amisit absens, habitus est honor statuae. Rarum id in iuuene; sed pater
hoc quoque merebatur, cuius grauissimo uulneri magno aliquo fomento
medendum fuit.* **4.** *Praeterea Cottius ipse tam clarum specimen indolis*

II, 7. Data: janeiro de 98 d.C., antes da morte de Nerva no dia 28 desse mês.
1. Macrino: provavelmente Cecílio Macrino, endereçado em III, 4; VII, 6; VII, 10; VIII, 17 e IX, 4,
não Mínicio Macrino, mencionado em I, 15, 5. **2.** Príncipe: *principe*, provavelmente Nerva. **3.**
estátua triunfal: *statua triumphalis*. O adjetivo *triumphalis* aplica-se aos elementos associa-
dos à celebração de um triunfo militar, que é propriamente um desfile público. Trata-se de in-
sígnias da vitória (*insignia*) e ornamentos (*ornamenta*), como a coroa (*corona*), a túnica ornada
com palmas, símbolo da vitória (*tunica palmata*), a toga bordada de ouro (*toga picta*). A estátua
triunfal é pública, o que lhe determina certa magnitude, figura um homem em trajes triunfais, e

EPÍSTOLA 7

Estátua triunfal para Espurina

CAIO PLÍNIO

A SEU QUERIDO MACRINO[1], SAUDAÇÕES

1. Ontem, por proposição do Príncipe[2], o Senado atribuiu uma estátua triunfal[3] a Vestrício Espurina[4], mas não atribuiu tal como faz a muitos que nunca integraram a linha de frente, nunca viram acampamentos, nunca, enfim, ouviram o som das trombetas a não ser em espetáculos, mas, sim, como àqueles que conseguem esta honra com suor, sangue e ações, **2.** pois Espurina, pela força e pelas armas, conduziu o rei dos brúcteros[5] de volta a seu reino e, dando demonstração de força bélica, pelo medo amansou de vez uma nação ferocíssima, o que é o mais belo gênero de vitória. **3.** Essa estátua ele recebeu como prêmio da virtude, e outra, como consolo pela dor, porque a Cótio[6], seu filho, a quem perdeu quando estava ausente, também se concedeu a honra de uma estátua. Coisa rara num jovem, mas também a merecia o pai, cuja gravíssima ferida era necessário confortar com um lenimento eficaz. **4.** Ademais, o próprio Cótio dera tão clara mostra de caráter, que sua

---

é concedida como honra superior, ao que parece, àqueles ornarnentos. **4.** VESTRÍCIO ESPURINA: Tito Vestrício Espurina; ver I, 5, 8. Em III, 10, lemos que Plínio talvez lhe tenha dedicado uma biografia. **5.** BRÚCTEROS: povo da Germânia, referido em Tácito, *Germânia*, 33. **6.** CÓTIO: Vestrício Cótio, mencionado apenas aqui.

dederat, ut uita eius breuis et angusta debuerit hac uelut immortalitate proferri. Nam tanta ei sanctitas, grauitas, auctoritas etiam, ut posset senes illos prouocare uirtute quibus nunc honore adaequatus est. **5.** *Quo quidem honore, quantum ego interpretor, non modo defuncti memoriae, dolori patris, uerum etiam exemplo prospectum est. Acuent ad bonas artes iuuentutem adulescentibus quoque, digni sint modo, tanta praemia constituta; acuent principes uiros ad liberos suscipiendos et gaudia ex superstitibus et ex amissis tam gloriosa solacia.*

6. *His ex causis statua Cotti publice laetor nec priuatim minus. Amaui consummatissimum iuuenem tam ardenter quam nunc impatienter requiro. Erit ergo pergratum mihi hanc effigiem eius subinde intueri subinde respicere, sub hac consistere praeter hanc commeare.* **7.** *Etenim si defunctorum imagines domi positae dolorem nostrum leuant, quanto magis hae quibus in celeberrimo loco non modo species et uultus illorum, sed honor etiam et gloria refertur! Vale.*

LIVRO II

vida, breve e estreita, era preciso prolongar por esta imortalidade, por assim dizer, pois tinha tamanha santidade, gravidade e até autoridade, que era capaz de, pela virtude, rivalizar com aqueles anciães aos quais agora, pela honra, está igualado. 5. Com efeito, mediante tal honraria[7], segundo penso, visou-se não apenas à memória do defunto e à dor do pai, senão também ao exemplo. Estimularão a juventude a praticar as boas artes os prêmios assim grandiosos, concedidos também a rapazes, contanto que sejam dignos; estimularão varões das primeiras ordens a ter filhos a alegria por aqueles que sobreviverem e um consolo tão glorioso pelos que tombarem.

6. Por tais razões regozijo-me com a estátua de Cótio no âmbito público e não menos no privado. Amei esse jovem perfeitíssimo com ardor tão grande quanto o incorformismo com que agora sinto sua falta. Ser-me-á, portanto, muito grato ora contemplar a efígie dele, ora voltar-me para olhá-la, deter-me ao pé dela e passar por ela, 7. porque se as imagens[8] dos mortos que mantemos em casa aliviam nossa dor, muito mais o fazem aquelas que em local frequentadíssimo não só nos lembram a aparência e o rosto deles, como também sua honra e sua glória! Adeus.

---

7. HONRARIA: *honor*, ou seja, a um tempo a honra, a probidade do sujeito e a distinção pública que a manifesta. 8. IMAGENS DOS MORTOS: *defunctorum imagines*; ver II, 3, 6. Para importância das imagens, ver I, 16, 8 outras remissões.

EPISTULA VIII

Desiderium lacus Larii

GAIUS PLINIUS
CANINIO SUO SALUTEM

1. *Studes an piscaris an uenaris an simul omnia? Possunt enim omnia simul fieri ad Larium nostrum. Nam lacus piscem, feras siluae quibus lacus cingitur, studia altissimus iste secessus adfatim suggerunt.* **2.** *Sed siue omnia simul siue aliquid facis, non possum dicere "Inuideo"; angor tamen non et mihi licere, qui sic concupisco ut aegri uinum, balinea, fontes. Numquamne hos artissimos laqueos, si soluere negatur, abrumpam? Numquam, puto.* **3.** *Nam ueteribus negotiis noua accrescunt, nec tamen priora peraguntur: tot nexibus, tot quasi catenis maius in dies occupationum agmen extenditur. Vale.*

II, 8. Data: 98-100 d.C.

1. CANÍNIO: Canínio Rufo; ver III, 1. 2. NO NOSSO LAGO LÁRIO NATAL: *ad Larium nostrum.* O lago Lário é o atual lago de Como, na Lombardia, que margeia a cidade natal de Plínio, Como

EPÍSTOLA 8

Saudades do lago Lário

CAIO PLÍNIO
A SEU QUERIDO CANÍNIO[1], SAUDAÇÕES

1. Estás estudando, pescando, caçando ou os três? Pode-se fazer tudo isso em nosso lago Lário natal[2]. O lago Lário tem peixe, os bosques de que o lago é cercado têm animais, e este teu retiro absoluto convida aos estudos. **2.** Mas quer faças tudo ao mesmo tempo, quer uma só atividade, não posso dizer que te invejo, mas me ressinto de também eu não poder fazer isso tudo, eu que o desejo, assim como o doente quer vinho, banhos e fontes. Se não me for dado desfazer, será que nunca serei capaz de romper estes grilhões apertadíssimos? Nunca, eu acho. **3.** Pois, aos antigos somam-se novos encargos[3] sem que os anteriores tenham se encerrado: por tantos elos, como argolas, vai aumentando a cada dia a corrente das minhas ocupações. Adeus.

(*Comum*; ver I, 3, 2). O lago Lário é mencionado em IV, 30, 2; VI, 24, 2; VII, 11, 5 e IX, 7, 1. **3.** ENCARGOS: *negotiis*. Pode tratar-se de negócios privados, como em II, 14, 1, ou encargos oficiais na administração.

EPISTULA IX

Pro Sexto Erucio candidato

GAIUS PLINIUS
APOLLINARI SUO SALUTEM

1. Anxium me et inquietum habet petitio Sexti Eruci mei. Adficior cura et, quam pro me sollicitudinem non adii, quasi pro me altero patior; et alioqui meus pudor, mea existimatio, mea dignitas in discrimen adducitur. 2. Ego Sexto latum clauum a Caesare nostro, ego quaesturam impetraui; meo suffragio peruenit ad ius tribunatus petendi, quem nisi obtinet in senatu, uereor ne decepisse Caesarem uidear. 3. Proinde adnitendum est mihi ut talem eum iudicent omnes qualem esse princeps mihi credidit. Quae causa si studium meum non incitaret, adiutum tamen cuperem iuuenem probissimum, grauissimum, eruditissimum, omni denique laude dignissimum, et quidem cum tota domo. 4. Nam pater ei Erucius

---

II, 9. Data: 97 d.C., segundo Sherwin-White (p. 156) ou até mesmo mais tarde, que é opinião de Ronald Syme, que a fixa em 101 d.C. Esta é a primeira das epístolas eleitorais; as outras são: III, 20; IV, 25; VI, 6; VI, 9; VI, 19, §§1-2 e VIII, 23.

1. Apolinar: Lúcio Domício Apolinar, governador da Lícia-Panfília em 97 d.C., grande amigo de Plínio, a quem é endereçada a longa epístola v, 6, em que Plínio descreve sua vila em Tiferno Tiberino. É mencionado ainda em IX, 13, 13. Foi patrono de Marcial, que lhe dedica alguns epigramas: 4, 86; 7, 26; 10, 30 e 11, 15. 2. Sexto Erúcio: Sexto Erúcio Claro. Distinguiu-se na Guerra da Pártia, conduzida por Trajano entre 113 e 117 d.C e chegou a ser cônsul duas vezes. Foi cunhado de Septício Claro (a quem Plínio dedica as epístolas; ver I, 1) e amigo de Plutarco, que lhe dedicou alguns escritos. É filho de Marco Erúcio Claro, como se lê no §4.

EPÍSTOLA 9

Em favor da candidatura de Sexto Erúcio

CAIO PLÍNIO
A SEU QUERIDO APOLINAR[1], SAUDAÇÕES

1. A candidatura de Sexto Erúcio[2] tem me deixando ansioso e inquieto. Estou preocupado e a angústia que não tenho para comigo por ele sofro como se fosse para mim; e, por outro lado, é meu escrúpulo, é minha ponderação, é minha posição que estão em jogo[3]. 2. De nosso imperador Trajano[4] consegui o laticlávio[5] para Sexto, consegui a questura; com meu apoio obteve o direito de candidatar-se ao tribunato, que, se o Senado não lhe conceder, temo que pareça que enganei o Imperador. 3. Por isso, devo empenhar-me para que todos o considerem tal como o Príncipe, crendo em mim, pensa que ele é. Ainda que um motivo destes não incitasse meus esforços, desejaria contudo obter auxílio para um jovem da maior retidão, da maior seriedade, da maior erudição, digníssimo de todo louvor, como de fato também é toda a família. 4. O pai dele é Erúcio Claro[6], homem puro, de antiga cepa, eloquente e

---

3. ESTÃO EM JOGO: *in discrimen adducitur*; ver III, 9, 36. 4. IMPERADOR TRAJANO: *Caesare*. César Nerva Trajano, Filho Augusto do Divino Nerva (18 de setembro de 53 d.C. a 8 agosto de 117 d.C.). Governou entre 98 e 117 d.C. Sob o nome de "Trajano" é destinatário e remetente das epístolas do livro X. 5. LATICLÁVIO: *latum clauum*, "faixa larga". Era insígnia do tribuno laticlávio, que no tempo de Plínio era o segundo na hierarquia da legião. 6. ERÚCIO CLARO: Marco Erúcio Claro, destinatário da epístola I, 16.

203

*Clarus, uir sanctus, antiquus, disertus atque in agendis causis exercitatus, quas summa fide, pari constantia nec uerecundia minore defendit. Habet auunculum C. Septicium, quo nihil uerius, nihil simplicius, nihil candidius, nihil fidelius noui. **5.** Omnes me certatim et tamen aequaliter amant, omnibus nunc ego in uno referre gratiam possum. Itaque prenso amicos, supplico, ambio, domos stationesque circumeo, quantumque uel auctoritate uel gratia ualeam, precibus experior, **6.** teque obsecro ut aliquam oneris mei partem suscipere tanti putes. Reddam uicem si reposces, reddam et si non reposces. Diligeris, coleris, frequentaris: ostende modo uelle te, nec deerunt qui quod tu uelis cupiant. Vale.*

perito nas causas forenses, que defende com a máxima lealdade, igual firmeza e não menor pudor. É seu tio materno Caio Septício[7], e não conheço ninguém mais verdadeiro, ninguém mais despojado, ninguém mais honesto, ninguém mais fiel. **5.** Cada um disputa com os outros para ver quem me tem mais amor, mas todos amam-me igualmente e a todos posso agora, numa só pessoa, mostrar minha gratidão. Assim, retenho meus amigos, suplico, cerco, circundo-os fora e dentro de casa e, segundo a autoridade ou o favor que eu possua, provo-os com rogos **6.** e a ti imploro que consideres que vale a pena assumir uma parte de meu ônus. Pagarei de volta se cobrares, e pagarei se não cobrares. Serás amado, respeitado, procurado: basta mostrar teus desejos e não faltará quem te apoie desejando o que desejas. Adeus.

7. Caio Septício: Caio Septício Claro, destinatário da coleção de epístolas; ver I, 1.

EPISTULA X

De timore uersorum edendorum

GAIUS PLINIUS

OCTAVIO SUO SALUTEM

1. *Hominem te patientem uel potius durum ac paene crudelem, qui tam insignes libros tam diu teneas!* **2.** *Quousque et tibi et nobis inuidebis, tibi maxima laude, nobis uoluptate? Sine per ora hominum ferantur isdemque quibus lingua Romana spatiis peruagentur. Magna et iam longa exspectatio est, quam frustrari adhuc et differre non debes. Enotuerunt quidam tui uersus, et inuito te claustra sua refregerunt.* **3.** *Hos nisi retrahis in corpus, quandoque ut errones aliquem cuius dicantur inuenient.* **4.** *Habe ante oculos mortalitatem, a qua adserere te hoc uno monimento potes; nam cetera fragilia et caduca non minus quam ipsi homines occidunt desinuntque.*

5. *Dices, ut soles: "Amici mei uiderint". Opto equidem amicos tibi tam fideles, tam eruditos, tam laboriosos, ut tantum curae intentionisque*

II, 10. Data: setembro de 97 d.C.; ver I, 7.

1. Otávio: Otávio Rufo destinatário de I, 7, que trata da mesma matéria. 2. reténs livros por tanto tempo: *libros tam diu teneas*. Rufo tarda em publicar o livro de poemas. Alguns deles, recitados, já são conhecidos; ver I, 7, 5. 3. a língua de Roma: *lingua Romana*. A romanidade é a língua latina; ver Tácito, *Vida de Agrícola*, 21: *Iam uero principum filios liberalibus artibus erudire, et ingenia Britannorum studiis Gallorum anteferre, ut qui modo linguam Romanam abnuebant, eloquentiam concupiscerent*, "Já então instruía os filhos dos chefes nas artes liberais e preferia o talento dos britanos à aplicação dos gauleses, de modo que ambicionassem a eloquência os que ainda há pouco recusavam a língua romana". Tradução de Agostinho da Silva. 4. em livro: *in corpus*; literalmente "num só corpo". A única instância que pode reunir os poemas é o

EPÍSTOLA 10

Sobre o receio de publicar os próprios versos

CAIO PLÍNIO

A SEU QUERIDO OTÁVIO[1], SAUDAÇÕES

1. Mas que homem paciente és tu, ou melhor, duro, quase cruel, tu que reténs livros[2] tão notáveis por tanto tempo! **2.** Até quando a ti te negarás a maior glória e a mim, prazer? Deixa que circulem pela boca dos homens pelos mesmos lugares em que se fala a língua de Roma[3]. Já é grande e longa a espera, que não deves ainda agora frustrar nem estender. Alguns dos teus versos já se tornaram conhecidos e, contra tua vontade, romperam a prisão. **3.** Se não os reagrupares em livro[4], um dia, vagabundos, eles vão acabar encontrando alguém que dirá que lhe pertencem[5]. **4.** A mortalidade[6] te cerca, da qual só te podes libertar com o monumento[7] que é teu livro, que tudo o mais é frágil e caduco, não menos do que os próprios homens, que morrem e desaparecem.

5. Dirás, como é teu costume: "Meus amigos hão de cuidar disso". Espero que sejam de fato amigos tão fiéis, tão eruditos, tão empenha-

---

livro, apontado já no §1. **5.** LHE PERTENCEM: *aliquem cuius*. Se é verdade que a autoria, como a entendemos jurídica e socialmente hoje, era estranha aos antigos, não deixava, contudo, de ser o caminho para a glória individual com que poetas e prosadores buscavam vencer a morte. **6.** MORTALIDADE: *mortalitatem*. Entendi como sinédoque eufemística para evitar a palavra *mors*, "morte". **7.** MONUMENTO: *monimento*. É mesma palavra com que Horácio celebriza a tópica do *non omnis moriar*, "não morrerei de todo" –, isto é, as letras eternizam o poeta, – que Plínio agencia para persuadir Otávio a publicar os poemas.

suscipere et possint et uelint, sed dispice ne sit parum prouidum, sperare ex aliis quod tibi ipse non praestes.

6. *Et de editione quidem interim ut uoles: recita saltem quo magis libeat emittere, utque tandem percipias gaudium, quod ego olim pro te non temere praesumo.* **7.** *Imaginor enim qui concursus, quae admiratio te, qui clamor, quod etiam silentium maneat; quo ego, cum dico uel recito, non minus quam clamore delector, sit modo silentium acre et intentum, et cupidum ulteriora audiendi.* **8.** *Hoc fructu tanto, tam parato desine studia tua infinita ista cunctatione fraudare; quae cum modum excedit, uerendum est ne inertiae et desidiae uel etiam timiditatis nomen accipiat. Vale.*

---

8. CONSIDERA SE: *dispice ne.* É fórmula tópica que Plínio utiliza para dar alguma sugestão; ver I, 18, 5. **9.** PUBLICAÇÃO: *editione*, de ablativo de *editio*. **10.** QUANDO EU DISCURSO OU RECITO: *cum dico uel recito.* Sobre escrúpulos de Plínio em discursar, ver II, 19, 1. **11.** PASSA DO LIMITE:

LIVRO II

dos, que possam e queiram assumir tamanha responsabilidade, mas considera[8] se não é pouco prudente esperar dos outros o que não fazes para ti mesmo.

6. Sobre a publicação[9], por enquanto faz como queres: recita, apenas para que te possas divulgar mais e para que enfim percebas o prazer que sem temeridade prevejo para ti há muito tempo: 7. imagino o ajuntamento, a admiração, o clamor e até mesmo o silêncio que te aguardam! Quanto a mim, quando eu discurso ou recito[10], não é menor meu deleite com o silêncio do que com o clamor, contanto que seja silêncio de atenção, desejoso de ouvir o que virá. 8. Por tamanho desfrute, tão a teu alcance, deixa de trair teu engenho com essa infinita hesitação, que, quando passa do limite[11], já é o caso de temer que tenha outro nome: inércia, preguiça e até mesmo paúra. Adeus.

---

modum excedit. O argumento é aristotélico (*Ética a Nicômaco*, 2,2): a virtude, no caso, a sensatez, está no meio, entre o deleixo e o medo do fracasso.

EPISTULA XI

De causa Mari Prisci, proconsulis in Africa

GAIUS PLINIUS

ARRIANO SUO SALUTEM

1. Solet esse gaudio tibi si quid acti est in senatu dignum ordine illo. Quamuis enim quietis amore secesseris, insidet tamen animo tuo maiestatis publicae cura. Accipe ergo quod per hos dies actum est, personae claritate famosum, seueritate exempli salubre, rei magnitudine aeternum.

2. Marius Priscus accusantibus Afris quibus pro consule praefuit, omissa defensione iudices petiit. Ego et Cornelius Tacitus, adesse prouincialibus iussi, existimauimus fidei nostrae conuenire notum senatui facere excessisse Priscum immanitate et saeuitia crimina quibus dari iudices possent, cum ob innocentes condemnandos, interficiendos etiam, pecunias accepisset. 3. Respondit Fronto Catius deprecatusque est ne quid

---

II, 11. Data: pouco após 15 de janeiro de 100 d.C., pois que o processo de Mário Prisco ocorreu na primeira metade desse mês. A narração continua na epístola seguinte.

1. ARRIANO: Arriano Maturo; ver I, 2. 2. PRISCO: Mário Prisco. Foi procônsul em 97-98 d.C. na África e no fim do mandato foi acusado pelo povo de concussão e depois de *saeuitia*, crime grave, para o qual a instância competente era o Senado e a pena prevista era reclusão ou exílio. A concussão era julgada por uma comissão do Senado (*iudices*; ver IV, 9, 16) composta por cinco senadores e encerrava-se com a restituição de bens roubados segundo indica a fórmula LEX IULIA DE REPETUNDIS *ou* LEX IULIA RERUM REPETUNDARUM; ver §2. É mencionado em III, 9, 3; VI, 29, 9 e X, 3A, 2. Para importância desse discurso na datação de algumas epístolas, ver II, 19. Para condução diversa de uma causa semelhante, ver IV, 9, 2. 3. CORNÉLIO TÁCITO: o historiógrafo Públio Cornélio Tácito; ver I, 6. 4. CRUELDADE E SELVAGERIA: *immanitate et saeuitia*. Entendo

EPÍSTOLA 11

Do processo de Mário Prisco, procônsul na África

CAIO PLÍNIO

A SEU QUERIDO ARRIANO[1], SAUDAÇÕES

1. Costuma ser motivo de alegria para ti quando se discute no Senado alguma questão digna daquela casa e, por mais que o amor da tranquilidade te leve a sair de Roma, repousa em teu ânimo a preocupacão com a majestade da coisa pública. Por isso, lê aqui o assunto discutido nestes dias, famoso pela notoriedade da pessoa, edificante pela severidade do exemplo, duradouro pela grandeza da causa.

2. Mário Prisco[2], acusado pelos africanos à testa dos quais esteve na qualidade de procônsul, abriu mão da defesa e apresentou petição para que a causa fosse julgada não no Senado mas pela comissão. Eu e Cornélio Tácito[3], recebendo ordem de defender os africanos, avaliamos que era nosso dever informar ao Senado que pelo crueldade e selvageria[4] os crimes de Prisco estavam fora da alçada dos juízes, já que recebia dinheiro para condenar e até mesmo executar inocentes. **3.** Cátio Frontão[5] respondeu, implorando que não se buscasse nada além de crime de

---

como hendíade, seguindo Christopher Whitton (*Pliny the Younger, Epistles Book Two*, Cambridge University Press, 2013, p. 162) e mantenho-a, tal como Rusca (I, p. 153, "atrocità e barbarie"), diferentemente de Guillemin e Zehnacker (I, p. 69, e I, p. 49, "monstrueuse cruauté", ambos), e de Trisoglio (I, p. 289, "brutale ferocia"). **5.** CÁTIO FRONTÃO: cônsul em 96 d.C., assumia defesa de pessoas de caráter duvidoso, como se lê em IV, 9, 15 e VI, 13, 2. Pouco se sabe sobre sua carreira; talvez seja quem Marcial cita em *Epigramas*, 1, 55, v. 2.

ultra repetundarum legem quaereretur, omniaque actionis suae uela uir mouendarum lacrimarum peritissimus quodam uelut uento miserationis impleuit. 4. Magna contentio, magni utrimque clamores aliis cognitionem senatus lege conclusam, aliis liberam solutamque dicentibus, quantumque admisisset reus, tantum uindicandum. 5. Nouissime consul designatus Iulius Ferox, uir rectus et sanctus, Mario quidem iudices interim censuit dandos, euocandos autem quibus diceretur innocentium poenas uendidisse. 6. Quae sententia non praeualuit modo, sed omnino post tantas dissensiones fuit sola frequens, adnotatumque experimentis quod fauor et misericordia acres et uehementes primos impetus habent, paulatim consilio et ratione quasi restincta considunt. 7. Unde euenit ut, quod multi clamore permixto tuentur, nemo tacentibus ceteris dicere uelit; patescit enim, cum separaris a turba, contemplatio rerum quae turba teguntur.

8. Venerunt qui adesse erant iussi, Vitellius Honoratus et Flauius Marcianus; ex quibus Honoratus trecentis milibus exsilium equitis Romani septemque amicorum eius ultimam poenam, Marcianus unius equitis Romani septingentis milibus plura supplicia arguebatur emisse; erat enim fustibus caesus, damnatus in metallum, strangulatus in carcere. 9. Sed Honoratum cognitioni senatus mors opportuna subtraxit, Marcianus inductus est absente Prisco. Itaque Tuccius Cerialis consularis iure senatorio postulauit, ut Priscus certior fieret, siue quia miserabiliorem, siue quia inuidiosiorem fore arbitrabatur, si praesens fuisset, siue, quod maxime credo, quia aequissimum erat commune crimen ab utroque defendi et, si dilui non potuisset, in utroque puniri.

10. Dilata res est in proximum senatum, cuius ipse conspectus augustissimus fuit. Princeps praesidebat (erat enim consul); ad hoc Ianuarius men-

---

6. Júlio Feroz: cônsul em 99 d.C., depois procônsul na Ásia, parte ocidental da atual Turquia. Feroz propõe processo duplo, o que era muito incomum: um inquérito é autorizado na província ao mesmo tempo em que o Senado o julga de acusações menores. Foi supervisor do leito e das margens do Tibre de 101 a 104 d.C. É endereçado em VII, 13, e mencionado X, 87, 3. 7. Flávio Marciano: decurião de Léptis na Trípoli da África. É mencionado apenas nesta epístola. 8. Túcio Cerial: Marco Túcio Cerial, cônsul sufecto no final da década de 90 d.C. Talvez seja o Cerial (Túlio ou Túcio) destinatário de II, 19. 9. O Príncipe: o imperador Trajano; ver II, 9, 2.

extorsão, e esse sujeito tão hábil em despertar lágrimas enfunou as velas de sua fala como que com os ventos de um discurso patético. **4.** Houve grande altercação, grande clamor de cada parte, uns alegando que o inquérito do Senado era limitado por lei, outros que era livre, sem limitação e que o réu devia ser punido conforme o crime. **5.** Por fim o cônsul designado Júlio Feroz[6], homem correto e honrado, foi de parecer que Mário devia ser julgado pelos juízes e que se deviam intimar os acusados de vender condenação de inocentes. **6.** Esta sentença não apenas prevaleceu, mas depois de tamanha discórdia foi a única assumida pela maioria. A experiência mostra que o favor e a misericórdia de início recebem apoio intenso e veemente, mas aos poucos com ponderação refletida assossegam-se como chamas extintas. **7.** Disso decorre que aquilo que muitos defendem em meio ao clamor ninguém deseja expor depois, quando os outros se calam: com efeito, quando te separas da turba, patenteia-se a contemplação dos fatos que ela obscurece.

8. Apresentaram-se os que receberam ordem de fazê-lo, Vitélio Honorato e Flávio Marciano[7]: Honorato era acusado de vender por trezentos mil sestércios o exílio de um cavaleiro romano e a pena de morte de sete amigos dele. Marciano era acusado de vender por setecentos mil sestércios inúmeros suplícios infligidos num único cavaleiro romano: foi chicoteado, condenado a trabalhar nas minas e estrangulado na prisão. **9.** Porém a morte oportuna de Honorato subtraiu-o da condenação do Senado, e quanto a Marciano, foi levado a julgamento sem a presença de Prisco. Foi por isso que o ex-cônsul Túcio Cerial[8], usando de sua prerrogativa de senador, postulou que Prisco fosse informado, porque acreditava que ele provocaria mais misericórdia ou mais animosidade se estivesse presente ou então – como estou totalmente convencido – porque era muito justo que Marciano e Prisco se defendessem de uma acusação comum aos dois e, se não fosse possível absolvê-los, que ambos então fossem condenados.

10. A decisão foi adiada para a próxima reunião do Senado, cuja pompa desta vez foi a mais grandiosa. O Príncipe[9] a presidia, pois era cônsul, e além disso o mês de janeiro, em que Roma já é concorrida por

sis, cum cetera tum praecipue senatorum frequentia celeberrimus; praeterea, causae amplitudo auctaque dilatione, exspectatio et fama insitumque mortalibus studium magna et inusitata noscendi, omnes undique exciuerat. 11. Imaginare quae sollicitudo nobis, qui metus, quibus super tanta re in illo coetu praesente Caesare dicendum erat. Equidem in senatu non semel egi, quin immo nusquam audiri benignius soleo: tunc me tamen ut noua omnia nouo metu permouebant. 12. Obuersabatur praeter illa quae supra dixi causae difficultas: stabat modo consularis, modo septemuir epulonum, iam neutrum. 13. Erat ergo perquam onerosum accusare damnatum quem ut premebat atrocitas criminis, ita quasi peractae damnationis miseratio tuebatur.

14. Utcumque tamen animum cogitationemque collegi, coepi dicere non minore audientium assensu quam sollicitudine mea. Dixi horis paene quinque; nam duodecim clepsydris quas spatiosissimas acceperam, sunt additae quattuor. Adeo illa ipsa quae dura et aduersa dicturo uidebantur secunda dicenti fuerunt. 15. Caesar quidem tantum mihi studium, tantam etiam curam (nimium est enim dicere sollicitudinem) praestitit ut libertum meum post me stantem saepius admoneret uoci laterique consulerem, cum me uehementius putaret intendi, quam gracilitas mea perpeti posset. 16. Respondit mihi pro Marciano Claudius Marcellinus. Missus deinde senatus et reuocatus in posterum; neque enim iam incohari poterat actio, nisi ut noctis interuentu scinderetur.

17. Postero die dixit pro Mario Saluius Liberalis, uir subtilis, dispositus, acer, disertus; in illa uero causa omnes artes suas protulit. Respondit

---

10. César: o imperador Trajano; ver II, 9, 2. 11. DOZE CLEPSIDRAS: *duodecim clepsydris*: quatro clepsidras correspondiam a uma hora. Tácito e Plínio têm três horas cada já que a acusação dispõe de seis horas (ver IV 9, 9); uma quarta hora é concedida a Plínio e ademais regularam-se depois as clepsidras para a água escorrer mais devagar de modo que dezesseis clepsidras passam a corresponder a cerca de cinco horas. 12. CUIDADO COM A VOZ E OS PULMÕES: *uoci laterique consulerem*; ver IX, 36, 3 e IV 9, 9. 13. CLÁUDIO MARCELINO: desconhecido, mencionado apenas nesta epístola. 14. SÁLVIO LIBERAL: Caio Sálvio Liberal Nônius Basso, prócer da *Urbs Saluia*, fez rápida carreira sob Vespasiano (69-79 d.C.), que admirava sua franqueza (ver Suetônio, *Vida dos Césares*, 10, "Vespasiano", 13) e sob Tito (79-81 d.C.): foi comandante da 5ª Legião Macedônica, cônsul por volta de 86-87 d.C. e procônsul na Macedônia. Após o consulado, caiu em desgraça sob Domiciano, assim como outros amigos de Vespasiano, e é provável que tenha sido exilado. É mencionado em III, 9, 33. 15. ORADOR METÓDICO: *dispositus*. Em III, 1, 2, é qualidade ética, não oratória.

outras razões, é ainda mais pela acorrência de senadores. Além disso, a importância do caso, aumentada pelo adiamento imposto, a expectativa, a notoriedade e o desejo natural que as pessoas têm de conhecer coisas grandes e inusitadas, a todos excitou em toda parte. 11. Imagina minha preocupação, o medo em mim, que naquela reunião, na presença de César[10], tinha o dever de falar sobre caso tão importante. Na verdade, não foram poucas as vezes que atuei no Senado, e em nenhum outro lugar costumo ser ouvido com mais boa vontade. Mas dessa vez, porém, toda novidade me abalava, infundindo-me um temor que era novo para mim. 12. E além do que apontei, havia a dificuldade da causa: ora apresentava-se na outra parte alguém que fora cônsul, ora um que fora septênviro encarregado das cerimônias, e agora não era nem um nem outro. 13. Era-me, portanto, oneroso demais acusar um condenado a quem oprimia a atrocidade do crime, mas a quem protegia, porém, a piedade despertada como que por uma condenação decidida.

14. Todavia, de um modo ou outro, reuni coragem, recompus meus pensamentos e comecei a discursar para uma reunião de ouvintes que não era menor que minha ansiedade. Falei por quase cinco horas, já que às doze enormes clepsidras[11] que eu trouxera foram somadas outras quatro. Aqueles mesmos tópicos que pareciam difíceis e adversos quando eu estava prestes a discursar foram-me favoráveis quando eu discursava. 15. Trajano demonstrou tamanho favor para comigo, até mesmo tamanha preocupação (pois seria excessivo dizer solicitude), que a toda hora advertia um liberto meu, que estava em pé bem atrás de mim, para que eu tomasse cuidado com a voz e os pulmões[12], sempre que ele achava que eu estava me desgastando com mais ímpeto do que minha fragilidade podia suportar. 16. Em defesa de Marciano, respondendo à minha acusação, discursou Cláudio Marcelino[13]. Em seguida, a sessão do Senado foi suspensa até o dia seguinte, pois seria impossível iniciar outra fala que não fosse interrompida pelo anoitecer.

17. No dia seguinte, a favor de Mário discursou Sálvio Liberal[14], homem sutil, orador metódico[15], agudo, eloquente. De fato para aque-

Cornelius Tacitus eloquentissime et, quod eximium orationi eius inest, σεμνῶς. 18. Dixit pro Mario rursus Fronto Catius insigniter, utque iam locus ille poscebat, plus in precibus temporis quam in defensione consumpsit. Huius actionem uespera inclusit, non tamen sic ut abrumperet. Itaque in tertium diem probationes exierunt. Iam hoc ipsum pulchrum et antiquum, senatum nocte dirimi, triduo uocari, triduo contineri.

19. Cornutus Tertullus, consul designatus, uir egregius et pro ueritate firmissimus, censuit septingenta milia quae acceperat Marius aerario inferenda, Mario urbe Italiaque interdicendum, Marciano hoc amplius Africa. In fine sententiae adiecit, quod ego et Tacitus iniuncta aduocatione diligenter et fortiter functi essemus, arbitrari senatum ita nos fecisse ut dignum mandatis partibus fuerit. 20. Assenserunt consules designati, omnes etiam consulares usque ad Pompeium Collegam: ille et septingenta milia aerario inferenda et Marcianum in quinquennium relegandum, Marium repetundarum poenae quam iam passus esset censuit relinquendum. 21. Erant in utraque sententia multi, fortasse etiam plures in hac uel solutiore uel molliore. Nam quidam ex illis quoque qui Cornuto uidebantur adsensi, hunc qui post ipsos censuerat sequebantur. 22. Sed cum fieret discessio, qui sellis consulum adstiterant, in Cornuti sententiam ire coeperunt. Tum illi qui se Collegae adnumerari patiebantur in diuersum transierunt; Collega cum paucis relictus. Multum postea de impulsoribus suis, praecipue de Regulo questus est, qui se in sententia quam ipse dictauerat deseruisset. Est alioqui Regulo tam mobile ingenium, ut plurimum audeat, plurimum timeat.

---

16. Cornuto Tertulo: Gaio Júlio Cornuto Tertulo (45-118? d.C.). Foi governador de Creta e Cirene e em 70 d.C. Vespasiano inseriu-o na Guarda Pretoriana. No governo de Domiciano (81-96 d.C.) Tertulo foi procônsul da Gália Narbonense e em 98 d.C., foi nomeado prefeito do erário de Saturno (ver I, 1), tendo por colega o próprio Plínio. Em 100 d.C. Tertulo foi cônsul sufecto também ao lado de Plínio. Entre 109-110 d.C., realizou o censo da Gália Aquitânia e entre 112-115 d.C. foi prôconsul da Bitínia e do Ponto. Foi novamente procônsul da África entre 116-118 d.C. É destinatário de VII, 21 e VII, 31 e é mencionado em II, 12, 2; IX, 13, 15; V, 14, §§1, 2, 3 e 9 e IV, 17, 9. **17.** Pompeu Colega: provavelmente Sexto Pompeu Colega, cônsul ordinário em 93 d.C., não Gneu Pompeu Colega, seu pai, legato na Gália em 75 d.C. É mencionado apenas nesta epístola. **18.** deslocamento dos senadores: *discessio.* Para facilitar a contagem dos votos, os senadores deslocavam-se agrupando-se ao lado daqueles cujo parecer aprovavam. **19.** Régulo: Marco Aquílio Régulo; ver I, 5.

le discurso mobilizou todos os seus recursos. Respondeu-lhe Cornélio Tácito, da maneira mais eloquente e, como é notável na fala dele, com elevação. 18. Outra vez Frontão Cátio discursou, com brilho, em favor de Mário. Consumiu mais tempo em implorar do que em defender, conforme exigiam as circunstâncias. O cair da noite pôs fim ao discurso dele, sem, contudo, interrompê-lo. Assim, as provas ficaram para o terceiro dia: que costume antigo e ao mesmo tempo belo o Senado ser dispensado à noite, ser convocado por três dias seguidos e por três dias estar reunido!

19. Cornuto Tertulo[16], cônsul designado, homem notável e amicíssimo da verdade, propôs que os setecentos mil sestércios que Mário aceitara deveriam ser restituídos ao erário, que Mário estava banido de Roma e da Itália, assim como Marciano, este banido também da África. No fim da sentença, dado que eu e Tácito, advogando em conjunto, nos houvéramos zelosa e corajosamente, Cornuto acrescentou que o Senado julgava que nosso desempenho tinha sido à altura do que nos fora exigido. 20. Os cônsules designados assentiram e também todos os ex-cônsules, inclusive o ex-cônsul Pompeu Colega[17], que os setecentos mil sestércios fossem restituídos ao erário, Marciano banido por cinco anos e Mário condenado à pena por extorsão que já tinha recebido. 21. Havia muitos favoráveis a uma e outra sentença, mas havia mais pessoas favoráveis à última porque era mais indulgente ou menos rigorosa, pois também alguns daqueles que pareciam assentir com Cornuto agora acompanhavam Colega, que votara segundo a opinião deles. 22. Mas quando começou o deslocamento dos senadores[18] para contagem dos votos, aqueles que estavam ao lado dos cônsules começaram a posicionar-se pela sentença de Cornuto. Então, aqueles que se deixavam contar ao lado de Colega se dividiram, e Colega foi deixado com poucos partidários. Mais tarde ele se queixaria muito de seus apoiadores, principalmente de Régulo[19], que o abandonou sozinho a defender uma posição que o próprio Régulo apresentara. Régulo, aliás, é de espírito tão volúvel, que o muito que ele ousa é o tanto que depois vem a temer.

23. Hic finis cognitionis amplissimae. Superest tamen λιτούργιον non leue, Hostilius Firminus legatus Mari Prisci, qui permixtus causae graui-ter uehementerque uexatus est. Nam et rationibus Marciani, et sermone quem ille habuerat in ordine Lepcitanorum, operam suam Prisco ad tur-pissimum ministerium commodasse, stipulatusque de Marciano quin-quaginta milia denariorum probabatur, ipse praeterea accepisse sestertia decem milia foedissimo quidem titulo, nomine unguentarii, qui titulus a uita hominis compti semper et pumicati non abhorrebat. 24. Placuit censente Cornuto referri de eo proximo senatu; tunc enim, casu an con-scientia, afuerat.

25. Habes res urbanas; inuicem rusticas scribe. Quid arbusculae tuae, quid uineae, quid segetes agunt, quid oues delicatissimae? In summa, nisi aeque longam epistulam reddis, non est quod postea nisi breuissimam exspectes. Vale.

---

20. SARNA: λιτούργιον (*litóurgion*). Walsh (p. 304) aponta que é de significado incerto esse termo grego, que Plínio utiliza também em II, 12, 1. Para T. Reekmans ("*Superest tamen* λιτούργιον *non leue*", *Hommage à M. Renard, I – Latomus*, 101–, Bruxelles, 1969, pp. 658-665, *apud* Trisoglio, I, p. 296) λιτούργιον designa um pequeno tumor adiposo – no caso, Hostílio Firmino – que con-

LIVRO II

23. Assim terminou esse enorme inquérito. Resta, porém, uma sarna[20] nada fácil de curar: trata-se de Hostílio Firmino[21], legado de Mário Prisco, que, envolvido na ação, foi grave e duramente atacado. É que pelos argumentos de Marciano e pelo discurso que ele fizera no Senado de Léptis foi provado que Firmino auxiliara Prisco num vergonhoso serviço e que extorquira cinquenta mil denários de Marciano, além disso, que o próprio Firmino recebera dez mil sestércios pela infame atividade de "perfumista", título que não deixava de condizer com o hábito seu de pessoa sempre bem penteada e escanhoada. **24.** Decidiu-se acolher a proposta de Cornuto e tratar do caso na próxima sessão do Senado, pois casual ou deliberadamente Firmino estava então ausente.

25. Tens aqui os fatos ocorridos em Roma: escreve agora contando os ocorridos no campo. Como estão teus pomares, teus vinhedos, tuas colheitas, tuas ovelhas tão delicadas? Em suma, se não responderes com uma epístola igualmente longa, não haverá motivo de não aguardares depois senão uma muitíssimo breve. Adeus.

---

tamina quem se dele se aproxima. Para "sarna" Houaiss traz: "pessoa impertinente, inoportuna, maçante". Para uso do grego, ver I, 2, 1. **21.** HOSTÍLIO FIRMINO: um dos três legados à disposição dos cônsules da Ásia e da África, mas desconhecido. É mencionado em II, 12, 2.

EPISTULA XII

Iterum de causa Mari Prisci, proconsulis in Africa

GAIUS PLINIUS

ARRIANO SUO SALUTEM

1. Λιτούργιον illud, quod superesse Mari Prisci causae proxime scripseram, nescio an satis, circumcisum tamen et adrasum est. 2. Firminus inductus in senatum respondit crimini noto. Secutae sunt diuersae sententiae consulum designatorum. Cornutus Tertullus censuit ordine mouendum, Acutius Nerua in sortitione prouinciae rationem eius non habendam. Quae sententia tamquam mitior uicit, cum sit alioqui durior tristiorque. 3. Quid enim miserius quam exsectum et exemptum honoribus senatoriis, labore et molestia non carere? Quid grauius quam tanta ignominia adfectum non in solitudine latere, sed in hac altissima specula conspiciendum se monstrandumque praebere? 4. Praeterea quid publice minus aut congruens aut decorum? Notatum a senatu in senatu sedere, ipsisque illis a quibus sit notatus aequari; summotum a proconsulatu, quia se in legatione turpiter gesserat, de proconsuli-

---

II, 12. Data: 100 d.C. É continuação da epístola anterior.

1. Arriano: Arriano Maturo; ver I, 2. 2. sarna: λιτούργιον (*litóurgion*); ver II, 12, 23. 3. Mário Prisco: ver II, 11. 4. Firmino: Hostílio Firmino; ver II, 11, 23. 5. Cornuto Tertulo: Gaio Júlio Cornuto Tertulo; ver II, 11, 19. 6. Acúcio Nerva: cônsul sufecto em 100 a.C. e depois foi legado na Germânia Inferior por volta de 101 e 103 d.C.; ver *PIR*, 2 A 101). É mencionado apenas nesta epístola. 7. Adotei pontuação de Mynors (p. 52) e Radice (I, p. 118): interrogação depois

EPÍSTOLA 12

Mais do processo de Mário Prisco, procônsul na África

CAIO PLÍNIO

A SEU QUERIDO ARRIANO[1], SAUDAÇÕES

1. Aquela sarna[2], que na epístola anterior eu afirmei ainda haver no caso de Mário Prisco[3], não sei se o bastante, mas já foi envolvida e raspada. **2.** Levado ao Senado, Firmino[4] respondeu pelo já conhecido crime. Seguiram-se sentenças diversas dos cônsules designados. Cornuto Tertulo[5] foi de parecer que Prisco devia ser expulso da ordem senatorial; Acúcio Nerva[6], que ele não deveria participar do sorteio de províncias, proposta que venceu por ser supostamente mais branda, embora seja mais dura e vergonhosa, **3.** pois o que é mais humilhante do que, privado e banido das honrarias senatoriais, não ser dispensado do trabalho e dos problemas? O que é mais grave do que, vexado por tamanha desonra, não se recolher à solidão, mas exibir-se nesta eminente atalaia que é o Senado só para que o olhem e o apontem? **4.** Ademais, o que publicamente poderia ser menos digno e decoroso?[7] Punido pelo Senado, integrar o Senado e estar em pé de igualdade com aqueles mesmos que o puniram; alijado do proconsulado por conduta vergonhosa

---

de *decorum* e exclamação depois de *absoluere*. Guillemin (I, p. 75), seguida por Zehnacker (I, p. 53), não separa *decorum* de *notatum*, como fazem Schuster & Hanslik (p. 55), mas todos eles adiam a interrogação para após a palavra *absoluere*.

bus iudicare, damnatumque sordium uel damnare alios uel absoluere! 5. Sed hoc pluribus uisum est. Numerantur enim sententiae, non ponderantur; nec aliud in publico consilio potest fieri, in quo nihil est tam inaequale quam aequalitas ipsa. Nam cum sit impar prudentia, par omnium ius est.

6. Impleui promissum priorisque epistulae, fidem exsolui, quam ex spatio temporis iam recepisse te colligo; nam et festinanti et diligenti tabellario dedi, nisi quid impedimenti in uia passus est. 7. Tuae nunc partes, ut primum illam, deinde hanc remunereris litteris, quales istinc redire uberrimae possunt. Vale.

LIVRO II

na comitiva, decidir sobre nomeação de procônsules e, condenado por corrupção, condenar ou absolver os outros! **5.** No entanto, assim decidiu a maioria. Contam-se mas não se pesam os votos e nada além disso é possível fazer numa assembleia pública em que nada é tão desigual quanto a própria igualdade, pois, embora não seja equitativa a sabedoria de cada um, todos têm igual direito de voto.

6. Cumpri a promessa feita e mantive a palavra dada na outra epístola, que, a julgar pelo tempo decorrido, deduzo que já recebeste – pois confiei-a a mensageiro rápido e diligente – a não ser que tenha encontrado algum impedimento no caminho. **7.** Agora é tua vez: primeiro vais retribuir-me a outra epístola; em seguida esta, e as tuas, partindo do campo[8], podem muito bem voltar ubérrimas. Adeus.

---

8. CAMPO: *istinc*, "daqui". Arriano, estando no campo, narrará sua vida agrária, razão pela qual Plínio usa o termo *uberrimae*, "ubérrimas", muito empregado em contexto agrário, assim referindo-se ao mesmo tempo ao assunto das epístolas e ao tamanho delas.

EPISTULA XIII

Commendatio Voconi Romani

GAIUS PLINIUS

PRISCO SUO SALUTEM

1. Et tu occasiones obligandi me auidissime amplecteris, et ego nemini libentius debeo. 2. Duabus ergo de causis a te potissimum petere constitui, quod impetratum maxime cupio. Regis exercitum amplissimum: hinc tibi beneficiorum larga materia, longum praeterea tempus, quo amicos tuos exornare potuisti. Conuertere ad nostros nec hos multos. 3. Malles tu quidem multos; sed meae uerecundiae sufficit unus aut alter, ac potius unus.

4. Is erit Voconius Romanus. Pater ei in equestri gradu clarus, clarior uitricu, immo pater alius (nam huic quoque nomini pietate successit); mater e primi. Ipse citerioris Hispaniae – scis quod iudicium prouinciae illius, quanta sit grauitas – flamen proxime fuit. 5. Hunc ego, cum simul studeremus, arte familiariterque dilexi; ille meus in urbe, ille in secessu

---

II, 13. Data: anterior à morte de Nerva, em 98 d.C.

1. PRISCO: segundo Sherwin-White (p. 174), deve ser Lúcio Javoleno Prisco, que foi legado na Germânia Superior, procônsul na África e legado na Síria entre 95 e 101 d.C e não o Cornélio Prisco da epístola III, 21. Lúcio Javoleno Prisco é mencionado em VI, 15, 2. **2.** PEDIR: *petere*. A epístola é articulada pelo conceito do favor (*beneficiorum* neste mesmo paragráfo); por verbos respeitantes a favor, como *rogare* (uma vez no §10 e três no §11), e pelo substantivo *prex* (§10). O favor diz respeito à amizade, fartamente mencionada na epístola por mais de um termo, e o consequente objetivo é o crescimento dos amigos ("promover", §2). A parte central da epístola é um discurso demonstrativo, pelo rol de virtudes de Vocônio, da mãe, do padrasto e até mesmo

EPÍSTOLA 13

Recomendação de Vocônio Romano

CAIO PLÍNIO

A SEU QUERIDO PRISCO[1], SAUDAÇÕES

1. Tu agarras com a maior avidez todas as oportunidades de me deixar comprometido e eu a ninguém me sinto devedor com mais boa vontade. **2.** Assim, dois motivos me levaram a pedir[2] particularmente a ti algo que desejo muito que se realize: comandas um exército enorme; tens aí grande condição de distribuir favores, aliás, há muito tempo já, e tiveste muita ocasião de promover teus amigos. Volta a atenção aos meus, que nem são tantos assim. **3.** Preferirias que fossem muitos, mas bastam a meu pudor um ou dois: na verdade um só.

4. Trata-se de Vocônio Romano[3]. O pai dele foi ilustre na ordem equestre, e ainda mais ilustre foi o padrasto (aliás, diziam-no "um segundo pai", tão grande era sua ternura[4]!); a mãe era de família das mais importantes. No ano passado ele foi flâmen na Hispânia Citerior: conheces bem o discernimento dessa província, quão grande é sua severidade. **5.** Por ele me afeiçoei com estreita e terna amizade quando estudamos juntos. Moramos juntos na cidade e no campo: compartilhei

---

da Hispânia. **3.** VOCÔNIO ROMANO: Caio Licínio Vocônio Romano; ver I, 5. **4.** TERNURA: *pietate*. A *pietas* romana, que não corresponde ao sentido que hoje tem o termo "piedade", designa, como é o caso aqui, o senso de obrigação relativo àqueles a quem se está ligado por natureza, como pais, filhos e parentes.

contubernalis, cum hoc seria, cum hoc iocos miscui. 6. Quid enim illo aut fidelius amico aut sodale iucundius? Mira in sermone, mira etiam in ore ipso uultuque suauitas. 7. Ad hoc ingenium excelsum, subtile, dulce, facile, eruditum in causis agendis; epistulas quidem scribit, ut Musas ipsas Latine loqui credas. Amatur a me plurimum nec tamen uincitur. 8. Equidem iuuenis statim iuueni, quantum potui per aetatem, auidissime contuli, et nuper ab optimo principe trium liberorum ius impetraui; quod quamquam parce et cum delectu daret, mihi tamen tamquam eligeret indulsit. 9. Haec beneficia mea tueri nullo modo melius quam ut augeam possum, praesertim cum ipse illa tam grate interpretetur, ut dum priora accipit posteriora mereatur.

10. Habes qualis, quam probatus carusque sit nobis, quem rogo pro ingenio, pro fortuna tua exornes. In primis ama hominem; nam licet tribuas ei quantum amplissimum potes, nihil tamen amplius potes amicitia tua; cuius esse eum usque ad intimam familiaritatem capacem quo magis scires, breuiter tibi studia, mores, omnem denique uitam eius expressi. 11. Extenderem preces nisi et tu rogari diu nolles et ego tota hoc epistula fecissem; rogat enim et quidem efficacissime, qui reddit causas rogandi. Vale.

5. Musas: *Musas*. As deusas gregas da poesia; ver III, 21, 5 e o emprego do termo latino *Camenae* em IX, 25, 3. **6.** nosso excelente Príncipe: *optimo principe*. É Trajano; ver II, 9, 2. **7.** direito dos três filhos: *trium liberorum ius*, "direito dos três filhos", cuja finalidade era estimular a procriação. Garantia aos homens acesso a cargos honoríficos e dispensava-os de obrigações

com ele responsabilidades, compartilhei brincadeiras. 6. Quem é mais fiel que este amigo, quem mais agradável que este companheiro? 7. É admirável a suavidade de sua conversa e da expressão do rosto e da voz! A isso soma-se uma inteligência elevada, fina, suave, facil e erudita nos processos que assume. Escreve epístolas tais, que crerias que as próprias Musas[5] falam latim. Amo-o demais e ele retribui à altura. 8. Com efeito, eu ainda jovem logo auxiliei este jovem quanto me permitia a idade e há pouco consegui de nosso excelente Príncipe[6] que usufruísse do direito dos três filhos[7], que, embora ele conceda com parcimônia e critério, por minha causa lhe outorgou como se tivesse sido escolha sua. 9. Estes meus favores eu não poderia conservá-los melhor a não ser com outros maiores, sobretudo porque Vocônio com tanta gratidão os reconhece, que, quando aceita os primeiros, faz por merecer os segundos.

10. Sabes agora que homem é e quão aprovado e querido por mim é ele: peço-te que o promovas como parecer melhor a tua argúcia e a teus recursos. Primeiro que tudo, ama-o, pois mesmo que lhe concedas o máximo que puderes, ainda assim nada poderá ser maior que tua amizade; e justamente para que conhecesses melhor a condição que ele oferece para a amizade e até mesmo para a convivência íntima, é que te fiz breve resumo de suas inclinações, do caráter e enfim da maneira de viver. 11. Continuaria te rogando, se a ti não te aborecesse receber pedidos indefinidamente e se eu já o não tivesse feito em toda esta epístola: de fato, pede com a maior eficácia aquele que mostra as razões de pedir. Adeus.

---

judiciárias; às mulheres dispensava a obrigatoriedade da tutela e concedia alguns direitos sucessórios. Marcial, que não teve filhos, menciona o privilégio em *Epigramas*, 2, 91; 2, 92; 3, 95 e 9, 97 entre outros.

EPISTULA XIV

Ruina forensis eloquentiae

GAIUS PLINIUS

MAXIMO SUO SALUTEM

1. *Verum opinaris: distringor centumuiralibus causis, quae me exer-cent magis quam delectant. Sunt enim pleraeque paruae et exiles; raro incidit uel personarum claritate uel negotii magnitudine insignis.* **2.** *Ad hoc pauci cum quibus iuuet dicere; ceteri audaces atque etiam magna ex parte adulescentuli obscuri ad declamandum huc transierunt, tam irreuerenter et temere, ut mihi Atilius noster expresse dixisse uideatur sic in foro pueros a centumuiralibus causis auspicari, ut ab Homero in scholis. Nam hic quoque ut illic primum coepit esse quod maximum est.* **3.** *At hercule ante memo-riam meam (ita maiores natu solent dicere), ne nobilissimis quidem adules-centibus locus erat nisi aliquo consulari producente: tanta ueneratione pul-*

II, 14. Data: fim de 97 d.C.

1. MÁXIMO: Sherwin-White (pp. 180-181) explica que 1) sem o *nomen* (que é o nome de família) o *praenomen* "*Maximus*" ocorre oito vezes nas epístolas: nesta II, 14; VI, 11; VI, 34; VII, 26; VIII, 19; VIII, 24 e IX, 1 e IX, 23. São referentes a dois indivíduos, dos quais um é mais velho, coetâneo de Plínio, interessado em letras, endereçado cinco vezes: nesta epístola II, 14; VI, 11; VIII, 19; IX, 1 e IX 23. O outro é um jovem senador pretoriano, aconselhado por Plínio sobre sua carreira e endereçado três vezes: em VI, 34; VII, 26 e VIII, 24. 2) Junto com *Maximus* ocorrem os cognomes *Vibius* (destinatário de III, 2); *Maesius* (III, 20 e IV, 25) e *Novius* (IV, 20 e V, 5). O *Maximus* desta epístola II, 14, não é possível saber se é Mésio ou Nóvio. Víbio, cavaleiro, está excluído porque é destinatário de III, 2, e assim não pode ser o *Maximus* das epístolas dos livros VI-IX após ter sido condenado em 107 d.C. (ver III, 2). Nóvio é homem de letras (ver IV, 20), provalmente senador e

EPÍSTOLA 14

Decadência da oratória judiciária

CAIO PLÍNIO

A SEU QUERIDO MÁXIMO[1], SAUDAÇÕES

1. Tua opinião é correta: as causas centunvirais me importunam e me dão mais cansaço que deleite. A maior parte é breve e sobre questões menores; é raro ocorrer uma que seja extraordinária pela notoriedade dos envolvidos ou pela importância do caso. **2.** Soma-se a isso que poucas são as pessoas contra quem é prazeiroso discursar; os restantes são insolentes e na maior parte jovens desconhecidos que ali vieram só para declamar, e tão irreverente e temerariamente o fazem, que nosso querido Atílio[2], creio, disse muito claramente que no fórum os jovens se iniciam nas causas centunvirais, assim como leem Homero nas escolas: aqui e lá o exórdio é já o ponto máximo do discurso. **3.** Mas por deus, "desde quando me lembro" (assim costumavam dizer nossos antepassados), até mesmo os filhos das melhores famílias só chegavam aqui se fossem indi-

---

talvez seja irmão de Nóvio Prisco e também coetâneo de Plínio (ver v, 5, 8). Mésio é dedicado à historiografia (ver III, 20, 25) e não parece ser senador. 3) Sobra, pois, apenas o *noster Maximus*, "meu querido Máximo", de VI, 8, 4, que, mediante relações com Prisco e Atílio, pode talvez ser identificado a Nóvio Máximo e ao sujeito mais velho acima mencionado, destinatário desta e de outras quatro epístolas: VI, 11; VIII, 19 e IX, 1 e IX, 23. O Máximo mais jovem pode ser Quintílio Valério Máximo; ver VIII, 24. Para a questão, ver resenha de C. P. Jones sobre o livro de Sherwin--White, "A New Commentary on the Letters of Pliny", *Phoenix* 22, 2 (Summer, 1968), pp. 111-142. **2.** ATÍLIO: Atílio Crescente; ver I, 9, 8.

cherrimum opus colebatur. 4. Nunc refractis pudoris et reuerentiae claustris, omnia patent omnibus, nec inducuntur sed inrumpunt.

Sequuntur auditores actoribus similes, conducti et redempti. Manceps conuenitur; in media basilica tam palam sportulae quam in triclinio dantur; ex iudicio in iudicium pari mercede transitur. 5. Inde iam non inurbane Σοφοκλεῖς uocantur ἀπὸ τοῦ σοφῶς καὶ καλεῖσθαι, isdem Latinum nomen impositum est Laudiceni; 6. et tamen crescit in dies foeditas utraque lingua notata. Here duo nomenclatores mei (habent sane aetatem eorum qui nuper togas sumpserint) ternis denariis ad laudandum trahebantur. Tanti constat ut sis disertissimus. Hoc pretio quamlibet numerosa subsellia implentur. Hoc ingens corona colligitur, hoc infiniti clamores commouentur, cum mesochorus dedit signum. 7. Opus est enim signo apud non intellegentes, ne audientes quidem; nam plerique non audiunt, nec ulli magis laudant. 8. Si quando transibis per basilicam et uoles scire quo modo quisque dicat, nihil est quod tribunal ascendas, nihil quod praebeas aurem; facilis diuinatio: scito eum pessime dicere, qui laudabitur maxime.

9. *Primus hunc audiendi morem induxit Larcius Licinus, hactenus tamen ut auditores corrogaret. Ita certe ex Quintiliano praeceptore meo*

---

3. ANIMADOR DA AUDIÊNCIA: *manceps.* É quem contrata pessoas para aplaudir. **4.** SÓFOCLES: Σοφοκλέις é plural de Σοφοκλής, nome composto do adjetivo σοφός, "sábio", e κλέος, "glória", "reputação". A frase grega ἀπὸ τοῦ σοφῶς significa "derivado de palavra 'sabiamente'". Para uso do grego, ver I, 2, 1. **5.** LAUDICENOS: a palavra *laudiceni* é composta de *laus, laudis,* "louvor", e *cena,* "refeição". **6.** ESCRAVOS NOMEADORES: *nomenclatores;* ver I, 4, 4, nota sobre manumissão de escravos por parte de Plínio. **7.** BASILICA JÚLIA: lá ficava a Corte Centunviral; ver V, 9, 1 e VI, 33, 4. **8.** LÁRCIO LICINO: advogado que teve relações com Plínio, o Velho, a quem Aulo Gélio (*Noites Áticas,* 17, 1, 1) considera autor do livro invectivo *Ciceromastix* (*O Flagelo de Cícero*): *Ut quidam fuerunt monstra hominum, quod de dis immortalibus impias falsasque opiniones prodiderunt, ita nonnulli tam prodigiosi tamque uecordes exstiterunt, in quibus sunt Gallus Asinius et Larcius Licinus, cuius liber etiam fertur infando titulo Ciceromastix, ut scribere ausi sint M. Ciceronem parum integre atque improprie atque inconsiderate locutum,* "Tal como alguns homens foram monstros porque sobre os deuses imortais divulgaram opiniões ímpias e falsas, assim também outros foram tão extravagantes e insensatos, que – como é o caso de Galo Asínio e também de Lárcio Licino, cujo livro traz o título de *O Flagelo de Cícero* – ousaram escrever que Cícero falava com pouca correção, pouca propriedade e pouca reflexão". **9.** QUINTILIANO MEU PRECEPTOR: Marco Fábio Quintiliano (c. 35-c. 100 d.C.) nascido em Calagúrris, na Hispânia (hoje Calahorra, La Rioja, Espanha), foi mandado a Roma para estudar retórica no início do governo de Nero (54-68 d.C.) e então conheceu seu mestre, Domício Afro. Após a morte de Afro, ocorrida em

LIVRO II

cados por algum membro consular: tão grande era a veneração por esse belíssimo trabalho. 4. Agora, rompidas as barreiras do pudor e do respeito, tudo se abre a todos, e eles já não são apresentados, mas invadem.

A esses oradores seguem-se ouvintes que se lhes assemelham, verdadeiros mercenários a soldo. Junta-se um animador da audiência[3]; no meio do palácio de justiça dão-se espórtulas com a mesma sem-cerimônia que nas residências; passa-se de um caso a outro por um preço igual. 5. Por isso já não é sem urbanidade que em grego com boa razão são chamados "sófocles", porque estes lhes dão reputação de sábios[4], gritando "bravo", e em latim recebem o nome de "laudicenos[5]", porque, dando-lhes louvor com o mesmo expediente, ganham uma refeição. 6. E no entanto, essa torpeza, tachada numa e noutra língua, cresce a cada dia. Ontem dois nomeadores, aqueles escravos[6] que me sopram os nomes das pessoas que devo saudar (eles têm a mesma idade dos que assumem a toga viril), foram contratados por dois dinheiros para aplaudir. Por uma pechincha dessa consegues ser considerado muito eloquente. Por tal quantia lota-se qualquer assistência que seja, reúne-se uma numerosa claque, ergue-se um clamor sem fim, tão logo o corifeu dá o sinal. 7. O sinal é necessário para quem não consegue nem mesmo entender e mais ainda para quem não consegue ouvir, pois a maioria não ouve mesmo e não há quem aplauda mais do que estes. 8. Se, ao passares pela corte de justiça na Basílica Júlia[7], quiseres saber como alguém está discursando, não precisas subir ao tribunal nem lhe prestar o ouvido; é fácil adivinhar: logo saberás que o mais aplaudido é quem discursa pior.

9. O primeiro a introduzir esse procedimento para a platéia foi Lárcio Licino[8], mas ele se restringia a convidar ouvintes. Ao menos é

---

59 d.C., voltou à Hispânia para advogar, mas em 68 d.C. retornou a Roma para integrar a corte do sucessor de Nero, Galba (68-69 d.C.), de quem não parece ter sido muito próximo, já que sobreviveu ao assassinato dele em 69 d.C. Após a morte de Galba, abriu uma escola pública de retórica entre cujos alunos estavam nosso Plínio, o Jovem, e talvez Tácito e Juvenal. Vespasiano (69-79 d.C.) nomeou-o cônsul, com o quê pode largar ensino e advocacia em 88 d.C. durante o reinado de Domiciano (81-96 d.C.). Conforme temos visto, escreveu em 89 d.C. um tratado *De Causis Corruptae Eloquentiae* (*Sobre as Causas da Corrupção da Eloquência*) e em 94-95 d.C. as *Instituições Oratórias*. É matéria do *De Claris Rhetoribus* (*Sobre Rétores Ilustres*) de Suetô-

*audisse me memini. **10.** Narrabat ille: "Adsectabar Domitium Afrum. Cum apud centumuiros diceret grauiter et lente (hoc enim illi actionis genus erat), audit ex proximo immodicum insolitumque clamorem. Admiratus reticuit; ubi silentium factum est, repetit quod abruperat. **11.** Iterum clamor, iterum reticuit, et post silentium coepit. Idem tertio. Nouissime quis diceret quaesiit. Responsum est: "Licinus". Tum intermissa causa "Centumuiri", inquit, "hoc artificium periit". **12.** Quod alioqui perire incipiebat cum perisse Afro uideretur, nunc uero prope funditus exstinctum et euersum est. Pudet referre quae quam fracta pronuntiatione dicantur, quibus quam teneris clamoribus excipiantur. **13.** Plausus tantum ac potius sola cymbala et tympana illis canticis desunt: ululatus quidem (neque enim alio uocabulo potest exprimi theatris quoque indecora laudatio) large supersunt. **14.** Nos tamen adhuc et utilitas amicorum et ratio aetatis moratur ac retinet; ueremur enim ne forte non has indignitates reliquisse, sed laborem fugisse uideamur. Sumus tamen solito rariores, quod initium est gradatim desinendi. Vale.*

---

nio (ver I, 18); é mencionado por Juvenal (*Sátiras*, 7, vv. 186-189) e Marcial (*Epigramas*, 2, 90). Quintiliano é mencionado também em VI, 6, 3. **10.** DOMÍCIO AFRO: nascido na Gália, foi rétor e mestre de Quintiliano, que, nas *Instituições Oratórias*, 12, 11, 3, o considera *longe omnium quos mihi cognoscere contigit summum oratorem*, "de longe o maior orador de quantos conheci". Tácito, oblíquo, dele diz (*Anais*, 4, 52): *reos tutando prosperiore eloquentiae quam morum fama fuit*, "defendendo alguns réus teve mais renome pela qualidade da eloquência do que pela dos costumes". **11.** MODO DE ATUAR: *actionis genus*. Trata-se da ação (*actio*) ou pronunciação (*pronuntiatio*; em grego a *hypókrisis* = ὑπόκρισις), parte da retórica que trata do gestual do orador, mencionada logo a seguir; ver IV, 7, 2. **12.** LÂNGUIDA PRONUNCIAÇÃO: *fracta pronuntiatione*.

LIVRO II

assim que lembro ter ouvido de Quintiliano[9], meu preceptor. 10. Ele costumava contar: "Eu acompanhava Domício Afro[10]. Certa vez, quando discursava diante dos centúnviros, grave e lentamente (pois este era seu modo de atuar[11]), ouviu um clamor exagerado e insólito vindo da sala vizinha. Surpreso, calou-se. Assim que se fez silêncio, recomeçou de onde tinha parado. 11. Outra vez houve clamor, outra vez ele se calou. Assim também na terceira vez. Por fim, perguntou quem discursava. Responderam que era Licínio. Então, interrompida a fala, disse: "Centúnviros, a eloquência está morta". 12. Mas aquilo que começava a morrer quando Afro achava que já tinha morrido agora está sim quase extinto e aniquilado. Tenho até vergonha de dizer como é lânguida a pronunciação[12] dos discursos, quão tíbio é o clamor com que são ouvidos. 13. Só faltam aplausos, só faltam címbalos e tímpanos para louvar esses cânticos: esses verdadeiros ululados (nenhuma outra palavra dá conta de exprimir essa louvação indecorosa até mesmo num teatro) campeiam à larga. 14. Porém a mim até agora me refreiam e retêm o interesse dos amigos e o respeito pela minha idade, porque temo que pensem não que eu tenha abandonado estas indignidades mas que tenha fugido ao trabalho. Sou, porém, um exemplo mais raro do que o normal, pois este é o começo de uma desistência gradativa. Adeus.

Para o novo estilo, evitado por Afro, mas ensinado pelos *phonasci* (professores de canto e declamação), ver Quintiliano, *Instituições Oratórias*, 9, 4, 31 e 11, 3, 23. Refere-se aos excessos da prática asianista, como aponta Tácito, *Diálogo dos Oradores*, 26, 2-3: *Neque enim oratorius iste, immo hercule ne uirilis quidem cultus est, quo plerique temporum nostrorum actores ita utuntur, ut lasciuia uerborum et leuitate sententiarum et licentia compositionis histrionalis modos exprimant,* "Com efeito, não é estilo de orador, nem sequer, por deus!, de homem, esse que emprega a maior parte dos que hoje discursam, que os leva pela redundância das palavras, pela vacuidade dos conceitos e pelas licenças na composição, a reproduzir o modo de falar dos atores". Ver Quintiliano, *Instituições Oratórias*, 12, 10, 73 e I, 2, §§1-2.

EPISTULA XV

Emptio agrorum

GAIUS PLINIUS

VALERIANO SUO SALUTEM

1. Quo modo te ueteres Marsi tui? Quo modo emptio noua? Placent agri, postquam tui facti sunt? Rarum id quidem: nihil enim aeque gratum est adeptis quam concupiscentibus. 2. Me praedia materna parum commode tractant, delectant tamen ut materna, et alioqui longa patientia occallui. Habent hunc finem assiduae querellae, quod queri pudet. Vale.

II, 15. Data: incerta.

1. VALERIANO: Júlio Valeriano, talvez senador e de resto, desconhecido. É mencionado em V, 4 e V, 13. 2. CAMPOS MARSOS: terras no antigo território dos marsos, nos Apeninos centrais, pró-

EPÍSTOLA 15

Aquisição de terras

CAIO PLÍNIO
A SEU QUERIDO VALERIANO[1], SAUDAÇÕES

1. Como vão teus antigos campos marsos[2]? Como vai a nova aquisição? As terras têm-te agradado depois que se tornaram tuas? Ora, isso é mesmo coisa rara: pois nada agrada igualmente quem ainda deseja e quem já possui alguma coisa. 2. Quanto a mim, as fazendas[3] de minha mãe me oferecem pouca comodidade, mas gosto delas porque são de minha mãe e de resto, de tanto suportá-las, já estou calejado. Esse é o resultado das queixas contínuas: sentirmos vergonha de termos nos queixado. Adeus.

ximos do lago Fucino, drenado em 1887, e do atual Vale do Líri. **3. FAZENDAS DE MINHA MÃE:** *praedia materna.* Localizavam-se em Como e deviam estar descuidadas, já que Plínio, após a morte do pai, foi viver com o tio, Plínio, o Velho, em Roma.

EPISTULA XVI

Confirmatio testantis uoluptatum

GAIUS PLINIUS

ANNIO SUO SALUTEM

1. *Tu quidem pro cetera tua diligentia admones me codicillos Aciliani, qui me ex parte instituit heredem, pro non scriptis habendos, quia
non sint confirmati testamento;* **2.** *quod ius ne mihi quidem ignotum est,
cum sit iis etiam notum, qui nihil aliud sciunt. Sed ego propriam quandam legem mihi dixi, ut defunctorum uoluntates, etiamsi iure deficerentur, quasi perfectas tuerer. Constat autem codicillos istos Aciliani manu
scriptos.* **3.** *Licet ergo non sint confirmati testamento, a me tamen ut
confirmati obseruabuntur, praesertim cum delatori locus non sit.* **4.** *Nam
si uerendum esset ne quod ego dedissem populus eriperet, cunctantior*

II, 16. Data: 100-101 d.C.

1. Ânio: *Annio*. Acolho leitura de Mynors (p. 56), Radice (I, p. 130) e Sherwin-White (p. 185)
em vez de *Annianus*, como Guillemin (I, p. 82), Trisoglio (I, p. 312) e Schuster & Hanslik (p. 60).
Ânio Severo é destinatário de outras duas epístolas sobre herança, III, 6 e V, 1. **2.** CODICILO: *codicillos*. Aqui no sentido antigo, escrito em que sem as formalidades de um testamento o testador
declara sua última vontade. **3.** A VONTADE DO MORTO, AINDA QUE IMPERFEITA JURIDICAMENTE:
defunctorum uoluntates, etiamsi iure deficerentur. Antes do período clássico a tendência era ser
literal na interpretação de documentos, privilegiando a forma sobre a intenção dos testadores.
Na época imperial manteve-se a tradição, mas com menor rigor, até que no período pós-clássico
a *uoluntas testatoris*, "vontade do testador", foi aceita como princípio de interpretação. Ocorre
por vezes no período republicano em época antiga na famosa causa descrita por Cícero (*Bruto*,
39, 145, ss.) e mais tarde numa disputa entre Sérvio e Túbero sobre a interpretação das palavras

EPÍSTOLA 16

Sobre os desejos do testador

CAIO PLÍNIO
A SEU QUERIDO ÂNIO[1], SAUDAÇÕES

1. Tu, por causa de teu notório zelo, me avisas que o codicilo[2] de Aciliano, que me instituiu como um dos herdeiros, deve ser considerado nulo porque não foi confirmado no testamento. 2. Nem mesmo eu ignoro esta regra, já que é conhecida por aqueles que, porém, nada mais sabem do que isso. Mas eu me decretei a mim uma lei, a saber, que a vontade do morto, ainda que imperfeita juridicamente[3], será por mim garantida como se fosse perfeita: ora, é sabido que Aciliano[4] escreveu de próprio punho este codicilo. 3. Logo, embora sua vontade não tenha sido confirmada no testamento, será observada por mim, ainda mais porque não haverá oportunidade para denúncia[5]. 4. Se fosse o caso de recear que o Tesouro[6] confiscasse doações que eu fiz, talvez eu devesse

---

relativas ao significado corriqueiro e à intenção (*Digesto*, 33, 10, 7, 2). Quintiliano (*Instituições Oratórias*, 7, 6, 1) afirma: *Scripti et uoluntatis frequentissima inter consultos quaestio est*, "É muitíssimo frequente entre os juristas a disputa entre o que está escrito e a vontade do testador"; ver IV, 10, 3 e V, 7, 2. **4. ACILIANO**: talvez seja Minício Aciliano (filho de Minício Macrino), que Plínio sugere como marido para a filha de Aruleno Rústico; ver I, 14. **5. DENÚNCIA**: *delatori*. O termo *delator* aqui não se refere aos delatores públicos satirizados por Juvenal e Marcial. **6. TESOURO**: *populus*, literalmente "povo". O termo *populus* se deve a que o erário de Saturno (*aerarium Saturni*) era o erário do povo romano (*aerarium populi Romani*); ver I, 1 e II, 1, 9, *publicis sumptibus* e IV, 12, 3, *praefecti aerari populo uindicabant*. As heranças vacantes, isto é, não recla-

fortasse et cautior esse deberem; cum uero liceat heredi donare, quod in hereditate subsedit, nihil est quod obstet illi meae legi, cui publicae leges non repugnant. Vale.

madas, tornavam-se *bonum caducum* "bem caduco", que podia ser reclamado pela república; ver Ulpiano, *Livro Único sobre as Regras* (*Regularum Liber Singularis*), 28, 7: *Si nemo sit, ad quem bonorum possessio pertinere possit, aut si quidem, sed ius suum omiserit, populo bona [sc. caduca]*

LIVRO II

ser mais cauteloso e hesitante; como, porém, é permitido que o herdeiro doe o que lhe coube por herança, nada há que impeça aplicar aquela minha lei, que as leis públicas não impugnam. Adeus.

---

deferuntur ex LEGE IULIA CADUCARIA, "Se não houver ninguém a quem possa recair a posse dos bens ou, se houver alguém que, no entanto, abandone seu próprio direito, os bens serão transferidos ao Tesouro segundo a LEI JÚLIA SOBRE OS BENS CADUCOS."

EPISTULA XVII

Descriptio Plinianae uillae Laurentinae

GAIUS PLINIUS

GALLO SUO SALUTEM

1. *Miraris cur me Laurentinum uel, si ita mauis, Laurens meum tanto opere delectet; desines mirari, cum cognoueris gratiam uillae, opportunitatem loci, litoris spatium.* **2.** *Decem septem milibus passuum ab urbe secessit, ut peractis quae agenda fuerint saluo iam et composito die possis ibi manere. Aditur non una uia; nam et Laurentina et Ostiensis eodem ferunt, sed Laurentina a quarto decimo lapide, Ostiensis ab undecimo relinquenda est. Utrimque excipit iter aliqua ex parte harenosum, iunctis paulo grauius et longius, equo breue et molle.* **3.** *Varia hinc atque inde facies; nam modo occurrentibus siluis uia coartatur, modo latissimis pratis diffunditur et patescit; multi greges ouium, multa ibi equorum boum armenta, quae montibus hieme depulsa herbis et tepore uerno nitescunt.*

4. *Villa usibus capax, non sumptuosa tutela. Cuius in prima parte atrium frugi nec tamen sordidum; deinde porticus in D litterae simili-*

II, 17. Data: incerta.

1. GALO: deve ser o destinatário da epístola VIII, 20. Galo pode estar ligado à anciã Pompônia Gala (ver V, 1, 1) e ao senador pretoriano Pompônio Galo Dídio Rufo. Talvez seja o Galo mencionado em I, 7, 4, procônsul da Bética. 2. MINHA VILA LAURENTINA: *Laurentinum*, substantivado, subentendendo-se *praedium*. Plínio trata dela em IX, 40. 3. LAURENTE: *Laurens*. É feminino em português por subentender-se "vila". 4. QUANDO CONHECERES O ENCANTO DA VILA: *cum*

EPÍSTOLA 17

Écfrase da vila de Plínio em Laurento

CAIO PLÍNIO

A SEU QUERIDO GALO[1], SAUDAÇÕES

1. Estás admirado porque minha vila Laurentina[2], ou, se preferes, a minha Laurente[3], me deleita tanto; deixarás de te admirar quando conheceres o encanto da vila[4], a localização privilegiada, a extensão da praia. **2.** Está a 26 quilômetros de Roma, de maneira que, terminados os deveres do dia, é possível ainda passar ali a noite. Chega-se por mais de um caminho, pois a via Laurentina[5] e a Ostiense[6] levam lá, mas da Laurentina é preciso sair no décimo quarto marco, e da Ostiense no décimo primeiro. De ambas parte uma estrada que em alguns pontos é de terra, que aos veículos é um pouco mais árdua e longa, mas a cavalo é curta e suave. **3.** A paisagem é variada, pois ora a estrada é envolvida de bosques, ora se espalha e se abre por planícies larguíssimas; há muitos rebanhos de ovelhas, gado bovino e equino que, findo o inverno, nas colinas se alimentam de capim na tepidez primaveril.

4. A vila é ampla, bem equipada e mantê-la não é caro. Na entrada há um átrio modesto mas não deselegante; em seguida há um pórti-

---

cognoueris gratiam uillae. É a estratégia de Plínio para fazer a écfrase da vila; ver v, 6, 3. **5.** VIA LAURENTINA: estrada no rumo do sul da cidade de Roma. **6.** VIA OSTIENSE: estrada de 30 quilômetros no rumo do oeste de Roma, que levava à cidade portuária de Óstia.

tudinem circumactae, quibus paruola sed festiua area includitur. Egregium hac aduersus tempestates receptaculum; nam specularibus ac multo magis imminentibus tectis muniuntur. 5. Est contra medias cauaedium hilare, mox triclinium satis pulchrum, quod in litus excurrit ac, si quando Africo mare impulsum est, fractis iam et nouissimis fluctibus leuiter adluitur. Undique ualuas aut fenestras non minores ualuis habet atque ita a lateribus a fronte quasi tria maria prospectat; a tergo cauaedium, porticum, aream, porticum rursus, mox atrium, siluas et longinquos respicit montes.

6. Huius a laeua retractius paulo cubiculum est amplum, deinde aliud minus quod altera fenestra admittit orientem, occidentem altera retinet; hac et subiacens mare longius quidem sed securius intuetur. 7. Huius cubiculi et triclinii illius obiectu includitur angulus qui purissimum solem continet et accendit. Hoc hibernaculum, hoc etiam gymnasium meorum est; ibi omnes silent uenti, exceptis qui nubilum inducunt et serenum ante quam usum loci eripiunt. 8. Adnectitur angulo cubiculum in hapsida curuatum, quod ambitum solis fenestris omnibus sequitur. Parieti eius in bibliothecae speciem armarium insertum est, quod non legendos libros sed lectitandos capit. 9. Adhaeret dormitorium membrum transitu interiacente, qui suspensus et tubulatus conceptum uaporem salubri temperamento huc illuc digerit et ministrat. Reliqua pars lateris huius

---

7. PÓRTICO CUJA COLUNATA: apenas *porticus*. Desdobrei a tradução para explicitar a presença das colunas, implícitas na acepção técnica, arquitetônica, de "pórtico". Houaiss traz "galeria cujo teto ou abóbada são sustentados por colunas ou por arcada, geralmente à entrada de um edifício". Em latim *porticus* apresenta mais alguns elementos: "Passagem guarnecida por uma fileira de colunas, pilastras ou pilares, comumente usada para mostrar um pátio margeado por semelhante adorno"; *in* Roger B. Ulrich & Caroline K. Quenemoen (orgs.), *A Companion to Roman Architecture*; Malden (MA) / Oxford (Chichester): Wiley Blackwell, 2014, p. 495. 8. CAVÉDIO: *cauaedium*, que é definido por Varrão de Reate, *Sobre a Língua Latina*, 5, 161-162: *Cauum aedium dictum qui locus tectus intra parietes relinquebatur patulus, qui esset ad communem omnium usum. [...]. Si relictum erat in medio ut lucem carperet, deorsum quo impluebat, dictum impluuium, susum qua compluebat, compluuium*, "É chamado 'cavédio' o pátio coberto deixado no interior da casa para uso comum de todos. [...] Se tinha uma abertura por onde entrava a luz, o tanque baixo onde corria a chuva era chamado 'implúvio' e o espaço no alto por onde ela passava era chamada 'complúvio'". Para Varrão de Reate, ver V, 3, 5. 9. TRICLÍNIO: *triclinium*. "Sala de jantar

LIVRO II

co cuja colunata[7] é arredondada como a letra D, e encerra um pátio pequeno mas simpático. Ali é recinto excelente para me abrigar das tempestades, pois que é munido de janelas de vidro e cobertura superior. **5.** Mas há, porém, um aprazível cavédio[8], e em seguida, o triclínio[9], sala de jantar bem bonita, porque dá para a praia, e, quando o sopro do Áfrico[10] empurra o mar, o triclínio é banhado suavemente por ondas alquebradas que vêm ali morrer. Em todos os cômodos a casa tem portas de duas folhas e janelas não menores do que as portas, que assim das laterais e da fachada é como se a casa fronteasse três mares. Dos fundos, ela dá para o cavédio, o pórtico, um pátio externo[11], de novo o pórtico, seguida do átrio[12], bosques e ao longe montanhas.

6. À esquerda da sala, um pouco mais afastado, há um cômodo amplo e, contíguo, outro menor, dotado de uma janela que abre para oriente e outra para ocidente. Dali também se avista o mar, de mais longe, porém com mais segurança. **7.** Interposto entre cômodo de um lado e o triclínio de outro forma-se um canto que acolhe e intensifica o sol sem nuvens: é meu jardim de inverno, é inclusive o ginásio de meus serviçais; ali silenciam todos os ventos, exceto os que, trazendo nuvens chuvosas, encobrem o céu sereno antes de impedir o uso do local. **8.** Anexo àquele canto há um cômodo elíptico, cujas janelas, todas, acompanham o curso completo do sol. Numa parede, fazendo as vezes de biblioteca, há uma estante embutida, que guarda livros que não apenas se devem ler, mas consultar[13]. **9.** Ao lado, há um dormitório separado por um corredor que, suspenso sobre arcos e guarnecido de tubos sob o piso, recolhe vapor e distribui calor salutarmente temperado[14]. O

---

de uma casa, vila ou palácio romano, assim chamada por causa dos três leitos de jantar (*klínai*) colocados junto às paredes do fundo e da lateral da sala". *In* Ulrich & Quenemoen, *Companion to Roman Architecture*, p. 499. **10.** ÁFRICO: o vento sudoeste. **11.** PÁTIO EXTERNO: *aream*, de *area*. **12.** ÁTRIO: *atrium*. "O espaço central da *domus* tradicional romana. Em geral, chega-se a ela através de uma passagem estreita, ou *fauces*;" *in* Ulrich & Quenemoen, *A Companion to Roman Architecture*, p. 482. **13.** LIVROS QUE SE DEVEM CONSULTAR: *libros lectitandos*. Trata-se menos do encarecimento dos livros, do que do recinto, que é vera sala de estudo de Plínio. **14.** SUSPENSO SOBRE ARCOS E GUARNECIDO DE TUBOS, RECOLHE VAPOR E DISTRIBUI CALOR SALUTARMENTE TEMPERADO: *suspensus et tubulatus conceptum uaporem salubri temperamento huc*

*seruorum libertorumque usibus detinetur, plerisque tam mundis, ut ac-
cipere hospites possint.*

10. *Ex alio latere cubiculum est politissimum, deinde uel cubiculum
grande uel modica cenatio, quae plurimo sole, plurimo mari lucet; post hanc
cubiculum cum procoetone, altitudine aestiuum, munimentis hibernum;
est enim subductum omnibus uentis. Huic cubiculo aliud et procoeton communi pariete iunguntur.* **11.** *Inde balinei, cella frigidaria, spatiosa et effusa,
cuius in contrariis parietibus duo baptisteria uelut eiecta sinuantur, abunde
capacia si mare in proximo cogites. Adiacet unctorium, hypocauston, adiacet propnigeon balinei, mox duae cellae magis elegantes quam sumptuo-
sae; cohaeret calida piscina mirifica, ex qua natantes mare adspiciunt;* **12.**
*nec procul sphaeristerium quod calidissimo soli inclinato iam die occurrit.
Hic turris erigitur, sub qua diaetae duae, totidem in ipsa, praeterea cenatio,
quae latissimum mare, longissimum litus, uillas amoenissimas possidet.* **13.**
*Est et alia turris; in hac cubiculum, in quo sol nascitur conditurque; lata
post apotheca et horreum; sub hoc triclinium quod turbati maris non nisi
fragorem et sonum patitur, eumque iam languidum ac desinentem; hortum
et gestationem uidet, qua hortus includitur.*

---

illuc digerit et ministrat. Sherwin-White (p. 191) não poderia ser mais oportuno e preciso quando
diz: "Este é o sistema de tubulação de ar quente a que comentadores modernos erradamente chamam 'hipocausto'. Dois são comentadores que tenho seguido, Ulrich & Quenemoen, (*A Companion to Roman Architecture*, p. 489) que justamente para "hipocausto" dizem: "Piso elevado
que nos prédios dos banhos públicos ou numa residência acomoda os tubos por onde passa o
ar quente que vem do aquecedor do caldário". Hipocausto, como se verá no §11 é primeiro um
recinto e só por extensão seria um sistema. **15.** DO LADO DIREITO: *ex alio latere*, literalmente
"do outro lado", que tem de ser o direito, pois no §6 dissera *a laeua*, "à esquerda". **16.** UNTÓRIO:
unctorium, sala onde banhistas se untam de óleo de oliva. **17.** HIPOCAUSTO: *hypocauston*, isto
é, a sala das caldeiras. Conforme se viu no §9, hipocausto é um recinto onde há caldeiras. Com
precisão Guillemin (I. p. 86) traduz por "chambre de chauffage", Radice (I, p. 76), por "furnace-
-room" e Lanza (I, p. 183) por "ipocausto". Acolhi, embora ampla, a definição de Houaiss: "antigo
sistema romano de aquecimento central para termas e casas de luxo, durante o inverno, com
fornalha subterrânea ou adjacente e condutos de tijolos furados para distribuir o calor"; ver
Vitrúvio, *Tratado da Arquitetura*, 5, 10, 2. **18.** SUADOURO: *propnigeon*, do grego προπνίγειον,
lugar em frente à fornalha. **19.** QUADRA DE PELA: *sphaeristerium*. Pode dizer-se em português
"esferistério". **20.** PEQUENA TORRE: *turris*, que o OLD, 1a abona assim: "torre, que pode ser parte
do edifício etc ou uma estrutura separada", a que corrresponde em parte a acepção técnica ar-

restante desta ala é de uso dos escravos e libertos, e a maior parte dos aposentos é tão confortável, que pode receber hóspedes.

10. Do lado direito[15] da sala, há um cômodo muitíssimo requintado, seguido de um recinto que pode servir de quarto grande ou de uma sala de jantar pequena, que reluz com a abundância de sol e com o mar abundante. Ao lado, provido de antessala, há um recinto, confortável no verão por causa do pé-direito, e também no inverno graças às grossas paredes, que o protegem de todos os ventos. Contíguo a este, separado por uma parede comum, há outro recinto também com antessala. **11.** Em seguida, os banhos: a sala do frigidário, larga, espaçosa, em cujas paredes opostas há como que projetadas duas banheiras recurvas, muito volumosas, se levares em conta que o mar está logo em ali frente. Adjacente a ele vem o untório[16], o hipocausto[17], o suadouro[18] e em seguida duas salas mais elegantes que suntuosas. Ao lado, há uma piscina aquecida, admirável, da qual os nadadores veem o mar, **12.** e não muito longe uma quadra de pela[19] que recebe o sol dos dias mais quentes quando já cai o dia. Aqui ergue-se uma pequena torre[20] com dois apartamentos[21] no térreo e outros dois na própria torre, além de uma sala de jantar que sobranceia o mar larguíssimo, a praia muitíssimo extensa e vilas ameníssimas. **13.** Há ainda outra torre e nela uma sala na qual o sol nasce e se põe. Atrás dela, passa-se a uma grande adega e um celeiro; embaixo, um triclínio que do mar agitado só recebe os ruídos do marulho e mesmo assim quando já se tornaram tíbios e moribundos. Tem vista para um jardim e um caminho[22] que cerca o jardim[23].

---

quitetônica em português, como se lê em Houaiss, 3: "construção semelhante, isolada ou anexa a um edifício, usada como mirante ou para a transmissão de sinais a distância". Na vila de Plínio, a torre, como espécie de edícula, não é mirante. Guillemin (I, p. 86) traduz por "tourelle"; Sherwin--White (p. 194) traduz por "tower"; Lanza (I, p. 183) traduz por "torre". Radice (I, p. 77), porém, traduz por "storey", isto é, "pavimento, "andar", que me parece errado. **21.** APARTAMENTOS: *diaetae*, de *diaeta*. O OLD abona 2a) "sala numa casa" e 2b) "moradia auxiliar, separada do edifício principal ou similar que serve de anexo", sentido que se coaduna com o contexto de um conjunto completo de cômodos na torre, e não apenas uma sala de estar. Aqui trata-se de uma espécie de edícula; ver mesma acepção b) em V, 6, 20, e acepção a) em VII, 5, 1. **22.** CAMINHO: *gestationem*, de *gestatio*. Abona o OLD, 1 e 2: "local especialmente construído para cavalgar, ser carregado a cavalo, ou numa liteira ou outro veículo". **23.** JARDIM: *hortus*, espaço ao ar livre, amiúde cercado por colunas ou pilastras.

14. Gestatio buxo aut rore marino, ubi deficit buxus, ambitur; nam buxus, qua parte defenditur tectis, abunde uiret; aperto caelo apertoque uento et quamquam longinqua aspergine maris inarescit. 15. Adiacet gestationi interiore circumitu uinea tenera et umbrosa, nudisque etiam pedibus mollis et cedens. Hortum morus et ficus frequens uestit, quarum arborum illa uel maxime ferax terra est, malignior ceteris. Hac non deteriore quam maris facie cenatio remota a mari fruitur, cingitur diaetis duabus a tergo quarum fenestris subiacet uestibulum uillae et hortus alius pinguis et rusticus.

16. Hinc cryptoporticus prope publici operis extenditur. Utrimque fenestrae, a mari plures, ab horto singulae sed alternis pauciores. Hae, cum serenus dies et immotus, omnes, cum hinc uel inde uentis inquietus, qua uenti quiescunt sine iniuria patent. 17. Ante cryptoporticum xystus uiolis odoratus. Teporem solis infusi repercussu cryptoporticus auget, quae, ut tenet solem, sic aquilonem inhibet summouetque, quantumque caloris ante tantum retro frigoris; similiter africum sistit, atque ita diuersissimos uentos alium alio latere frangit et finit. Haec iucunditas eius hieme, maior aestate. 18. Nam ante meridiem xystum, post meridiem gestationis hortique proximam partem umbra sua temperat, quae, ut dies creuit decreuitue, modo breuior, modo longior hac uel illa cadit. 19. Ipsa uero cryptoporticus tum maxime caret sole cum ardentissimus culmini eius insistit. Ad hoc patentibus fenestris fauonios accipit transmittitque nec umquam aere pigro et manente ingrauescit.

20. In capite xysti, deinceps cryptoporticus, horti, diaeta est, amores mei, re uera amores: ipse posui. In hac heliocaminus quidem alia xystum, alia mare, utraque solem, cubiculum autem ualuis cryptoporticum, fenes-

---

24. CRIPTOPÓRTICO: *cryptoporticus*. "Literalmente 'pórtico oculto': amiúde é uma passagem abobadada, iluminada por janelas de vidro abertas no alto;" *in* Ulrich & Quenemoen, *A Companion to Roman Architecture*, p. 486. Trata-se de uma espécie de galeria. **25.** TERRAÇO: *xysti*, de *xystus*. "Entre os gregos, uma varanda ou galeria coberta, onde os atletas se exercitavam no inverno (ver Vitrúvio, *Tratado da Arquitetura*, 5, 11, 4 e 6, 10, 5); entre os romanos, uma colunata aberta ou varanda, ou um passeio arborizado". Embora Ulrich, & Quenemoen, *Companion to Roman Architecture*, p. 500, endossem a primeira acepção, trata-se aqui da segunda, espaço aberto. **26.** SOLÁRIO: *heliocaminus*.

14. O caminho é envolvido por buxos e, quando não há buxo, por rosmarinho, pois que o buxo viceja abundante onde é protegido por alguma cobertura, mas, a céu aberto, exposto ao vento e à maresia, mesmo longínqua, ele resseca. 15. Ao longo da passarela, pelo lado interno, corre um caramanchão de tenro vinhedo, que projeta sombras e cujo solo macio cede aos pés mesmo descalços. Muitas amoreiras e figueiras vestem o jardim, plantas de que aquela terra é a mais fértil, e muito avessa às demais. Esta sala de jantar, mesmo afastada do mar, desfruta de uma vista não pior do que a que dá para o mar, e pelos fundos é cingida por dois apartamentos sob cujas janelas ficam o vestíbulo da casa e outro jardim, farto e rústico.

16. Dali se estende uma criptopórtico[24] que mais parece um prédio público, com janelas de ambos os lados; a maior parte dá para o mar, e poucas, uma para cada duas das outras, dão para o jardim. Podem abrir-se todas elas quando o dia é bonito e calmo; quando o dia é agitado por ventos de um lado ou outro, só se podem abrir sem dano as que dão para o lado em que o vento é brando. 17. Diante do criptopórtico há um terraço[25] perfumado de violetas. No criptopórtico é maior o calor por causa do reflexo do sol que entra, e tal como retém o sol, assim ele detém e afasta o aquilão, e quanto há de calor na parte da frente, tanto há de frio na de atrás. De modo semelhante resiste ao áfrico e assim também a ventos de todas as direções, uma lateral abate e elimina uns, e a outra, outros. Se é um prazer estar ali no inverno, é ainda mais no verão, 18. pois de manhã a própria sombra tempera o terraço e de tarde, a porção mais próxima à passarela e ao jardim, que a sombra, conforme o dia surge e passa, ora é mais breve, ora é mais longa. 19. Na verdade, a própria passarela não pega nada de sol nem mesmo na hora mais quente, quando ele incide a pino sobre teto. Além disso, as janelas abertas recebem e deixam passar os favônios e o ambiente nunca se torna sufocante do ar imóvel e viciado.

20. No fundo do terraço e também do criptopórtico e do jardim, há um conjunto de cômodos, que são a menina dos meus olhos, os meus amores. Eu mesmo construí. Possui um solário[26] – que de um lado fron-

*tra prospicit mare. **21.** Contra parietem medium zotheca perquam eleganter recedit, quae specularibus et uelis obductis reductisue modo adicitur cubiculo, modo aufertur. Lectum et duas cathedras capit; a pedibus mare, a tergo uillae, a capite siluae: tot facies locorum totidem fenestris et distinguit et miscet. **22.** Iunctum est cubiculum noctis et somni. Non illud uoces seruolorum, non maris murmur, non tempestatum motus, non fulgurum lumen, ac ne diem quidem sentit, nisi fenestris apertis. Tam alti abditique secreti illa ratio, quod interiacens andron parietem cubiculi hortique distinguit atque ita omnem sonum media inanitate consumit. **23.** Adplicitum est cubiculo hypocauston perexiguum quod angusta fenestra suppositum calorem, ut ratio exigit, aut effundit aut retinet. Procoeton inde et cubiculum porrigitur in solem, quem orientem statim exceptum ultra meridiem oblicum quidem sed tamen seruat. **24.** In hanc ego diaetam cum me recepi, abesse mihi etiam a uilla mea uideor, magnamque eius uoluptatem praecipue Saturnalibus capio, cum reliqua pars tecti licentia dierum festisque clamoribus personat; nam nec ipse meorum lusibus nec illi studiis meis obstrepunt.*

*   **25.** Haec utilitas, haec amoenitas deficitur aqua salienti, sed puteos ac potius fontes habet; sunt enim in summo. Et omnino litoris illius mira natura: quacumque loco moueris humum, obuius et paratus umor occurrit, isque sincerus ac ne leuiter quidem tanta maris uicinitate corruptus. **26.** Suggerunt adfatim ligna proximae siluae; ceteras copias ostiensis colonia ministrat. Frugi quidem homini sufficit etiam uicus, quem una uilla discernit. In hoc balinea meritoria tria, magna commoditas si forte balineum domi uel subitus aduentus uel breuior mora calfacere dissuadeat.*

---

27. ZOTECA: *zotheca*. Trisoglio (II, p. 1469) define: "originariamente era um nicho destinado a abrigar uma estátua; depois passou a designar indicar um recinto, destinado ao repouso e ao estudo, ligado a um quarto. A descrição de Plínio é uma das mais precisas que possuímos". **28.** PORTAS DE VIDRO: *specularibus*, de *specula*. **29.** BIOMBOS: *uelis*, de *uelum*, "tecido". **30.** PASSAGEM: *andron*. Vitrúvio (*Tratado de Arquitetura*, 6, 7, 5) define: *Inter duo autem peristylia et hospitalia itinera sunt, quae mesauloe dicuntur, quod inter duas aulas media sunt interposita; nostri autem eas andronas appellant*, "Entre os peristilos e os aposentos dos hóspedes existem passagens, chamadas 'mesaulas' porque estão interpostas entre duas salas [*aulae*]. Os romanos também as chamam *andronas*". **31.** SATURNAIS: *Saturnalibus*. Eram festas que ocorriam no dia 17 de dezembro e se estendiam pelos dias seguintes (ver Cícero, *Epístolas a Ático*, 13, 52, 1, *tertiis Saturnalibus*, "no terceiro dia das Saturnais"); trocavam-se presentes de bom augúrio (*strenae*),

teia o terraço, de outro o mar, recebendo em ambos o sol – e um quarto, que por uma porta de folhas duplas se abre para o criptopórtico e por uma janela se abre para o mar. **21.** De frente à parte central da parede, passa-se a uma zoteca[27] elegantíssima que, mediante portas de vidro[28] e biombos[29] que se abrem e fecham, ora se comunica com o quarto, ora se separa dele. Tem uma cama e duas cadeiras; a seus pés está o mar; a suas costas, as vilas; na frente, bosques: o recinto distingue e mistura tantos aspectos da paisagem por um número igual de janelas. **22.** Anexo há um quarto para a noite e para o sono. Ali não se percebe a voz dos escravos, o murmúrio do mar, a agitação das tempestades, o fulgor dos relâmpagos, nem sequer se sabe se é dia, a não ser de janelas abertas. A razão de tão profundo e garantido isolamento é que há de permeio uma passagem[30] separando a parede do quarto da parede do jardim, e assim esse espaço vazio absorve todo som. **23.** Bem ao lado do quarto há um pequeno hipocausto, que por uma estreita abertura, conforme a necessidade, distribui ou retém o calor que vem de baixo. Dali uma antessala e um quarto avançam para o sol, que recebido imediatamente ao nascer, é conservado até de tarde, ainda que oblíquo. **24.** Toda vez que me recolho a este apartamento, parece que estou longe até mesmo da minha vila e tenho grande prazer de lá estar principalmente nas Saturnais[31], quando o restante da casa faz grande algazarra por causa da licenciosidade desses dias e dos gritos festivos, pois nem eu estorvo as brincadeiras de meus serviçais nem eles, os meus estudos.

25. Tal comodidade, tal sossego carece de água corrente, mas possui poços ou, melhor dizendo, nascentes, já que a água está à flor da terra. E a natureza daquela praia é mesmo admirável: de onde quer que se retire terra, logo surge um lençol de água, e pura, nada salobra, nem mesmo levemente, apesar da grande proximidade do mar. **26.** Os bosques vizinhos fornecem bastante lenha; as demais provisões a cidade de Óstia provê. A um homem frugal na verdade basta o povoado, separado de minha propriedade por apenas uma vila. Nela há três balneários particulares, grande comodidade, no caso de uma chegada imprevista ou uma estadia mais breve me desaconselhar aquecer os banhos de casa.

27. Litus ornant uarietate gratissima nunc continua, nunc intermissa tecta uillarum, quae praestant multarum urbium faciem, siue mari siue ipso litore utare; quod non numquam longa tranquillitas mollit, saepius frequens et contrarius fluctus indurat. 28. Mare non sane pretiosis piscibus abundat, soleas tamen et squillas optimas egerit. Villa uero nostra etiam mediterraneas copias praestat, lac in primis; nam illuc e pascuis pecora conueniunt, si quando aquam umbramue sectantur.

29. Iustisne de causis iam tibi uideor incolere, inhabitare, diligere secessum? Quem tu nimis urbanus es nisi concupiscis. Atque utinam concupiscas! Ut tot tantisque dotibus uillulae nostrae maxima commendatio ex tuo contubernio accedat! Vale.

---

como círios (*cerei*), imagens de terracota (*sigillaria*) em comemoração à opulência da Idade de Ouro, quando Saturno viveu entre os homens. Escravos desfrutavam de liberdade e podiam até

LIVRO II

27. A orla é adornada pela variedade agradabilíssima, ora contínua, ora entrecortada, dos telhados das vilas, que dão impressão de ser uma série de cidades, quer se contemple do mar, quer da própria praia, que às vezes uma longa calmaria torna serena, mas que no mais das vezes é brava por causa da sucessiva arrebentação. **28.** A bem dizer, o mar não é abundante dos peixes mais apreciados, mas dá, porém, linguados e excelentes camarões. Minha vila produz o que há no interior, principalmente leite, já que ali se reúne o gado que deixa o pasto em busca de água e sombra.

29. São justas as causas por que pareço cultuar, habitar, amar o retiro? Tu és exageradamente urbano se não o desejas. E tomara que desejes! Oxalá com tantos e tão grandes dotes de minha vilazinha ela ganhe a maior recomendação, que é tua estada lá! Adeus.

---

fazer-se servir pelos senhores, e amigos cumprimentavam-se dizendo *"bona Saturnalia!"*, "boas Saturnais". As festas Saturnais são mencionadas em IV, 9, 7 e VIII, 7, 1.

EPISTULA XVIII

Inquisitio praeceptoris

GAIUS PLINIUS

MAURICO SUO SALUTEM

1. Quid a te mihi iucundius potuit iniungi, quam ut praeceptorem fratris tui liberis quaererem? Nam beneficio tuo in scholam redeo et illam dulcissimam aetatem quasi resumo: sedeo inter iuuenes ut solebam, atque etiam experior quantum apud illos auctoritatis ex studiis habeam. 2. Nam proxime frequenti auditorio inter se coram multis ordinis nostri clare iocabantur; intraui, conticuerunt; quod non referrem, nisi ad illorum magis laudem quam ad meam pertineret, ac nisi sperare te uellem posse fratris tui filios probe discere.

3. Quod superest, cum omnis qui profitentur audiero, quid de quoque sentiam, scribam, efficiamque quantum tamen epistula consequi potero, ut ipse omnes audisse uidearis. 4. Debeo enim tibi, debeo memoriae fratris tui hanc fidem, hoc studium, praesertim super tanta re. Nam quid magis interest uestra, quam ut liberi (dicerem tui, nisi nunc illos magis amares) digni illo patre, te patruo reperiantur? Quam curam mihi etiam si non mandasses, uindicassem. 5. Nec ignoro suscipiendas offensas in

---

II, 18. Data: começo de 97 d.C.
1. MAURICO: Júnio Maurico; ver I, 5, 10. 2. PRECEPTOR: *praeceptorem*, assim como no §5; ver III, 3 e IV, 13, também sobre educação e preceptores. 3. TEU IRMÃO: Aruleno Rústico; ver I, 5, 2. 4. TODOS OS PROFESSORES: *omnes qui profitentur*, literalmente "todos os que ensinam".

EPÍSTOLA 18

Procura por um preceptor

CAIO PLÍNIO

A SEU QUERIDO MAURICO[1], SAUDAÇÕES

1. O que me poderia unir a ti com maior alegria do que procurar um preceptor[2] para teus sobrinhos, filhos de teu irmão[3]? Pois, ao fazer-te este favor, volto à escola e como que revivo aquela época tão feliz: sento-me entre os jovens como costumava fazer e chego até a dar-me conta da grande autoridade que tenho perante eles por causa dos meus estudos, 2. pois há pouco tempo, numa sala lotada, diante de muitos colegas meus do Senado, eles faziam brincadeiras entre si em voz alta; quando entrei, calaram-se. Eu não relataria o fato, se não dissesse mais respeito ao louvor deles do que ao meu e se eu não quisesse que tivesses esperança de que teus sobrinhos podem ter adequada formação moral.

3. De resto, quando eu ouvir todos os professores[4], escreverei sobre o que penso de cada um e providenciarei, quanto puder, que, mesmo por meio de uma epístola, pareças tu mesmo estar a ouvi-los. 4. Ora devo-te a ti e devo à memória de teu irmão esta prova de confiança e de zelo principalmente sobre assunto tão importante. Ora, o que a ti e a teu irmão pode ter mais importância do que reconhecer que essas crianças (eu diria "teus filhos", se agora não amasses mais os teus sobrinhos) são dignas daquele pai, dignos do tio que és? Ainda que não me encarregasses desta tarefa, eu a teria assumido. 5. Não ignoro que,

eligendo praeceptore, sed oportet me non modo offensas, uerum etiam simultates pro fratris tui filiis tam aequo animo subire quam parentes pro suis. Vale.

LIVRO II

quando se escolhem professores, há ressentimentos[5], mas é meu dever não apenas enfrentar os ressentimentos, mas até mesmo as animosidades com a mesma disposição que os pais demonstram quanto ao bem dos próprios filhos. Adeus.

5. QUANDO SE ESCOLHEM PROFESSORES, HÁ RESSENTIMENTOS: *in eligendo praeceptore...offensas*; ver IV, 13, 6.

EPISTULA XIX

De Plini orationis recitatione

GAIUS PLINIUS

CERIALI SUO SALUTEM

1. Hortaris ut orationem amicis pluribus recitem. Faciam quia hortaris, quamuis uehementer addubitem. 2. Neque enim me praeterit actiones quae recitantur impetum omnem caloremque ac prope nomen suum perdere, ut quas soleant commendare simul et accendere iudicum consessus, celebritas aduocatorum, exspectatio euentus, fama non unius actoris, diductumque in partes audientium studium, ad hoc dicentis gestus incessus, discursus etiam omnibusque motibus animi consentaneus uigor corporis. 3. Unde accidit ut ii qui sedentes agunt, quamuis illis maxima ex parte supersint eadem illa quae stantibus, tamen hoc quod sedent quasi debilitentur et deprimantur. 4. Recitantium uero praecipua pronuntiationis adiumenta, oculi, manus, praepediuntur. Quo minus mirum est si auditorum intentio relanguescit, nullis extrinsecus aut blandimentis capta aut aculeis excitata.

II, **19.** Data: 100 d.C. se o discurso de que se fala é contra Mário Prisco; ver II, 11.

1. CERIAL: talvez seja o Cerial (Túlio ou Túcio) que interveio nesse processo e é mencionado em II, 11, 9. **2.** EMBORA TENHA SÉRIAS DÚVIDAS: *quamuis uehementer addubitem.* Sherwin-White (p. 201) comenta: "Embora Plínio tenha certamente recitado discursos dessa espécie antes (ver II, 10, 7), esta parece ser a primeira vez que considerou proferir um discurso forense. Mesmo que a hesitação seja apenas sobre esse discurso em particular, é evidente que até aqui Plínio não tem sido orador frequente (ver I, 13, 6). Por isso, em III, 18 discute longamente sua próxima empresa, proferir o *Panegírico de Trajano.* Depois, Plínio não trata longamente do assunto até a epístola V, 12, 17, já que as epístolas IV, 5 e V, 12 são breves, e a V, 3, §§7-11 se refere a versos. Não é certo

EPÍSTOLA 19

Sobre a recitação de um discurso de Plínio

CAIO PLÍNIO
A SEU QUERIDO CERIAL[1], SAUDAÇÕES

1. Exortas-me a que recite um discurso[2] a vários amigos. Vou fazê-lo porque exortas, embora tenha sérias dúvidas, **2.** pois não me escapa que as causas forenses, quando são recitadas, perdem o ímpeto, todo vigor e até o próprio renome porque costumam ser encarecidas e estimuladas justamente pela presença de um corpo de juízes, pela celebridade dos advogados, pela expectativa do caso, pela fama de mais de um envolvido, pela atenção do público dividida em partidos, pelo andar e os vai e vens de quem discursa e até pelo vigor do corpo condizente com todos os movimentos do espírito. **3.** Disso decorre que aqueles que discursam sentados, ainda que lhes sobejem os mesmos recursos que têm quando de pé, ficam como que debilitados e diminuídos pelo fato de estar sentados. **4.** Com efeito, bem aquilo que ajuda quem recita – os olhos, as mãos – ficam sem ação. Por isso, não é de admirar se a atenção

que Plínio tenha discursado em ações civis, como seu *Discurso em Defesa de Átia* (ver vi, 33), e isso pode ser a causa de hesitar aqui, em iv, 5, 2 e v, 12, 1. Os discursos públicos eram mais interessantes. **3.** DISCURSO SUAVE E SONORO NÃO AGRADE MAIS DO QUE UM AUSTERO E CERRADO: *quem non potius dulcia haec et sonantia quam austera et pressa delectant?* Para o gosto do público, ver ii, 5, 5 e ii, 18, 9. Para debate de estilos aticista e asianista, e a preferência de Plínio pelo estilo "médio", mais rico; ver i, 2, §§1-2. Em anos anteriores, Plínio provava o estilo aticista, que usou neste discurso, em partes do *Panegírico* (ver iii, 18, 8) e nos escritos que menciona em i, 2, 4 e ii, 5 inteira.

5. Accedit his quod oratio de qua loquor pugnax et quasi contentiosa est. Porro ita natura comparatum est ut ea quae scripsimus cum labore, cum labore etiam audiri putemus. 6. Et sane quotus quisque tam rectus auditor quem non potius dulcia haec et sonantia quam austera et pressa delectent? Est quidem omnino turpis ista discordia, est tamen, quia plerumque euenit ut aliud auditores aliud iudices exigant, cum alioqui iis praecipue auditor affici debeat quibus idem, si foret iudex, maxime permoueretur. 7. Potest tamen fieri ut, quamquam in his difficultatibus, libro isti nouitas lenocinetur, nouitas apud nostros; apud Graecos enim est quiddam quamuis ex diuerso, non tamen omnino dissimile. 8. Nam ut illis erat moris leges quas ut contrarias prioribus legibus arguebant aliarum collatione conuincere, ita nobis inesse repetundarum legi quod postularemus, cum hac ipsa lege tum aliis colligendum fuit; quod nequaquam blandum auribus imperitorum, tanto maiorem apud doctos habere gratiam debet, quanto minorem apud indoctos habet. 9. Nos autem, si placuerit recitare, adhibituri sumus eruditissimum quemque.

Sed plane adhuc an sit recitandum examina tecum, omnisque quos ego moui in utraque parte calculos pone, idque elige in quo uicerit ratio. A te enim ratio exigetur, nos excusabit obsequium. Vale.

dos ouvintes se afrouxa, não sendo, externamente, nem captada por brenduras nem despertada por aguilhões.

5. Acresce a isso que o discurso de que falo é combativo e, por assim dizer, litigioso. Ademais, a natureza estabelece que aquilo que escrevemos com esforço também com esforço deve ser ouvido. **6.** Quantos são os ouvintes razoáveis a quem um discurso suave e sonoro não agrade mais do que um austero e cerrado[3]? Existe sim esta discórdia de todo vergonhosa mas existe porque na maioria das vezes ocorre que os ouvintes querem uma coisa e os juízes outra, quando de resto o ouvinte deveria ser tocado sobretudo por aquelas coisas pelas quais, fosse ele o juiz, seria muitíssimo persuadido. **7.** Pode ocorrer, porém, que, mesmo em meio a estas dificuldades, este discurso seja alentado por sua novidade, a novidade que possui em relação à prática romana, pois entre os gregos, há um procedimento que, embora oposto, não é de todo diferente. **8.** Assim como era do costume deles que leis que contradiziam leis anteriores deviam sem comprovadas pelo confronto com outras leis, assim também tive de comprovar que a lei sobre as extorsões tratava daquilo que eu postulava, e o fiz servindo-me dela mesma e de outras leis. Aquilo que absolutamente não agrada aos ouvidos de não especialistas produz nos doutos deleite tanto maior quão menor produz nos indoutos. **9.** Por isso, se eu decidir recitar, convidarei um auditório da maior erudição.

Pensa bem se deve haver recitação, examina todos os argumentos que pus num e noutro prato e escolhe segundo a balança. Tu deverás prestar contas, a mim bastará alegar o obséquio. Adeus.

EPISTULA XX

Regulus heredipeta

GAIUS PLINIUS

CALVISIO SUO SALUTEM

1. Assem para et accipe auream fabulam, fabulas immo; nam me priorum noua admonuit, nec refert a qua potissimum incipiam.

2. Verania Pisonis grauiter iacebat, huius dico Pisonis quem Galba adoptauit. Ad hanc Regulus uenit. Primum impudentiam hominis, qui uenerit ad aegram, cuius marito inimicissimus, ipsi inuisissimus fuerat! 3. Esto, si uenit tantum; at ille etiam proximus toro sedit, quo die, qua hora nata esset interrogauit. Ubi audiit, componit uultum, intendit oculos, mouet labra, agitat digitos, computat. Nihil. Ut diu miseram exspectatione suspendit, "Habes", inquit, "climactericum tempus sed euades. 4. Quod ut tibi magis liqueat, haruspicem consulam quem sum frequenter expertus". 5. Nec mora, sacrificium facit, adfirmat exta cum siderum significatione congruere. Illa ut in periculo credula poscit codicillos, legatum

---

II, 20. Data: 96-100 d.C.

1. CALVÍSIO: Caio Calvísio Rufo; ver I, 12, 12. **2.** VERÂNIA: Verânia Gêmina, mulher de Pisão, filha de Quinto Verânio, governador da Britânia no governo de Nero, 54 a 68 d.C.; ver I, 5, 1. Tácito (*Histórias*, 1, 47) e Plutarco (*Vida de Galba*, 28, 2) narram o empenho dela por reaver a cabeça decapitada do marido; ver abaixo, §5, RÉGULO. **3.** PISÃO: Lúcio Calpúrnio Pisão Frúgi Liciano foi adotado pelo imperador Galba. As vicissitudes da adoção, do assassínio de Pisão e de Galba são narradas por Tácito, *Anais*, 1, 14-19 e I, 34-49. Este Pisão é mencionado apenas aqui. **4.** GALBA: Sérvio Sulpício Galba César Augusto (24 de dezembro 3 a.C.-15 de janeiro 69

EPÍSTOLA 20

Régulo, o caçador de testamentos

CAIO PLÍNIO

A SEU QUERIDO CALVÍSIO[1], SAUDAÇÕES

1. Dá uma moeda e ouve uma história de ouro, aliás, histórias, pois a mais recente me lembrou das antigas e não importa por qual eu comece.

2. Verânia[2], mulher de Pisão[3], estava acamada, gravemente enferma: refiro-me àquele Pisão que Galba[4] adotou. Régulo foi visitá-la. Em primeiro, lugar que falta de vergonha deste sujeito! Visitar uma doente de cujo marido era o maior inimigo e por ele igualmente detestado! 3. Seria o bastante, se tivesse apenas ido. Mas ainda sentou-se ao pé do leito, perguntou em que dia e a que horas ela nasceu. Quando ouviu, fez cara séria, de olhos fixos moveu os lábios, mexeu os dedos, fez contas. Não disse nada. Depois de torturar nesse longo suspense a pobre coitada, disse: "Passas por uma fase difícil, mas vais superá-la. 4. E para que isso te fique mais claro, vou consultar um arúspice[5] que vejo com frequ-

---

d.C.), imperador romano por sete meses de 68 a 69 d.C., fora governador de Hispânia Tarraconense e propôs-se ao trono durante a rebelião de Júlio Víndice (ver I, 5, 1). Foi o primeiro imperador do Ano dos Quatro Imperadores, 69 d.C.: Galba, Otão, Vitélio e Vespasiano. 5. ARÚSPICE: *haruspicem*. Os arúspices tinham a tarefa de examinar as entranhas do animal sacrificado. Era importante a "cabeça" do fígado, protuberância do lobo direito que indicava boa sorte quando era redonda, e má sorte quando pequena e enrugada ou ausente. Régulo primeiro manobrou com o horóscopo, mas agora confia no aruspício, presente na vida romana, enquanto a ciência dos astrólogos (*mathematici*) era proibida no período imperial; ver IX, 39, 1, notas. Plínio, o

Regulo scribit. Mox ingrauescit, clamat moriens hominem nequam, per-
fidum ac plus etiam quam periurum, qui sibi per salutem filii peierasset.
6. Facit hoc Regulus non minus scelerate quam frequenter, quod iram
deorum, quos ipse cotidie fallit, in caput infelicis pueri detestatur.

7. Velleius Blaesus ille locuples consularis nouissima ualetudine con-
flictabatur: cupiebat mutare testamentum. Regulus, qui speraret aliquid
ex nouis tabulis, quia nuper captare eum coeperat, medicos hortari, ro-
gare, quoquo modo spiritum homini prorogarent.

8. Postquam signatum est testamentum, mutat personam, uertit
adlocutionem isdemque medicis: "Quousque miserum cruciatis? Quid
inuidetis bona morte, cui dare uitam non potestis?" Moritur Blaesus et,
tamquam omnia audisset, Regulo ne tantulum quidem.

9. Sufficiunt duae fabulae, an scholastica lege tertiam poscis? Est unde
fiat. Aurelia, ornata femina, signatura testamentum sumpserat pulcher-
rimas tunicas. Regulus cum uenisset ad signandum, "Rogo", inquit, "has
mihi leges". 10. Aurelia ludere hominem putabat, ille serio instabat; ne
multa, coegit mulierem aperire tabulas ac sibi tunicas quas erat induta
legare; obseruauit scribentem, inspexit an scripsisset. 11. Aurelia quidem
uiuit, ille tamen istud tamquam morituram coegit. Et hic hereditates, hic
legata quasi mereatur accipit.

12. Ἀλλὰ τί διατείνομαι in ea ciuitate, in qua iam pridem non minora
praemia, immo maiora nequitia et improbitas quam pudor et uirtus ha-
bent? 13. Adspice Regulum, qui ex paupere et tenui ad tantas opes per fla-
gitia processit, ut ipse mihi dixerit, cum consuleret quam cito sestertium
sescentiens impleturus esset, inuenisse se exta duplicia quibus portendi

---

Velho (*História Natural*, 11, 71, 186-77, 196) trata de aruspício. **6.** RÉGULO: ver I, 5, 1. Sob Nero,
Régulo tinha mandado condenar o irmão de Pisão e feito matar o próprio Pisão. Tácito (*His-*
tórias, 1, 47 e 4, 42) conta que Régulo tinha atacado a dentadas a cabeça de Pisão, separada do
corpo, que foi entregue à esposa apenas após o pagamento de um resgate. **7.** VELEIO BLESO: desconhecido, talvez seja aquele cuja morte Marcial menciona nos *Epigramas*, 8, 38. **8.** AURÉLIA:
desconhecida, talvez a irmã do cônsul Aurélio Fulvo ou de Aurélio Prisco, cônsul em 67 d.C. **9.**
MAS POR QUE ESFALFAR-ME: ἀλλὰ τί διατείνομαι, menção a texto grego impossível de identificar.
Para uso do grego, ver I, 2, 1.

ência". 5. Sem tardança, fez um sacrifício e afirmou que as vísceras confirmavam os astros. Verânia, a quem o perigo tornava crédula, mandou trazer os codicilos e por escrito deixou um legado a Régulo[6]. Logo ela piorou e moribunda gritou que aquele homem era inútil, pérfido e até mesmo perjuro, pois que pela vida do filho jurou que ela se restabeleceria. 6. Régulo assim age com frequência igual à canalhice, porque atrai a ira dos deuses, que todo dia frauda, contra a vida da infeliz criança.

7. Veleio Bleso[7], ex-cônsul famoso e rico, viu-se acometido de nova doença: quis alterar o testamento. Régulo, esperando algo das novas disposições – pouco antes já tinha começado a rodeá-lo – pôs-se a exortar os médicos, implorando-lhes que de algum modo prolongassem a existência daquele homem.

8. Depois que o testamento foi assinado, Régulo muda de papel e àqueles mesmos médicos dirige agora outro discurso: "Até quando torturareis o infeliz? Por que negais uma boa morte àquele a quem não conseguis dar a vida"? Bleso morre e, como se tivesse ouvido tudo isso, a Régulo não deixa nem um tostão.

9. Bastam essas duas histórias ou exiges como na escola a terceira? Há onde buscá-la. Aurélia[8], mulher refinada, vestia belíssimas túnicas quando foi assinar o testamento. Régulo, tendo ido à assinatura, disse-lhe: "Peço-te que me legues estas tuas túnicas". 10. Aurélia achava que o sujeito estava brincando, mas ele insistia, sério; para não encompridar, convenceu a mulher a abrir os documentos e legar-lhe as túnicas que vestia. Observou-a enquanto ela escrevia para verificar se ela acrescentava a alteração. 11. Aurélia está bem viva, mas ele a levou a fazer aquilo como se estivesse à beira da morte. E as heranças, os legados ele aceitou como se merecesse.

12. "Mas por que esfalfar-me nesta cidade[9]", diriam os gregos, em que já faz tempo que devassidão e improbidade ganham não menores prêmios, antes maiores, que pudor e virtude? 13. Basta ver Régulo, que de homem pobre e ínfimo que era, chegou com infâmias a tamanha riqueza, que, segundo ele mesmo me contou, quando perguntava ao arúspice em quanto tempo atingiria 60 milhões de sestércios, achou

miliens et ducentiens habiturum. 14. Et habebit, si modo, ut coepit, aliena testamenta, quod est improbissimum genus falsi, ipsis quorum sunt illa dictauerit. Vale.

vísceras duplas, a indicar que ele chegaria a ter 120 milhões. **14.** E terá desde que, assim como tem feito, seja ele a ditar testamentos dos outros às próprias pessoas a quem eles pertencem, que é o mais vergonhoso tipo de fraude. Adeus.

LIVRO III

EPISTULA I

Laus Spurinnae uictus

GAIUS PLINIUS

CALVISIO RUFO SUO SALUTEM

1. Nescio an ullum iucundius tempus exegerim, quam quo nuper apud Spurinnam fui, adeo quidem ut neminem magis in senectute, si modo senescere datum est, aemulari uelim; nihil est enim illo uitae genere distinctius. 2. Me autem, ut certus siderum cursus, ita uita hominum disposita delectat, senum praesertim: nam iuuenes confusa adhuc quaedam et quasi turbata non indecent, senibus placida omnia et ordinata conueniunt, quibus industria sera, turpis ambitio est.

3. Hanc regulam Spurinna constantissime seruat; quin etiam parua haec (parua si non cotidie fiant) ordine quodam et uelut orbe circumagit. 4. Mane lectulo continetur, hora secunda calceos poscit, ambulat milia passuum tria nec minus animum quam corpus exercet. Si adsunt amici, honestissimi sermones explicantur; si non, liber legitur, interdum etiam praesentibus amicis, si tamen illi non grauantur. 5. Deinde considit et liber rursus aut sermo libro potior; mox uehiculum ascendit, adsumit uxorem singularis exempli uel aliquem amicorum, ut me proxime. 6. Quam pulchrum illud, quam dulce secretum! Quantum ibi antiquitatis! Quae facta, quos uiros audias! Quibus praeceptis

---

III, 1. Data: para Sherwin-White (p. 206) logo após o consulado de Plínio, que foi em 100 d.C.
1. Calvísio Rufo: Caio Calvísio Rufo; ver I, 12, 12. 2. Espurina: Tito Vestrício Espurina; ver I, 5, 8. 3. A vida humana bem ordenada: *uita hominum disposita*; ver II, 11, 17, *dispositus* como

EPÍSTOLA 1

Elogio da vida de Espurina

CAIO PLÍNIO

A SEU QUERIDO CALVÍSIO RUFO[1], SAUDAÇÕES

1. Não me lembro de ter passado tempo mais agradável do que recentemente quando estive em casa de Espurina[2], tanto, que na velhice, se me for dado envelhecer, não gostaria de emular a ninguém mais; nada é mais distinto do que aquele modo de viver. 2. A mim, tal como o curso fixo das estrelas, agrada-me a vida humana bem ordenada[3], principalmente a dos anciães: pois se nos jovens não descabe desordem e, por assim dizer, certa turbulência, aos anciães convêm toda placidez e ordem, segundo as quais o esforço é descabido e torpe é a ambição.

3. Espurina conserva a todo tempo essa regra. Com efeito, até as pequenas coisas (pequenas se não fossem realizadas todo dia) ele como num círculo as cerca de certa ordem. 4. No amanhecer fica na cama; às oito horas pede pelos calçados, caminha quatro quilômetros e meio e não exercita o espírito menos do que o corpo. Se amigos estão presentes, travam as conversas mais elevadas; se não, lê um livro, às vezes o faz até aos amigos presentes, se isso não os incomoda. 5. Em seguida, senta-se, e retoma o livro ou uma conversa melhor do que o livro. Logo sobe ao carro, leva consigo sua esposa, exemplo único de caráter[4], ou um dos amigos, como eu, ultimamente. 6. Como isso é bonito! Que doce priva-

---

qualidade oratória, e não ética, como aqui. 4. EXEMPLO ÚNICO DE CARÁTER: *uxorem singularis exempli*; ver a mesma locução em VIII, 5, 1, e outras virtudes de esposa em I, 12, 7.

imbuare! Quamuis ille hoc temperamentum modestiae suae indixerit, ne praecipere uideatur. 7. Peractis septem milibus passuum iterum ambulat mille, iterum residit uel se cubiculo ac stilo reddit. Scribit enim et quidem utraque lingua lyrica doctissima; mira illis dulcedo, mira suauitas, mira hilaritas, cuius gratiam cumulat sanctitas scribentis. 8. Ubi hora balinei nuntiata est (est autem hieme nona, aestate octaua), in sole, si caret uento, ambulat nudus. Deinde mouetur pila uehementer et diu; nam hoc quoque exercitationis genere pugnat cum senectute. Lotus accubat et paulisper cibum differt; interim audit legentem remissius aliquid et dulcius. Per hoc omne tempus liberum est amicis uel eadem facere uel alia si malint. 9. Apponitur cena non minus nitida quam frugi, in argento puro et antiquo; sunt in usu et Corinthia, quibus delectatur nec adficitur. Frequenter comoedis cena distinguitur, ut uoluptates quoque studiis condiantur. Sumit aliquid de nocte et aestate; nemini hoc longum est; tanta comitate conuiuium trahitur. 10. Inde illi post septimum et septuagensimum annum aurium, oculorum uigor integer, inde agile et uiuidum corpus solaque ex senectute prudentia.

11. Hanc ego uitam uoto et cogitatione praesumo, ingressurus auidissime, ut primum ratio aetatis receptui canere permiserit. Interim mille laboribus conteror, quorum mihi et solacium et exemplum est idem Spurinna; 12. nam ille quoque, quoad honestum fuit, obiit officia, gessit magistratus, prouincias rexit, multoque labore hoc otium meruit. Igitur eundem mihi cursum, eundem terminum statuo, idque iam nunc apud te subsigno ut, si me longius euehi uideris, in ius uoces ad hanc epistulam meam et quiescere iubeas, cum inertiae crimen effugero. Vale.

---

5. ESTILETE: *stilo*; ver I, 6, 1. Para *stilus* como "elocução" (*elocutio*), ver I, 8, 5. **6.** ESCREVE POEMAS LÍRICOS: *scribit lyrica*. Espurina pode ter servido de exemplo para Plínio escrever poemas; ver data IV, 14.

cidade! Quanto de antiguidade há nisso! Que feitos, sobre que homens poderias ouvir! De que exemplos te imbuirias! E à própria modéstia ele impõe limites para não parecer dogmático. 7. Percorridos uns 10 quilômetros e meio de carro, ele de novo caminha outro quilômetro e meio e de novo senta-se para entregar-se a seu escritório e ao estilete[5], pois, sim, escreve poemas[6] líricos doutíssimos em latim e grego: é admirável a doçura deles, a delicadeza, a hilaridade, cuja graça é coroada pela santidade de quem escreve. 8. Quando é anunciada a hora do banho (no inverno é às três da tarde, no verão às duas), ao sol, se não há vento, ele caminha nu. Em seguida joga bola, com intensidade e longamente, que também com esse exercício combate o envelhecimento. Banho tomado, acomoda-se e aguarda um pouco o jantar; entrementes ouve alguém a ler com vagar e doçura. Durante todo esse tempo, os amigos estão livres para fazer as mesmas coisas ou outras, se preferirem. 9. A janta é servida, não menos elegante que frugal, com prataria pura e antiga; usa também pratos de bronze coríntio, com que se deleita sem apegar-se. Com frequência o jantar é entremeado de comédias, para que os prazeres sejam temperados com estudos. O jantar se prolonga pela noite mesmo no verão, mas não causa tédio a ninguém, tamanha é a afabilidade dos convivas. 10. Disso advém que ele, com 77 anos completos, tenha pleno domínio da audição e da vista; disso decorre que tenha o corpo ágil e forte, e da velhice possua apenas a sabedoria.

11. Está é a vida que desejo e já imagino em pensamento, que ansiosamente haverei de adotar tão logo a soma dos anos permitir-me bater em retirada. Entrementes, eu me consumo em mil trabalhos, dos quais Espurina para mim é ao mesmo tempo consolo e exemplo, 12. pois ele também, enquanto lhe cabia, teve deveres, exerceu magiatraturas, governou províncias e com muito esforço fez por merecer este ócio. Portanto, quero para mim a mesma carreira e o mesmo encerramento, os quais desde já te deixo empenhados para que, se me vires no trabalho chegar mais longe ainda, invoques por direito esta minha epístola e me ordenes descansar, se eu não incorrer no crime de inércia. Adeus.

EPISTULA II

Laus Arriani Maturi

GAIUS PLINIUS

VIBIO MAXIMO SUO SALUTEM

1. Quod ipse amicis tuis obtulissem, si mihi eadem materia suppeteret, id nunc iure uideor a te meis petiturus. 2. Arrianus Maturus Altinatium est princeps; cum dico princeps, non de facultatibus loquor, quae illi large supersunt, sed de castitate, iustitia, grauitate, prudentia. 3. Huius ego consilio in negotiis, iudicio in studiis utor; nam plurimum fide, plurimum ueritate, plurimum intellegentia praestat. 4. Amat me (nihil possum ardentius dicere) ut tu. Caret ambitu; ideo se in equestri gradu tenuit, cum facile possit adscendere altissimum. Mihi tamen ornandus excolendusque est. 5. Itaque magni aestimo dignitati eius aliquid adstru-

---

III, 2. Data: 103 d.C., logo após a nomeação de Máximo no Egito.

1. Víbio Máximo: cavaleiro; ver II, 14.   2. Arriano Maturo: ver I, 2.   3. Altino: antiga cidade costeira dos vênetos próxima da atual Treviso.   4. carece de ambição: *caret ambitu*, expressão que pode ser equívoca. *Ambitus* em latim pode significar (OLD, 6) "práticas corruptas durante as eleições"; "influência indevida"; "suborno"; "corrupção", "ilegalidade", ou (OLD, 9, em que o passo de Plínio é abonado), "desejo de progresso", "ambição". Os tradutores se dividem: "Il ignore l'intrigue" ("ignora a intriga", Guillemin, I, p. 100), seguida de perto por Rusca (I, p. 207), "egli non conosce l'intrigo" ("não sabe o que é intriga"). Radice (I, p. 163) sugere o conceito de carreira, "he is incapable of pushing himself forward" ("é incapaz de agir para progredir"), que Trisoglio (I, p. 347) explicita, "non ha nessuna brama di fare carriera" ("não tem cobiça alguma de fazer carreira"). Walsh (p. 57) traduz "he is not ambitious" ("não é ambicioso"), que enfim

EPÍSTOLA 2

Elogio de Arriano Maturo

CAIO PLÍNIO

A SEU QUERIDO VÍBIO MÁXIMO[1], SAUDAÇÕES

1. Aquilo que eu mesmo teria dado a teus amigos, se tivesse à mão a mesma matéria, parece que com razão vou pedir-te para os meus. 2. Arriano Maturo[2] é o primeiro entre os habitantes de Altino[3]; quando digo "o primeiro", não falo de suas posses, que nele sobejam largamente, mas da pureza, do senso de justiça, da seriedade, da prudência. 3. De seu conselho sirvo-me nos negócios; de seu discernimento, nos estudos, pois se sobressai à maior parte das pessoas em fidelidade, em sinceridade e inteligência. 4. Tem amor por mim (nada posso dizer de mais ardente) assim como tu. Carece de ambição[4]; por isso mesmo manteve-se apenas no nível equestre, quando facilmente poderia ascender muitíssimo[5]. Devo, porém, honrá-lo e enaltecê-lo. 5. Assim, considero de grande valia somar algo a sua condição, sem que ele espere, sem que

me parece a melhor porque, sendo evidente que Plínio nem sequer cogita da desonestidade de Arriano, não é menos evidente, por seu próprio exemplo, que não considera imoral desejar progredir, de modo que parece sugerir que o honesto Arriano tem um pouquinho menos de iniciativa do que talvez conviesse. Escolhi o cognato "carece" pela ambiguidade que produz: "não ter ambição" pode ter sentido positivo, pelo que de negativo há em *ambitus*, mas pode sugerir aquela falta de iniciativa. 5. QUANDO FACILMENTE PODERIA ASCENDER MUITÍSSIMO: *cum facile possit ascendere altissimum*; ver I, 14, 5.

ere inopinantis nescientis, immo etiam fortasse nolentis; adstruere autem quod sit splendidum nec molestum; **6.** *cuius generis quae prima occasio tibi, conferas in eum rogo; habebis me, habebis ipsum gratissimum debitorem. Quamuis enim ista non appetat, tam grate tamen excipit, quam si concupiscat. Vale.*

---

6. MOSTRA-SE TÃO GRATO COMO SE DESEJASSE: *tam grate tamen excipit, quam si concupiscat*. Trisoglio arremata (I, p. 348): "Arriano Maturo incorpora o tipo, não raro em toda parte, de quem deseja fazer carreira, mas afeta superior desdém por ela, mostrando-se agradecidíssimo para

LIVRO III

saiba e até mesmo talvez sem que deseje; mas quero somar algo que seja brilhante e não incômodo. **6.** Providencia-lhe, na primeira ocasião que tiveres, alguma coisa que assim seja, peço-te. Terás em mim, terás nele agradecidíssimo devedor. Embora não anseie nada disso, mostra-se tão grato como se desejasse[6]. Adeus.

---

quem lhe consegue promoção como se nada soubesse". Arriano parece ter aceitado a promoção, pois em IV, 8 está longe da Itália, para onde volta três anos depois (VI, 2, 10), após desempenhar alguma função no Egito.

EPISTULA III

Commendatio clari praeceptoris

GAIUS PLINIUS

CORELLIAE HISPULLAE SUAE SALUTEM

1. *Cum patrem tuum, grauissimum et sanctissimum uirum, suspexerim magis an amauerim dubitem, teque et in memoriam eius et in honorem tuum unice diligam, cupiam necesse est atque etiam quantum in me fuerit enitar ut filius tuus auo similis exsistat; equidem malo materno, quamquam illi paternus etiam clarus spectatusque contigerit, pater quoque et patruus inlustri laude conspicui.* **2.** *Quibus omnibus ita demum similis adolescet, si imbutus honestis artibus fuerit, quas plurimum refert a quo potissimum accipiat.* **3.** *Adhuc illum pueritiae ratio intra contubernium tuum tenuit, praeceptores domi habuit, ubi est erroribus modica uel etiam nulla materia. Iam studia eius extra limen proferenda sunt, iam circumspiciendus rhetor Latinus cuius scholae seueritas, pudor, in primis castitas constet.* **4.** *Adest enim adulescenti nostro cum ceteris naturae fortunaeque dotibus eximia corporis pulchritudo, cui in hoc lubrico aetatis non praeceptor modo sed custos etiam rectorque quaerendus est.*

5. *Videor ergo demonstrare tibi posse Iulium Genitorem. Amatur a me; iudicio tamen meo non obstat caritas hominis, quae ex iudicio nata*

III, 3. Data: após a morte de Corélio Rufo; ver I, 12, 1, e depois do início de 97 d.C.
1. CORÉLIA HISPULA: filha de Corélio Rufo, patrono de Plínio (ver I, 12, 1). É mencionada em IV, 17, 1. **2.** MESTRE DE RETÓRICA LATINA: *rhetor Latinus*; ver II, 18 e IV, 13, também sobre

EPÍSTOLA 3

Recomendação de um excelente preceptor

CAIO PLÍNIO

A SUA QUERIDA CORÉLIA HISPULA[1], SAUDAÇÕES

1. Como não sei se nutri por teu seríssimo e santíssimo pai mais admiração ou mais amor e como em memória dele e em tua honra te estimo de modo particular, é forçoso que eu deseje e até me esforce o quanto possa para que teu filho seja, assim prefiro, como o avô materno, se bem que teve um avô paterno notável e admirado, e teve o pai e o irmão do pai ilustres e cheios de glória. 2. Crescerá exatamente igual a eles todos, se se imbuir de ensinamentos honestos: e é da maior importância a pessoa de quem vai recebê-los. 3. Até aqui a meninice, como de praxe, manteve-o sob o teu teto, com professores em casa, onde a oportunidade de errar é pequena ou até mesmo nenhuma. Mas os estudos dele agora já devem ser realizados fora do lar, já se deve procurar um mestre de retórica latina[2] cuja escola deve distinguir-se pela seriedade, pelo pudor e, antes de tudo, pela castidade. 4. pois nosso rapaz, além de outros dotes da natureza e da fortuna, possui corpo de notável beleza: para esta idade delicada é necessário buscar não apenas um preceptor, mas um guarda e até mesmo um guia.

5. Por isso, creio que posso recomendar-te Júlio Genitor[3]. Tenho afeição por ele; no entanto, não embarga meu julgamento esta afeição,

---

educação e preceptores. 3. JÚLIO GENITOR: mestre de retórica latina, endereçado em III, 11; VII, 30 e IX, 17.

est. Vir est emendatus et grauis, paulo etiam horridior et durior, ut in hac licentia temporum. 6. Quantum eloquentia ualeat, pluribus credere potes, nam dicendi facultas aperta et exposita statim cernitur; uita hominum altos recessus magnasque latebras habet, cuius pro Genitore me sponsorem accipe. Nihil ex hoc uiro filius tuus audiet nisi profuturum, nihil discet quod nescisse rectius fuerit, nec minus saepe ab illo quam a te meque admonebitur quibus imaginibus oneretur, quae nomina et quanta sustineat. 7. Proinde fauentibus dis trade eum praeceptori, a quo mores primum, mox eloquentiam discat, quae male sine moribus discitur. Vale.

4. QUE IMAGENS DOS ANTEPASSADOS LHE PESAM: *quibus imaginibus oneretur.* Literalmente Plínio diz "que imagens lhe pesam" sem mencionar antepassados, subentendendo tratar-se das imagens de cera dos antepassados, provavelmente máscaras que as famílias nobres romanas mantinham em casa; ver I, 16, 8, e importante excerto de Salústio na nota. Assim como no passo de Salústio, também Plínio com muita propriedade acolhe a presença dos antepassados vivificada pelas imagens, *imagines*, palavra, objeto e conceito que, se hoje para nós não prescinde de complemento ("dos antepassados"), não deve, porém, ser elidida pela tradução, como ocorre com a de Guillemin (I, p. 102): "de quels titres de noblesse il porte le fardeau, de quels noms, de quels grands noms il soutient le poids" ("de que títulos de nobreza ele carrega o fardo, de que nomes, de que grandes nomes ele sustenta o peso"); Rusca (I, p. 209): "di quali antenati egli debba esser degno, di quali e quanto grandi nomi egli porti il peso" ("de que antepassados ele deve ser digno, de quais e de que grandes nomes ele leva o peso"); a de Radice (I, p. 167): "his obligations to his forbears and the great names he must carry on" ("as obrigações para com os ancestrais e os grandes nomes que ele deve carregar"; a de Walsh (p. 58): "the ancestors who weigh upon him, and the importance of their names which he must bear" ("os ancestrais que lhe pesam e a impotância de seus

que nasceu do julgamento. É homem sério e severo, até mesmo um tanto áspero e rígido, segundo a licenciosidade destes tempos. **6.** Sobre seu conhecimento retórico poderás invocar o testemunho de muitas pessoas, pois de imediato se percebe sua capacidade de discursar, que é clara e evidente. A vida dos homens possui recônditos profundos e grandes esconderijos: quanto a isso aceita-me como garantia no que toca a Genitor. Nada teu filho ouvirá deste homem a não ser o que lhe for útil, nada aprenderá que teria sido melhor ignorar e não deixará de ser continuamente advertido por Genitor (não menos que por ti ou por mim) sobre que imagens dos antepassados lhe pesam[4], que nomes de família carrega. **7.** Por isso, se os deuses forem propícios, traz o rapaz ao preceptor, para que primeiro aprenda a moral e em seguida a eloquência, que é mal aprendida sem moral. Adeus.

nomes que ele deve carregar"); a de Zehnacker (i, p. 74), que, como sempre, apenas glosa a de Guillemin: "de quels titres de noblesse il porte le poids, de quels noms, de quels grands noms il est le soutien" ("de que títulos de nobreza ele carrega o peso, de que nomes, de que grandes nomes ele é o sustentáculo"). Todos omitem *imagines*. A tradução de Trisoglio (i, p. 351) não é diferente: "di quali gloriosi antenati gravi su di lui la responsabilità quali e quanto grandi nomi poggino sulle sue spalle" ("de que gloriosos antepassados pesa sobre ele a responsabilidade, quais e que nomes tão grandiosos se apoiam em seus ombros"), mas ele remete a um glossário em que sobre o termo *imagines* (ii, p. 1428) menciona o "culto dos antepassados" ("culto degli antenati"), a que também concorriam as máscaras de cera deles, deixando claro que percebeu a presença das imagens, embora tenha preferido não mantê-las na tradução. Lemaire (i, p. 146), que não traduz, com grande acuidade comenta: *Magna omnia nempe exspectantur ab eo qui eo qui tam claris majoribus (quorum spectantur in atriis imagines) ortus sit*, "Decerto esperavam-se coisas grandiosas daquele que nascia de tão preclaros ancestrais, cujas imagens contemplava nos átrios".

EPISTULA IV

Iterum de causa Beticae

GAIUS PLINIUS

CAECILIO MACRINO SUO SALUTEM

1. *Quamuis et amici quos praesentes habebam, et sermones hominum factum meum comprobasse uideantur, magni tamen aestimo scire quid sentias tu.* **2.** *Nam cuius integra re consilium exquirere optassem, huius etiam peracta iudicium nosse mire concupisco. Cum publicum opus mea pecunia incohaturus in Tuscos excucurrissem, accepto ut praefectus aerari commeatu, legati prouinciae Baeticae, questuri de proconsulatu Caecili Classici, aduocatum me a senatu petiuerunt.* **3.** *Collegae optimi meique amantissimi, de communis officii necessitatibus praelocuti, excusare me et eximere temptarunt. Factum est senatus consultum perquam honorificum, ut darer prouincialibus patronus, si ab ipso me impetrassent.* **4.** *Legati, rursus inducti, iterum me iam praesentem aduocatum postulauerunt, implorantes fidem meam quam essent contra Massam Baebium*

III, 4. Data: outubro-novembro de 99 d.C.
1. MACRINO: provavelmente Cecílio Macrino, endereçado em II, 7; VII, 6; VII, 10; VIII, 17 e IX, 4, não Mínicio Macrino, mencionado em I, 15, 5. **2.** BENFEITORIA PÚBLICA: *publicum opus*. Trata--se do templo de Tiferno Tiberino, na antiga Túscia, sul da atual Toscana, hoje na Úmbria; ver V, 6, 1, VILA TUSCA, e IV, 1, 5, FIZ CONSTRUIR UM TEMPLO, e X, 8, 2, TEMPLO. **3.** PREFEITO DO ERÁRIO DE SATURNO: apenas *praefectus aerari* em latim; ver I, 1. **4.** CECÍLIO CLÁSSICO: desconheci-

EPÍSTOLA 4

Mais sobre o processo da Bética

CAIO PLÍNIO
A SEU QUERIDO CECÍLIO MACRINO[1], SAUDAÇÕES

1. Embora os amigos que tinha comigo e a conversa das pessoas pareçam comprovar o modo como atuei, considero, porém, de grande valia saber o que pensas tu. 2. Pois daquele a quem eu teria desejado pedir conselho antes de iniciar a causa, dele desejo muito saber a opinião, depois que a proferi. Tendo eu corrido à Túscia para iniciar uma benfeitoria pública[2] às minhas expensas, após obter licença do cargo de prefeito do erário de Saturno[3], os legados da província da Bética, queixando-se do proconsulado de Cecílio Clássico[4], ao Senado requereram que eu fosse seu advogado. 3. Meus colegas, excelentes e afetuosos, depois de fazer preâmbulo sobre as dificuldades do nosso cargo, tentaram desculpar-me e eximir-me. O Senado emitiu um provimento deveras honroso para que eu fosse nomeado patrono dos habitantes da província desde que lograssem que eu aceitasse. 4. Os legados, apresentando-se de novo no Senado, solicitaram pela segunda vez que eu, que estava presente, fosse seu advogado, invocando minha seriedade, porque a haviam experimentado na ação contra Massa Bébio[5], alegando a ligação entre nós

do, procônsul na Bética em 97-98 d.C. É mencionado em III, 9, *passim*, que relata a acusação que de Plínio sofreu pela má gestão no proconsulado. 5. MASSA BÉBIO: Bébio Massa, condenado por extorsão em 93 d.C; ver principalmente VII, 33, §§4, 7 e 8. É ainda mencionado em VI, 29, 8.

experti, adlegantes patrocini foedus. Secuta est senatus clarissima ad-sensio, quae solet decreta praecurrere. Tum ego "Desino", inquam, "pa-tres conscripti, putare me iustas excusationis causas attulisse". Placuit et modestia sermonis et ratio.

5. *Compulit autem me ad hoc consilium non solum consensus sena-tus, quamquam hic maxime, uerum et alii quidam minores, sed tamen numeri. Veniebat in mentem priores nostros etiam singulorum hospitum iniurias uoluntariis accusationibus exsecutos; quo deformius arbitrabar publici hospitii iura neglegere.* **6.** *Praeterea, cum recordarer quanta pro isdem Baeticis superiore aduocatione etiam pericula subissem, conser-uandum ueteris officii meritum nouo uidebatur. Est enim ita comparatum ut antiquiora beneficia subuertas, nisi illa posterioribus cumules. Nam quamlibet saepe obligati, si quid unum neges, hoc solum meminerunt quod negatum est.*

7. *Ducebar etiam quod decesserat Classicus amotumque erat quod in eiusmodi causis solet esse tristissimum, periculum senatoris. Videbam ergo aduocationi meae non minorem gratiam quam si uiueret ille propo-sitam, inuidiam nullam.* **8.** *In summa computabam, si munere hoc iam tertio fungerer, faciliorem mihi excusationem fore, si quis incidisset quem non deberem accusare. Nam cum est omnium officiorum finis aliquis, tum optime libertati uenia obsequio praeparatur.*

9. *Audisti consilii mei motus: superest alterutra ex parte iudicium tuum, in quo mihi aeque iucunda erit simplicitas dissentientis quam comprobantis auctoritas. Vale.*

---

6. HOSPITALIDADE PÚBLICA: *publici hospitii. Hospites*, "hóspedes", podem ser indivíduos ou cole-tividades. À medida que Roma evoluiu, sobretudo depois da unificação da Itália, mas não neces-sariamente por causa disso, o termo *hospitium*, "hospitalidade", também designa acordos de aco-lhimento para com cidadãos romanos ou aliados de diferentes comunidades agora romanizadas.

devida àquela defesa. Seguiu-se vivíssima aprovação do Senado, que costuma anteceder uma deliberação. Então eu falei: "Renuncio, pais conscritos, a considerar justas as razões que aleguei para eximir-me". Foi bem recebida a modéstia e o argumento de minha fala.

5. Compeliu-me a esta decisão não só o consenso do Senado, se bem que isso foi preponderante, mas também outros motivos menores, porém dignos de consideração. Veio-me à mente que nossos ancestrais puniram injustiças, assumindo voluntariamente acusações sem encargo oficial até mesmo contra hóspedes privados; por isso, julguei muito vergonhoso negligenciar os direitos de hospitalidade pública[6]. **6.** Ademais, quando me lembrei de quanto risco eu tinha corrido com a defesa anterior do mesmo povo da Bética, achei que com um novo reconhecimento eu devia preservar o reconhecimento que obtive com o encargo anterior, pois é certo que os favores antigos perdem valor se não lhes somares outros mais recentes: com efeito, por mais favores que tenhas feito, se negares um só que seja, só se lembrarão do que foi negado.

7. Incitava-me também o fato de que Clássico havia morrido, e se removera o que em causas desse tipo costuma ser a coisa mais lamentável, o perigo que corre um senador. Parecia-me, portanto, que fora concedida à minha defesa uma graça não menor do que ela teria se Clássico estivesse vivo, mas sem nenhum ressentimento. **8.** Em suma, eu calculava que, se eu assumisse o encargo pela terceira vez, seria mais fácil desculpar-me se acaso surgisse alguém que eu não deveria acusar, pois, já que há limites para todos os encargos, assim é mais garantida, por causa do obséquio anterior, a liberdade de deixar o caso.

9. Conheces o motivo de minha decisão: falta, favorável ou desfavorável, a tua opinião, cuja franqueza para discordar me será tão bem-vinda quanto a autoridade para aprovar. Adeus.

Hospitium publicum é a relação de hospitalidade, em que pelo menos um dos lados envolvidos era uma comunidade; no caso, o povo da Bética.

EPISTULA V

De Plini Maioris libris

GAIUS PLINIUS

BAEBIO MACRO SUO SALUTEM

1. Pergratum est mihi quod tam diligenter libros auunculi mei lectitas, ut habere omnes uelis quaerasque qui sint omnes. 2. Fungar indicis partibus atque etiam quo sint ordine scripti notum tibi faciam; est enim haec quoque studiosis non iniucunda cognitio.

3. De Iaculatione Equestri unus. Hunc cum praefectus alae militaret, pari ingenio curaque composuit. De Vita Pomponi Secundi duo; a quo singulariter amatus hoc memoriae amici quasi debitum munus exsoluit. 4. Bellorum Germaniae uiginti; quibus omnia quae cum Germanis gessimus bella collegit. Incohauit, cum in Germania militaret, somnio monitus: adstitit ei quiescenti Drusi Neronis effigies, qui Germaniae latissime uictor ibi periit, commendabat memoriam suam orabatque ut se ab iniuria obliuionis assereret. 5. Studiosi tres, in sex uolumina propter amplitudinem diuisi, quibus oratorem ab incunabulis instituit et perficit. Dubii

---

III, 5. Data: incerta.

1. BÉBIO MACRO: senador ativo sob Domiciano e Trajano, mas caído em desgraça com Adriano. Foi supervisor da Via Ápia, procônsul da Bética antes de 100, cônsul sufecto em 103 d.C., prefeito de Roma em torno de 117 d.C. É mencionado em IV, 9, 16; IV, 12, 4 e talvez seja o destinatário de VI, 24. 2. NERO: Nero Cláudio César Augusto Germânico (37-68 d.C.), imperador de 54 a 68 d.C., último da dinastia Júlio-Cláudia; ver I, 5, 1.

EPÍSTOLA 5

Sobre os livros de Plínio, o Velho

CAIO PLÍNIO

A SEU QUERIDO BÉBIO MACRO[1], SAUDAÇÕES

1. Muito me alegro, que costumas ler com tanta aplicação os livros de meu tio, que queiras tê-los todos e perguntes quais são eles. 2. Vou desempenhar o papel de índice e informar-te em que ordem foram escritos, pois até esta informação não deixa de ser interessante aos estudiosos.

3. O primeiro é *Sobre o Arremesso da Lança a Cavalo*. Este ele compôs com igual engenho e cuidado quando no exército era comandante de uma ala da cavalaria. *Sobre a Vida de Pompônio Segundo*, em dois volumes. Meu tio recebeu de Pompônio tão singular amizade, que lhe dedicou este presente como se pagasse uma dívida à memória do amigo. 4. *Guerras da Germânia*, em vinte livros, nos quais reúne todas as guerras que fizemos com os germanos. Iniciou-o quando ali servia, advertido por um sonho: enquanto descansava, deteve-se diante dele uma imagem de Druso Nero, que, vitorioso em grande parte da Germânia, lá morrera: Druso confiava-lhe sua memória, implorando que a protegesse da injúria que é o esquecimento. 5. *O Estudioso*, em três livros, divididos por causa da extensão em seis volumes, com os quais educa o orador desde o berço até a perfeição. Os oito livros *Sobre o Discurso Dúbio*. Escreveu-o nos anos finais do governo de Nero[2], quando a ti-

*Sermonis octo; scripsit sub Nerone nouissimis annis, cum omne studio-rum genus paulo liberius et erectius periculosum seruitus fecisset. **6.** A Fine Aufidi Bassi triginta unus. Naturae Historiarum triginta septem, opus diffusum eruditum, nec minus uarium quam ipsa natura.*

***7.** Miraris quod tot uolumina multaque in his tam scrupulosa homo occupatus absoluerit? Magis miraberis si scieris illum aliquam-diu causas actitasse, decessisse anno sexto et quinquagensimo, medi-um tempus distentum impeditumque qua officiis maximis qua amici-tia principum egisse. **8.** Sed erat acre ingenium, incredibile studium, summa uigilantia. Lucubrare Vulcanalibus incipiebat non auspicandi causa sed studendi statim a nocte multa, hieme uero ab hora septima uel, cum tardissime, octaua, saepe sexta. Erat sane somni paratissimi, non numquam etiam inter ipsa studia instantis et deserentis. **9.** Ante lucem ibat ad Vespasianum imperatorem (nam ille quoque noctibus utebatur), inde ad delegatum sibi officium. Reuersus domum quod re-liquum temporis studiis reddebat. **10.** Post cibum saepe, quem interdiu leuem et facilem ueterum more sumebat, aestate si quid otii iacebat in sole, liber legebatur, adnotabat excerpebatque. Nihil enim legit quod non excerperet; dicere etiam solebat nullum esse librum tam malum ut non aliqua parte prodesset. **11.** Post solem plerumque frigida laua-batur, deinde gustabat dormiebatque minimum; mox quasi alio die studebat in cenae tempus. Super hanc liber legebatur adnotabatur, et quidem cursim. **12.** Memini quendam ex amicis, cum lector quaedam perperam pronuntiasset, reuocasse et repeti coegisse; huic auunculum meum dixisse: "Intellexeras nempe?" Cum ille adnuisset, "Cur ergo re-uocabas? Decem amplius uersus hac tua interpellatione perdidimus". **13.** Tanta erat parsimonia temporis. Surgebat aestate a cena luce, hieme intra primam noctis et tamquam aliqua lege cogente.*

---

3. ANTES DA AURORA: *ante lucem*. Trata-se da *salutatio*, saudação matinal que os clientes prestam a seus patronos; ver III, 12, 2, DEVERES COM CLIENTES AO RAIAR DO DIA.

LIVRO III

rania tornara perigoso todo tipo de estudo feito com mais liberdade e elevação. **6.** *Continuação da História de Aufídio Basso* em 31 livros. Os 37 livros da *História Natural*, obra vasta, erudita, não menos variada do que a própria natureza.

7. Estás admirado que um homem ocupado tenha produzido tantos volumes e muitos tão minuciosos sobre assuntos como esses? Estarás ainda mais se souberes que ele, por um tempo, assumiu algumas causas e morreu aos 55 anos, tendo passado o tempo intermédio ocupado e impedido ora pelos maiores deveres, ora pela amizades dos príncipes. **8.** Mas tinha engenho agudo, incrível dedicação e imensa capacidade de resistir ao sono. Nas festas de Vulcano ele dava início à vigília não para tomar os auspícios, mas para começar estudar ainda de noite alongando-a: no inverno, a partir de uma da manhã ou, no mais tardar, duas, mas amiúde a partir da meia-noite. É bem verdade que, como ninguém, ele tinha o sono pronto: às vezes, até mesmo durante o estudo, dormia um pouco e recomeçava. **9.** Antes da aurora[3] ia ter com o imperador Vespasiano (que também aproveitava as noites), e em seguida assumia a tarefa que lhe fora atribuída. De volta a casa, dedicava o tempo que sobrara aos estudos. **10.** Amiúde, após o almoço, que, segundo hábito dos antigos, era leve e frugal, servido durante o dia, no verão Plínio tomava sol se tinha tempo disponível e punha-se a ler um livro, fazendo-lhe anotações e transcrevendo excertos. Nada lia de que não transcrevesse excertos, pois costumava a dizer que não há livro tão ruim, que não tenha alguma parte aproveitável. **11.** Depois de apanhar sol, lavava-se quase sempre em água fria; em seguida, comia alguma coisa e dormia um pouquinho. Logo após, como se fosse outro dia, estudava até o jantar. Terminada a janta, lia rapidamente, e anotava. **12.** Lembro que um dos seus amigos, quando um leitor pronunciou algo incorretamente, lhe chamou a atenção e mandou que repetisse. Meu tio perguntou-lhe: "Mas tinhas compreendido?" Como o amigo respondeu que sim, "Por que então lhe chamaste a atenção?" **13.** A tal ponto queria aproveitar o tempo. No verão levantava-se da mesa ainda de dia; no inverno, na primeira parte da noite, como se obrigado por uma lei.

14. Haec inter medios labores urbisque fremitum. In secessu solum balinei tempus studiis eximebatur: cum dico balinei, de interioribus loquor; nam, dum destringitur tergiturque, audiebat aliquid aut dictabat. 15. In itinere quasi solutus ceteris curis, huic uni uacabat: ad latus notarius cum libro et pugillaribus, cuius manus hieme manicis muniebantur, ut ne caeli quidem asperitas ullum studii tempus eriperet; qua ex causa Romae quoque sella uehebatur. 16. Repeto me correptum ab eo, cur ambularem: "Poteras", inquit, "has horas non perdere"; nam perire omne tempus arbitrabatur, quod studiis non impenderetur. 17. Hac intentione tot ista uolumina peregit electorumque commentarios centum sexaginta

4. TAQUÍGRAFO: *notarius*; ver IX, 20, 2 e IX 36, 2. Os romanos, além de escrever, também ditavam seus textos aos secretários, que eram também taquígrafos. O primeiro testemunho sobre "taquigrafia" no mundo antigo é de Plutarco (*Vida de Catão, o Jovem*, 23): τοῦτον μόνον ὧν Κάτων εἶπε διασῴζεσθαί φασι τὸν λόγον, Κικέρωνος τοῦ ὑπάτου τοὺς διαφέροντας ὀξύτητι τῶν γραφέων σημεῖα προδιδάξαντος, ἐν μικροῖς καὶ βραχέσι τύποις πολλῶν γραμμάτων ἔχοντα δύναμιν, εἶτ' ἄλλον ἀλλαχόσε τοῦ βουλευτηρίου σποράδην ἐμβαλόντος. οὔπω γὰρ ἤσκουν οὐδ' ἐκέκτηντο τοὺς καλουμένους σημειογράφους, ἀλλὰ τότε πρῶτον εἰς ἴχνος τι καταστῆναι λέγουσιν, "Conta-se que, de todos os discursos pronunciados por Catão, foi este o único a ser conservado, graças ao zelo de Cícero: quando cônsul, o grande orador ensinou aos escribas mais ágeis um sistema de sinais que, em forma abreviada e curta, equivaliam a diversas letras, e espalhara-os por pontos estratégicos do plenário. Não se formavam ainda, nem se conheciam, os chamados *estenógrafos*, mas parece que começaram a surgir então". Tradução de Gílson César Cardoso (Plutarco, *Vidas Paralelas*, São Paulo, Paumape, 1992, vol. IV, p. 322). As chamadas "notas tironianas" (*notae Tironianae*) são um sistema de taquigrafia supostamente inventado por Tirão (94-4 a.C.), escravo e secretário pessoal de Cícero, e mais tarde seu liberto: Tirão transcrevia com rapidez e precisão ditados de Cícero (discursos, correspondência profissional e pessoal, transações comerciais, etc). Segundo Anthony di Renzo ("His Master's Voice: Tiro and the Rise of the Roman Secretarial Class", *Journal of Technical Writing & Communication*, 30, 2, 2000, p. 170), até o tempo de Cícero não havia taquigrafia em latim, e a única forma de abreviação sistematizada na época era usada para notações jurídicas (*notae juris*), acessíveis apenas a profissionais de contabilidade. As notas foram chamadas "tironianas" por Paul Gottfried Mitzschke, Justus Lipsius e Norman Peter Heffle no livro (*Biography of the Father of Stenography, Marcus Tullius Tiro*, Nova York, Brooklin, 1880), não sem dissenso, já que Díon Cássio (*História Romana*, 55, 7, 6) afirma: [ὁ Μαικήνας] πρῶτός τε κολυμβήθραν θερμοῦ ὕδατος ἐν τῇ πόλει κατεσκεύασε, καὶ πρῶτος σημεῖά τινα γραμμάτων πρὸς τάχος ἐξεῦρε, καὶ αὐτὰ διὰ Ἀκύλου ἀπελευθέρου συχνοὺς ἐξεδίδαξε, "Mecenas foi o primeiro a construir piscina de água quente em Roma e também o primeiro a inventar *sinais para grafar letras com rapidez*, e por meio de

LIVRO III

14. Tudo isso, em meio aos trabalhos e agitação da cidade. Nas férias só se furtava aos estudos no período dos banhos: quando digo "banhos", refiro-me só ao momento em que estava na água, pois que, enquanto era massageado e ensaboado, ouvia ou ditava alguma coisa. 15. Quando em viagem, praticamente livre das outras preocupações, só se dedicava ao seguinte: fazia-se acompanhar de um taquígrafo[4], munido de livro e tabuinhas, cujas mãos no inverno eram protegidas por mangas para que nenhuma intempérie tirasse tempo de estudo; por isso mesmo em Roma era conduzido na cadeira. 16. Recordo-me de ser advertido por ele porque eu fazia caminhadas: "Podias", dizia, "não desperdiçar estas horas"; ele achava mesmo que estava morto todo tempo que não era dispendido nos estudos. 17. Com esta disposição completou todos aqueles volumes e deixou-me 160 comentários[5] de excertos selecionados, escritos em letra miúda até no verso; por esta razão, esse

Áquila, um liberto, ensinou-os a várias outras pessoas". É bem provável que a técnica existisse entre os gregos. Diógenes Laércio (*Vidas e Doutrinas dos Filósofos Ilustres*, 2, 48, "Xenofonte") registra: καὶ τοὐντεῦθεν ἀκροατὴς Σωκράτους ἦν. καὶ πρῶτος ὑποσημειωσάμενος τὰ λεγόμενα εἰς ἀνθρώπους ἤγαγεν, Ἀπομνημονεύματα ἐπιγράψας. ἀλλὰ καὶ ἱστορίαν φιλοσόφων πρῶτος ἔγραψε, "De então em diante foi discípulo de Sócrates. Foi o primeiro *a tomar notas* e dar à humanidade as conversas de Sócrates sob o título de *Memoráveis*, mas foi o primeiro filósofo a escrever história". Se pelo verbo *hyposemeiosámenos* (ὑποσημειωσάμενος), de *hyposemeióomai* (ὑποσημειόομαι) entender-se que a anotação é necessariamente veloz, pode-se supor a prática da taquigrafia. Os termos gregos para o praticante da técnica são *takhigráphos* (ταχιγράφος), *oxygráphos* (ὀξυγράφος) e σημειογράφος (*semeiográphos*). Marcial descreve o efeito da técnica (*Epigramas*, 14, 208): *Notarius / Currant uerba licet, manus est uelocior illis: / nondum lingua suum, dextra peregit opus!*, "Taquígrafo / Corram palavras, sua mão é mais veloz: / ia a língua fal..., a destra escrevera!". E assim também Manílio (*Astronômicas*, 4, 197-199): *Hic et scriptor erit uelox, cui litera uerbum est, / quique notis linguam superet, cursimque loquentis / excipiet longas noua per compendia uoces*, "Virá também o que veloz escreve, a quem uma letra é uma palavra, / aquele que *com sinais* se adianta à fala / e anotará com *abreviações* de quem fala rapidamente". Sêneca, menos empolgado, lembra que se trata só de técnica, não de sabedoria (*Cartas a Lucílio*, 90, 25): *Quid uerborum notas quibus* excipitur *oratio et celeritatem linguae manus sequitur?*, "Ou os sinais por meio dos quais o discurso, é *anotado* e a mão acompanha a rapidez da língua?". Cognato do verbo utilizado por Sêneca é o substantivo *exceptor* ("notário", "amanuense"), empregado no *Digesto de Justiniano* 19, 2, 19, 9 e 33, 7, 8, pr. 7. **5.** COMENTÁRIOS: *commentarios*. O termo *comentarium* significa literalmente "lembrete". Trata-se de "notas", "tópicos" objetivos e breves, que mais tarde supostamente seriam desenvolvidas por um historiógrafo); ver I, 20, 4.

289

mihi reliquit, opisthographos quidem et minutissimis scriptos; qua ratione multiplicatur hic numerus. Referebat ipse potuisse se, cum procuraret in Hispania, uendere hos commentarios Larcio Licino quadringentis milibus nummum; et tunc aliquanto pauciores erant.

18. Nonne uidetur tibi recordanti, quantum legerit, quantum scripserit, nec in officiis ullis nec in amicitia principis fuisse; rursus, cum audis quid studiis laboris impenderit, nec scripsisse satis nec legisse? Quid est enim quod non aut illae occupationes impedire aut haec instantia non possit efficere? 19. Itaque soleo ridere cum me quidam studiosum uocant, qui si comparer illi, sum desidiosissimus. Ego autem tantum, quem partim publica, partim amicorum officia distringunt? Quis ex istis qui tota uita litteris assident, collatus illi non quasi somno et inertiae deditus erubescat?

20. Extendi epistulam cum hoc solum quod requirebas scribere destinassem, quos libros reliquisset; confido tamen haec quoque tibi non minus grata quam ipsos libros futura, quae te non tantum ad legendos eos, uerum etiam ad simile aliquid elaborandum possunt aemulationis stimulis excitare. Vale.

LIVRO III

número é bem maior. Ele relatava que, quando foi procurador na Hispânia, conseguiu vender estes comentários a Lárcio Licino por 400 mil sestércios; e eram então um pouco menos numerosos.

18. Não te parece, quando recordas o quanto leu, o quanto escreveu, que ele não desempenhava as funções devidas aos cargos nem as devidas à amizade do Príncipe? E por outro lado, quando ouves que esforço ele devotou aos estudos, não te parece que não escreveu nem leu o suficiente? O que é que aquelas ocupações não poderiam impedir ou esta perseverança não poderia realizar? 19. Assim, costumo rir quando algumas pessoas dizem que sou estudioso, eu, que, se me comparo a ele, sou muitíssimo preguiçoso. Justo eu?, a quem só em parte os deveres públicos e os deveres da amizade ocupam? Dentre estes que se dedicam a vida inteira às letras quem, comparado a ele, não vai enrubescer, parecendo entregue ao sono e à inércia?

20. Alonguei esta epístola, quando a única coisa que pedias era que te arrolasse que livros Plínio deixou. Tenho confiança, porém, que não te causará menos prazer do que os próprios livros o meu relato, que tem poder não apenas de te incitar a lê-los, mas incitar-te, pelas esporadas da emulação, a produzir obra semelhante. Adeus.

EPISTULA VI

Descriptio statuae senem effingentis

GAIUS PLINIUS

ANNIO SEVERO SUO SALUTEM

1. *Ex hereditate quae mihi obuenit emi proxime Corinthium signum, modicum quidem sed festiuum et expressum, quantum ego sapio, qui fortasse in omni re, in hac certe perquam exiguum sapio: hoc tamen signum ego quoque intellego.* **2.** *Est enim nudum, nec aut uitia si qua sunt celat, aut laudes parum ostentat. Effingit senem stantem; ossa, musculi, nerui, uenae, rugae etiam ut spirantis apparent; rari et cedentes capilli, lata frons, contracta facies, exile collum; pendent lacerti, papillae iacent, uenter recessit.* **3.** *A tergo quoque eadem aetas, ut a tergo. Aes ipsum, quantum uerus color indicat, uetus et antiquum; talia denique omnia, ut possint artificum oculos tenere, delectare imperitorum.* **4.** *Quod me quamquam tirunculum sollicitauit ad emendum. Emi autem non ut haberem domi (neque enim ullum adhuc Corinthium domi habeo), uerum ut in patria nostra celebri loco ponerem, ac potissimum in Iouis templo;* **5.** *uidetur enim dignum templo, dignum deo donum.*

Tu ergo, ut soles omnia quae a me tibi iniunguntur, suscipe hanc curam et iam nunc iube basim fieri, ex quo uoles marmore, quae nomen

---

III, 6. Data: entre 100 e 104 d.C.

1. ÂNIO SEVERO: ver II, 16. 2. PARTE DA HERANÇA QUE ME COUBE: *ex hereditate quae mihi obuenit*; ver II, 16, 1. 3. ESTÁTUA: *signum*. Para importância das imagens, ver I, 16, 8 e remissões.

EPÍSTOLA 6

Écfrase da estátua de um ancião

CAIO PLÍNIO

A SEU QUERIDO ÂNIO SEVERO[1], SAUDAÇÕES

1. Com parte da herança que me coube[2] acabei de comprar uma estátua[3] de Corinto, pequena, de fato, mas graciosa e nitidamente moldada, pelo que conheço, eu que conheço talvez muito pouco todos os assuntos, e este, com certeza, mas desta estátua, porém, até eu sou apreciador: 2. está despida e não esconde os defeitos, se é que os tem, nem deixa de mostrar as qualidades. Representa um velho em pé: ossos, músculos, nervos, veias, rugas são visíveis como numa pessoa viva. Os cabelos são escassos e já cedem, a testa é larga, o rosto é estreito, o pescoço, delgado; os braços pendem, os mamilos estão caídos, o ventre, encolhido; 3. pelas costas, a idade é a mesma, tanto quanto se pode verificar pelas costas. O próprio bronze, conforme a cor verdadeira revela, é velho e antigo; tudo, enfim, é tal, que é capaz de reter os olhos dos artífices e deleitar os dos leigos, 4. o que, embora seja eu novato, me instigou a comprá-la. E comprei-a não para tê-la aqui (pois não tenho nenhuma estátua de Corinto em casa), mas para pôr em algum lugar frequentado de nossa pátria, de preferência no tempo de Júpiter. 5. Parece, pois, uma dádiva digna de um templo, digna de um deus.

Tu, portanto, como costumas fazer com todas as tarefas de que te incumbo, encarrega-te desta e imediatamente manda fazer um pedestal

meum honoresque capiat, si hos quoque putabis addendos. **6.** *Ego signum ipsum, ut primum inuenero aliquem qui non grauetur, mittam tibi uel ipse, quod mauis, adferam mecum. Destino enim, si tamen officii ratio permiserit, excurrere isto.* **7.** *Gaudes quod me uenturum esse polliceor, sed contrahes frontem, cum adiecero "ad paucos dies": neque enim diutius abesse me eadem haec quae nondum exire patiuntur. Vale.*

LIVRO III

do mármore que quiseres, que traga meu nome e minhas dignidades, se julgares que também elas devem ser acrescentadas. **6.** De minha parte, tão logo encontre alguém a quem não custe, te enviarei esta estátua ou eu mesmo, como preferes, a levarei comigo, pois estou resolvido a ir até aí, se os deveres de meu cargo me permitirem. **7.** Tu te alegras quando prometo que irei até ti, mas franzes o cenho quando acrescento "por poucos dias": é que não permitem que me ausente por muito tempo os mesmos assuntos que ainda agora não me permitem partir. Adeus.

EPISTULA VII

Vita et mors Sili Italici, poetae

GAIUS PLINIUS

CANINIO RUFO SUO SALUTEM

1. Modo nuntiatus est Silius Italicus in Neapolitano suo inedia finisse uitam. 2. Causa mortis ualetudo. Erat illi natus insanabilis clauus cuius taedio ad mortem inreuocabili constantia decucurrit usque ad supremum diem, beatus et felix, nisi quod minorem ex liberis duobus amisit, sed maiorem melioremque florentem atque etiam consularem reliquit. 3. Laeserat famam suam sub Nerone (credebatur sponte accusasse), sed in Vitelli amicitia sapienter se et comiter gesserat, ex proconsulatu Asiae gloriam reportauerat, maculam ueteris industriae laudabili otio abluerat. 4. Fuit inter principes ciuitatis sine potentia, sine inuidia; salutabatur, colebatur, multumque in lectulo iacens cubiculo semper non ex fortuna frequenti, doctissimis sermonibus dies transigebat, cum a scribendo uacaret. 5. Scribebat carmina maiore cura quam ingenio, non numquam iudicia hominum recitationibus experiebatur. 6. Nouissime ita suadentibus

---

III, 7. Data: fim de 99 d.C.

1. CANÍNIO RUFO: ver III, 1. 2. SÍLIO ITÁLICO: Tibério Cácio Ascônio Sílio Itálico c. 28-103 d.C. Senador, orador e poeta e eleito cônsul em 68 d.C. com Públio Galério Trácalo. Chegou até nós apenas a epopeia histórica *Guerras Púnicas* (*Punica*) sobre a II Guerra Púnica, contra Cartago. Com 17 livros e mais de 12 mil versos, é o mais longo poema latino sobrevivente da Antiguidade. 3. NEÁPOLIS: a atual

EPÍSTOLA 7

Vida e morte do poeta Sílio Itálico

CAIO PLÍNIO
A SEU QUERIDO CANÍNIO RUFO[1], SAUDAÇÕES

1. Há pouco foi anunciado que Sílio Itálico[2] se deixou morrer de fome em Neápolis[3]. **2.** O motivo foi a doença[4]. Nascera-lhe um tumor incurável e por causa do incômodo ele, com inabalável constância, se apressou ao dia supremo, feliz e contente, exceto pela morte do filho mais novo dos dois que tinha[5], já que o mais velho deixou muito bem, ocupando cargo consular. **3.** Sua reputação foi manchada sob o reinado de Nero (acreditava-se que deliberadamente assumira a função de acusador), mas, desfrutando da amizade de Vitélio, portou-se com sabedoria e afabilidade, obteve reconhecimento pelo proconsulado na Ásia e assim lavou em louvável ócio a mácula da antiga ocupação. **4.** Vivia entre os maiorais de Roma sem exercer poder nem sentir inveja: saudavam-no, respeitavam-no; amiúde deitado ao leito, num quarto muito frequentado mas não por causa de sua posição, passava o dia sempre entre as conversas mais sábias quando dispunha de tempo, longe da escrita. **5.** Escrevia poemas com mais esmero do que engenho e às vezes expunha-os ao juízo das pessoas em recitações. **6.** Nos últimos tempos,

---

Nápoles. **4.** O MOTIVO FOI A DOENÇA: *causa mortis ualetudo.* Para doença grave como justificação do suicídio, ver I, 12 e I, 22. **5.** DOS DOIS FILHOS QUE TINHA: *ex liberis duobus.* Marcial recorda o consulado do filho mais velho (*Epigramas*, 8, 66) e a morte do mais novo (*Epigramas*, 9, 86).

annis ab urbe secessit, seque in Campania tenuit, ac ne aduentu quidem noui principis inde commotus est: 7. magna Caesaris laus sub quo hoc liberum fuit, magna illius qui hac libertate ausus est uti. 8. Erat φιλόκαλος usque ad emacitatis reprehensionem. Plures isdem in locis uillas possidebat, adamatisque nouis priores neglegebat. Multum ubique librorum, multum statuarum, multum imaginum, quas non habebat modo, uerum etiam uenerabatur, Vergili ante omnes, cuius natalem religiosius quam suum celebrabat, Neapoli maxime, ubi monimentum eius adire ut templum solebat.

9. In hac tranquillitate annum quintum et septuagensimum excessit, delicato magis corpore quam infirmo; utque nouissimus a Nerone factus est consul, ita postremus ex omnibus, quos Nero consules fecerat, decessit. 10. Illud etiam notabile: ultimus ex Neronianis consularibus obiit quo consule Nero periit. Quod me recordantem fragilitatis humanae miseratio subit. 11. Quid enim tam circumcisum, tam breue quam hominis uita longissima? An non uidetur tibi Nero modo modo fuisse, cum interim ex iis, qui sub illo gesserant consulatum, nemo iam superest? Quamquam quid hoc miror? 12. Nuper L. Piso, pater Pisonis illius, qui Valerio Festo per summum facinus in Africa occisus est, dicere solebat neminem se uidere in senatu quem consul ipse sententiam rogauisset. 13. Tam angustis terminis tantae multitudinis uiuacitas ipsa concluditur, ut mihi non uenia solum dignae, uerum etiam laude uideantur illae regiae lacrimae;

---

6. César: Nero. **7.** AMANTE DA BELEZA: φιλόκαλος (*philókalos*); ver II, 3, 8. **8.** MUITAS ESTÁTUAS, MUITAS IMAGENS: *multum statuarum, multum imaginum*. Para importância das imagens, ver I, 16, 8 e remissões. **9.** VIRGÍLIO: Públio Virgílio Marão (70-19 a.C.), autor das *Bucólicas* (ou *Éclogas*), *Geórgicas* e *Eneida* e uma série de poemas jocosos e até obscenos presentes no *Apêndice Virgiliano* (*Appendix Vergiliana*), aos quais Plínio com maior probabilidade se refere aqui. Como Virgílio, ao lado de Horácio, desde a Antiguidade foi considerado o poeta clássico por excelência e até mesmo na modernidade, como se lê em críticos do porte de T. S. Eliot, é desconhecida, quando não é negada, sua produção erótica; ver Oliva Neto, *Falo no Jardim, Priapeia Grega Priapeia Latina*, cap. 2, "Breve Arqueologia do Gênero", seção 9, "Um Gênero sem Autores: o Caso *Priapeia Latina*", pp. 92-96. **10.** NERO: Nero Cláudio César Augusto Gêrmanico (37-68 d.C.), imperador de 54 a 68 d.C., último da dinastia Júlio-Cláudia; ver I, 5, 1. **11.** Guillemin (I, p. 113), Schuster & Hanslik (p. 83), Mynors (p. 77), Radice (I, p. 184) e Zehnacker (I, p. 81) põem o ponto de interrogação depois de *fuisse*, deixando a oração seguinte sem oração principal. **12.** LÚCIO

LIVRO III

quando a idade o convenceu a deixar Roma, recolheu-se na Campânia, e nem mesmo com a chegada do novo imperador de lá se abalou: 7. grande foi a honra de César[6], sob o qual houve esta liberdade, grande foi a de Sílio Itálico, que ousou servir-se dela. 8. Era um "amante da beleza"[7], a ponto de ser repreendido por comprar compulsivamente. Possuía muitas vilas nos mesmos lugares e por causa das novas negligenciava as antigas. Em toda parte tinha muitos livros, muitas estátuas, muitas imagens[8], que não apenas possuía, mas na verdade venerava, sobre todas as de Virgílio[9], cujo aniversário celebrava mais religiosamente do que o seu próprio, principalmente em Neápolis, onde costumava visitar o monumento dele como a um templo.

9. Em meio a esta tranquilidade faleceu aos 74 anos, tendo saúde mais frágil que doente; assim como foi o último cônsul nomeado por Nero[10], assim também entre aqueles que Nero nomeou cônsul foi o último a morrer. 10. Isso também é notável: morreu o último dos cônsules de Nero, aquele que era cônsul quando Nero morreu. Ao lembrar-me disso, vejo-me tomado de comiseração pela fragilidade humana. 11. Pois o que é tão pequeno, tão breve quanto a mais longa vida humana? Ou será que não te parece que Nero vivia até ontem, quando na verdade daqueles que sob sua gestão ocuparam o consulado não restou ninguém?[11] Mas por que estou admirado com isso? 12. Há pouco, Lúcio Pisão[12], pai daquele famoso Pisão, que por um crime infame foi morto na África por Valério Festo[13], costumava dizer que não encontrava no Senado nenhum daqueles cuja opinião ele pedira quando era cônsul. 13. A própria vida de tão grande multidão de pessoas se encerra em

---

PISÃO: Sherwin-White (p. 229): "o primeiro desses Pisões, que Plínio faz bem em distinguir dos muitos Calpúrnios Pisões do início do principado, foi Lúcio Calpúrnio Pisão, filho do suposto assassino de Germânico e cônsul ordinário em 27 d.C. (PIR, 2, C 293). O segundo foi o cônsul ordinário nomeado de 57 d.C, conforme narra Tácito (Histórias, 4, 48-50). Foi procônsul da África em 70 d.C., quando Valério Festo era comandante da Legião Africana. Festo primeiro fez intrigas por Vitélio e, em seguida, com a chegada de um emissário dos Flávios, planejou o assassinato de Pisão em prol de Vespasiano". 13. VALÉRIO FESTO: Caio Calpetano Râncio Quirinal Valério Festo. O nome indica conexão por adoção com o obscuro ex-cônsul Claudiano Caio Calpetano Sedato; ver ILS, 989 e PIR, 2 C 235 e 294.

299

nam ferunt Xersen, cum immensum exercitum oculis obisset, inlacrimasse, quod tot milibus tam breuis immineret occasus. 14. Sed tanto magis hoc, quidquid est temporis futilis et caduci, si non datur factis (nam horum materia in aliena manu), certe studiis proferamus, et quatenus nobis denegatur diu uiuere, relinquamus aliquid, quo nos uixisse testemur. 15. Scio te stimulis non egere: me tamen tui caritas euocat ut currentem quoque instigem, sicut tu soles me. Ἀγαθὴ δ᾽ ἔρις cum inuicem se mutuis exhortationibus amici ad amorem immortalitatis exacuunt. Vale.

---

14. AQUELAS FAMOSAS LÁGRIMAS DO REI [...] XERXES: *illae regiae lacrimae* [...] *Xersen.* Heródoto (*Histórias*, 7, 45), Sêneca, o Filósofo (*Sobre a Brevidade da Vida*, 17, 2) e Valério Máximo (*Ditos e Feitos Memoráveis*, 9, 1, ext. 3, 1) mencionam a passagem. Xerxes era filho de Dario I e Atossa, filha de Ciro II, que se casaram após Dario ter se tornado rei dos reis (título que se dava na Pérsia ao xá). Continuou a guerra contra os gregos, conhecida como Guerras Greco-Pérsicas ou Guerras Médicas (os persas eram conhecidos também como "medas") para vingar a do pai na Batalha de Maratona em 490 a.C. Mandou construir um canal através da península de Atos para

LIVRO III

limites tão estreitos, que aquelas famosas lágrimas do rei[14] não me parecem merecer apenas respeito, mas antes louvor: conta-se que Xerxes, tendo diante dos olhos um exército imenso, chorou porque era iminente a morte que ameaçava tantos milhares de homens. 14. Por isso, mais razão temos para que do tempo, que é breve e passageiro, se não o dedicamos às façanhas (pois a concretização delas jaz em alheias mãos[15]), aproveitemo-lo pelo menos nos estudos, e já que nos é negado viver longamente, deixemos algo que testemunhe que nós existimos. 15. Sei que não careces de aguilhão mas o apreço por ti me chama a que te instigue mesmo quando já corres, assim como costumas fazer comigo. É "boa a inveja"[16], quando os amigos com mútuas exortações estimulam um no outro o amor pela imortalidade. Adeus.

passagem da frota. Após derrotar o exército de Leônidas I na Batalha das Termópilas, saqueou a Ática e arrasou os santuários da Acrópole de Atenas. Mas sua frota foi destruída em Salamina por Temístocles. 15. A CONCRETIZAÇÃO DELAS JAZ EM ALHEIAS MÃOS: *nam horum materia in aliena manu.* Sherwin-White (p. 229): "Uma das raras lamentações de Plínio sobre a autocracia imperial". 16. "BOA A INVEJA": Ἀγαθὴ δ' ἔρις, "a boa inveja", aquela que nos leva a querer ser melhores, em oposição à má inveja, aquela que nos faz querer o fracasso dos bem-sucedidos. É parte do verso 24 de *Os Trabalhos e os Dias*, de Hesíodo. Para uso do grego, ver I, 2, 1.

EPISTULA VIII

Ad Suetonium de tribunatu transferendo

GAIUS PLINIUS

SUETONIO TRANQUILLO SUO SALUTEM

1. Facis pro cetera reuerentia quam mihi praestas, quod tam sollicite petis ut tribunatum, quem a Neratio Marcello, clarissimo uiro, impetraui tibi, in Caesennium Siluanum, propinquum tuum, transferam. 2. Mihi autem sicut iucundissimum ipsum te tribunum, ita non minus gratum alium per te uidere. Neque enim esse congruens arbitror, quem augere honoribus cupias, huic pietatis titulis inuidere, qui sunt omnibus honoribus pulchriores. 3. Video etiam, cum sit egregium et mereri beneficia et dare, utramque te laudem simul assecuturum, si quod ipse meruisti alii tribuas. Praeterea intellego mihi quoque gloriae fore, si ex hoc tuo facto non fuerit ignotum amicos meos non gerere tantum tribunatus posse uerum etiam dare. 4. Quare ego uero honestissimae uoluntati tuae pareo. Neque enim adhuc nomen in numeros relatum est, ideoque liberum est nobis Siluanum in locum tuum subdere; cui cupio tam gratum esse munus tuum, quam tibi meum est. Vale.

III, 8. Data: 101-103 d.C.

1. Suetônio Tranquilo: o historiógrafo Caio Suetônio Tranquilo; ver i, 18. 2. Nerácio Marcelo: Lúcio Nerácio Marcelo, cônsul sufecto em janeiro de 95 d.C., supervisor do leito e das margens do Tibre antes de 101 d.C., legado da Britânia em janeiro 103 d.C. Esta foi sua primeira província consular se se refere a ele a inscrição fragmentada ils, 1032, de Sepino, de onde a família era. É mencionado apenas nesta epístola. 3. Cesênio Silvano: desconhecido, a menos

EPÍSTOLA 8

A Suetônio sobre transferência do tribunato

CAIO PLÍNIO
A SEU QUERIDO SUETÔNIO TRANQUILO[1], SAUDAÇÕES

1. Ages conforme o respeito que sempre me dedicas, quando pedes tão solicitamente que transfira o cargo de tribuno que para ti obtive de Nerácio Marcelo[2], homem distintíssimo, para Cesênio Silvano[3], teu parente. **2.** Tal como para mim é o que há de mais grato ver que tu mesmo é tribuno, assim também não o é menos ver que por meio de ti outro assumiu a função. Não acho coerente negar àquele que desejas exalçar com cargos honoríficos o título de piedoso, que é mais belo do que todos os cargos. **3.** Vejo também, dado que é egrégio merecer e prestar benefícios, que tu obterás ao mesmo tempo uma e outra glória, se o que mereceste fizeres a outro. Ademais, percebo que para mim também será motivo de louvor se por causa desta tua ação não se ignorar que os meus amigos são capazes não só de exercer o cargo de tribuno, senão também de concedê-los. **4.** Por isso, eu me submeto sim à tua honestíssima vontade. Aliás teu nome ainda não consta das listas[4], de modo que posso ainda substituí-lo pelo dele. A ele desejo que tua munificência seja tão grata quanto para ti é a minha. Adeus.

que ele seja a distinta pessoa de Lanúvio comemorada em *ILS*, 7212, II, 10-15; *PIR*, 2 C 176.
4. LISTAS: *numeros*. São os registros que o legado tem no quartel general, no caso, da Britânia. *Numeri* são propriamente as unidades do exército; ver X, 29, 2. Dizemos "alistar-se" no exército.

EPISTULA IX

Labores in causa Baeticae

GAIUS PLINIUS

CORNELIO MINICIANO SUO SALUTEM

1. Possum iam perscribere tibi quantum in publica prouinciae Baeticae causa laboris exhauserim. 2. Nam fuit multiplex actaque est saepius cum magna uarietate. Unde uarietas, unde plures actiones? Caecilius Classicus, homo foedus et aperte malus, proconsulatum in ea non minus uiolenter quam sordide gesserat, eodem anno quo in Africa Marius Priscus. 3. Erat autem Priscus ex Baetica, ex Africa Classicus. Inde dictum Baeticorum, ut plerumque dolor etiam uenustos facit, non inlepidum ferebatur: "Dedi malum et accepi". 4. Sed Marium una ciuitas publice multique priuati reum peregerunt, in Classicum tota prouincia incubuit. 5. Ille accusationem uel fortuita uel uoluntaria morte praeuertit. Nam fuit mors eius infamis, ambigua tamen: ut enim credibile uidebatur uoluisse exire de uita, cum defendi non posset, ita mirum pudorem damnationis morte fugisse, quem non puduisset damnanda committere.

III, 9. Data: 100-101 d.C.

1. CORNELIO MINICIANO: rico amigo de Plínio, de extração equestre, advogado e homem de letras. Plínio o recomenda para o cargo de tribuno militar em VII, 22, 2. É destinatário de IV, 11, sobre assuntos públicos, e de VIII, 12, sobre letras. Talvez seja também o Cornélio Ticiano endereçado em I, 17, e o Corneliano, em VI, 31. 2. CECÍLIO CLÁSSICO: ver III, 4, 2. 3. MÁRIO PRISCO: ver II, 11, 2. 4. AQUI SE FAZ, AQUI SE PAGA: *dedi malum et accepi*, literalmente, "causei o

EPÍSTOLA 9

Dificuldades no processo da Bética

CAIO PLÍNIO

A SEU QUERIDO CORNELIO MINICIANO[1], SAUDAÇÕES

1. Já posso escrever-te relatando o quanto me exauri ao trabalhar na ação pública sobre a província da Bética, 2. pois era muito complexa e atendi a várias audiências com grande versatilidade. Donde veio tal complexidade? Donde vieram as várias audiências? Cecílio Clássico[2], pessoa torpe e abertamente má, governara como procônsul a Bética com violência não menor que sordidez no mesmo ano em que Mário Prisco[3] governava a África. 3. Prisco era originário da Bética, e Clássico, da África. Daí entre o povo da Bética surgiu uma historieta (pois muitas vezes até o sofrimento torna espirituosas as pessoas) que não era desprovida de graça: "aqui se faz, aqui se paga"[4]. 4. Porém Mário, era seguidamente processado[5] em âmbito público por uma comunidade inteira e por muitos cidadãos privados, e sobre Clássico caiu[6] uma província inteira. 5. Mário evitou o processo com a morte, natural ou voluntária, que foi vergonhosa, embora ambígua, pois, se parecia crível que desejasse dar cabo da vida por não poder defender-se, era espantoso que evitasse o processo com a morte quem não se envergonhara de cometer ações dignas de condenação.

---

mal e [o mesmo mal] sofri". 5. ERA SEGUIDAMENTE PROCESSADO: *peregerunt*. É termo jurídico que implica que o processo continua até que o réu seja condenado.

6. *Nihilo minus Baetica etiam in defuncti accusatione perstabat. Prouisum hoc legibus, intermissum tamen et post longam intercapedinem tunc reductum. Addiderunt Baetici quod simul socios ministrosque Classici detulerunt, nominatimque in eos inquisitionem postulauerunt.* **7.** *Aderam Baeticis mecumque Lucceius Albinus, uir in dicendo copiosus, ornatus, quem ego cum olim mutuo diligerem, ex hac officii societate amare ardentius coepi.* **8.** *Habet quidem gloria, in studiis praesertim, quiddam* ἀκοινώνητον; *nobis tamen nullum certamen, nulla contentio, cum uterque pari iugo non pro se, sed pro causa niteretur, cuius et magnitudo et utilitas uisa est postulare ne tantum oneris singulis actionibus subiremus.* **9.** *Verebamur ne nos dies ne uox ne latera deficerent, si tot crimina, tot reos uno uelut fasce complecteremur; deinde ne iudicum intentio multis nominibus multisque causis non lassaretur modo, uerum etiam confunderetur; mox ne gratia singulorum collata atque permixta pro singulis quoque uires omnium acciperet; postremo ne potentissimi uilissimo quoque quasi piaculari dato alienis poenis elaberentur.* **10.** *Etenim tum maxime fauor et ambitio dominatur, cum sub aliqua specie seueritatis delitescere potest.* **11.** *Erat in consilio Sertorianum illud exemplum, qui robustissimum et infirmissimum militem iussit caudam equi: reliqua nosti. Nam nos quoque tam numerosum agmen reorum ita demum uidebamus posse superari, si per singulos carperetur.*

12. *Placuit in primis ipsum Classicum ostendere nocentem: hic aptissimus ad socios eius et ministros transitus erat, quia socii ministrique probari nisi illo nocente non poterant. Ex quibus duos statim Classico iunximus, Baebium Probum et Fabium Hispanum, utrumque gratia,*

---

6. CITARAM: *detulerunt*, de *deferre*. É termo jurídico que tem como sinônimos *denuntiare, indicare*. **7.** INQUÉRITO: *inquisitionem*, de *inquisitio*, que pressupunha intimação de testemunhas (*euocatio testium*). **8.** LUCEIO ALBINO: talvez seja o filho do procurador homônimo da Judeia e da Mauritânia, mencionado por Tácito (*Histórias*, 2, 58-59) e morto em 69 d.C. É mencionado em IV, 9, 13. Talvez seja o endereçado de VI, 10. **9.** INSOCIÁVEL: ἀκοινώνητον. Para uso do grego, ver I, 2, 1. **10.** ESTANDO NO MESMO BARCO: *uterque pari iugo*, literalmente "atrelados pelo mesmo jugo" num carro. **11.** SERTÓRIO: Valério Máximo (*Feitos e Ditos Memoráveis*, 7, 3, 6), ativo sob Tibério, é quem narra a história: é impossível, mesmo para um jovem robusto, extirpar de

6. A Bética, todavia, perseverava no processo contra o morto, o que antes fora previsto em lei. Mas a lei caducou e depois de longa interrupção voltou a viger. Os béticos fizeram mais: citaram[6] também os cúmplices e lacaios de Clássico e requereram inquérito[7] nominal de cada um deles. 7. Advoguei pelos béticos e junto comigo esteve Luceio Albino[8], homem de eloquência copiosa e ornada, a quem antes já me ligava por mútuo afeto e a partir de nossa colaboração no processo comecei a amá-lo ainda mais. 8. A glória, sobretudo nas letras, tem um quê de insociável[9], mas entre nós jamais houve rivalidade, jamais houve conflito, porque um e outro, estando no mesmo barco[10], não se empenhava para si, mas para a causa, cuja importância e interesse pareciam postular que não devíamos fazer tanto esforço num só discurso. 9. Temíamos que nos faltasse tempo, voz e vigor se uníssemos tantos crimes, tantos réus, digamos assim, num só feixe; depois, para não cansar e não confundir a atenção dos juízes com muitos nomes e muitas causas; ademais, para que a proteção de que cada réu se beneficiava, se fosse unida e acumulada, não somasse as forças de todos para benefício de cada um; e enfim, para que os mais poderosos, depois de sacrificar os mais fracos como vítima expiatória, por assim dizer, não escapassem à custa da punição alheia. 10. Com efeito, o privilégio e a parcialidade dominam quando podem ocultar-se sob aparência de severidade. 11. Tínhamos presente aquele famoso exemplo de Sertório[11], que ordenou prender à cauda de um cavalo um soldado muito forte e outro muito fraco: o resto já conheces. Achávamos também que só poderíamos vencer tão grande coluna de réus se os atacássemos um por um.

12. Decidimos mostrar primeiro a culpa de Clássico: era muitíssimo conveniente passar daí aos cúmplices e lacaios[12] dele, porque não seria possível provar que eram cúmplices e lacaios a não ser que ele fosse culpado. Dois deles ligamos de pronto a Clássico: Bébio Probo e

---

uma vez o rabo de um cavalo, ao passo que mesmo um ancião muito fraco consegue fazê-lo, se for tirando um tufo de cada vez. **12.** CÚMPLICES, LACAIOS: *socii, ministri*; são os integrantes da comitiva (*cohors*), que lá foi governar e roubar.

307

Hispanum etiam facundia ualidum. Et circa Classicum quidem breuis et expeditus labor. 13. Sua manu reliquerat scriptum, quid ex quaque re, quid ex quaque causa accepisset; miserat etiam epistulas Romam ad amiculam quandam, iactantes et gloriosas, his quidem uerbis: "Io io, liber ad te uenio; iam sestertium quadragiens redegi parte uendita Baeticorum".

14. Circa Hispanum et Probum multum sudoris. Horum ante quam crimina ingrederer, necessarium credidi elaborare, ut constaret ministerium crimen esse: quod nisi fecissem, frustra ministros probassem. 15. Neque enim ita defendebantur, ut negarent, sed ut necessitati ueniam precarentur; esse enim se prouinciales et ad omne proconsulum imperium metu cogi. 16. Solet dicere Claudius Restitutus, qui mihi respondit, uir exercitatus et uigilans et quamlibet subitis paratus, numquam sibi tantum caliginis, tantum perturbationis offusum, quam cum praerepta et extorta defensioni suae cerneret in quibus omnem fiduciam reponebat. 17. Consilii nostri exitus fuit: bona Classici, quae habuisset ante prouinciam, placuit senatui a reliquis separari, illa filiae haec spoliatis relinqui. Additum est ut pecuniae quas creditoribus soluerat reuocarentur. Hispanus et Probus in quinquennium relegati; adeo graue uisum est, quod initio dubitabatur an omnino crimen esset.

18. Post paucos dies Claudium Fuscum, Classici generum, et Stilonium Priscum, qui tribunus cohortis sub Classico fuerat, accusauimus dispari euentu: Prisco in biennium Italia interdictum, absolutus est Fuscus.

19. Actione tertia commodissimum putauimus plures congregare, ne si longius esset extracta cognitio, satietate et taedio quodam iustitia cognoscentium seueritasque languesceret; et alioqui supererant minores rei

---

13. Bébio Probo, Fábio Hispano: desconhecidos e mencionados apenas aqui. 14. coagidos pelo medo a fazer tudo que os procônsules mandavam: *omne proconsulum imperium metu cogi*. É bem a estratégia preceituada por Quintiliano, *Instituições Oratórias*, 5, 13, 4. 15. Cláudio Restituto: talvez seja africano, pois os nomes são conhecidos em Cirta (cil, 8, 7039). É o provável destinatário de vi, 17, e o advogado mencionado por Marcial nos *Epigramas*, 10, 87. 16. exílio: *relegati*, de *relegare*. Trata-se da *relegatio in tempus*, exílio por tempo determinado, oposta à *relegatio in perpetuum*, exílio perpétuo. 17. Cláudio Fusco, Estiliônio Prisco: desconhecidos. 18. julgamento: *cognitio*, cognato de *cognoscere*; ver nota seguinte. 19. juízes: *cognoscentium*, particípio substantivado do verbo *cognoscere* , "conhecer", em acepção técnica jurídica.

Fábio Hispano[13], ambos imponentes pelas relações, e Hispano também pela eloquência. A tarefa relativa a Clássico foi breve e fácil. **13.** Havia deixado uma mensagem de próprio punho indicando o quanto e sobre que assunto queria receber e por qual motivo. Chegara a enviar uma carta a Roma, endereçada a uma amante, jactando-se e vangloriando-se com as seguintes palavras: "Ió, Ió, já sem dívidas vou encontrar-te; ganhei quatro milhões de sestércios vendendo uma parte do povo da Bética".

14. A tarefa relativa a Hispano e Probo exigiu muito suor. Antes de chegar a seus crimes, achei necessário esforçar-me para provar que era crime obedecer ordens: se eu não conseguisse, teria tentado em vão provar que eram lacaios, **15.** pois a defesa não consistia em negar o fato, mas em buscar atenuante alegando necessidade: eles eram só gente de província, coagidos pelo medo a fazer tudo que os procônsules mandavam![14] **16.** Cláudio Restituto[15], meu adversário, homem experiente, atento e preparado para imprevistos, disse várias vezes que nunca se viu em tamanho embaraço, em tamanha agitação, como quando precebeu que prematuramente se subtraíram e se extorquiram de sua defesa os argumentos em que depositava toda esperança. **17.** Nossa estratégia obteve sucesso: os bens que Clássico possuía antes de governar a província, o Senado decidiu separar dos outros, e deixar aqueles à filha, estes a quem tinha sido espoliado. Acrescentou que a soma com que pagara os credores fosse restituída. Hispano e Probo foram condenados a exílio[16] de cinco anos: a tal ponto foi considerado grave o que de início despertava dúvida se era de fato crime.

18. Poucos dias depois, acusamos Cláudio Fusco[17], genro de Clássico, e Estiliônio Prisco, que tinha sido tribuno da coorte no governo de Clássico, com resultados diferentes: A Prisco por dois anos foi interdito permanecer na Itália, Fusco foi absolvido.

19. Na terceira ação, julgamos muitíssimo conveniente reunir várias acusações, para que, se o julgamento[18] se alongasse demais, não diminuíssem a severidade e o senso de justiça dos juízes por causa do cansaço e do tédio[19]; e ademais, havia ainda réus menores reservados adrede para este momento, exceto a esposa de Clássico, que, por mais impli-

data opera hunc in locum reseruati, excepta tamen Classici uxore, quae sicut implicita suspicionibus, ita non satis conuinci probationibus uisa est; **20.** *nam Classici filia, quae et ipsa inter reos erat, ne suspicionibus quidem haerebat. Itaque, cum ad nomen eius in extrema actione uenissem (neque enim ut initio sic etiam in fine uerendum erat, ne per hoc totius accusationis auctoritas minueretur), honestissimum credidi non premere immerentem, idque ipsum dixi et libere et uarie.* **21.** *Nam modo legatos interrogabam, docuissentne me aliquid quod re probari posse confiderent; modo consilium a senatu petebam, putaretne debere me, si quam haberem in dicendo facultatem, in iugulum innocentis quasi telum aliquod intendere. Postremo totum locum hoc fine conclusi: "Dicet aliquis: 'Iudicas ergo?' Ego uero non iudico; memini tamen me aduocatum ex iudicibus datum".*

22. *Hic numerosissimae causae terminus fuit quibusdam absolutis, pluribus damnatis atque etiam relegatis, aliis in tempus aliis in perpetuum.* **23.** *Eodem senatus consulto industria, fides, constantia nostra plenissimo testimonio comprobata est, dignum solumque par pretium tanti laboris.* **24.** *Concipere animo potes quam simus fatigati, quibus totiens agendum, totiens altercandum, tam multi testes interrogandi, subleuandi, refutandi.* **25.** *Iam illa quam ardua, quam molesta, tot reorum amicis secreto rogantibus negare, aduersantibus palam obsistere! Referam unum aliquid ex iis quae dixi. Cum mihi quidam e iudicibus ipsis pro reo gratiosissimo reclamarent, "Non minus", inquam, "hic innocens erit, si ego omnia dixero".* **26.** *Coniectabis ex hoc quantas contentiones, quantas etiam offensas subierimus dumtaxat ad breue tempus; nam fides in praesentia eos quibus resistit offendit, deinde ab illis ipsis suspicitur laudaturque. Non potui magis te in rem praesentem perducere.*

27. *Dices: "Non fuit tanti; quid enim mihi cum tam longa epistula?" Nolito ergo identidem quaerere, quid Romae geratur. Et tamen memento*

---

20. COLOCAR-TE EM PRESENÇA DOS FATOS: *te in rem praesentem perducere.* Creio que se trata da figura retórica chamada "enargia" (do grego ἐνάργεια) ou "evidência" (do latim *euidentia*); ver VI, 6, 44.

cada que estivesse em suspeitas, não pareceu que as provas bastassem para condená-la, 20. pois que sobre a filha de Clássico, que estava, sim, entre os réus, não pairava nenhuma suspeita. Portanto, quando na derradeira ação cheguei ao nome dela (pois nem no início nem no fim era de recear que por isso fosse menor a consistência da acusação inteira), considerei muitíssimo mais honesto não pressionar quem não merecia, e foi exatamente isso que falei de muitos modos com franqueza. 21. Ora perguntava aos legados da Bética se me informariam algo que na sua opinião pudesse ser provado, ora pedia conselho ao Senado, se achavam que eu, caso minha eloquência tivesse algum poder, deveria pular no pescoço de uma inocente como que com um dardo na mão. Por fim, concluí toda essa parte assim: "Alguém me dirá: 'fazes então o papel de juiz?' Na verdade não faço; lembrei-me, porém, que entre juízes fui escolhido como advogado".

22. Assim encerrou-se essa causa enorme, com alguns réus absolvidos, muitos condenados e até mesmo exilados, dos quais uns temporariamente, outros para sempre. 23. A própria sentença do Senado deu grande prova de nosso esforço, boa fé e dedicação, único pagamento digno e justo de tamanho trabalho. 24. Podes fazer ideia de quanto estamos cansados, com tantas sustentações, tantos debates, muitíssimas testemunhas para interrogar, apoiar, refutar. 25. E como era árduo, como era incômodo negar pedidos secretos dos amigos de tantos réus e enfrentar seus ataques em público! Relatarei um caso só destes a que aludi. Quando alguns entre os próprios juízes vinham até mim para que eu intercedesse a favor de algum réu muitíssimo bem relacionado, "Ele não será menos inocente", eu lhes dizia, "se eu disser tudo". 26. Com isso vais deduzir quantas interpelações e até mesmo quantas ofensas sofri em tão pouco tempo, pois de início a honestidade ofende aqueles que contraria, mas depois é por eles mesmos respeitada e louvada. Eu não poderia ter feito melhor do que isso para colocar-te em presença dos fatos[20].

27. Dirás: "Não foi coisa tão grandiosa: por que então me mandas uma epístola tão longa?". Não queiras a toda hora perguntar o que se

non esse epistulam longam, quae tot dies, tot cognitiones tot, denique reos causasque complexa sit. 28. Quae omnia uideor mihi non minus breuiter quam diligenter persecutus.

Temere dixi "diligenter": succurrit quod praeterieram, et quidem sero, sed quamquam praepostere reddetur. Facit hoc Homerus multique illius exemplo; est alioqui perdecorum, a me tamen non ideo fiet. 29. E testibus quidam, siue iratus quod euocatus esset inuitus, siue subornatus ab aliquo reorum, ut accusationem exarmaret, Norbanum Licinianum, legatum et inquisitorem, reum postulauit, tamquam in causa Castae (uxor haec Classici) praeuaricaretur. 30. Est lege cautum ut reus ante peragatur, tunc de praeuaricatore quaeratur, uidelicet quia optime ex accusatione ipsa accusatoris fides aestimatur. 31. Norbano tamen non ordo legis, non legati nomen, non inquisitionis officium praesidio fuit; tanta conflagrauit inuidia homo alioqui flagitiosus et Domitiani temporibus usus ut multi, electusque tunc a prouincia ad inquirendum non tamquam bonus et fidelis, sed tamquam Classici inimicus (erat ab illo relegatus). 32. Dari sibi diem, edi crimina postulabat; neutrum impetrauit, coactus est statim respondere. Respondit, malum prauumque ingenium hominis facit ut dubitem, confidenter an constanter, certe paratissime. 33. Obiecta sunt multa, quae magis quam praeuaricatio nocuerunt; quin etiam duo consulares, Pomponius Rufus et Libo Frugi, laeserunt eum testimonio, tamquam apud iudicem sub Domitiano Salui Liberalis accusatoribus adfuisset. 34. Damnatus et in insulam relegatus est. Itaque cum Castam accusarem, nihil magis pressi, quam quod

---

21. Norbano Liciniano: desconhecido que Sherwin-White (p. 235) afirma ter sido maioral da Hispânia, mas não senador, que desfrutou de influência até mesmo em Roma. **22.** prevaricara: *praeuaricaretur*; ver v, 4, 2. **23.** Domiciano: Tito Flávio César Domiciano Augusto (51-96 d.C.), imperador de 81 a 96 d.C.; ver I, 5, 1. **24.** Pompônio Rufo: há dois cônsules com este nome no período, Quinto Pompônio Rufo e Gaio Pompônio Rufo. O primeiro, cuja longa carreira começou em 68 d.C., foi cônsul sufecto em 95 d.C., legado da Baixa Mésia em 99 d.C. e da Hispânia Terraconense em 105 d.C. O segundo, que ainda possuía os nomes Acílio Prisco Célio Esparso, foi cônsul no fim de 98 d.C. e é provavelmente o advogado presente no julgamento de Basso em IV, 9, 3. **25.** Libão Frúgi: Sherwin-White (p. 238) informa que talvez seja descendente do cônsul Marco Licínio Crasso Frúgi e de sua esposa Escribônia (*PIR*, L, 110, 130). Seu consulado deve ter sido antes de 86 d.C. **26.** Sálvio Liberal: ver II, 11, 17.

faz em Roma. E no entanto lembra-te de que não é longa a epístola que abraçou tantas audiências, tantos inquéritos e enfim tantos réus e causas. **28.** E creio que dei conta de tudo com não menos brevidade que cuidado.

Foi temerário eu dizer "cuidado": ocorre-me agora o que negligenciei e me ocorre muito tarde, mas, ainda que na hora errada, vou contar-te. Assim faz Homero e muitos a exemplo dele; é de resto muito mais belo, mas não o faço por isso. **29.** Uma das testemunhas, quer estivesse furiosa por ser intimada contra a vontade, quer tivesse sido subornada por um dos réus para desarmar a acusação, acusou Norbano Liciniano[21], legado da província e assistente do interrogatório, alegando que prevaricara[22] no processo de Casta, esposa de Clássico. **30.** A lei estabelece que primeiro o processo de que o acusado participa deve estar concluído e só depois comece a ação por prevaricação, porque, como é evidente, a própria credibilidade do acusador é muito bem avaliada pelo modo como acusou. **31.** Mas Norbano não se valeu da disposição da lei, nem do cargo de legado provincial, nem do encargo de acusador, tal foi o ódio que o inflamou por aquele homem, de resto detestável (havia tirado proveito, como tantos, dos tempos de Domiciano[23]), escolhido pela província para conduzir o inquérito não porque fosse honesto e confiável, mas porque era inimigo de Clássico: este o havia banido. **32.** Norbano solicitou que lhe fosse dado mais tempo e que fosse notificado de que era acusado; não obteve nem uma coisa, nem outra, e foi obrigado a responder imediatamente. Respondeu – a índole má e depravada desse homem me faz hesitar se o fez com confiança ou só firmeza, mas decerto o fez com presteza. **33.** Imputaram-lhe muitos delitos, que o prejudicaram mais que a prevaricação. E até mesmo dois ex-cônsules, Pompônio Rufo[24] e Libão Frúgi[25], agravaram sua situação com o testemunho de que no tempo de Domiciano teria assistido no tribunal os acusadores de Sálvio Liberal[26]. **34.** Foi condenado e confinado numa ilha. Assim, quando acusei Casta, aquilo em que mais insisti foi que quem a acusava fora condenado por crime de prevaricação; insisti em vão, pois ocorreu

accusator eius praeuaricationis crimine corruisset; pressi tamen frustra; accidit enim res contraria et noua, ut accusatore praeuaricationis damnato rea absolueretur.

35. Quaeris quid nos, dum haec aguntur? Indicauimus senatui ex Norbano didicisse nos publicam causam, rursusque debere ex integro discere, si ille praeuaricator probaretur, atque ita, dum ille peragitur reus, sedimus. Postea Norbanus omnibus diebus cognitionis interfuit eandemque usque ad extremum uel constantiam uel audaciam pertulit.

36. Interrogo ipse me an aliquid omiserim rursus, et rursus paene omisi. Summo die Saluius Liberalis reliquos legatos grauiter increpuit, tamquam non omnes quos mandasset prouincia reos peregissent, atque, ut est uehemens et disertus, in discrimen adduxit. Protexi uiros optimos eosdemque gratissimos: mihi certe debere se praedicant quod illum turbinem euaserint. 37. Hic erit epistulae finis, re uera finis; litteram non addam, etiamsi adhuc aliquid praeterisse me sensero. Vale.

um fato contraditório e inesperado: o acusador foi condenado por prevaricação, e a ré, absolvida.

35. Queres saber o que eu fazia enquanto tudo isso se passava? Informei ao Senado que foi de Norbano que tive conhecimento da ação pública e que outra vez eu a deveria conhecer por inteiro se fosse provado que prevaricou e assim, enquanto foi processado, fiquei no meu posto. Depois disso, Norbano esteve presente a todas as sessões do interrogatório e ali manteve até o fim não sei se sua firmeza ou insolência.

36. Pergunto-me a mim mesmo se de novo omiti alguma coisa e de novo quase omiti. No último dia, Sálvio Liberal censurou pesadamente os outros legados, alegando que não acusaram todos aqueles para cuja acusação a província os enviara e, como é enfático e eloquente, meteu--os em maus lençóis[27]. Defendi aqueles homens excelentes e muitíssimo agradecidos: declaram em bom som que me são devedores por tê-los livrado daquele turbilhão.

37. Isto será o fim da epístola, o fim, de verdade: não acrescentarei nem uma letra sequer, ainda que eu perceba que deixei escapar alguma coisa. Adeus.

---

27. EM MAUS LENÇOIS: *in discrimen adduxit*; ver II, 9, 1.

EPISTULA X

Vita in memoriam Spurinnae fili defuncti

GAIUS PLINIUS

VESTRICIO SPURINNAE SUO ET COTTIAE SALUTEM

1. Composuisse me quaedam de filio uestro non dixi uobis, cum proxime apud uos fui, primum quia non ideo scripseram ut dicerem, sed ut meo amori, meo dolori satisfacerem; deinde quia te, Spurinna, cum audisses recitasse me, ut mihi ipse dixisti, quid recitassem simul audisse credebam. 2. Praeterea ueritus sum ne uos festis diebus confunderem, si in memoriam grauissimi luctus reduxissem. Nunc quoque paulisper haesitaui, id solum quod recitaui mitterem exigentibus uobis, an adicerem quae in aliud uolumen cogito reseruare. 3. Neque enim adfectibus meis uno libello carissimam mihi et sanctissimam memoriam prosequi satis est, cuius famae latius consuletur, si dispensata et digesta fuerit. 4. Verum haesitanti mihi omnia quae iam composui uobis exhiberem, an adhuc aliqua differrem, simplicius et amicius uisum est omnia, praecipue cum adfirmetis intra uos futura donec placeat emittere. 5. Quod superest, rogo

---

III, 10. Data: 100-101 d.C.

1. Espurina: Tito Vestrício Espurina; ver I, 5, 8. Em, II, 7, 1, lemos que o Senado e o imperador Nerva fizeram construir uma estátua triunfal em lovor de Espurina. 2. algo: *quaedam*. Talvez se tratasse da espécie historiográfica "vida" (*uita, bíos*), isto é, breve biografia, já que essa espécie historiográfica era moda no tempo dos imperadores flávios e no de Trajano: Tácito escreveu *Vida de Agrícola* em louvor do sogro. Neste obra, livro II, lemos que Aruleno Rústico (ver I, 5, 2) fez louvor de Trásea Peto (ver VI, 29, 1), mas não se informa como, e que Senecião louvou Helvídio

316

EPÍSTOLA 10

Biografia para o filho morto
de Espurina

CAIO PLÍNIO
A SEU QUERIDO VESTRÍCIO ESPURINA[1] E A CÓTIA, SAUDAÇÕES

1. Não vos contei que na última vez que estive em vossa casa escrevi algo[2] sobre vosso filho[3] e não contei primeiro porque não escrevi para vos contar, mas para satisfazer meu afeto e minha dor; em segundo lugar, porque, tu, Espurina, sabendo que eu recitara[4], conforme tu mesmo me disseste, achei que também sabias sobre o que recitei. **2.** Ademais, nestes dias festivos[5] temia incomodar, trazendo à vossa memória aquele pesadíssimo luto. Na verdade fiquei algum tempo em dúvida se a vosso pedido eu devia mandar só o que recitei ou então acrescentar o que penso guardar para outro volume. **3.** É que não basta à minha afeição honrar com um só livrinho a memória para mim tão querida e venerada daquele cuja fama chegará mais longe se for organizada e dividida em partes. **4.** Na verdade a mim, que hesitava entre mostrar-vos tudo que escrevi ou guardar ainda agora algumas partes, me pareceu mais franco e amoroso mostrar tudo, sobretudo quando afirmais que ficará apenas em vossas mãos até que eu decida publicar. **5.** Resta-me só pe-

---

Prisco com panegírico (ver I, 5, 3). No *Diálogo dos Oradores*, 14, do mesmo Tácito, lemos que Júlio Segundo escreveu a *Vida de Júlio Africano*. **3.** VOSSO FILHO: Tito Vestrício Espurina, morto em 97 d.C.; ver I, 5, 8. **4.** RECITARA: *recitasse*, de *recitare*, que aqui significa fazer leitura pública. **5.** DIAS FESTIVOS: *festis diebus*. Não se sabe que festividades eram.

ut pari simplicitate, si qua existimabitis addenda, commutanda, omit-tenda, indicetis. **6.** *Difficile est huc usque intendere animum in dolore; difficile, sed tamen, ut scalptorem, ut pictorem, qui filii uestri imaginem faceret, admoneretis quid exprimere, quid emendare deberet, ita me quo-que formate, regite, qui non fragilem et caducam, sed immortalem, ut uos putatis, effigiem conor efficere: quae hoc diuturnior erit, quo uerior, melior, absolutior fuerit. Valete.*

dir que com igual franqueza me aviseis se julgardes que se deve acrescer, alterar ou suprimir alguma coisa. **6.** É difícil manter a atenção em meio à dor; é difícil; porém, tal como ao escultor, ao pintor que viesse a produzir a imagem[6] de vosso filho aconselharíeis quanto a que deveria exprimir[7], ao que devia corrigir, assim também dai-me a mim também a forma[8] e guiai-me, que eu já estou tentando produzir uma efígie[9], que não é frágil e transitória, mas imortal, assim como pensais: a efígie há de ser tanto mais duradoura, quanto mais verdadeira, mais correta e mais perfeita for. Adeus.

---

6. IMAGEM: *imaginem*, de *imago*. Para importância das imagens, ver I, 16, 8 e remissões. **7.** EXPRIMIR: *exprimere*. **8.** DAI-ME A FORMA: *formate*, de *formare*. **9.** PRODUZIR UMA EFÍGIE: *effigiem efficere*; ver I, 16, 8 e remissões.

EPISTULA XI

Laus Artemidori, philosophi

GAIUS PLINIUS

IULIO GENITORI SUO SALUTEM

1. *Est omnino Artemidori nostri tam benigna natura, ut officia amicorum in maius extollat. Inde etiam meum meritum ut uera, ita supra meritum praedicatione circumfert.* **2.** *Equidem, cum essent philosophi ab urbe summoti, fui apud illum in suburbano, et quo notabilius (hoc est, periculosius) esset fui praetor. Pecuniam etiam, qua tunc illi ampliore opus erat, ut aes alienum exsolueret contractum ex pulcherrimis causis, mussantibus magnis quibusdam et locupletibus amicis mutuatus ipse gratuitam dedi.* **3.** *Atque haec feci, cum septem amicis meis aut occisis aut relegatis, occisis Senecione, Rustico, Heluidio, relegatis Maurico, Gratilla,*

III, 11. Data: após o consulado de Plínio, que foi em 100 d.C.
1. Júlio Genitor: ver III, 3, 5. **2.** Artemidoro: desconhecido, mencionado apenas nesta epístola. **3.** filósofos expulsos de Roma: *cum essent philosophi ab urbe summoti.* Sherwin-White (pp. 239-240) afirma que houve apenas uma expulsão de filósofos após 90 d.C., datada entre 93-94 d.C. e 95-96 d.C. segundo diferentes versões da *Crônicas* de Eusébio de Cesareia, fixada por Díon Cássio (*Histórias Romana*, 67, 13, 3) entre 92 e 95 d.C. e não datada nem por Suetônio (*Vida dos Césares*, 12, "Domiciano", 10, 3), nem por Aulo Gélio, *Noites Áticas*, 15, 11, 3-5. Entre os filósofos estavam Epicteto (55-135 d.C.) e Díon Crisóstomo (*c.* 40-115 d.C.). Jacqueline Carlon trata da questão e do papel de mulheres romanas em "The Stoic Opposition to the Principate" (*Pliny's Women: Constructing Virtue and Creating Identity in the Roman World*, Cambridge University Press, 2009, pp. 21-36). **4.** quando era pretor: *fui praetor*. A data da pretura de Plínio (93 d.C. ou 95 d.C.) tem sido objeto de dissenso, a que Sherwin-White, que propende pela primeira, dedica o "Appendix IV, The Date of Pliny's Praetorship", pp. 763-771. **5.** Senecião: Herênio Senecião; ver I, 5, 3. **6.** Rústico: Quinto Júnio Aruleno Rústico; ver I, 5, 2. **7.** Helvídio: Helvídio

EPÍSTOLA 11

Elogio do filósofo Artemidoro

CAIO PLÍNIO

A SEU QUERIDO JÚLIO GENITOR[1], SAUDAÇÕES

1. É tão completamente benigna a índole de nosso querido Artemidoro[2], que aumenta o favor recebido dos amigos. 2. Por isso, até meu merecimento ele o cerca de predicados verdadeiros e também superiores ao próprio mérito. Com efeito, quando os filósofos foram expulsos de Roma[3], estive com ele na sua vila nos arredores de Roma, e o que é mais notável (bem entendido, mais perigoso), estive quando era pretor[4]. Até dinheiro, de que tinha grande necessidade para saldar empréstimos que contraiu pelo motivos mais belos, enquanto se calavam alguns amigos mais próximos e ricos, dei-lhe gratuitamente. 3. E assim fiz embora sete amigos meus tenham sido mortos ou exilados (Senecião[5], Rústico[6], Helvídio[7] mortos; Maurico[8], Gratila[9], Árria[10]

Prisco, o Jovem. Filho de Helvídio Prisco, o Velho, e da primeira esposa, era enteado de Fânia. Ocupou todos os cargos até o consulado (antes de 86 d.C.). Acusado de difamar Domiciano, foi executado em 93 d.C. É mencionado em VII, 30, 5 e IX, 13, 1, e suas filhas em IV, 21. **8. MAURICO:** Júnio Maurico; ver I, 5, 10. **9. GRATILA:** ao que parece é esposa de Aruleno Rústico e talvez filha do senador Verulano Severo. Pode ser a Verulana Gratila que ficou ao lado dos Flávios em 69 d.C. quando Rústico tentava obter acordo junto aos Vitélios. A proteção dela pode ter salvado os irmãos Júnios quando Helvídio, o Velho foi condenado. É mencionada em V, 1, 8. **10. ÁRRIA:** Árria, a Jovem. Era a filha mais nova de Cecina Peto e Árria, a Mais Velha, e esposa Trásea Peto, homem público do tempo de Nero. Foi exilada com a filha, Fânia, em 93 d.C., tendo sido ligada à conspiração e condenação de Herênio Senecião e dos jovens Helvídios. Retornou em 97 d.C. e com Fânia atiçou Plínio contra Publício Certo. É mencionada em IX, 13, 5; ver também III, 16.

Arria, Fannia, tot circa me iactis fulminibus quasi ambustus mihi quoque impendere idem exitium certis quibusdam notis augurarer.

4. Non ideo tamen eximiam gloriam meruisse me, ut ille praedicat, credo, sed tantum effugisse flagitium. 5. Nam et C. Musonium, socerum eius, quantum licitum est per aetatem, cum admiratione dilexi et Artemidorum ipsum iam tum, cum in Syria tribunus militarem, arta familiaritate complexus sum, idque primum non nullius indolis dedi specimen, quod uirum aut sapientem aut proximum simillimumque sapienti intellegere sum uisus. 6. Nam ex omnibus, qui nunc se philosophos uocant, uix unum aut alterum inuenies tanta sinceritate, tanta ueritate. Mitto qua patientia corporis hiemes iuxta et aestates ferat, ut nullis laboribus cedat, ut nihil in cibo in potu uoluptatibus tribuat, ut oculos animumque contineat. 7. Sunt haec magna, sed in alio; in hoc uero minima, si ceteris uirtutibus comparentur, quibus meruit, ut a C. Musonio ex omnibus omnium ordinum adsectatoribus gener adsumeretur.

8. Quae mihi recordanti est quidem iucundum, quod me cum apud alios, tum apud te, tantis laudibus cumulat; uereor tamen ne modum excedat, quem benignitas eius (illuc enim unde coepi reuertor) solet non tenere. 9. Nam in hoc uno interdum uir alioqui prudentissimus honesto quidem, sed tamen errore uersatur, quod pluris amicos suos quam sunt arbitratur. Vale.

---

11. Fânia: filha de Árria, a Jovem e neta de Árria, a Mais Velha; ver iii, 16, 2. **12. Musônio Rufo:** Caio Musônio Rufo filósofo estoico, nascido entre 20 e 30 d.C., lecionou em Roma durante o reinado de Nero e foi exilado em 65 d.C, voltando sob Galba em 69. Quando Vespasiano expulsou de Roma todos os filósofos em 71 d.C., teve permissão de ficar mas acabou banido, retornando só após a morte do imperador (ver i, 5, 2). Foi professor de Epicteto e de Eufrates

Fânia[11], exilados) – indício seguro de que sobre mim, praticamente queimado por tantos raios lançados ao redor, também pendia a mesma morte.

4. Mas nem por isso acho que mereço glória imensa, como ele declara; só acho que evitei uma desgraça. 5. Ora, eu, quanto me permitia a idade, com admiração afeiçoei-me também por Caio Musônio[12], sogro dele, e ao próprio Artemidoro, teu querido, quando fui tribuno militar na Síria, acolhi em estreita amizade, e este foi o primeiro exemplo que dei de algum discernimento porque mostrei compreender que era homem sábio, ou o mais próximo e mais semelhante ao sábio. 6. De fato, de todos os que agora se dizem filósofos a custo encontrararás um ou outro dotado de tamanha integridade, de tamanha sinceridade. Não menciono a resistência física com que suporta o frio e o calor, a capacidade de enfrentar qualquer esforço, a continência nos prazeres da comida e da bebida, freio que põe no que olha e no que pensa. 7. Isto é grandioso, mas em outros; nele é coisa ínfima se comparada a outras virtudes que mereceu a ponto de, entre todos os pretendentes de todas as condições, ser aceito como genro por Caio Musônio.

8. Alegro-me sim ao lembrar-me disso, porque me cumula de tamanhos louvores não só diante dos outros, como também diante de ti; temo, porém, que passe do limite, que a bondade dele (volto ao ponto de onde comecei) costuma não considerar, 9. pois um homem, de resto sapientíssimo, às vezes pode incidir neste único erro, que é honesto, mas é sempre erro, que é julgar que seus amigos são mais do que de fato são. Adeus.

(ver I, 10, 2) e os fragmentos de seus livros podem-se ler em português: "Traduções de Epicteto, Musônio Rufo e Autores Diretamente Relacionados Publicadas até Aqui por Aldo Dinucci e Colaboradores". *Pórtico de Epicteto*. https://seer.ufs.br/index.php/Epict/announcement/view/105 (acesso em 28 de janeiro de 2019).

EPISTULA XII

Catonis ebrietas

GAIUS PLINIUS

CATILIO SEVERO SUO SALUTEM

1. Veniam ad cenam, sed iam nunc paciscor, sit expedita, sit parca, Socraticis tantum sermonibus abundet, in his quoque teneat modum. 2. Erunt officia antelucana, in quae incidere impune ne Catoni quidem licuit, quem tamen C. Caesar ita reprehendit ut laudet. 3. Describit enim eos, quibus obuius fuerit, cum caput ebrii retexissent, erubuisse; deinde adicit: "Putares non ab illis Catonem, sed illos a Catone deprehensos". Potuitne plus auctoritatis tribui Catoni, quam si ebrius quoque tam uenerabilis erat? 4. Nostrae tamen cenae, ut apparatus et impendii, sic temporis modus constet. Neque enim ii sumus quos uituperare ne inimici quidem possint, nisi ut simul laudent. Vale.

III, 12. Data: incerta.

1. Catílio Severo: Lúcio Catílio Severo; ver I, 22. 2. conversas à maneira de Sócrates: *Socraticis sermonibus*. Guillemin (I, p. 126), citando Mary A. Grant, *The Ancient Theories of the Laughable*, 1924, p. 136) aponta que, por causa de Panécio, Sócrates é tomado como modelo de conversa refinada pelos romanos. 3. deveres com clientes ao raiar do dia: *officia antelucana*, literalmente, "deveres ao raiar do dia". Trata-se da *salutatio*; ver III, 5, 9 e III, 7, 4. 4. Catão: aqui trata-se de Marco Pórcio Catão, o Catão de Útica (também chamado Catão, o Jovem, 95-46 a.C.); ver I, 17, 3. Era, além de tudo, grande bebedor, como testemunham Plutarco (*Vida de Catão, o Jovem*, 6), Sêneca, o Filósofo (*Sobre a Tranquilidade da Alma*, 17, 4, 9), Cícero (*Da Velhice*,

EPÍSTOLA 12

A embriaguez de Catão

CAIO PLÍNIO

A SEU QUERIDO CATÍLIO SEVERO[1], SAUDAÇÕES

1. Irei ao teu jantar mas desde já imponho uma condição: que seja breve, frugal, que contenha só conversas à maneira de Sócrates[2], e que também nelas haja medida. 2. Tenho deveres com clientes ao raiar do dia[3], e nem mesmo Catão[4] os teve impunemente, ele a quem Júlio César[5] repreende embora com admiração, 3. pois César descreve que alguns passantes com quem Catão trombou, ao, retirar-lhe o capuz, quando viam que estava bêbado, ruborizavam; em seguida, acrescenta: "Seria de esperar não que Catão fosse surpreendido por eles, mas sim eles por Catão". Que maior homenagem se poderia prestar à autoridade de Catão do que admitir que era digno de respeito mesmo bêbado? 4. Mas ao nosso jantar, a mesma moderação que terá na pompa e nos custos tenha também na duração: pois não somos nós pessoas tais que nem mesmo os inimigos possam vituperar ao mesmo tempo que louvam. Adeus.

46), Marcial (*Epigramas*, 2, 89). Para seu ancestral Catão, o Censor ou Catão o Velho (porém com o mesmo nome, Marco Pórcio Catão, 234-149 a.C.), ver I, 17, 3. Que o Censor também era contumaz beberrão testemunha Horácio, *Odes*, 3, 21. **5.** JÚLIO CÉSAR: Caio Júlio César (100-44 a.C.); ver I, 20, 4. Júlio César escreveu uma invectiva *Anticatão* (*Anticato*, hoje fragmentária) para rebater um discurso em que Cícero elogiava Catão.

EPISTULA XIII

Plini opinio de suis gratiis actis Traiano

GAIUS PLINIUS

VOCONIO ROMANO SUO SALUTEM

1. Librum quo nuper optimo principi consul gratias egi misi exigenti tibi, missurus etsi non exegisses. 2. In hoc consideres uelim ut pulchritudinem materiae ita difficultatem. In ceteris enim lectorem nouitas ipsa intentum habet, in hac nota uulgata dicta sunt omnia; quo fit ut quasi otiosus securusque lector tantum elocutioni uacet, in qua satisfacere difficilius est cum sola aestimatur. 3. Atque utinam ordo saltem et transitus et figurae simul spectarentur! Nam inuenire praeclare, enuntiare magnifice interdum etiam barbari solent, disponere apte, figurare uarie nisi eruditis negatum est. 4. Nec uero adfectanda sunt semper elata et excelsa. Nam ut in pictura lumen non alia res magis quam umbra commendat, ita orationem tam summittere quam attollere decet. 5. Sed quid ego haec doctissimo uiro? Quin potius illud: adnota, quae putaueris corrigenda. Ita enim magis credam cetera tibi placere, si quaedam displicuisse cognouero. Vale.

III, 13. Data: largo tempo depois de setembro de 100 d.C., quando Plínio pronunciou o *Panegírico*.

1. VOCÔNIO ROMANO: ver I, 5. 2. O DISCURSO COM RECENTEMENTE QUE AGRADECI NOSSO EXCELENTE PRÍNCIPE: *librum, quo nuper optimo principi gratias egi*. É o *Panegírico de Trajano*. 3. ELOCUÇÃO: *elocutioni*, de *elocutio*, que Plínio também chama estilo (*stilus*); ver I, 8, 5. Esta é a única ocorrência de *elocutio* nas epístolas. 4. ORDEM: *ordo*. Aqui equivale à disposição retórica.

EPÍSTOLA 13

Opinião de Plínio sobre seu
Panegírico de Trajano

CAIO PLÍNIO

A SEU QUERIDO VOCÔNIO ROMANO[1], SAUDAÇÕES

1. O discurso com que recentemente agradeci nosso excelente Príncipe[2] pelo consulado eu ia enviar-te, ainda que o não tivesses exigido. **2.** Nele gostaria que considerasses tanto a beleza como a dificuldade da matéria, pois enquanto nos outros gêneros a própria novidade mantém atento o leitor, no discurso de agradecimento tudo já foi dito e está bem divulgado. Por isso, o leitor, que está como que ocioso e despreocupado, só atenta para a elocução[3], na qual é mais difícil satisfazê-lo quando é avaliada isoladamente. **3.** E oxalá se percebessem pelo menos a ordem[4], as conexões e ao mesmo tempo as figuras!, pois às vezes até mesmo pessoas ignorantes conseguem apresentar bela invenção, magnífica proposição, mas dispor com decoro e inserir variadas figuras só não é negado aos instruídos. **4.** E não é sempre que se devem afetar elevação e sublimidade, pois assim como na pintura[5] nada valoriza mais a luz do que a sombra, do mesmo modo convém ora elevar ora rebaixar o discurso. **5.** Mas por que digo estas coisas a um homem tão instruído? É na verdade por causa do seguinte: anota o que achas que deve ser corrigido, pois crerei mais que certas partes te agradaram assim: se souber que algumas te desagradaram. Adeus.

---

5. PINTURA: *pictura*. Se Horácio tinha comparado a poesia à pintura (*Arte Poética*, v. 361), Plínio agora com a pintura compara a oratória. Para importância das imagens, ver I, 16, 8 e remissões.

EPISTULA XIV

De domino interfecto a seruis

GAIUS PLINIUS

ACILIO SUO SALUTEM

1. *Rem atrocem nec tantum epistula dignam Larcius Macedo, uir praetorius, a seruis suis passus est, superbus alioqui dominus et saeuus, et qui seruisse patrem suum parum, immo nimium meminisset.* **2.** *Lauabatur in uilla Formiana. Repente eum serui circumsistunt. Alius fauces inuadit, alius os uerberat, alius pectus et uentrem, atque etiam (foedum dictu) uerenda contundit; et cum exanimem putarent, abiciunt in feruens pauimentum, ut experirentur an uiueret. Ille siue quia non sentiebat, siue quia se non sentire simulabat, immobilis et extentus fidem peractae mortis impleuit.* **3.** *Tum demum quasi aestu solutus effertur; excipiunt serui fideliores, concubinae cum ululatu et clamore concurrunt. Ita et uocibus excitatus et recreatus loci frigore sublatis oculis agitatoque corpore uiuere se (et iam tutum erat) confitetur.* **4.** *Diffugiunt serui; quorum magna pars comprehensa est, ceteri requiruntur. Ipse paucis diebus aegre focilatus non sine ultionis solacio decessit ita uiuus uindicatus, ut occisi solent.*

III, 14. Data: antes de 105 d.C., ano em que Afrânio Destro teve morte semelhante; ver V, 13, 4. 1. ACÍLIO: pode ser a personagem mencionada em I, 14, 6 ou o Acílio Rufo, cônsul em 107 d.C., mencionado em V, 20, 6 ou o Atílio de I, 9, 8. 2. CRUELDADE QUE DE SEUS ESCRAVOS: *rem atrocem a seruis suis*; ver V, 13, 4 e VIII, 14; ver I, 4, 4, nota sobre manumissão de escravos por parte de Plínio, o Jovem. Tácito (*Anais*, 14 42-45) narra o assassinato em 61 d.C. de um prefeito urbano, Pedânio Secundo, por um escravo e a pena de morte infligida aos 400 escravos dele apesar

EPÍSTOLA 14

Assassinato de um senhor pelos escravos

CAIO PLÍNIO

A SEU QUERIDO ACÍLIO[1], SAUDAÇÕES

1. A crueldade que de seus escravos[2] sofreu Lárcio Macedo[3], senador pretoriano, merece mais alarde do que uma epístola. Era sim soberbo e cruel, esquecido de que seu pai fora escravo, ou antes bem lembrado. 2. Estava nos banhos termais de sua vila, em Fórmias, e de repente os escravos o cercaram. Um agarrou-o pela garganta, outro socava-lhe o rosto, outro o peito e o estômago, outro ainda (coisa horrível!) feriu-o nas partes pudendas. Quando acharam que estava morto, jogaram-no ao chão fervente para ter certeza de que não estava vivo. Ele, ou porque perdera os sentidos ou porque fingia que perdera, ficou imóvel, dando perfeita impressão de estar totalmente morto. 3. Só então foi levado como se tivesse desmaido de calor; acolheram-no os escravos fiéis, enquanto as concubinas se puseram a correr com grande gritaria. Então, despertado pelos gritos e reanimado pelo frescor do local, abrindo os olhos e movendo o corpo, mostrou que estava vivo (agora era seguro mostrar). 4. Os escravos fugiram. A maior parte foi pega, os outros ainda são procurados. Mas Lárcio a custo reviveu, e só por alguns dias,

---

de clamor popular e de oposição no Senado. O processo era rápido. 3. LÁRCIO MACEDO: não identificável dentre os senadores homônimos da época dos Flávios e a de Trajano. 4. A MAIOR PARTE FOI PEGA... CONSOLO DE TER SIDO VINGADO VIVO: *magna pars comprehensa est... non*

5. *Vides quot periculis quot contumeliis, quot ludibriis simus obnoxii; nec est quod quisquam possit esse securus, quia sit remissus et mitis; non enim iudicio domini, sed scelere perimuntur.*

Verum haec hactenus. **6.** *Quid praeterea noui? Quid? Nihil, alioqui subiungerem; nam et charta adhuc superest, et dies feriatus patitur plura contexi. Addam quod opportune de eodem Macedone succurrit. Cum in publico Romae lauaretur, notabilis atque etiam, ut exitus docuit, ominosa res accidit.* **7.** *Eques Romanus a seruo eius, ut transitum daret, manu leuiter admonitus conuertit se nec seruum a quo erat tactus, sed ipsum Macedonem tam grauiter palma percussit ut paene concideret.* **8.** *Ita balineum illi quasi per gradus quosdam primum contumeliae locus, deinde exitii fuit. Vale.*

---

sine ultionis solacio uiuus. Zehnacker no comentário (I, p. 181) indica que se deve entender que todos os escravos foram executados, o que se coaduna com o que diz o *Digesto*, 29, 5, 1, 30-38 e 29, 5, 19: *Cum dominus occiditur, auxilium ei familia ferre debet et armis et manu et clamoribus et obiectu corporis: quod si, cum posset, non tulerit, merito de ea supplicium sumitur,* "Quando

LIVRO III

mas não sem o consolo de ter sido vingado[4] vivo, tal como se costuma ser depois de morto.

5. Vês a quantos perigos, a quanta violência e a quanto ataques estamos sujeitos! Ninguém pode sentir-se seguro porque tenha sido respeitoso e delicado, pois senhores são mortos por causa da brutalidade, não por causa do bom senso. Mas basta deste assunto. 6. O que há de novo? O que há? Nada; caso contrário eu continuaria, pois ainda há papel e o feriado de hoje me permite prosseguir. Só acrescentarei sobre esse Macedo um detalhe, que me ocorre bem a propósito. Quando estava nos banhos em Roma, aconteceu uma coisa notável e também pressagiosa, como os fatos mostraram. 7. Um dos escravos de Lárcio tocou levemente um cavaleiro romano para pedir passagem. Este deu, não no escravo que o tocara, mas no próprio Lárcio, uma bofetada tão forte que quase o derrubou. 8. Assim, os banhos para ele foram gradualmente, primeiro, o local de uma agressão, e depois, da morte. Adeus.

o senhor é atacado, seus escravos devem socorrê-lo com os braços, com as mãos, com gritos e com interposição de seus corpos. Se algum deles não o socorrer quando podia fazê-lo, deverá ser punido merecidamente por isso". Ver VIII, 14, 12.

EPISTULA XV

De Sili Proculi uersibus

GAIUS PLINIUS

SILIO PROCULO SUO SALUTEM

1. Petis ut libellos tuos in secessu legam, examinem an editione sint digni; adhibes preces, adlegas exemplum: rogas enim ut aliquid subsiciui temporis studiis meis subtraham, impertiam tuis, adicis M. Tullium mira benignitate poetarum ingenia fouisse. 2. Sed ego nec rogandus sum nec hortandus; nam et poeticen ipsam religiosissime ueneror et te ualdissime diligo. Faciam ergo quod desideras tam diligenter quam libenter. 3. Videor autem iam nunc posse rescribere esse opus pulchrum nec supprimendum, quantum aestimare licuit ex iis quae me praesente recitasti, si modo mihi non imposuit recitatio tua; legis enim suauissime et peritissime. Confido tamen me non sic auribus duci, ut omnes aculei iudicii mei illarum delenimentis refringantur: 4. hebetentur fortasse et paulum retundantur, euelli quidem extorquerique non possunt. 5. Igitur non temere iam nunc de uniuersitate pronuntio: de partibus experiar legendo. Vale.

III, 15. Data: incerta, talvez em torno de 98 d.C.

1. Sílio Próculo: desconhecido. 2. meu retiro: *in secessu*; ver VII, 9, 1. 3. Cícero: *M. Tullium*. É Marco Túlio Cícero (106-43 a.C.); ver I, 2, 4 e Introdução, III. 4. privar o público: *supprimendum*. Sherwin-White (p. 248) entende que Plínio, com recomendar a publicação, se subtrai a elogiar versos, que não apenas não cita, senão que procrastina avaliá-los, como se lê no §5; ver

EPÍSTOLA 15

Sobre os Versos de Sílio Próculo

CAIO PLÍNIO
A SEU QUERIDO SÍLIO PRÓCULO[1], SAUDAÇÕES

1. Pedes que leia teus livros durante meu retiro[2], que examine se são dignos de publicar; juntas rogos, alegas precedentes: solicitas que subtraia a meus estudos algum tempo devoluto e os dedique aos teus, acrescentas que Cícero[3] fomentava o engenho de poetas com admirável boa vontade. 2. Mas eu não preciso de rogos nem exortações, pois a arte poética, ela mesma, eu a venero com religiosíssimo escrúpulo, e por ti nutro enorme afeto. Farei, pois, o que desejas. 3. Creio que já posso responder que não deves tolher ao público[4] este belo livro, segundo pude avaliar pelas partes que me recitaste[5] pessoalmente, se é que tua recitação não me seduziu, já que lês com grande doçura e habilidade. Mas creio que meus ouvidos não me guiam a ponto de inutilizar, com as carícias que recebem, os aguilhões todos de meu discernimento: 4. Talvez estejam meio embotados e obtusos, mas nada pode espedaçá-los nem arrancá-los. 5. Portanto, não é temerário já pronunciar-me sobre o todo: sobre as partes farei avaliação quando as ler. Adeus.

na epístola IV, 3, reação de Plínio a um livro que aprovou. **5. AVALIAR PELAS PARTES QUE ME RE-CITASTE:** *aestimare ex iis quae me praesente recitasti*; sobre recitação como etapa da composição, ver I, 13; V, 3, 8 e VIII, 21, 4-6.

EPISTULA XVI

Facta notabilis feminae, Arriae Maioris

GAIUS PLINIUS
NEPOTI SUO SALUTEM

1. Adnotasse uideor facta dictaque uirorum feminarumque alia clariora esse, alia maiora. 2. Confirmata est opinio mea hesterno Fanniae sermone. Neptis haec Arriae illius, quae marito et solacium mortis et exemplum fuit. Multa referebat auiae suae non minora hoc, sed obscuriora; quae tibi existimo tam mirabilia legenti fore, quam mihi audienti fuerunt.

3. Aegrotabat Caecina Paetus maritus eius, aegrotabat et filius, uterque mortifere, ut uidebatur. Filius decessit eximia pulchritudine, pari uerecundia, et parentibus non minus ob alia carus quam quod filius erat. 4. Huic illa ita funus parauit, ita duxit exsequias, ut ignoraret maritus; quin immo quotiens cubiculum eius intraret, uiuere filium atque etiam commodiorem esse simulabat, ac persaepe interroganti, quid ageret puer, respondebat: "Bene quieuit, libenter cibum sumpsit". 5. Deinde, cum diu cohibitae lacrimae uincerent prorumperentque, egrediebatur; tunc se dolori dabat; satiata, siccis oculis, composito uultu, redibat, tamquam orbitatem foris reliquisset. 6. Praeclarum

---

III, 16. Data: incerta.

1. NEPOS: Mecílio Nepos; ver II, 3.   2. FÂNIA: filha de Árria, a Jovem, e Trásea Peto. Era esposa de Elvídio Prisco, o Velho. Árria, a Jovem (ver III, 11, 3) era filha de Cecina Peto e Árria, a Mais Velha, protagonista da narrativa. É mencionada em III, 11, 3; VII, 19, 1 e IX, 13, 17.   3. ÁRRIA:

EPÍSTOLA 16

Feitos de uma mulher notável, Árria, a mais Velha

CAIO PLÍNIO

A SEU QUERIDO NEPOS[1], SAUDAÇÕES

1. Observei que as ações e as palavras de homens e mulheres são, umas, mais famosas, outras mais grandiosas. 2. Confirmou-se minha opinião numa conversa que tive ontem com Fânia[2]. É neta de daquela admirável Árria[3], que, por seu exemplo, foi consolo ao marido na hora da morte. Contava muitas passagens da avó, não menos grandiosas, porém mais desconhecidas, que penso vão te causar tanta admiração quando as leres, quanto a mim quando as ouvi.

3. Cecina Peto[4], marido de Árria, estava doente, assim como o filho, ambos mortalmente, pensava-se. O filho faleceu, ele que era de extrema beleza e igual pudor, querido, por isso, aos pais, não menos do que porque era filho. 4. Árria preparou os funerais dele e conduziu as exéquias de tal modo, que o marido não percebeu. Sim, toda vez que entrava no quarto do marido, fingia que o filho estava vivo e melhor e, como o pai perguntava com frequência como estava o rapaz, ela respondia: "Está repousando tranquilo depois de comer com gosto". 5. Em seguida, quando as lágrimas reprimidas a venciam e estavam prestes a correr, ela saía e então entregava-se à dor. Depois de chorar, de olhos enxutos, re-

---

Árria, a mais Velha, esposa de Cecina Peto. É mencionada em VI, 24, 5. 4. CECINA PETO: foi cônsul sufecto em 37 d.C. Preso na conspiração, foi levado a Roma, onde foi julgado.

quidem illud eiusdem, ferrum stringere, perfodere pectus, extrahere pugionem, porrigere marito, addere uocem immortalem ac paene diuinam: "Paete, non dolet". Sed tamen ista facienti, ista dicenti, gloria et aeternitas ante oculos erant; quo maius est sine praemio aeternitatis, sine praemio gloriae, abdere lacrimas, operire luctum, amissoque filio matrem adhuc agere.

7. Scribonianus arma in Illyrico contra Claudium mouerat; fuerat Paetus in partibus, et occiso Scriboniano Romam trahebatur. 8. Erat ascensurus nauem; Arria milites orabat, ut simul imponeretur. "Nempe enim", inquit, "daturi estis consulari uiro seruolos aliquos quorum e manu cibum capiat, a quibus uestiatur, a quibus calcietur; omnia sola praestabo". 9. Non impetrauit: conduxit piscatoriam nauiculam, ingensque nauigium minimo secuta est.

Eadem apud Claudium uxori Scriboniani, cum illa profiteretur indicium: "Ego", inquit, "te audiam, cuius in gremio Scribonianus occisus est, et uiuis?". Ex quo manifestum est ei consilium pulcherrimae mortis non subitum fuisse. 10. Quin etiam, cum Thrasea, gener eius, deprecaretur ne mori pergeret interque alia dixisset: "Vis ergo filiam tuam, si mihi pereundum fuerit, mori mecum?", respondit: "Si tam diu tantaque concordia uixerit tecum quam ego cum Paeto, uolo". 11. Auxerat hoc responso curam suorum; attentius custodiebatur; sensit et "Nihil agitis", inquit; "potestis enim efficere ut male moriar, ut non moriar non potestis". 12. Dum haec dicit, exsiluit cathedra aduersoque parieti caput ingenti impetu impegit et corruit. Focilata "Dixeram", inquit, "uobis inuenturam me quamlibet duram ad mortem uiam, si uos facilem negassetis". 13. Videnturne haec tibi maiora illo "Paete, non dolet", ad quod per haec peruentum est? Cum interim illud quidem ingens fama, haec nulla circumfert. Unde colligitur quod initio dixi, alia esse clariora, alia maiora. Vale.

---

5. OUTRO GESTO SEU: *illud eiusdem*. Marcial relata a passagem, *Epigramas*, 1, 13. 6. ESCRIBONIANO: Lúcio Arrúncio Camilo Escriboniano, legado na Dalmácia. A conspiração, ocorrida em 42. d.C., foi dominada em 15 dias. 7. CLÁUDIO: o imperador Cláudio; ver I, 13, 3. 8. ILÍRICO: província romana localizada no que é hoje a Albânia, Montenegro, Bósnia e parte da Croácia. 9. JULGAMENTO DIANTE DE CLÁUDIO: *apud Claudium*. A locução designa o julgamento *intra cubiculum*, fechado, como era comum no tempo desse imperador. 10. TRÁSEA: Trásea Peto foi de fato condenado à morte por Nero em 66 d.C. Sua esposa Árria, a Jovem queria morrer com ele, a exemplo da mãe, mas foi convencida por Trásea a viver por causa de Fânia, filha deles, como relata Tácito, *Anais*, 16, 34.

composta a face, voltava, como se tivesse deixado o luto porta fora. **6.** É famoso também aquele outro gesto seu[5]: pegar de um punhal, cravá-lo no peito e estendê-lo ao marido acrescentando estas palavras imortais, quase divinas: "Peto, não doi". Porém, ela, quando assim agia e falava, tinha diante dos olhos a glória e a eternidade. Quão mais grandioso é, sem esperar recompensa da glória nem da eternidade, ocultar as lágrimas, esconder o luto e continuar a agir como mãe que perdeu um filho!

7. Escriboniano[6] pegara em armas contra Cláudio[7] no Ilírico[8]. Peto lutara a seu lado e, quando Escriboniano foi morto, foi levado preso a Roma. **8.** Quando estava para embarcar, Árria pedia aos soldados que a levassem junto com ele. "Mas a um ex-cônsul", dizia ela, "deveis dar alguns escravos que lhe deem de comer, que ajudem a vestir-se e calçar-se: farei tudo isso sozinha". **9.** Não conseguiu o que queria: alugou um barco de pesca e no barquinho seguiu o grande navio.

Foi ela mesma que no julgamento diante de Cláudio[9] falou à esposa de Escriboniano, que estava prestes a fazer denúncia: "Eu deverei ouvir-te, a ti, em cujos braços morreu Escriboniano e tu ainda vives?" Daí fica claro que a decisão de se dar belíssima morte não foi súbita. **10.** Há mais: quando Trásea[10], seu genro, lhe implorava que não se entregasse à morte, entre outras coisas, disse-lhe o seguinte: "Se um dia eu tiver de morrer, queres que tua filha morra comigo?" Ela respondeu: "Se ela tiver vivido contigo tanto tempo e em tamanha concórdia quanto eu vivi com Peto, quero". **11.** A resposta aumentou a preocupação dos parentes; passou a ser vigiada com mais atenção. Percebendo-o, ela disse: "Perdeis tempo, pois podeis conseguir só que eu morra mal, mas não que eu não morra". **12.** Enquanto assim falava, saltou da cadeira, com toda força bateu a cabeça contra a parede à frente e caiu. Recobrando-se, disse: "Eu falei que acharia um meio doloroso de morrer, qualquer um, se me negásseis um meio fácil". **13.** Tudo isso não te parece mais grandioso que aquele "Peto, não doi", a que depois chegou? E no entanto a fama deste é mesmo grande e daquilo tudo ninguém fala. Donde se conclui, como disse no início, que há ações mais famosas, outras mais grandiosas. Adeus.

EPISTULA XVII

Iterum epistularum anxia inopia

GAIUS PLINIUS

IULIO SERVIANO SUO SALUTEM

1. *Rectene omnia, quod iam pridem epistulae tuae cessant? An omnia recte, sed occupatus es tu? An tu non occupatus, sed occasio scribendi uel rara uel nulla?* **2.** *Exime hunc mihi scrupulum, cui par esse non possum, exime autem uel data opera tabellario misso. Ego uiaticum, ego etiam praemium dabo, nuntiet modo quod opto.* **3.** *Ipse ualeo, si ualere est suspensum et anxium uiuere, exspectantem in horas timentemque pro capite amicissimo, quidquid accidere homini potest. Vale.*

III, 17. Data: 101-102 d.C.

1. JÚLIO URSO SERVIANO: ver VI, 26. 2. EPÍSTOLAS PARARAM DE CHEGAR: *epistulae tuae cessant*. Para tópica do silêncio epistolar, ver I, 11, 1. 3. GORJETA: *praemium*. Sêneca, o Filósofo, trata da gorjeta no tratado *Sobre os Benefícios*, 6, 17, 1 (o termo é *corollarium*): *Sordidissimorum quoque artificiorum institoribus supra constitutum aliquid adiecimus, si nobis illorum opera enixior uisa est; et gubernatori et opifici uilissimae mercis et in diem locanti manus suas* corollarium *adspersimus. In optimis uero artibus, quae uitam aut conseruant aut excolunt, qui nihil se plus existimat debere, quam pepigit, ingratus est. Adice, quod talium studiorum traditio miscet animos; hoc cum factum est, tam medico quam praeceptori pretium operae soluitur, animi debetur,* "Também a

EPÍSTOLA 17

Outra vez a angustiante
falta de epístolas

CAIO PLÍNIO
A SEU QUERIDO JÚLIO SERVIANO[1], SAUDAÇÕES

1. Está tudo bem, já que tuas epístolas pararam de chegar[2] já há algum tempo? Ou será que está tudo bem, mas estás ocupado? Ou será que não estás ocupado, mas a oportunidade de escrever é rara ou inexistente? 2. Tira-me esta ansiedade, que é mais forte do que eu, sim, tira-me, mesmo que por um correio especialmente designado. Eu pago as despesas: dou até gorjeta[3] desde que anuncie o que desejo ouvir. 3. De minha parte passo bem, se passar bem é viver em suspense e ansioso, horas e horas a esperar e temer que a uma pessoa caríssima ocorra tudo que pode ocorrer ao ser humano. Adeus.

---

quem realiza os serviços mais ínfimos damos algo a mais do que foi combinado quando cremos que se empenharam com mais afinco. Damos *gratificação* a um barqueiro, a qualquer um que lida com os materiais mais triviais ou a alguém que faz trabalhos como diarista. E mesmo quanto às artes mais nobres, que conservam a vida ou a cultivam, é ingrato aquele que acha que nada deve pagar além do que foi pactuado. A isso acresce que a transmissão de tais conhecimentos faz mesclar-se os ânimos. Quando isto ocorre, ao preceptor assim como ao médico é pago o preço do trabalho, mas continua-se a dever o do ânimo".

EPISTULA XVIII

De recitatione gratiarum
actarum Traiano

GAIUS PLINIUS
VIBIO SEVERO SUO SALUTEM

1. Officium consulatus iniunxit mihi, ut rei publicae nomine principi gratias agerem. Quod ego in senatu cum ad rationem et loci et temporis ex more fecissem, bono ciui conuenientissimum credidi eadem illa spatiosius et uberius uolumine amplecti, 2. primum ut imperatori nostro uirtutes suae ueris laudibus commendarentur; deinde ut futuri principes non quasi a magistro, sed tamen sub exemplo praemonerentur, qua potissimum uia possent ad eamdem gloriam niti. 3. Nam praecipere qualis esse debeat princeps, pulchrum quidem sed onerosum ac prope superbum est; laudare uero optimum principem ac per hoc posteris uelut e specula lumen quod sequantur ostendere, idem utilitatis habet arrogantiae nihil.

4. Cepi autem non mediocrem uoluptatem, quod hunc librum cum amicis recitare uoluissem, non per codicillos, non per libellos, sed "Si

---

III, 18. Data: alguns meses antes do consulado de Plínio, em 100 d.C.

1. VÍBIO SEVERO: Víbio Severo é de Mediolano (atual Milão) ou Ticino (atual Pavia) e é endereçado sobre estudos em IV, 28, 1 e talvez IX, 22. Um centurião pretoriano homônimo é mencionado no CIL, 5, 5228. 2. O DEVER DE CÔNSUL OBRIGOU-ME A AGRADECER AO PRÍNCIPE: *officium consulatus iniunxit mihi, ut rei publicae nomine principi gratias agerem.* Plínio retoma as palavras que usara no *Panegírico*, 1, 2: *Qui mos cui potius, quam consuli, aut quando magis usurpandus colendusque est, quam cum imperio senatus, auctoritate reipublicae, ad agendas optimo principi gratias excitamur?*, "Quem mais do que o cônsul deve honrar e cultuar esse costume, e quando,

EPÍSTOLA 18

Da recitação do *Panegírico de Trajano*

CAIO PLÍNIO
A SEU QUERIDO VÍBIO SEVERO[1], SAUDAÇÕES

1. O dever de cônsul obrigou-me a agradecer ao Príncipe[2] em nome da república. Tendo eu assim feito no Senado, levando em conta, como de costume, o local e a ocasião, achei muitíssimo apropriado que eu, como bom cidadão, incluísse mais ampla e copiosamente[3] tudo aquilo num volume, 2. primeiro para recomendar a nosso Imperador suas próprias virtudes com louvores verdadeiros; e, segundo, para que os futuros príncipes sejam de antemão instruídos, não como seriam por um professor, mas com exemplos, sobre o melhor caminho de chegar àquela mesma glória. 3. Indicar como deve ser o Príncipe é, de fato, belo, mas é trabalhoso e beira a soberba; louvar, porém, um ótimo príncipe e com isso mostrar aos pósteros, como se de um farol, a luz que devem seguir tem a mesma utilidade e nada de arrogância.

4. Senti não pequeno prazer, porque, como quis recitar este discurso na presença dos amigos, convidei-os não por tabuinhas, não por

---

senão quando nós, por ordem do Senado e com a autoridade da república, somos incitados a agradecer ao nosso excelente Príncipe?" 3. INCLUÍSSE MAIS AMPLA E COPIOSAMENTE TUDO AQUILO NUM VOLUME: *eadem illa spatiosius et uberius uolumine amplecti.* Plínio, assim como Cícero, amplia os discursos quando os publica; ver IV, 5, 4. Marcel Durry (pp. 5 e ss.) calcula que o discurso era um terço ou até um quarto da versão publicada. Segundo ele, é perceptível como em cada capítulo se desenvolvem os tópicos tratados com brevidade no discurso original.

commodum" et "Si ualde uacaret" admoniti (numquam porro aut ualde uacat Romae aut commodum est audire recitantem), foedissimis insuper tempestatibus per biduum conuenerunt, cumque modestia mea finem recitationi facere uoluisset, ut adicerem tertium diem exegerunt. 5. Mihi hunc honorem habitum putem an studiis? Studiis malo, quae prope exstincta refouentur. 6. At cui materiae hanc sedulitatem praestiterunt? Nempe quam in senatu quoque, ubi perpeti necesse erat, grauari tamen uel puncto temporis solebamus, eandem nunc et qui recitare et qui audire triduo uelint inueniuntur, non quia eloquentius quam prius, sed quia liberius ideoque etiam libentius scribitur. 7. Accedet ergo hoc quoque laudibus principis nostri, quod res antea tam inuisa quam falsa, nunc ut uera ita amabilis facta est.

8. Sed ego cum studium audientium tum iudicium mire probaui: animaduerti enim seuerissima quaeque uel maxime satisfacere. 9. Memini quidem me non multis recitasse quod omnibus scripsi, nihilo minus tamen, tamquam sit eadem omnium futura sententia, hac seueritate aurium laetor, ac sicut olim theatra male musicos canere docuerunt, ita nunc in spem adducor posse fieri, ut eadem theatra bene canere musicos doceant. 10. Omnes enim qui placendi causa scribunt qualia placere uiderint scribent. Ac mihi quidem confido in hoc genere materiae laetioris stili constare rationem, cum ea potius quae pressius et adstrictius,

---

Plínio em II, 5, 3 admite o que assim procedeu no *Discurso em Favor de Roma* (*Oratio pro Patria*). **4. CONVIDEI-OS NÃO POR TABUINHAS, NÃO POR PROGRAMAS ESCRITOS:** *cum amicis recitare uoluissem non per codicillos, admoniti non per libellos;* ver em I, 13 as formalidades da recitação. Sherwin-White (p. 251) crê que essa foi a segunda ou terceira vez que Plínio recitou um discurso; ver II, 19, 1. **5. FICARAM POR DOIS DIAS:** *per biduum conuenerunt.* Este passo é a melhor evidência sobre quanto duravam as recitações. Duas sessões parecem ser o máximo, de modo que era raro que discursos com mais de um rolo fossem lidos de uma vez; ver I, 13, 2; III, 15, 3 e IX, 27, 1. **6. RECITAÇÃO:** *recitationi;* ver I, 2, 19; V, 12 e VII, 17, para vantagens e desvantagens da recitação. **7. PASSAGENS DE ELOCUÇÃO MUITO GRAVE:** *seuerissima.* Trata-da elocução, como em V, 17, 2, *exilia plenis seueris iucunda mutabat*, não da matéria, como em II, 5, 6 e V, 13, 8. Normalmente Plínio louva o *stilus laetior*, "o estilo mais florido", que segundo ele mesmo é adequado à sua exuberância natural (ver I, 20, §§20-22; II, 5, §§5-6; VII, 12 e IX, 26). No máximo, ele dá tímido apoio ao estilo mais enxuto, como em I, 2 e II, 19, §§5-6, mas está pronto para conceder, como aqui. Em discursos forenses, como no *Panegírico* original, Plínio tinha de empregar elocução

programas escritos[4], mas dizendo "Se não te incomoda" e "Se houver tempo disponível" (aliás em Roma nunca há tempo ou desembaraço para ouvir alguém recitar), e eles vieram, mesmo sob as piores intempéries, ficaram por dois dias[5], e, quando minha modéstia quis dar fim à recitação[6], exigiram que eu somasse mais um dia. 5. Devo considerar que esta honraria foi feita a mim ou às letras? Prefiro que tenha sido às letras, que, já quase extintas, são fomentadas outra vez. 6. Mas por que matéria eles demostraram tamanho interesse? Olha só: foi aquela mesma que no Senado, bem onde é obrigatório ser paciente, costumávamos ouvir com tédio, ainda que por breve instante, e agora encontra quem queira não só recitá-la, mas ouvi-la por três dias. Isso ocorre não porque é recitada com mais eloquência que antes, mas porque agora foi escrita com mais liberdade e até mesmo com mais prazer. 7. E por conseguinte também há de somar-se às glórias do nosso Príncipe o fato de que aquilo que antes era tão odioso quão falso se transformou agora em algo tão verdadeiro quão amável.

8. Porém, muito me satisfizeram não só o interesse dos ouvintes senão também sua opinião: percebi que as passagens de elocução muito grave[7] são as que mais agradam. 9. Bem sei que recitei para não muitas pessoas o que tinha escrito para todas, muito embora, como se a opinião de todos viesse a ser a mesma, não me alegro menos com esta gravidade dos ouvidos, e assim como outrora os teatros ensinaram os músicos a cantar mal, assim também agora sou tomado pela esperança de que os mesmos teatros possam ensiná-los a cantar bem. 10. Com efeito, todos os que escrevem para causar deleite escreverão segundo o que julgam que deleita. E tenho para mim que neste tipo de matéria[8] o estilo mais florido[9] é o correto, pois que aquilo que escrevi com mais

mais simples, mas na publicação enriquece seus discursos. Parece aprovar o "caminho do meio" de Quintiliano, em vez da extravagância asiática e da simplicidade dos antigos; ver I, 2, §§1-2. **8.** NESTE TIPO DE MATÉRIA: *hoc genere materiae.* O discurso demonstrativo, isto é, de louvor, que é o *Panegírico de Trajano.* **9.** ESTILO MAIS FLORIDO: *laetioris stili.* Sobre preferência dos jovens e debate quanto ao estilo (elocução) aticista e asianista, ver I, 2, 4, EMPOLAMENTOS, e II, 5, 6. Para ocorrências de *stilus* como "elocução"; ver I, 8, 5.

quam illa quae hilarius et quasi exsultantius scripsi, possint uideri accersita et inducta. Non ideo tamen segnius precor ut quandoque ueniat dies (utinamque iam uenerit!) quo austeris illis seuerisque dulcia haec blandaque uel iusta possessione decedant.

11. *Habes acta mea tridui; quibus cognitis uolui tantum te uoluptatis absentem et studiorum nomine et meo capere, quantum praesens percipere potuisses. Vale.*

---

10. COM MAIS COMPRESSÃO E CONCISÃO: *pressius et astrictius*, como preferiam os aticistas; ver Quintiliano, *Instituições Oratórias*, 10, 2, 16. Plínio, segundo Shewin-White (p. 253), não concorda com a própria afirmação. O comentador lembra que, embora aqui Plínio esteja limitado ao louvor, ele prefere o estilo mais enxuto, que em II, 19, 6 afirma ser mais útil ao trabalho ordinário

compressão e concisão[10] pode parecer mais forçado e estranho do que aquilo que escrevi com mais hilaridade e com mais exultação, por assim dizer. Entretanto, não é com menos ardor que peço que venha o dia (oxalá já tivesse vindo) em que estas adocicadas branduras abdicarão até do que lhes cabe por direito em favor daquela austera severidade.

11. Tens aí o que fiz naqueles três dias; quis apenas que tu, sabendo-o, sentisses, por causa dos estudos e por minha causa, tanto prazer quanto poderias sentir se estivesses presente. Adeus.

---

do fórum. É certo que a versão *publicada* do *Panegírico* contém muitas coisas "elevadas e subli-mes" (*elata et excelsa*, termos usados *Panegírico*, §22, 2), exemplificadas nos §§30-31 e 34-35. Para a oscilação de Plínio entre práticas aticistas e asianistas ver I, 2,1.

EPISTULA XIX

Emptio possessionis

GAIUS PLINIUS

CALVISIO RUFO SUO SALUTEM

1. Adsumo te in consilium rei familiaris, ut soleo. Praedia agris meis uicina atque etiam inserta uenalia sunt. In his me multa sollicitant, aliqua nec minora deterrent. 2. Sollicitat primum ipsa pulchritudo iungendi; deinde, quod non minus utile quam uoluptuosum, posse utraque eadem opera eodem uiatico inuisere, sub eodem procuratore ac paene isdem actoribus habere, unam uillam colere et ornare, alteram tantum tueri. 3. Inest huic computationi sumptus supellectilis, sumptus atriensium, topiariorum, fabrorum atque etiam uenatorii instrumenti; quae plurimum refert unum in locum conferas an in diuersa dispergas. 4. Contra uereor ne sit incautum rem tam magnam isdem tempestatibus isdem casibus subdere; tutius uidetur incerta fortunae possessionum uarietatibus experiri. Habet etiam multum iucunditatis soli caelique mutatio ipsaque illa peregrinatio inter sua.

5. Iam, quod deliberationis nostrae caput est, agri sunt fertiles, pingues, aquosi; constant campis, uineis, siluis, quae materiam ex ea redi-

---

III, **19.** Data: incerta.

1. Calvísio Rufo: Caio Calvísio Rufo; ver I, 12, 12. **2.** minhas terras: *agris meis*. Trata-se provavelmente da vila de Tiferno Tiberino; ver V, 6, 45. **3.** caseiros: *actoribus*, de *actor*, que é subalterno do *procurator*. **4.** jardineiros: *topiarii*, de *topiarius*, jardineiros que podam artisticamente as árvores. **5.** equipamento de caça: *uenatorii instrumenti*; são armas, cães, redes.

346

EPÍSTOLA 19

Compra de uma propriedade

CAIO PLÍNIO

A SEU QUERIDO CALVÍSIO RUFO[1], SAUDAÇÕES

1. Acolho-te para aconselhar-me num assunto doméstico, como costumo fazer. Estão à venda terrenos próximos às minhas terras[2] e até nelas inseridos. Neles muitas coisas me atraem; algumas, não menos importantes, me desencorajam. 2. Atrai-me primeiro a beleza de uni--los; depois, o fato de que não seria menos cômodo que prazeroso poder visitar uma e outra propriedade na mesma viagem, com o mesmo esforço, sob o cuidado do mesmo administrador, e praticamente com os mesmos caseiros[3] poder habitar e embelezar uma só vila e apenas conservar a outra. 3. Entra nesta conta o gasto com mobília, o gasto com vigias, com jardineiros[4], artesãos e até mesmo com equipamento de caça[5], que muito convém reunir num mesmo local ou mesmo espalhar em vários. 4. Por outro lado, temo que seja incauto expor tamanha propriedade às mesmas intempéries, aos mesmos acasos; parece mais seguro enfrentar às incertezas da fortuna separando as propriedades, pois é muito agradável a diferença de solo e de céu, assim como o próprio passeio entre uma propriedade e outra.

5. E também – e isso é cerne da decisão que devo tomar – as terras são férteis, densas, irrigadas, e constam de campinas, vinhedos e bosques que produzem madeira, e dela, um rendimento pequeno, mas re-

tum sicut modicum ita statum praestant. 6. Sed haec felicitas terrae imbecillis cultoribus fatigatur. Nam possessor prior saepius uendidit pignora, et dum reliqua colonorum minuit ad tempus, uires in posterum exhausit, quarum defectione rursus reliqua creuerunt. 7. Sunt ergo instruendi eo pluris, quod frugi mancipiis; nam nec ipse usquam uinctos habeo nec ibi quisquam.

Superest ut scias quanti uideantur posse emi: sestertio triciens, non quia non aliquando quinquagiens fuerint, uerum et hac penuria colonorum et communi temporis iniquitate ut reditus agrorum sic etiam pretium retro abiit. 8. Quaeris an hoc ipsum triciens facile colligere possimus. Sum quidem prope totus in praediis, aliquid tamen fenero, nec molestum erit mutuari; accipiam a socru, cuius arca non secus ac mea utor. 9. Proinde hoc te non moueat, si cetera non refragantur, quae uelim quam diligentissime examines. Nam, cum in omnibus rebus, tum in disponendis facultatibus plurimum tibi et usus et prouidentiae superest. Vale.

LIVRO III

gular. **6.** Mas a fertilidade da terra é fatigada[6] por agricultores[7] ineptos, pois o proprietário anterior mais de uma vez vendeu seus instrumentos e, enquanto temporariamente abatia as dívidas dos colonos, para o futuro tirou-lhes o meio de trabalhar, e com isso as dívidas voltaram a crescer. **7.** Por isso eles devem ser aparelhados, e mais!, com escravos capacitados, já que de modo algum eu os deixo acorrentados e ali ninguém o faz.

Resta apenas que saibas por quanto, ao que parece, posso comprar os terrenos: três milhões de sestércios, não porque já não tenham custado cinco, mas porque com esta escassez de colonos e com atual baixa rentabilidade das terras o preço caiu. **8.** Perguntas se será facil juntar esses três milhões. A quantia já tenho quase toda em terras e alguma coisa tenho emprestado a juros; não será difícil conseguir empréstimo, que obterei de minha sogra, a cujos cofres recorro como se fosse meu. **8.** Por isso, não te preocupes com este problema, se não te deixarem em dúvida as outras questões, que gostaria examinasses com todo cuidado, **9.** pois para administrar bens, assim como para tudo, sobejam-te experiência e sabedoria. Adeus.

---

6. FERTILIDADE DA TERRA [§6]... NINGUÉM O FAZ [§7]: *felicitas terrae... nec ibi quisquam.* Para a crise na agricultura itálica, ver IX, 37, §§2-5. **7.** AGRICULTORES: *cultoribus*, de *cultor*. Sherwin--White (p. 254) diz que são os mesmos *coloni*, "colonos", mencionados a seguir.

349

EPISTULA XX

De apertis et de tacitis suffragiis

GAIUS PLINIUS

MAESIO MAXIMO SUO SALUTEM

1. *Meministine te saepe legisse, quantas contentiones excitarit* Lex Tabellaria, *quantumque ipsi latori uel gloriae uel reprehensionis attulerit?* **2.** *At nunc in senatu sine ulla dissensione hoc idem ut optimum placuit: omnes comitiorum die tabellas postulauerunt.* **3.** *Excesseramus sane manifestis illis apertisque suffragiis licentiam contionum. Non tempus loquendi, non tacendi modestia, non denique sedendi dignitas custodiebatur.* **4.** *Magni undique dissonique clamores, procurrebant omnes cum suis candidatis, multa agmina in medio multique circuli et indecora confusio; adeo desciueramus a consuetudine parentum, apud quos omnia disposita moderata tranquilla maiestatem loci pudoremque retinebant!*

5. *Supersunt senes ex quibus audire soleo hunc ordinem comitiorum: citato nomine candidati silentium summum; dicebat ipse pro se; explicabat uitam suam, testes et laudatores dabat uel eum sub quo militauerat, uel eum cui quaestor fuerat, uel utrumque si poterat; addebat quosdam*

III, 20. Data: 103-104 d.C. Esta é uma das epístolas eleitorais; ver II, 9.

1. Mésio Máximo: desconhecido. Para outras pessoas de nome "Máximo, ver II, 14. 2. Lei sobre o Voto Secreto: Lex Tabellaria. Era assim chamada porque o voto era escrito sobre uma tabuinha de escrever (*tabella*). 3. dia dos comícios: *comitiorum die*. Tácito (*Anais*, 1, 15) informa que em 14 d.C. Tibério transferiu a eleição dos magistrados dos comícios do Campo de

EPÍSTOLA 20

Sobre votos abertos e votos secretos

CAIO PLÍNIO

A SEU QUERIDO MÉSIO MÁXIMO[1], SAUDAÇÕES

1. Lembras que muito leste sobre os enormes debates que a LEI SO-BRE O VOTO SECRETO[2] suscitou, e quanta glória ou censura trouxe ao próprio proponente? 2. Pois é, agora no Senado, sem nenhum dissenso a mesma matéria foi aprovada como a melhor proposta. Todos exigiram as tabuinhas no dia dos comícios[3]. 3. Com aquelas votações abertas e públicas havíamos ultrapassado o que era permitido nas assembleias. Não se respeitava mais o tempo certo de falar, nem a moderação de ficar em silêncio, nem enfim a conveniência de ficar sentado. 4. De toda parte vinha um vozerio desordenado. Todos avançavam com seus candidatos, muitas filas no meio, muitos grupos e uma indecorosa confusão. A que ponto nos afastamos do costume dos antepassados, junto aos quais tudo, bem disposto, ordenado e tranquilo respeitava o pudor e a majestade do local!

5. Ainda há anciães de quem costumo ouvir que a ordem dos comícios era a seguinte: tendo sido citado o nome do candidato, o si-

Marte para o Senado, exatamente como a cena aqui descrita. Na época de Plínio ainda ocorria encontro no Campo de Marte e ainda ocorria a *renuntiatio*, que era proclamação pública dos candidatos ao Senado, que eram chamados *designati* até o momento em que tomavam posse.

ex suffragatoribus; illi grauiter et paucis loquebantur. Plus hoc quam preces proderat. **6.** *Non numquam candidatus aut natales competitoris aut annos aut etiam mores arguebat. Audiebat senatus grauitate censoria. Ita saepius digni quam gratiosi praeualebant.*

7. *Quae nunc immodico fauore corrupta ad tacita suffragia quasi ad remedium decucurrerunt; quod interim plane remedium fuit; erat enim nouum et subitum;* **8.** *Sed uereor ne procedente tempore ex ipso remedio uitia nascantur. Est enim periculum ne tacitis suffragiis impudentia inrepat. Nam quoto cuique eadem honestatis cura secreto quae palam?* **9.** *Multi famam, conscientiam pauci uerentur. Sed nimis cito de futuris: interim beneficio tabellarum habebimus magistratus qui maxime fieri debuerunt. Nam ut in reciperatoriis iudiciis, sic nos in his comitiis quasi repente apprehensi sinceri iudices fuimus.*

10. *Haec tibi scripsi, primum ut aliquid noui scriberem, deinde ut non numquam de re publica loquerer, cuius materiae nobis quanto rarior quam ueteribus occasio, tanto minus omittenda est.* **11.** *Et hercule quousque illa uulgaria? "Quid agis? Ecquid commode uales?" Habeant nostrae quoque litterae aliquid non humile nec sordidum, nec priuatis rebus inclusum.* **12.** *Sunt quidem cuncta sub unius arbitrio, qui pro utilitate communi solus omnium curas laboresque suscepit; quidam tamen salubri*

---

4. NASCIMENTO: *natales.* A Lei Visélia (LEX VISELLIA) excluia por três gerações os descendentes de escravo do acesso à ordem equestre e ao Senado. O imperador, porém, podia anular a restrição da lei. **5.** IDADE: *annos.* A idade mínima exigida para os magistrados e o intervalo de tempo entre duas magistraturas foram reguladas pela Lei Vília sobre a Idade (Lex Villia Annalis) de 180 a.C. A idade mínima era 25 anos para a questura, 30 anos para pretura e 43 anos para o consulado. **6.** COSTUMES: *mores.* Perdiam a possibilidade de aceder às magistraturas os condenados por certos crimes, os excluídos do exército por dispensa desonrosa (*missio ignominiosa*) e quem exercia profissões infames, como gladiadores e atores. **7.** JULGAMENTOS SUMÁRIOS: *reciperatoriis iudiciis.* O *iudicium reciperatorium* era um conselho composto por três ou cinco membros, cuja finalidade primeira era julgar processos entre romanos e peregrinos, mas depois cuidou de julgar sumariamente outras causas que a cargo de um único juiz seriam mais longas. Com prazos apertados é mais difícil corromper os juízes. **8.** PARA QUE POSSA FALAR DE ASSUNTOS PÚBLICOS: *de re publica loquerer.* Os três parágrafos finais são metaepistolares. **9.** NÃO SEJA CHÃO NEM MESQUINHO: *non humile nec*

LIVRO III

lêncio era absoluto; o próprio candidato falava em prol de si; narrava sua vida, apresentava testemunhas e apoiadores ou o comandante sob o qual servira o exército ou o governador do qual fora questor ou, se podia, ambos; trazia alguns de seus eleitores; todos eles falavam com gravidade e poucas palavras. Isto era mais útil que pedir votos. **6.** Às vezes, o candidato atacava o nascimento[4] do competidor ou a idade[5] ou até os costumes[6]. O Senado ouvia com gravidade própria de censor. Assim prevalecia mais quem era digno do que quem buscava agradar.

7. Estes procedimentos, agora corrompidos por exagerados clamores de apoio, foram substituídos por voto secreto como se fosse um remédio, e por um período foi de fato remédio, pois era novo e insólito; **8.** Mas receio que, com o passar do tempo, males surjam do próprio remédio, porque há o perigo de que, sub-reptícia, a falta de vergonha se abrigue nos votos secretos. Quantos em segredo conservam o mesmo zelo pela honestidade que mostram à vista de todos? **9.** Muitos temem a reputação, poucos a consciência. Mas é muito cedo para pensar no futuro; por ora com auxílio das tabuinhas para votar teremos magistrados, que já deviam ter sido eleitos, pois tal como nos julgamentos sumários[7] assim também nestas eleições, pressionados pelo prazo, fomos juízes honestos.

10. Eu te escrevi isto, primeiro para escrever algo de novo e também para que de vez em quando possa falar de assuntos públicos[8], cuja ocasião de tratar, quanto mais rara for, tanto menos é de desperdiçar. **11.** E por deus, até quando continuarão aquelas trivialidades como "O que andas fazendo? Tens passado bem"? Que também minhas epístolas tenham algo que não seja chão nem sórdido[9], restrito a assuntos privados. **12.** Tudo na verdade está sob o arbítrio de um homem só[10], que para o

---

sordidum. Par de adjetivos que Plínio emprega em I, 3, 3; V, 8, 9 e VIII, 24, 6 para indicar a mesquinhez de fatos e pessoas comparada à grandeza do caráter e das ações de que a historiografia trata. Plínio não deprecia a atividade pública, mas a falta de caráter inaceitável em homens públicos. Sórdido pode ser um procônsul (III, 9, 2) e um anfitrião rico (II, 6, 1), um edifício sujo (X, 23, 1). Preocupações sórdidas são as que pessoas dignas desdenham (I, 3, 3 e VI, 30, 4). **10.** UM HOMEM SÓ: *unius.* É Trajano.

temperamento ad nos quoque uelut riui ex illo benignissimo fonte decurrunt, quos et haurire ipsi et absentibus amicis quasi ministrare epistulis possumus. Vale.

11. PARA O BEM COMUM [TRAJANO] É O ÚNICO QUE ASSUME AS PREOCUPAÇÕES E OS TRABALHOS DE TODOS: *pro utilitate communi solus omnium curas laboresque suscepit*. O discurso de Plínio reproduz a imagem, ocorrente que primeiro em moedas, de Trajano figurado como Hércules. RIC, II, Trajano, 37; 49 e 79. Vê-se aqui RIC, II, 49: áureo, de 100-102 d.C. cunhada em Roma.

bem comum é o único que assume as preocupações e os trabalhos de todos[11]. Porém, daquela benigníssima fonte descem até mim como que regatos de salutar temperatura, dos quais posso eu mesmo beber, e aos amigos distantes posso como que servir por meio de epístolas. Adeus.

EPISTULA XXI

Decessus Valeri Martialis, poetae

GAIUS PLINIUS

CORNELIO PRISCO SUO SALUTEM

1. *Audio Valerium Martialem decessisse et moleste fero. Erat homo ingeniosus, acutus, acer et qui plurimum in scribendo et salis haberet et fellis nec candoris minus.* **2.** *Prosecutus eram uiatico secedentem; dederam hoc amicitiae, dederam etiam uersiculis, quos de me composuit.* **3.** *Fuit moris antiqui eos, qui uel singulorum laudes uel urbium scripserant, aut honoribus aut pecunia ornare. Nostris uero temporibus ut alia speciosa et egregia ita hoc in primis exoleuit. Nam postquam desiimus facere laudanda, laudari quoque ineptum putamus.*

4. *Quaeris, qui sint uersiculi quibus gratiam rettuli? Remitterem te ad ipsum uolumen, nisi quosdam tenerem; tu, si placuerint hi, ceteros in*

III, 21. Data: 104 d.C., ano em que morreu Marcial.

1. CORNÉLIO PRISCO: mencionado como ex-cônsul v, 20, 7, pode ser o procônsul homônimo de Ásia em 120-121 d.C. Sherwin-White (p. 262) cogita que seja o Prisco destinatário de vI, 8, VII, 8 e VII, 19, mas não o legado consular da epístola II, 13. É mencionado na epístola v, 20, 7. 2. VALÉRIO MARCIAL: o epigramatista Marco Valério Marcial, 3. ENGENHOSO, AGUDO, FÉRVIDO: *ingeniosus, acutus, acer* (OLD, 7), virtudes do poeta; para *acer* como veemência do orador e do discurso (OLD, 11 a), ver IV, 20, 1. 4. MALÍCIA E FEL: *salis et fellis*. São virtudes próprias da poesia epigramática, a que são inerentes a invectiva, que radica na antiga poesia iâmbica, e a mordacidade. Assim como *sal* ("sal"), se lhe excetuarmos a acepção de "graça", o termo "malícia" recobre aqui a um só tempo as noções de "astúcia, esperteza, vivacidade" (Houaiss,

EPÍSTOLA 21

Morte do poeta Marco Valério Marcial

CAIO PLÍNIO

A SEU QUERIDO CORNÉLIO PRISCO[1], SAUDAÇÕES

1. Ouço que Valério Marcial[2] morreu e me entristeço. Era homem engenhoso, agudo, férvido[3], cujos escritos tinham o máximo de malícia e fel[4] e não menos de candura. 2. Quando ele estava de partida de Roma, saudei-o com o viático[5]: dei-o pela amizade, dei-o também pelos versos delicados[6] que compôs a meu respeito. 3. Era costume dos antigos agraciar com honrarias ou com dinheiro aqueles que haviam escrito sobre a glória de cidadãos privados ou de cidades. Em nossos dias, assim como outros costumes belos e admiráveis, também este caiu no esquecimento, porque, após deixar de praticar ações louváveis, também consideramos inepto ser louvados.

4. Perguntas-me quais são os versos delicados[7] pelos quais lhe agradeci? Eu te remeteria ao próprio volume, se não soubesse de cor alguns

---

3); "atitude graciosa, com ar maroto; brejeirice" (Houaiss, 4); "fala ou interpretação maldosa, picante; mordacidade" (Houaiss, 5) e "zombaria fina e picante; intenção satírica" (Houaiss, 6). 5. VIÁTICO: *uiatico*, dinheiro para custear a despesa da viagem que alguns comentadores interpretaram como prova da indigência do poeta (Gian Biagio Conte, *Letteratura Latina*, 3. ed., Firenze, Le Monnier, 1996, p. 421; Bruno Gentili, Luciano Stupazzini e Manlio Simonetti, *Storia della Latteratura Latina*, 1. ed., Bari, Laterza, 1987, p. 436). Conforme bem aponta Allen Jr. (p. 347), nada na epístola indica que Marcial sofresse penúria, nem que Plínio dele se apiedasse. O viático foi um presente de agradecimento (§3), ofertado, na despedida (§6). 6. VERSOS DELICADOS: *uersiculis*; ocorre em IV, 3, 1; IV; 14, 5; IV, 27, 4; VIII, 21, 2; IX, 16, 2 e IX, 19,

*libro requires. **5.** Adloquitur Musam, mandat ut domum meam Esquilis quaerat, adeat reuerenter:*

> *Sed ne tempore non tuo disertam*
> *pulses ebria ianuam, uideto.*
> *Totos dat tetricae dies Mineruae,*
> *dum centum studet auribus uirorum*   15
> *hoc, quod saecula posterique possint*
> *Arpinis quoque comparare chartis.*
> *Seras tutior ibis ad lucernas:*
> *haec hora est tua, cum furit Lyaeus,*
> *cum regnat rosa, cum madent capilli.*   20
> *Tunc me uel rigidi legant Catones.*

6. *Meritone eum qui haec de me scripsit et tunc dimisi amicissime et nunc ut amicissimum defunctum esse doleo? Dedit enim mihi quantum maximum potuit, daturus amplius si potuisset. Tametsi quid homini potest dari maius, quam gloria et laus et aeternitas? At non erunt aeterna quae scripsit: non erunt fortasse, ille tamen scripsit tamquam essent futura. Vale.*

6. Designa praticamente o mesmo que *hendecassilibi* ("hendecassílabos"), se se excluir a restrição do metro. **7.** ALGUNS: *quosdam.* Apresento adiante o poema e a tradução integral. **8.** MUSA: *Musam.* As deusas gregas da poesia; ver II, 13, 7 e o emprego do termo latino *Camenae* em IX, 25, 3. **9.** ESQUÍLIAS: *Esquilis*; bairro de Roma, junto ao monte Esquilino. **10.** RÍGIDOS CATÕES: os dois Catões parentes e homônimos – Catão, o Censor ou Catão o Velho (234-149 a.C.) e Catão de Útica ou o Jovem (95-46 a.C.) – eram exemplo de severidade moral; ver I, 17, 3. O poema de Marcial (*Epigramas* 10, 20) na íntegra é o seguinte:

Nec doctum satis et parum seuerum,		*Sed ne tempore non tuo disertam*	
sed non rusticulum tamen libellum		*pulses ebria ianuam, uideto:*	
facundo mea Plinio Thalia		*totos dat tetricae dies Mineruae,*	15
i, perfer: breuis est labor peractae		*dum centum studet auribus uirorum*	
altum uincere tramitem Suburae.	5	*hoc quod saecula posterique possint*	
Illic Orphea protinus uidebis		*Arpinis quoque comparare chartis.*	
udi uertice lubricum theatri		*Seras tutior ibis ad lucernas:*	
mirantisque feras auemque regem,		*haec hora est tua, cum furit Lyaeus,*	20
raptum quae Phryga pertulit Tonanti.	10	*cum regnat rosa, cum madent capilli:*	
Illic parua tui domus Pedonis		*tunc me uel rigidi legant Catones.*	
caelata est aquilae minore pinna.			

LIVRO III

deles Se te agradarem, outros buscarás no livro. 5. Dirige-se à Musa[8] e lhe diz que procure minha casa nas Esquílias[9] e se aproxime com respeito:

> Mas na porta eloquente em hora errada
> cuides de não bater, embora ébria:
> Plínio à Minerva grave dá seus dias,
> enquanto a ouvidos faz de cem varões   *15*
> o que vindouros tempos e pessoas
> às páginas do Arpino até comparem.
> Irás melhor a lâmpadas tardias:
> é esta a tua hora, em que Lieu
> é fúria, a rosa reina e a coma exala: *20*
> só então rígidos Catões[10] me leiam.

6. Não mereceu então que me despedisse dele, que de mim escreveu tais palavras, como a um grandíssimo amigo? Não merece agora que eu o lamente como a grandíssimo amigo que morreu? Deu-me o máximo que pôde e me daria mais se pudesse. Mas ao homem que coisa maior se pode dar do que renome, glória, eternidade? "Mas não será eterno o que escreveu", dizes. Talvez não sejam, mas ele escreveu como se fossem. Adeus.

"Não muito douto e bem pouco severo,
porém tampouco um rústico livrinho,
minha Talia, a Plínio tão facundo,
vai, leva: pouca faina é superar
a íngreme ladeira da Subura.   5
Lá de pé mal seguro Orfeu verás
bem no cume do úmido teatro,
e estupefatas feras, a ave-rei
que o frígio que agarrou deu ao Tonante.   10
Lá tens de teu Pedão a exígua casa
que asas menores de uma águia esculpem.

Mas na porta eloquente em hora errada
cuides de não bater, embora ébria:
Plínio à Minerva grave dá seus dias,   15
enquanto a ouvidos faz de cem varões
o que vindouros tempos e pessoas
às páginas do Arpino até comparem.
Irás melhor a lâmpadas tardias:
é esta a tua hora, em que Lieu   20
é fúria, a rosa reina e a coma exala:
só então rígidos Catões me leiam".

Título	*Plínio, o Jovem – Epístolas Completas*
Tradução, Apresentação e Notas	João Angelo Oliva Neto
Leitura Crítica	Paulo Sérgio de Vasconcellos
Editor	Plinio Martins Filho
Produção Editorial	Millena Machado
Capa	Ateliê Editorial
Diagramação	Victória Cortez
Revisão	Paulo Sérgio de Vasconcelos
Formato	16 x 23 cm
Tipologia	Minion Pro
Papel	Chambril Avena 80 g/m² (capa)
	Offset 180 g/m² (miolo)
Número de Páginas	360
Impressão e Acabamento	Lis Gráfica